有爱的青春陪伴者

暮色晚星

栖遥 著

江苏凤凰文艺出版社
JIANGSU PHOENIX LITERATURE AND ART PUBLISHING

图书在版编目（CIP）数据

暮色晚星 / 栖遥著. -- 南京：江苏凤凰文艺出版社，2024.1
ISBN 978-7-5594-7857-3

Ⅰ.①暮… Ⅱ.①栖… Ⅲ.①长篇小说 - 中国 - 当代 Ⅳ.①I247.5

中国国家版本馆CIP数据核字(2023)第128474号

暮色晚星

栖遥 著

责任编辑	王昕宁
特约编辑	周丽萍
责任校对	言　一
出版发行	江苏凤凰文艺出版社
	南京市中央路165号，邮编：210009
网　　址	http://www.jswenyi.com
印　　刷	长沙鸿安印刷有限公司
开　　本	880mm×1230mm　1/32
印　　张	10
字　　数	318千字
版　　次	2024年1月第1版
印　　次	2024年1月第1次印刷
书　　号	ISBN 978-7-5594-7857-3
定　　价	42.80元

江苏凤凰文艺版图书凡印刷、装订错误，可向出版社调换，联系电话025-83280257

目录

CONTENTS

第一章·夏夜晚风 / 001

第二章·雪糕、月亮与95 / 020

第三章·日记本上的秘密 / 044

第四章·隐秘而又万众瞩目 / 061

第五章·秋天的栀子花 / 081

第六章·缺心眼儿 / 098

第七章·人生里那只"非它不可"的玩具熊 / 114

第八章·白矮星 / 136

第九章·绅士小狗 / 158

第十章·"特别祝我的同桌。" / 173

目录
CONTENTS

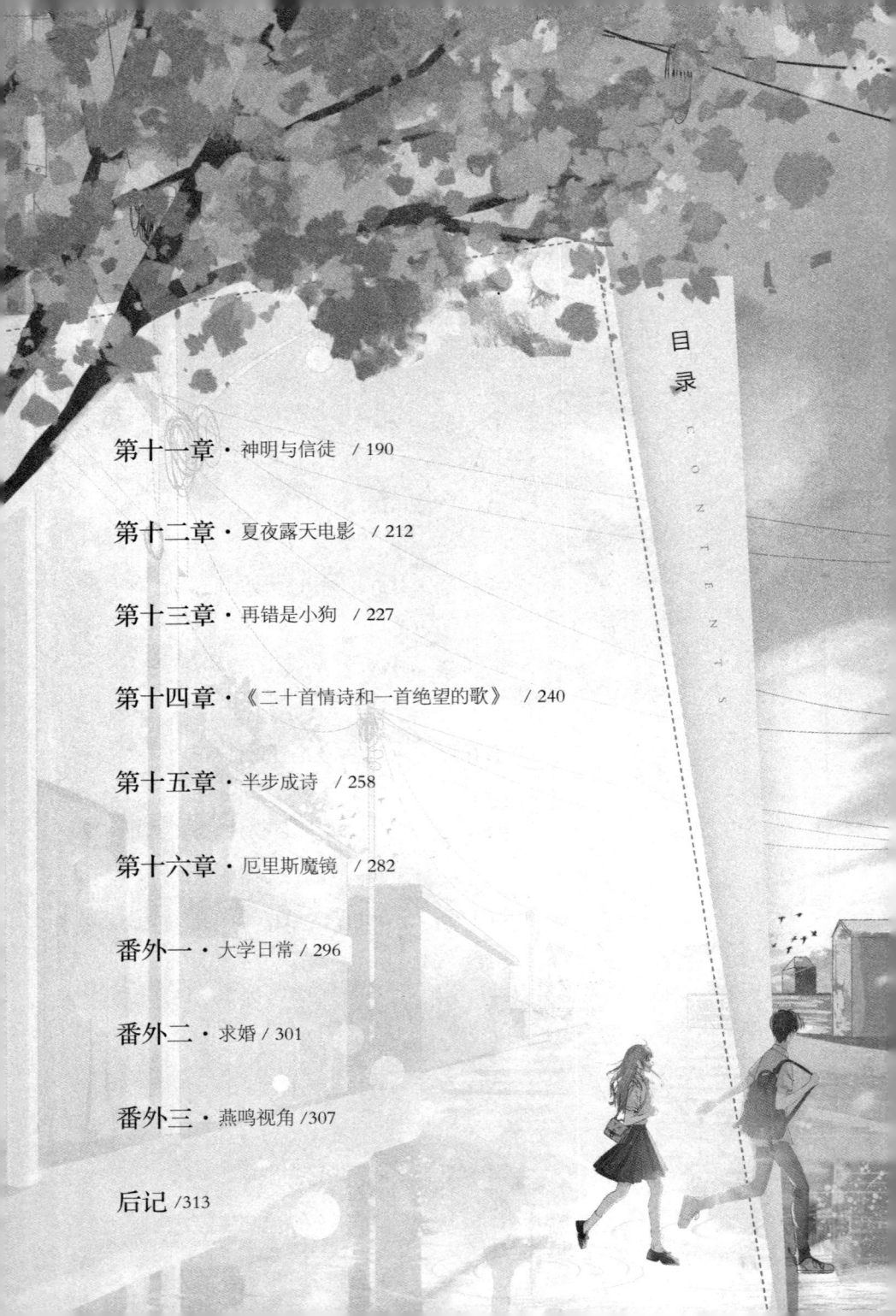

第十一章 · 神明与信徒 / 190

第十二章 · 夏夜露天电影 / 212

第十三章 · 再错是小狗 / 227

第十四章 · 《二十首情诗和一首绝望的歌》 / 240

第十五章 · 半步成诗 / 258

第十六章 · 厄里斯魔镜 / 282

番外一 · 大学日常 / 296

番外二 · 求婚 / 301

番外三 · 燕鸣视角 / 307

后记 / 313

第一章
夏夜晚风

暮色四合,路灯昏黄,夏末的晚风轻轻吹过,梧桐叶"沙沙"作响,蝉鸣依旧。

燕啾拖着二十四寸的行李箱,费力地将它提上小区门口的台阶。

行李箱的滑轮总在台阶边缘卡住,沉重得让她不能再往前,来回几次也没能成功。

她很累。

飞机晚点了四个小时,深夜才落地,她一整天连一顿饭都没有吃,胃隐隐作痛。

她深呼一口气,再用力提了一次。

这回倒是提上台阶了,却因为没放稳就松手,行李箱又滑了下去。

"咚!"

燕啾盯着它"噌噌"下落,又停在刚刚拼死拼活拎过的台阶上,烦躁地"啧"了一声,干脆松手不动了。

她索性坐在台阶上休息下,望着苍翠茂密的梧桐树叶发呆,觉得她这几天过得也算是格外戏剧性了。

她那闹了两三年要离婚的父母突然又不离了,继续维持着一本结婚证吊着两个毫不相关的人的关系。

哦,也不算是毫不相关,毕竟还有她。

梁女士大概一直觉得身为女儿的她心理不太正常,因为他俩吵架的时候,她就在旁边坐着看。

据梁女士说,她的眼神好像不是在看亲爹亲妈吵架,而是在看大街上为一根剩骨头打架的两条脏兮兮的狗。

尽管这两条狗浑身上下衣服首饰加起来上百万。

梁愫为此还每个月给她预约了心理医生,本意是疏导,没想到心理医生一再建议让他们给她换个环境。

比如，换回她从小生活的锦城。

但这当然是有条件的。

燕啾在心里细数着梁女士给她提的要求，觉得还真不少，想着想着，就"啧啧"两声，嘲讽地勾了下嘴角。

她的手撑着下巴，盯着远处发呆，逐渐都不知道自己在想什么，完全进入放空的状态。

"砰！"

静谧夜色中，忽然一声巨响传来，她心头一惊。

一个篮球砸在她脚边，只差三五厘米就会误伤她。球撞到地面被弹开，还耀武扬威似的围着她绕了一圈。

燕啾顿了两秒。

三更半夜，谁还在这儿打球啊。

她眯了眯眼，带了点火，扭头去看球场。

旧式小区，楼层较矮，面积大，虽然较为老旧，但球场、泳池、健身器械等基础设施都不缺。

此时，球场上立着两个人，路灯昏暗看不清，只能辨认出是两个男生，都高而挺拔，一个正面对她站着，一个在稍远处侧对着她。

面对着她的男生冲她招了招手："把球扔回来一下。"

燕啾：嗯？

没搞错吧。不道歉，还使唤人？

她没理，在心里默念："冷静。"

谁知道那男生不识好歹，还在喊："哎，愣着干吗呢你，把球扔过来啊。"

燕啾手里还攥着下午心理医生给她的评估报告，五指收紧，在纸上留下深深的折痕。

露出来一角的报告上写着医生潦草的字体，"适应障碍"几个字格外显眼。

常言道：小不忍则乱大谋。

但她可没什么大谋。

燕啾盯着脚边的篮球："冷静——"

她站起来，捡起篮球。

"砰！"

这个不长眼的球星签名限量版篮球，在半空中划出一道弧线，"哐当"一声，利落地掉进了不远处的公共垃圾桶里。

燕啾冷淡地看了那男生一眼，漫不经心地拍拍双手染上的灰尘。

"哎，你……"男生傻眼了，转头去看身后，"你那个巨贵的球……"

燕啾眯起眼，顺着男生的目光向后看去。

男生身后的那人随意地站着。

那人黑色短发理得利落，微微湿润的碎发搭在额上，身形颀长，侧脸轮廓清晰锋利。他姿态散漫，手里松松拎着个矿泉水瓶，漫不经心地抬起眸看过来。

远看还挺帅的。

可惜有个不长眼的球和一个没礼貌的小兄弟。

燕啾冷淡地"啧"了一声，看着那人盯了她片刻，腕骨分明的小臂一撑，散漫地站起来，背着本就不算明亮的路灯的光，一步一步地向她靠近。

她白皙的脸庞上，一双桃花眼警惕地眯起，眼尾微微上扬，淡漠又不屑。

不会要打架吧？

对方却好像丝毫没有那个意思，只是一眨不眨地看着她，像在看什么没见过的物种似的。

他许久才开口，嗓音低沉散漫，尾音拖得很长："你知道科比和奥尼尔亲签意味着什么吗？"

这个声音，好熟悉。

燕啾盯着对方越走越近，几乎要逼到她跟前来了。她挑了挑眉，眼皮子往上一掀，丝毫不怵地和这个比她高一个头的少年对视。

"你想说什么？"

不知道。很贵吗？

她盯着来人，表情在别人看来冷淡又不屑。

如果路灯够亮，燕啾大概能看清他眼里的复杂情绪。

在这暗淡的灯光下，她只觉得面前这人的轮廓和感觉都莫名地有些熟悉，还没来得及细想便中断了。

因为对方又凑近了一些，直到盯得她微微皱眉，准备开口，他才似环抱她般伸手——将她身后的行李箱提上了最后一层台阶。

蝉鸣不止，声声唱着燥热的夏天。

他声音很低，竟然隐约还带着笑。

"意味着我拿三万多块钱，买你扔个开心。"

燕啾："嗯？"

什么叫买她扔个开心啊。

这人是不是有病？

燕啾看着他。

少年眉峰挑起，球衣几乎湿透，勾勒出腰腹曲线，声线很低。

是示弱的话，但他的语气和姿态都懒懒散散，垂着眼睫，漫不经心地望着她。

熟悉的感觉越发强烈。

眼前人的轮廓带着光影，路灯下飘着许多小尘埃，仿佛和从前记忆里的某个片段重叠起来。

莫名其妙的对话，莫名其妙熟悉的感觉，让燕啾顿然想起了一个人。

一个，她此刻最不想见到的人。

舟车劳顿的疲惫，回到故地还要被迫和梁愫达成协议的烦躁，对从前回忆的不堪回首，种种复杂情绪混杂在一起，仿佛不受控制般，一股火气直直冲上脑门。

燕啾嘴角冷冷一勾，俯身接过被他轻而易举提上高台的行李箱，不留意，在把手处触碰到他的手，轻顿了一下。

她顺着这个姿势凑近他，姿态亲昵，近乎耳语，声音却极其冷淡："想逗我开心的人从这里排到城南了。"

夜风吹在脸上，耳边林梢"沙沙"作响，二栋不知道几楼的大爷重重地咳嗽了一声，显得夜晚更加寂静。

她的气息扑在他的耳边："三万块钱而已。

"你算老几？"

月上柳梢头。

看着人逐渐走远，蒋惊寒把衣服扔给一旁的杜飞宇："回了。"

杜飞宇摸了摸头，接住，一边穿一边打量他的神色："寒哥，她跟你说啥了？"

蒋惊寒瞥他一眼，眼底天寒地冻，满脸写着"我很不爽别惹我"。

杜飞宇很没眼色："那谁啊？那气场、那模样，绝了，大美女啊。跟你比都丝毫不输，感觉跟女王似的。"

蒋惊寒嗤了一声："你是千里眼？"

杜飞宇："嗯？"

"隔那么远，还能看见脸？"

杜飞宇绕到另一边："我自己脑补感觉的。就是看不清！不然我也不会以为是你妹妹，然后在美女面前失了分寸……不过她住这儿吗？怎么没看见过。我们这破小区啥时候来了个美女？"

蒋惊寒比画了一下，隔着不远把剩下的半瓶水扔进垃圾桶，漫不经心道："她早来了。比你早多了。"

记忆倏忽拉回二十一世纪初。

从前明明那么乖。

水瓶落下，发出"哐当"的声响，他舌头顶了顶后槽牙，烦躁地想起燕啾问他："你算老几？"

跩得跟二五八万似的。他低声骂了句。

回家收拾好之后，燕啾累得倒头就睡，一夜无梦。

第二天，她起得很早，在小区里转了转。这个家属院跟以前一样，大而陈旧，但充满温情，没什么变化。

倒是小区里下棋的爷爷、栽花的婆婆都还记得她，眯着眼想了半天，抚掌叫道：

"燕家的小姑娘，是不？"

"哎呀，燕家的妹妹，回来啦？"

她笑着一一应下。

她走出小区大门，在附近的商场逛了逛。

锦城一直这样，现代化和老旧建筑共存。在高大的写字楼旁边，也许是明清古建筑群，也许是老旧家属院，也可能是悠闲而惬意的茶馆。时光在这里慢而宁静，每个人都在有选择地生活着，而不是被迫着抓紧每一分每一秒向前跑。

这也是比起S市，她更喜欢锦城的原因。

它有着浸在城市骨子里的闲适与惬意，沉在缝隙里的历史痕迹。

家属院坐落在市中心，离购物中心很近。她慢悠悠地溜达进购物中心，买了些文具和生活用品，等奶茶的间隙里，看见一个男生坐在电玩城门口。

高高瘦瘦，穿着黑T恤，眉眼清冽，长得很帅。

而且……还有点眼熟。

她掏出手机给她发小发微信，是一个定位。

对面的男生拿起手机看消息，接着抬起头望了望，就看见不远处，燕啾一只手捧着奶茶，一只手举起手机晃了晃，冲他笑得眉眼弯弯。

"几年不见，变漂亮了啊。"走回家属院的路上，喻嘉树调侃道。

"谢谢啊。不过我一直这么漂亮。"燕啾高傲地说完，转移话题，"你怎么还住这儿？"

家属院有很多年了，刚到这里时，几乎是爷爷奶奶辈还年轻的时候。

后来大家安定下来，后辈们当官的当官，从商的从商，赚了钱，也就陆陆续续离开了，只剩爷爷奶奶们还住在这里，每天相互陪伴，倒也温馨。

"离学校近嘛。"喻嘉树顿了顿，"而且跟他们住多无聊，要么没人在家，要么在家就吵架。"

燕啾也顿了下："……嗯。"

两人走向电梯。

喻嘉树看她一眼，有些生硬地转开话题："你回来见过蒋惊寒没有？"

"啊？谁？"

燕啾还沉浸在刚刚突然涌起的令人窒息的情绪中，没听清，但也懒得再问，敷衍道："不认识。"

"叮！"

快要合拢的电梯门忽然一响，受到阻碍，复又打开。

燕啾一抬头，看见蒋惊寒单手拦住正缓慢关合的电梯门，另一手插兜，似笑非笑地望着她。

"是吗？"

空气寂静两秒，燕啾有几分尴尬地盯着地面。

蒋惊寒除了那句似是而非的反问之后就再无话，面无表情地看着她。

他不开口，燕啾也不说话，喻嘉树更不会出声，三个人就在一片诡异的气氛中同乘电梯。

燕啾的视线顺着地面往上,电梯一侧有小片的反光镜面,映出少年的一点侧颜。

鼻骨高挺,漆黑的碎发搭在额前,阴影打下,侧脸线条凌厉。

时隔多年,第一次这么清晰地看他。很难说她刚才那句"不认识",有没有赌气的意味在。除了他,还有谁会让喻嘉树都替她挂心。

是没听清,也是不想听清。

她垂眸,不再看那个淡漠的侧影。

正好手机响了,她摸出来看。喻嘉树在电梯里给她发微信。

木又寸:真不认识了?

木又寸:你这也太伤人家心了吧妹妹。

木又寸:好歹也是一中公认的第二帅啊。

燕啾回复:嗯。

她一点都不想知道"第一帅"是谁。

果然,喻嘉树又发:当然,第一是我。

燕啾无语。

"叮!"

三楼到了。

喻嘉树说:"拜拜。明天见。"

燕啾挥了挥手:"明天见。"

蒋惊寒先一步跨出电梯门,在前面嘲讽地勾起嘴角。

还没开学呢,就天天见了。

随着电梯门合拢,两个人感受着楼道里吹进来的凉风,在同一楼层各自掏出钥匙开门,气氛一片沉默。

燕啾心不在焉地在包里翻找着钥匙,思绪却忍不住飘远。

她怎么可能不记得蒋惊寒。

从前,他们三个还是挺好的朋友。每天放学,这两个人都在教室后门等她。

喻嘉树清冷温润,话不太多,但是比同龄男生更心细,更照顾女生的感受。

而蒋惊寒……算是小区里的小霸王吧。

他幼儿园时从不睡午觉，别人睡觉他在外面玩泥巴逗鸟。

小学时，他跟同学在小区里玩真人CS（户外竞技运动），别人脸上都涂绿色颜料，他不涂，素白着脸把另一个队伍打得落花流水。

初中时别人认真学习，他每天上课把作业写完就溜出去打篮球，还轻轻松松考第一，甚至还能抽个间隙把学校门口收保护费的混混全揍一遍，让对方看到他毕恭毕敬宛如见到大哥，就差双手把钱奉上。

三四年不见，少年本就在同龄人中出类拔萃的身高又蹿了一截，骨骼长开，眉眼少年气蓬勃，张扬又带着骄矜，却与冷淡漠然的气质丝毫不冲突，一如从前那般惹眼，让人移不开目光。

燕啾摇了摇头拉回思绪，找到钥匙打开门。

不知道怎的，对面的人竟也半天找不到钥匙。听到门关上的声音，蒋惊寒略显烦躁和冷淡地"啧"了一声，拿出钥匙打开门也进了家。

后来几天，燕啾都没能再见到蒋惊寒。

她很忙，忙着把房间重新收拾了一遍，然后拉着喻嘉树开始预习高二课本。

和从前的学校不同，锦城是全国统一命题，她得提前适应考法和进度。

在房间预习和复习的过程中，时间很快过去，八月底的夏末风吹过，气温稍降，九月将至，又到了开学的时候。

燕啾把随手接的宣传单举在头上，挡住耀眼的太阳，眯眼打量着一中。

白色大理石上印着红色的学校大名，大门旁的爬山虎长得郁郁葱葱，远望里面的建筑物以红色为主调，间杂以金色，显得大气磅礴。大门进去的主道上竖立着名人雕像，凑近细看，都是历史书上有名的人物。

还不错，燕啾想。她把宣传单扔进垃圾桶，在教学楼里寻找高二(10)班。

"报告。"她绕来绕去花了不少时间，到教室时已经晚了二十分钟。

全班都望向她。

燕啾很白，五官精致，更吸引人的是她身上有一种气质，清冷自持，却又隐隐带着些天生的傲气。

她抱着校服站在门口，九点的阳光照在她身上，像在发光。

有男生吸了口气，发出意义不明的语气词声。有女生对了对眼神，嘀咕了一两句。

她神情自若地又喊了一声"报告"。

"哦,给大家介绍一下,这是我们班的新同学。"班主任老朱冲她挥手,示意她上来做个自我介绍。

"大家好,我叫燕啾。'燕山胡骑鸣啾啾'的燕啾。"

她说完了,发现老朱还笑眯眯地盯着她,以为她还有下文。燕啾只好自己走下讲台,在慢半拍的掌声中走向最后一排落座。耳边还有议论她的窃窃私语,燕啾不太放在心上。

十班是最好的理科班,全是年级前一百的学生。

大多成绩好的人对成绩差的人会有一种不自知的优越感。

她是一个不知背景的插班生,新学期一开学就被安排进他们班,找关系、走后门之类的议论层出不穷,倒也正常。

只要没有恶意,燕啾一般都能理解。

只是……燕啾察觉到倒数第二排的那个男生,对方看着她的目光惊奇中又隐约带着敬佩。

对方这样的眼神让燕啾疑惑了,脑袋上缓缓冒出一个问号。

她也不是动物园的猴子吧?为什么他要这么看着她。

杜飞宇一听这个声音,再看她这气场,就认出她是那晚那个美女了。

"嘿,漂亮妹妹,好巧啊。"

听到这个耳熟的声音,燕啾似想起了什么,缓缓地抬眼看他,一种不太妙的感觉从心底升起。

早上喻嘉树问她在哪个班,她说十班,他的神情顿时很微妙,还轻声叹了句什么。

好像是……"孽缘"?

"报告。"

台上老朱的讲话又被打断,这次是一个男生。

燕啾僵硬地移动目光,果然看见蒋惊寒站在门口。少年单肩背着包,挺拔又随意地站着,神情淡漠慵懒,抬了抬眼。

有几个女生看了他一眼就红着脸低下头,脸上是压也压不住的羞意。

他的目光不经意地掠过人群,与燕啾相撞。旋即,他眉峰微挑,眼角眉梢都盛上些许戏谑，跟那天晚上一模一样。

燕啾垂下眼，缓慢而无声地骂了句："……真倒霉。"

出门前应该听奶奶的，把红绳给戴上，或许就不会这么晦气了。

"开学第一天，寒哥就又睡过了呗。"

"别问，问就是在家废寝忘食地学习，忘记了开学时间。"

前排几个男生开始插科打诨，女生们也跟着笑。

蒋惊寒瞥他们一眼，无视大家的嬉闹声，走向教室后侧最后一个空位——燕啾旁边。

大家看着看着就收了声，杜飞宇在前面"啧啧"了两声。虽然感觉这两人气氛很不对盘，但看着怎么就……这么搭呢。他被自己的想法吓到，赶紧晃了晃脑袋转过去。

老朱恨铁不成钢地看着蒋惊寒，却也没数落他，只说："这学期第一次，下不为例。"

"好。"蒋惊寒眼皮子都不抬，懒洋洋地应。

他转头挑眉看着燕啾，语气慵懒，尾音微微上扬："你好啊，新同学。"

燕啾此刻一点也不想跟他说话，她觉得自己太倒霉了。原本以为再也不会有什么交集的两个人，竟然阴错阳差地成了同桌。

一想到那天晚上对他放狠话，说想让她开心的人排队都排到城南了，第二天装不认识他被现场抓包，燕啾就想立刻离开这里。

但她面上丝毫不显，冷静又矜持，她扬起礼貌的微笑，十分客气地同他打招呼："你好。"

蒋惊寒点点头。

台上老朱的讲话逐渐激情起来，什么"新学期新气象大家应该奋力拼搏"的套话，她听不太清了——因为蒋惊寒好像怕她听不到，直直注视着她，缓慢凑近她耳边，做一个意义不大的自我介绍："蒋惊寒。'雁阵惊寒'的惊寒。"

雁阵惊寒。

她无端端想起以前蒋惊寒喊她的名字，坚持她的"燕"字读四声，怎么纠正都纠正不过来。

她又想起那天深夜里的蝉鸣和少年微微发红的耳尖，帮她提行李箱时那只筋骨分明、好看的手。

"高二……关键的一年……"老朱的话沦为了背景音乐。

蒋惊寒凑得太近了，气息扑在她的耳边，压低的声音通过耳道，震得她头皮发麻。

"现在记住了吗？"

"嗯……"她侧头用边发挡住耳朵，稍稍拉开了距离。

听见蒋惊寒轻笑了一声，燕啾咬了咬牙，在心里骂他，小学生吗？

这也太记仇了。

第一天开学报到，事不多，无非就是老朱通知他们一些开学后的事宜和学期安排，还有一些心灵鸡汤。等到老朱磨磨蹭蹭讲完，也就放学了。

燕啾把校服装进包里，准备回家。

她边走边跟她远在法国的闺密发信息：锦城的秋老虎也太厉害了点。

温羡估计刚起床，回她一张海岛度假的图，还附带问了一句：你回锦城了？

燕啾有点无语，边打字边鄙视她：是啊，都回好几天了。

法国美人鱼公主：怎么不跟我说？

啾咪：跟你说有什么用，反正我们还不是只能做网友……

她还打算继续吐槽，温羡又发来另一句，让她突然失神顿住。

她这一停，让身后的人刹不住脚步差点撞上她。杜飞宇的声音响起来："燕啾同学，老朱刚刚才说了不要走路玩手机。"

燕啾立马摁灭屏幕，生怕他看到屏幕上的内容。

杜飞宇看她不说话，假模假样地叹了口气："作为你的邻居和同学，我们有义务监督你，保证你上下学路上的安全。"

他说的是"我们"。

旁边人也抬眼看她。校服被蒋惊寒穿得像什么潮牌，他单肩背着书包，脖子上挂着一副耳机，神色很淡。夕阳余晖在他身上洒下一层薄薄的金光。

一时之间没人说话，杜飞宇在他们两个中间看来看去，倒退着比了个手势，识趣地先走了。

燕啾还没回过神，蒋惊寒是还在等她回答，只看着她。

路过的一群女生惊讶地看着这边。

"什么鬼啊……"

"不是吧,我的天。"

蒋惊寒哎?

半晌,蒋惊寒认输般,稍稍倾身凑近她,偏狭长的眼盯着她,叹了口气,终于开口了。

"一起回家吗,同桌?"

燕啾只愣愣地看着他。

少年站在她身前,比她高了一个头多,她仰头看他。

校门口车水马龙,人群熙熙攘攘。

而那个少年,此刻站在她面前,邀请她跟他一起回家。

燕啾垂下眼,落后蒋惊寒半步走着,看着阳光映照出来的晃动的少年影子,在心里回复温羡的微信。

法国美人鱼公主:那见到你想见的人了吗?他怎么样了?

——"见到了。"

——"他好记仇,像个小学生。睚眦必报,讨厌得要命。"

燕啾又抬眼,看紫色的晚霞散在天边,周围众多无关紧要的人遮掩着他故意放慢的脚步,心里某个角落忍不住,又补了一句。

——"但他好像还是很好,特别好。"

九月底,秋老虎威力正盛,气温直逼 35℃。夜晚也高温。

燕啾热得睡不着,从床上爬起来坐着,拿出手机给喻嘉树发微信。

啾咪:**下来陪我散步。**

"姑奶奶,半夜了,你散什么步。"喻嘉树倚着小卖部的冰柜,无奈地问她。

燕啾在冰柜里挑来挑去,似是没有心仪的,扬声问:"汪婆婆,怎么没有'绿舌头'了呀?"

门帘被拉开,走出一个穿背心裤衩的小男孩,长得不高。

小孩儿急吼吼道:"买什么?"

喻嘉树垂着眼:"早停产了吧,都这么多年了。"

小孩儿像急得很:"我先进去了啊,你挑好再来喊我。"

燕啾有些遗憾地撇撇嘴,对那些让人眼花缭乱的雪糕都提不起兴趣,最后挑了根"小布丁"。

他们喊结账喊了半天,都没人出来。

两个人坐在门口的小板凳上聊了一会儿天,燕啾连雪糕都吃了一半,那小孩儿还没出来。

喻嘉树偏头,语气平淡:"他好像爱在后面打游戏。上次小卖部就被偷了,汪婆婆气了好久。"

燕啾"啧"了一声,咬着冰棍起身往后面走:"不听话的小孩儿就该打屁股。"

碎花帘布后是一个小院子,花花草草栽了不少,白天看应当很茂盛。角落里摆着一台台旧时代的游戏机,半人高,机体庞大,摇杆操作,屏幕模糊不清,有颗粒质感。

最角落的街机前坐着一个人,好像不怕热似的,穿着件长袖卫衣。

喻嘉树:"这不你同桌嘛。"

只见蒋惊寒随意地咬着根棒棒糖,右脸顶出一点弧度,修长的双手不停地在红色摇杆和黄色按键上活动着,迅速准确,却丝毫不慌乱,还显出几分游刃有余的悠闲。

裤衩小孩儿眼里放光,情绪激动,在他身后对空气挥拳:"揍他揍他!放大!"

屏幕上左边的人物动作灵敏,在蒋惊寒的操纵下轻松闪过伤害,在适当的时候出击和释放技能,对面血条"噌噌"下降,很快就被 K.O.(击倒)。

"啊!打 boss(敌主)了!"

蒋惊寒淡然地抬手捏了捏不太舒服的后颈,轻轻转了下,喉结在流畅的脖颈线条上滚动。

喻嘉树本来在玩手机,这会儿也抬起眼来看:"97 拳皇,boss 大蛇。"还补了一句,"就是当年你连他裤脚都摸不到的那个。"

燕啾恶声恶气:"我知道。"

要你说。

蒋惊寒闻声,正操纵摇杆选人的手顿了顿,抬眼看了他们一眼。

"咔嚓!"棒棒糖被咬碎。他眼里情绪不明,右手微微一动,把卫衣帽子拉上来，半扣在脑袋上。

很明显，他不想看到他们两个。

燕啾顿时噎了一噎。

"……要不我们走吧？"她提议。

"咔嚓！"棒棒糖又被咬碎一块。

喻嘉树不乐意："再看看。"

看看这人怎么用一条命 K.O. 大蛇的，他当年可为这个苦恼了很久。

燕啾只好被迫欣赏。

"哇哇哇，暴走莉安娜真的可以一命打倒 boss 啊。太厉害了吧！"裤衩小孩儿差点蹦起来，激动得满脸通红，"你说还可以一命无伤击败大蛇，是不是真的啊？"

蒋惊寒好像觉得糖有些太甜了，低头找垃圾桶，裤衩小孩儿就"噔噔噔"跑去给他拿过来了。

他把白色塑料棒扔进去，右手点了"start（开始）"，漫不经心地吐字："吃操作。"

"有的人就不行。"

燕啾和喻嘉树头顶闪过一排省略号。

裤衩小孩儿："……哦。"

终极 boss 大蛇是个光着上身的男人，一头银发，线条明显的肌肉上文着太阳图腾，悬浮在空中。

大蛇被很多玩家誉为拳皇系列最强 boss，和他的技能"阳光普照"密不可分。他能召唤太阳之力，让所有被阳光照到的玩家灰飞烟灭。燕啾不止一次，连他的身都没近，就输了游戏。

然而这个 boss 在戴着卫衣帽子的少年面前像个笑话。别说大招，连一个技能都没放出来，就被蒋惊寒操纵的暴走莉安娜压着打，毫无还手之力，血条瞬间下降一半。

"啊！你这把怎么这么快啊，你前面都很慢地打的！"裤衩小孩儿很是兴奋，又有点忐忑，"哥哥，是不是我耽误你太久，你生气了啊？"

不然怎么打得这么暴躁。

蒋惊寒没说话，专注地盯着有噪点的屏幕，手下迅速用力，把 boss 打得只剩一层血皮。

最后一击——

大大的英文字母跳出来：K.O.！

"啊啊啊啊啊啊啊啊啊！"裤衩小孩儿蹦了起来。

"终于通关了，谢谢哥哥！"

"哥哥，你怎么这么厉害啊，是不是专门练过啊？"

燕啾抬眼看，他半张脸藏在帽子后面，只能看见高挺的鼻梁，看不清神情。

她以为这人要装相地说有手就行，毕竟这是他的惯常作风。

结果少年站起来，扫码付了一瓶水的钱，帽子滑落，露出整个侧脸，耷拉着眼皮，姿态散漫，从鼻腔里应了一声。

"嗯。

"小时候专门为人练的。"

燕啾第二天又踩点到校。

她加紧两步跑过大门，又一时没忍住，咬着豆浆杯的吸管回头张望——那个鸡蛋灌饼好香啊。

预备铃响了。她把豆浆杯子扔进垃圾桶，快步向教室走去。

余光看见蓝白色校服一闪，她眼睛一转，就看见她全校第二帅的同桌，拎着书包，非常潇洒地从大门侧面的围墙翻进来。

燕啾：呃……

校服不好好穿，松松垮垮地套在身上，露出里面的黑T恤和锁骨。

蒋惊寒拍拍手，丝毫没有翻墙被抓应有的羞愧，侧头看了她一眼："提醒你啊，第一节是英语课。"

燕啾狐疑，英语课怎么了？

燕啾和蒋惊寒跑进教室的后一秒，英语老师走了进来。

青姐是个身材高挑的女人，三十来岁，大红唇配上凌厉的眼神，可以说是十班最严格的老师了。她站在讲台上环视一周，大家的瞌睡立马没了。

"很好。"她挑了挑眉，目光落在气都还没喘匀的燕啾身上，"那我们先请新同学来个自我介绍？"

燕啾就知道没好事。

这种个性极强的女人大概是所有高中同学又敬又爱的对象，上课节奏紧凑、课后严厉，喜欢所有人都在自己的掌控之下。

好在自己的英语还不算差，燕啾不明显地叹了口气，站起来，简短而流畅地用英语自我介绍了一番。

全班顿时一片寂静，直到青姐毫不掩饰地赞许道："这位同学的口语很好。英音也很地道。"

这时候大家才反应过来似的，纷纷鼓掌。

燕啾坐下的时候一头雾水，她望着架好英语书准备睡觉的蒋惊寒，就差没把问号写在脸上了。

蒋惊寒简短地解释道："就算英语课，我们自我介绍也很少完全用英语全方位介绍。你口语很好。"然后就趴下去睡了。

"哦。"燕啾了然了。但是，大哥，你这是什么意思哦？

他没能睡太久，因为青姐发卷子了。

两人在一片哀号中，或淡定或不爽地开始了随堂测验。

中午放学。

蒋惊寒一出教室就看到喻嘉树在等燕啾，他冷淡地"啧"了一声，懒散地走在人群最后。路过喻嘉树时，两个人四目相对，仿佛气场碰撞，气氛极其微妙。

燕啾去了卫生间，在最里面的一个隔间。

这时，几个女生走进来。

"哎，你说那个新同学，长得好漂亮呀。"

"是啊，而且英语也好。"

突然，一道尖锐的女声像指甲划过黑板一般刺耳，突兀地插入对话——

"哼，但是也太装了点吧？"

燕啾正准备推开隔间门的动作一顿。她不想介入这种令双方都尴尬的无聊纠纷，于是待在里面又面无表情地往下听。

"昨天自我介绍就一句话，今天青姐让她自我介绍，她就用英语说一大堆，真以为自己英语好得不得了？"

一时没有人接话。

过了一会儿，有个女生转移了话题："喻嘉树是在那里等她吗？"

"怎么可能？她才刚来，怎么会认识喻嘉树啊？"

唉，好无聊。燕啾叹了口气，推开隔间门。

她力气用得不小，门发出"吱呀"一声。

厕所里静了静。

外头两个女生看着闲话中的当事人走出来，脸色都不大好看。

偏偏那个尖锐女声的主人还在隔间里，继续说道："不过她运气也是真的好，一来就跟蒋惊寒同桌。"

燕啾冲外头那两个面带歉意、不知所措，还拥堵了过道的女生说："不好意思，麻烦让一让。"

她平静地洗了手，擦干，走出卫生间。

尖锐女声也停了，那女生走出隔间，问道："刚刚谁在这里？"

外头那两个女生面面相觑，没人出声。

喻嘉树带着燕啾去食堂吃饭，期间有无数目光落在他们身上。

燕啾倒是挺淡定："我明天不跟你一起吃了。"

喻嘉树没多过问，只说："好。"

她一直很喜欢他这一点，他们两个从来都是有默契也有距离的好朋友。

倒是他和蒋惊寒。他们俩以前不是最好的朋友吗？

她一边吃一边盯着喻嘉树：唉，男生的关系也这么复杂吗？

喻嘉树被她盯得毛骨悚然，赶紧吃完，收拾好餐盘就去了球场。

燕啾坐在看台上晒太阳，眯着眼看球场。杜飞宇下场休息，坐在她旁边有一搭没一搭地聊天。

"怎么不去午休？"他问。

她想起那女生的话，耸肩撇嘴没说话。

这时，蒋惊寒跃身投进一个三分球，手臂肌肉隆起，弧线是少年特有的干净利落，转身时微湿的额发划过小小弧度，他撩起黑T恤擦了擦汗，露出劲瘦的腰身和几块腹肌。

还挺帅。燕啾"啧"了一声。

"快去啊！"球场外几个女生尽力压住尖叫，推搡着最中间一个女生，神情激动。

燕啾看着被推搡的女生握着一瓶水左手右手换来换去，面上羞红，还是没敢往前递。

有球友打趣道：

"寒哥，咱打球能不带啦啦队吗？"

"寒哥，再这样下去老邓要来逮我们了啊。"

"我们班主任好不容易批了我的假条，结果你带着一大群人不午休，别把我祸害了啊。"

老邓是政教处主任。

燕啾看着那个脸色羞红的女生，她双手握着矿泉水，眼睛一眨不眨地看着蒋惊寒。

"那天的事，对不起啊。当时认错了人，有点没礼貌。"杜飞宇有些不自在地道。

燕啾回神，偏了偏头看他，随意岔开话题："怎么还能认错呢？"

"我们小区有个跟你身材差不多，长得也好看的女生。而且那天都那么晚了，又黑，又远，谁看得清啊。"

燕啾一边看着蒋惊寒下场走过来，想起那天她也一时没认出蒋惊寒，赞许点头道："就是。"

但她总觉得哪里不对，一时半会儿也想不起来。

蒋惊寒老早就看见她了。

九月初气温还是挺高，她穿着夏季校服，及膝的格裙因为坐姿而露出一小截大腿，笔直雪白的双腿随意屈着，手撑在身后，头微微扬起，神情慵懒，像一只晒太阳的猫儿。

几个球友叽叽喳喳的。

"哟，漂亮小学妹啊。"

"是漂亮，但看着挺冷的。"

"怎么没见过呢？高一的？"

"不是吧，那校服是高二的。听说你班上有个转校生啊，是她吗？"

蒋惊寒拍着球漫不经心地应一声："嗯。"

"这么漂亮，给我介绍介绍呗？"

"算了吧，看我们寒哥是会主动要人联系方式的人吗？"

"哎，那我自己去了。"

"杜飞宇跟妹妹坐挺近啊……"

· 018 ·

原本在蒋惊寒手里的球在半空中划出一道弧线,直直投进了球场旁的铁筐中。

燕啾凝眉看着蒋惊寒脸色不豫,无视球场边女生递过来的水,走过来,冲她伸出手。

他太理所当然了,她也就顺手把手上的瓶子递给他。

蒋惊寒拧开瓶盖,喉结滚动,"咕噜咕噜"喝了半瓶之后,她才觉得不对。

这水是喻嘉树让她帮忙拿的,是他买了放在她这儿的。

燕啾暗自懊恼,远远望见这瓶水的正主走过来,未免尴尬,准备开溜。

谁知道,蒋惊寒像知道她的心思一般,同时侧身挡住她的路,她差点撞上去。

燕啾抬头,看见蒋惊寒居高临下地垂眼,手腕微动,松松拎着水瓶晃了晃,半瓶水"哗哗"发出声响。

接着,他抬眼,狭长的眼冷淡中带些挑衅,看了一眼喻嘉树,又吊儿郎当地问她:"怎么?"

"敢给不敢认啊?"

敢给不敢认啊?

燕啾看着蒋惊寒明显耍赖的表情,一时无言。

离得太近了,他刚打完球,浑身散发着热气,没有异味,却有着青柠的香气。少年扬起的眉和微垂的眼,比午后的太阳还要晃人。

她终于想起刚才为什么察觉哪里不对。

——"那天晚上那么晚,又黑,又远,谁看得清啊。"

但他看清了。

在暮色四合,星星闪烁,明月高悬的夜里,他隔着半个球场和三年光阴,一眼就认出了她。

第二章
雪糕、月亮与 95

燕啾做了一个梦。

梦里正是十二三岁的时候，她还是家属院里那个人见人爱的燕大小姐。

爷爷奶奶不爱吹空调，说开了觉得胸闷，盛夏的时候就只有立在沙发旁老旧的电风扇"吱呀吱呀"作响。

燕鸣那时候上高一，领着她预习初中课程。

她咬着冰棍趴在电扇边，偶尔走神，偶尔认真地听他讲，听到敲门声，便急匆匆地跑去开门。

燕啾觉得她在家学习，喻嘉树和蒋惊寒在外面玩，很不公平，于是她旁敲侧击地示意蒋奶奶和喻婆婆几次，这不，这两人黑着脸就来了。

她害怕被报复，殷勤地接他们进来，一人递了一根老冰棍，给他们摆好椅子。

三个人在客厅里时而玩闹时而学习，冰棍和风扇晃晃悠悠送走夏日躁意，白瓷碗里冰糖番茄的甜好像现在还记忆犹新。

燕鸣无奈又温柔地朝他们笑，但他的声音和样子，却在梦里逐渐模糊。

她醒了。

她睁着眼盯着天花板，神思恍惚了一会儿，摸出手机一看，突然刺眼的光亮使她眯了眯眼。

凌晨 02：38。

她叹了口气，披上衣服坐在阳台上望天。

渐渐入秋，半夜很凉，星星也很少。她感受着久违的凉意，把 CD 机音量调低，放起了喜欢的乐队的歌。

燕啾听了一会儿，还是没有睡意，便准备起身去学习。

对面阳台的玻璃门突然被推开。少年像是刚醒，张扬气息隐去，碎发半遮住眉毛，姿态散漫，神情慵懒，倚在门边望着她。

这种老式小区的楼房修得比较奇怪,她家和对面那家刚好有一个房间相对,两家的阳台都没有用玻璃窗封住,只有一道简单的防护栏。两家的两个阳台隔空相对,直线距离不过五米。

燕啾一顿,狐疑道:"你怎么在这儿?"她记得他之前房间不是这个。

蒋惊寒曲解她的意思,抬起下巴点了点她的 CD 机。

燕啾还穿着夏天的白色吊带睡裙,纯棉面料柔软,胸口处有细细的蕾丝和荷叶边点缀。她随意披了件米白针织衫,胸口处还敞着。

她有点不好意思地关掉音乐,空气突然寂静了,只余远处传来的几声鸣笛,余音悠长。

风吹过树梢,沙沙作响,他们对望,一时无言。

"失眠?"蒋惊寒先开口,走到栏杆处,微微屈身,双手屈肘靠在栏杆上,声音慵懒,略有几分哑,像是没睡醒。

"嗯。"燕啾应了声,没来由地觉得有些不合适,"吵到你了,不好意思。"

蒋惊寒没接这句话,伸手捋了把头发,长袖下露出半截腕骨分明的小臂。

"还睡吗?"

"不了吧,还有三个小时,写写数学题。"

"你?"蒋惊寒嗓音里蓦然带了点笑,"写数学?"

"怎么,看不起我啊?"燕啾无语,"数学差还不准人努把力了啊?"

燕啾数学一直不太好,从小学开始就是。她高一读国际学校,国际考试的数学难度实在太低。她暑假尝试做了两套全国卷数学题,只在 110 分左右,相比于她的其他科目,是比较拖后腿的。

"看过全国卷考纲了吗?"对面少年懒懒散散地问。

燕啾看他这副样子就烦,没好气道:"干吗?难不成你要给我讲吗?"

对面的人抬了抬眼,似乎觉得这个提议不错。

"是啊。"他一副理所当然的样子,"去开门。"

"啊?"

"不是睡不着,想写数学吗?"蒋惊寒好像一点也没觉得他说了什么话,理直气壮地反问她。

蒋惊寒关上阳台玻璃门之前的最后一句话是:"去开门。还有,把衣服穿好。"

燕啾低头看了眼松松垮垮露出白皙胸口的睡裙,拢好针织衫满脸问号地去开防盗门。

蒋惊寒在对面盯着她进去。其实他不是被吵醒的，她声音很小，不出去都听不到。

只是他半夜起来喝水，路过阳台不经意一瞥，发现……她在哭。

"小声点，难道你想被爷爷奶奶发现吗？"

蒋惊寒换了件长袖连帽卫衣，两根手指并拢，拎着本书跟在她后面。

燕啾回头瞪了他一眼，话是没错，怎么听着这么奇怪呢。

她是半夜跟一个男生在房间里没错。可真的，居然只是在写数学题啊。燕啾无语凝噎。

蒋惊寒无辜地看了她一眼。

早上，燕啾跟蒋惊寒同步到校的时候仿佛还处于梦游状态。

她把书包放在座位上，往外掏书时模糊地想，昨晚，失眠，蒋惊寒，数学。

他好像把大纲考点给她理了一遍，讲得还挺好，看上去数学还蛮不错的样子。

…………

难道这才是那个让她睡不着的噩梦？

蒋惊寒把顺手拿去帮她接水的水杯递给她，用他以为低声，其实周围几个人都听得到的声音说："第一节语文课。你可以先睡一下。"

周围人：啥？

怎么回事，寒哥好像跟新同学关系不一般的样子？

燕啾：……原来半夜那个不是梦啊。

燕啾接过水杯，瞪了他一眼。

蒋惊寒挑眉装无辜："怎么了，不是昨晚……"

杜飞宇和另一个前桌看到他们一起来上学时就惊呆了，坐在前面已经开始偷偷用余光瞥他们。

燕啾来不及犹豫，半起身捂住蒋惊寒的嘴巴，用眼神威胁他。

燕啾也不想这样，但她觉得蒋惊寒下一句很可能是："不是昨晚我在你家，你没怎么睡吗？"

蒋惊寒低笑了一声，带着她的手心微微颤动，眼角弯起，带了三分得意，估摸着语文老师要来了,才握住她手腕,把她的手拿下来,若无其事地继续说道:"难道不是今天早上路上偶遇的时候,你说的昨晚没有休息好吗?"

"……是啊,谢谢你啊。"燕啾假笑,咬牙切齿道。

杜飞宇和同桌宋佳琪默默把头转回去……是这样吗?两个纯情高中生半信半疑。

燕啾其实不太困,她睡眠一直不太好,平时睡眠时间也很少。但她还是半眯眼休息了一节语文课,为下面更重要的课做准备。

第二节英语课,青姐把昨天随堂测验题发下来,英语课代表在上面念分数。

这个声音……有点耳熟啊。

燕啾抬眼望了望,一个长得还算清秀的女生,声音略尖锐,声调扬起,正在念整体情况:"140 分以上,两个。"

燕啾"啧"了一声,长得挺好看,但是怎么这么刻薄呢。

"第一名,燕啾,143 分。"

燕啾听她的声音明显顿了顿,有些不情愿地接着报。

唉,小姑娘。燕啾叹了口气,问蒋惊寒:"她叫什么名字?"

蒋惊寒皱着眉想了想,对她说:"等下。"

燕啾:嗯?

"张悠悠。"

燕啾颇为无语地看着蒋惊寒戳了戳杜飞宇的肩,复述了一遍她的问题,然后在杜飞宇同样无语的眼光里得到了答案,再转述给她,还附带解释了一句:"放假太久了,忘了。"

行吧。

"第四名,蒋惊寒,138 分。"

"第五名,张悠悠,138 分。"

"第六名,杨升,138 分。"

燕啾眨了眨眼,望了望蒋惊寒,半晌,还是转向杜飞宇,问:"她是不是对蒋惊寒有种特殊的执着?"

杜飞宇有些惊恐地看着她:"你怎么知道?"

燕啾了然,简单解释了一下:"念英语排名时,同分数排名应该是按照字母顺序排列。"她抬了抬下巴,"她念的时候调了个顺序,把她和杨升改了个名次。"

杜飞宇转过头跟宋佳琪说:"女人真可怕。"

宋佳琪顿了两秒,无言地偏回头。

光是从英语成绩就可以看出来,燕啾是真的有些实力的,不是纯托关系进来的差生,班上同学的态度一时就好了许多。还有同学来问她英语题,燕啾都礼貌而客气地回答。

"这篇阅读的意思是女孩子大多都在小时候幻想过自己是公主。研究表明,外部的人多对女孩子使用这类词汇,有利于自信培养和人格塑造……"

但仅限于学习问题而已。她是真的不太想要人际关系,没有接别人刻意抛来希望拉近关系的话题,只是礼貌地微笑,偶尔回答两句,保持在既不生疏也不亲近的距离。

蒋惊寒趴着睡觉,但是有点吵,没睡着,听着她的声音,只觉得她好像无形地竖起了一层保护罩,像只警惕护着果实的刺猬一样,把一切东西都拒绝在安全距离以外,别人对她的善意也好,恶意也罢,她统统不想要。

他微微皱眉,总觉得她不该是这样的。

他正想着,学委杨升过来借燕啾的英语卷子,还带着他自己的卷子来比较了一番。

燕啾由衷地夸了一句:"你的作文书写得好好啊。"

全国卷英语作文重书写,甚至印象分决定大多数老师批改的基准分数。燕啾英语被扣了七分,有五分是扣在作文上。

杨升平时惯于练字,没有写市面上的衡水体,而是花体,保持美观、清晰的同时,句型句式也运用得很好,只扣了两分。

学委戴着眼镜,有些脸红:"如果你想学的话,我可以教你。"

燕啾思索了一下,觉得可以尝试一下其他字体,于是摸出手机:"那我们加个微信吧?"

"好。"杨升转身回座位拿手机。

蒋惊寒突然坐起来,打量着后门,说:"老朱来了。"

杨升赶紧停下准备走过来的动作,把手机塞回桌肚,在位置上坐好。

燕啾狐疑。

他不是在睡觉吗,怎么还能知道老朱来了?难道他可以在喧哗中,听出老朱比旁人更重的脚步声?

她觉得神奇,敬佩地看着他,把手机塞进校服口袋里,安心开始改数学题。

蒋惊寒不知道她在想什么,只觉得她刚才那个眼神很仰慕他,于是颔首淡定地接受了。

过了五分钟,上课铃悠悠打响,老朱才晃晃悠悠地夹着课本、端着茶杯,从前门走进来。

她想多了。

他完全是乱说的吧?那刚刚还一副"对,我就是这么厉害""嗯嗯不要太佩服我"的样子?

她转过头,看着正襟危坐的蒋惊寒,片刻无言,又转回去。

蒋惊寒一副很跩的样子,吊儿郎当地凑过来:"怎么?"

脸上的表情写着:找爷有事?

燕啾扶着他肩膀把他推回去:"……没事。"

蒋惊寒又凑过来。

燕啾深呼一口气,压着声音道:"你有完没完!"

只见"蒋跩哥"无辜地从地上捡起笔盖:"我捡东西啊,又怎么了?"

谢谢,她有被自己尴尬到。

蒋惊寒压住嘴角笑意,半节课后悄悄扔给她一张字条。

燕啾打开一看,面上没什么表情,只随意地把字条摊开放在桌上,并没有回应,过了一会儿,又略显烦躁地折起来扔进课桌里。

只有微红的耳尖和急促的心跳出卖了她。

字条上面用漂亮的花体英文写道:

  You see.I can also do this.
  (你看,我也能做到。)
  So could I have ur wechat,my princess?
  (所以我可以拥有你的微信吗,我的公主殿下?)

中午下课。

燕啾被迫跟蒋惊寒、杜飞宇还有宋佳琪一起去食堂的时候是蒙的。

她明明昨天才拒绝了喻嘉树,就是为了中午可以不去食堂,让她的校园生活更简单一点。现在看来……好像更复杂了?

她无言地配了几个清淡的菜,四个人有些许尴尬地坐着。

杜飞宇试图打开话题,聊了些有的没的,只有宋佳琪小声回复他。

剩下两个人连要说一句话的意思都没有。

"喂。"最后,杜飞宇受不了了,"感觉像我俩在唱戏,你俩是看客。"

宋佳琪连连点头。

燕啾有点想笑,"嗯"了一声:"你是主演。"

杜飞宇觉得燕啾在说他戏多,怒了。

"没天理了啊。来来来,坐过来,我俩走,让他们在冰雪奇缘里吃完这顿饭吧。"杜飞宇拖着宋佳琪往旁边移了一个座位。

距离稍稍拉远,大家都不太能听得到对方说话。

其实燕啾和蒋惊寒对坐着吃饭,并不觉得尴尬。像是很多年没见的老朋友,一时没有话说,但默契和感觉依然在。

但他们并不是老朋友。

他们小时候不熟。燕啾想着。

"你是兔子吗?"蒋惊寒发问。

"啊?"燕啾不解。

蒋惊寒目光示意她的餐盘,里面全是蔬菜。

燕啾沉默了片刻:"习惯了。"

蒋惊寒挑眉:"以前不这样啊。"

从前她最喜欢吃的就是川菜,红色的干辣椒铺满碗底,吃起来都面不改色。

燕啾没想到他还记得,勉强地提了下嘴角,敷衍道:"人都是会变的嘛。"

蒋惊寒顿了两秒,眸色微沉。

"你以后别叫我了。我不太吃食堂菜,来来去去太麻烦。"

燕啾表情很真诚,但是轻飘飘地拒绝别人的邀约,话语总是显得有些无情的。

"哦。"蒋惊寒很平静,神色自若,"可燕奶奶说让我照顾你,让我监督你吃饭。"

啊?

真的假的？

"不信自己回去问。"

这倒是真的。燕奶奶知道他跟燕啾一个班之后，就千叮咛万嘱咐，让他一定要让燕啾好好吃饭。

至于怎么好好吃饭嘛……蒋惊寒觉得，亲自监督她，当然是个最好的方法。

蒋惊寒微微后仰，抬下巴示意她："快吃，不吃完不许说话。"

看燕啾吃饭其实是一件很折磨的事情，她挑挑拣拣，细嚼慢咽。别人都觉得她挑食，只有她自己知道，有厌食倾向的人，吃饭这件事有多困难。

去年心理医生干预后，情况好了一些，但也远远没到对食物非常感兴趣的地步。

真的吃不下了。

宋佳琪看不下去了，小声道："那个，快到午休时间了。"

燕啾开始收拾东西："回教室吧。"

蒋惊寒盯了她三秒，没继续纠结这件事，只问："不去看我打球了？"

啊？大哥，你什么意思。我为什么要去啊！而且我昨天也不是去看你的啊！

燕啾面上不动声色："不去了。想睡觉。"

说完，她就觉得不好。

果然，她看见蒋惊寒脸上露出了然的神情，他点头道："嗯，你昨晚没睡好，确实该补补觉。"

宋佳琪和杜飞宇：我听到了什么惊天大秘闻！

燕啾和宋佳琪一起回了教室。

闲暇的午间时光，多么适合讲讲八卦，说说坏话，然后再睡个美美的午觉啊。燕啾站在教室门口，盯着张悠悠的背影，这样想。

"她真的很厉害。昨天跟喻嘉树吃饭，今天跟蒋惊寒吃饭。"张悠悠还在刻薄地吐槽。

燕啾刚才吃得很饱，现在有点想吐。她站在门口，歪了歪头，显得饶有兴味。

"不好意思，打扰一下。可以告诉我你在哪个食堂吃的饭吗？"

张悠悠转过头来，看见是燕啾，有点尴尬。她还以为燕啾不午休的，毕竟燕啾昨天就没回来。

算了，听到了又怎么样。反正是新同学，难道还会有谁帮她吗？

张悠悠给自己打了针强心剂，抬起下巴死撑道："怎么，明天好约哪个帅哥去吃饭吗？"

燕啾走近她，微微勾起嘴角，眼睛一眨一眨，又有几分戏谑的俏皮。

"约哪个帅哥还不知道，看我心情吧。但那个食堂肯定不会再去了，醋放得好多。"燕啾盯着她，吐字清晰，似有所指，"太酸了。"

张悠悠涨红了脸："你……"

燕啾打断她，无辜地眨眨眼："我什么我？我从一个日常交流和学习都是英文的学校转过来，的确没有想到会有因为我讲英语而被阴阳怪气的同学。"

"如果冒犯了你——"燕啾尾音拖长，偏了偏头，莞尔一笑，灿烂得晃眼，"那我也不道歉，并且还会继续。"

张悠悠心头"咯噔"一下，终于知道为什么那天她们不说是谁也在卫生间里了。

"还有，"燕啾看着她，"我跟喻嘉树、蒋惊寒认识的时候，你还不知道在哪里玩泥巴呢。"

张悠悠满脸通红，半晌说不出话来。

对手太弱，燕啾失掉了撑人的乐趣，开始觉得无聊。她叹了口气，最后结尾，竟然显得有几分语重心长。

"别因为别人有你想要却得不到的东西而泛酸，你根本不知道别人为这些付出了多少。

"人前人后两个样子，妹妹，不觉得这样很可悲吗？"

张悠悠咬着嘴唇没话说，看上去快哭了。

周围寂静无声。

原本聚在一起聊天的女生们面带惊讶。其实班里很多女生都鄙夷张悠悠的尖酸刻薄，只是碍于同学情面，一直没撕破脸。现在有人出声了，她们当然很开心。

况且这件事本来燕啾就占理，还说得很对，又霸气又飒，甚至还有人给她小声鼓了掌，连男生们都敬佩地看着她。

只是他们看到后门的人之后,气氛又微微紧张起来。

蒋惊寒很烦自己被拉扯进无聊的议论中。

他一般不对女生发脾气,但上次有几个女生在他面前为他吵架,他开始还装没听见,后来实在烦得不行,掀起眼皮子,很冷地看了她们一眼:"有完没完?"

虽然没骂人,但眼里几乎溢着"吵完快滚"。

燕啾闭了闭眼,没空管周围人的心思。只觉得她今天中午真是吃多了,不然不至于这样数落别人。

因为别人说坏话而生气回击的事情,她已经很多年不做了。真是智商倒退。

都怪蒋惊寒。

她叹了口气,转头跟目瞪口呆的宋佳琪说:"你睡吧。我出去逛逛。"

燕啾一出门就看见蒋惊寒倚在门侧,也不知道听了多久。

她就这么看着他。

他抱着球站在后门,修长又指节分明的手指有一搭没一搭地敲着篮球。阳光灿烂,照得他发梢熠熠闪着金光。

蒋惊寒本来去了球场,走到一半,突然想起还没拿到她微信,怕她睡一觉起来就忘了,于是折返,没想到刚好听到她数落……那个谁。

他想了想,好像又不记得名字了。

蒋惊寒站在后门,有几分想笑,她还真是,伶牙俐齿。

蒋惊寒抱着球,问她:"什么时候小时候跟我一起玩了。不是不认识我吗?"

企图听墙脚的众人:啥?怎么还有这层关系?

燕啾看着他,想起转学过来这几天遇到这么多破事,百分之八十都是因为面前这人,突然有点生气。

燕啾刚刚骂人都没生气,看到蒋惊寒突然就生气了。

"记仇鬼。"她骂。

燕啾越想越气。一句不认识记到现在就算了,还逼她一起吃饭,害得她被胡乱编派,还半夜三更跑到她家让她写数学。

蒋惊寒竟然还笑!

燕啾气不过,挥手给了他一拳。

"哎，干吗？"蒋惊寒下意识要躲，却又好像生生忍住，稳在原地，受了这一拳。

他看起来还挺无奈："打我干吗？"

燕啾还是瞪着他。

蒋惊寒叹了口气，犹豫片刻，还是选择抓住她手腕处的校服袖子："别生气了，姑奶奶。走吧，去看我打球。"

燕啾被他拽着走，甩了两下，没甩掉，嘴硬道："谁要看你啊。"

蒋惊寒又开始笑，难得顺着哄她："是。不看我。"

燕啾："看喻嘉树。"

蒋惊寒攥着她的手都紧了些，原形毕露，皮笑肉不笑："你试试看？"

听墙脚的都惊呆了，一个个嘴圆得像能塞下一个鸡蛋。

燕啾垂眸，突然觉得自己这气生得真是毫无理由。

她平时……不是这样的。

如果蒋惊寒不出现，她根本不会把这件事放在心上。本来就不是什么大事，轻描淡写就过了。但是看到蒋惊寒的第一眼，她心里就有某种情绪无意识地升上来，压都压不下去。

是委屈。

像她在幼儿园摔倒，本来自己贴上创可贴就好了，结果放学的时候看到哥哥和奶奶站在面前，怜惜地摸摸她伤口，关切地问她有没有事，她就会忍不住地眼泪汪汪。

刚刚看到蒋惊寒也是。

他明明什么都没有做错。太受欢迎，又不是他的错，但他还是坦然地接受了她这突如其来的负面情绪。

像大海无声地接纳流入的河溪。

暖意顺着被抓住的手腕蜿蜒上来，连到心里。

枝枝蔓蔓的野藤又开始生长，包裹住她难得的脆弱和胡闹，在略有些耀眼的午后阳光下，盛放出一朵朵粉白色的花。

晚上十二点，燕啾写完一套数学卷子，趴在床上给温羡发微信。

啾咪：我今天吵架竟然差点被气哭了。

啾咪：好没气势，想再吵一遍。

法国美人鱼公主：别说你师承我，好丢脸。

燕啾怒，用力打字"谁师……"，突然一条消息提醒跳进来：95 请求添加您为好友。

燕啾顿了下。

啾咪：其实是被某人气哭的。

啾咪：虽然他什么也没做错。

啾咪：但还是哄我了。

啾咪：真的好丢脸哎。

燕啾无视法国美人鱼公主发过来的满屏问号，看着这个好友申请。

她今天只给过一个人微信号。所以即使他昵称是一个毫无头绪的数字，头像是一轮皎洁满月，她也能猜到是蒋惊寒。

燕啾想起她缓过来之后，恼自己在他面前发小脾气，很没有面子，一下午绷着脸没理他。

蒋惊寒就在放学路上堵着她。

校门口拐弯后的路窄，她走哪儿，蒋惊寒就在她面前堵着。他好像还要去干什么，同行等着他的朋友们在不远处发出了然的起哄声。

"寒哥，猛啊。"

"啧啧啧。"

燕啾最后发火了，咬牙切齿地问他："你到底要干吗？"

蒋惊寒摊开手示意。

燕啾："什么玩意儿？要钱啊？"

"要钱直说啊，扭扭捏捏的。"燕啾拉开书包就开始找钱包。

蒋惊寒脸色黑了黑，凑近："燕啾同学，你是不是忘了什么东西。"

看着燕啾已经开始从山茶花标的钱包里掏钱了，蒋惊寒道："还是你想要我把字条上的话再说一遍？"

燕啾愣了愣，蒋惊寒继续道："中文还是英文？你选一个？"

"什么毛病。"燕啾小声骂。还中英文，难道你还在这里大声对我朗诵"我的公主殿下"吗？

蒋惊寒说："你不选，那就中文吧。"

"咳咳。"他还预备似的清了下嗓子。

"你看我也可以写花体字,所以我可以拥有你的微信吗,我的……"

"滚!"燕啾飞速写完手机号塞到他手上,悲哀地觉得她输了。

她低估了蒋惊寒不要脸的程度。

蒋惊寒"扑哧"笑了出来,捏着字条晃了晃:"早给不就完事了?"

燕啾心里默默想"滚就一个字,我只说一次",然后瞪了他一眼,一阵风似的从他身边大步走开。

蒋惊寒看着她的背影慢慢走远,挺直的脊梁在远处消失不见,若有似无地勾起嘴角,缓慢而无声地把最后一句念完:"……公主殿下。"

系统:对方通过了你的好友申请,现在可以开始聊天啦!

燕啾通过之后下意识抬眼,透过玻璃窗看了看阳台那边。

两个人的页面顶端都显示"对方正在输入中……",但是许久也没有人开口说第一句。

燕啾忍不住有些好奇。

第一句,不知道蒋惊寒要跟她说什么。

半晌,屏幕终于又亮起,燕啾点开来看。

95:开门。

哎?

大哥,干什么哦,半夜讲题还上瘾了啊?

燕啾一边在心里骂"期待,期待个屁",一边检查衣服有没有穿好,偷偷摸摸去开防盗门。

"干吗?"燕啾把门拉开一条小缝,露出半张脸,眼睛警惕地盯着他,像防贼一样。

"不是练字?"蒋少爷挑眉扬了扬手里的英语本,非常理直气壮。

燕啾深吸了一口气,免得自己忍不住发脾气。

"蒋惊寒同学,你有没有意识到你老是半夜来我家的行为是不对的……"她话还没说完,突然对面的门开了。

一个女生穿着睡衣睡裤,打着哈欠问:"这么晚了你又去哪儿?"

等她睁开微眯的双眼,三个人对视一眼,同时爆了一句脏话。

燕啾:你家里还有个女生?

蒋惊寒:她怎么出来了!

蒋唱晚：我是不是看到了什么不该看到的东西？

三个人暴风似的内心独白之后，两个女生都试图以迅雷不及掩耳之势关门，但蒋唱晚成功了，燕啾没有。

燕啾关门的时候蒋惊寒反应很快，他把手搭在门框边，燕啾差点压到他的手，只好减速。

再加上刚刚三个人同时说话，关门声音也有些大，燕啾怕动静惊了老人，不敢硬来。

蒋惊寒趁机迅速拉开门挤进来，趁爷爷奶奶出来察看之前，把门轻轻关上。

燕啾被他压在墙上，瞪着他："你……"

"嘘。"蒋惊寒伸出食指阻止她出声。

一阵窸窸窣窣的响动后，爷爷从房间里探出头来望了望，又慢慢转身关上门，道："没事没事，应该不是我们家的。别把啾啾吵到就行了。"

不是，爷爷，就是我们家。

燕啾欲哭无泪。

蒋惊寒的食指还抵在她嘴唇上。

黑夜寂静而漫长，但她的眼睛很亮。

两个人四目相对。

燕啾看着他清冽的眉眼，视线往下移，是高挺的鼻梁，紧抿的唇，还有滚动的喉结。

她抿了抿唇，视线再下移到他的领口。领口上的花纹，跟刚才门口那个女生的衣服一模一样。

燕啾瞬间清醒了，用力推开他。

"快滚。回你家去！"

蒋惊寒被推得后退一步，叹了口气道："那是我妹妹。"

"'我不是，我没有，你听我解释''我把她当妹妹''我跟她没关系'。"燕啾冷笑，"是不？狡辩语录这么会，怎么不多背几句？"

蒋惊寒无语，有点想笑，但只能忍住，叹："那真是我妹。"

燕啾皱眉，还是很凶："你哪门子的妹妹，我怎么不知道？"

"没在这边呢。之前一直跟着我爸妈，高中才到这里来的。"

燕啾皱着眉毛想了想，好像有这回事，又觉得自己理亏，反应过激了，略尴尬地应："哦。"

"扑哧！"蒋惊寒一下没绷住，"你这么激动干什么？"

燕啾一顿，垂下眼。

墙边的瓷砖幽幽映着一点光亮，她盯着那个亮点想了想。

是啊，她这么激动干什么呢。他到底有没有说实话，到底是不是他妹妹，跟她有什么关系呢？

燕啾思考半天，抬起头问他："蒋惊寒，你对谁都这么好吗？"

蒋惊寒看她低着头不说话，就觉得她在乱想。

果不其然。

蒋惊寒皱着眉："想什么呢你……"

燕啾突然打断他："算了，不早了，你快回去吧，我要睡了。"说完，她提着拖鞋轻轻地回房间了，没有给蒋惊寒继续说下去的机会。

蒋惊寒看着她走进拐角，沉默片刻，轻轻拉开门，回家了。

燕啾躺在床上，竖起耳朵听见防盗门轻轻关上的声音，沉沉地吐了一口气。

手机屏幕一闪，是蒋惊寒发来的消息：晚安。

她没有回复，就像刚才她不想听到他的回复一样。

她这么骄傲的一个人，有那一次就够了。她不想再为谁担惊受怕、昼夜难安了。

就当是好朋友吧，青梅竹马、死党、发小、同桌，什么都好，别再抱有别的期待了。

燕啾，别再抱有别的期待了。

第二天，蒋惊寒掐着时间起床，半开门站在门后，准备听到动静就开门，假装刚好遇上。

蒋唱晚走的时候一副了然的神情，戏谑地盯着他，他装没看见。

但他一直等到七点二十分，燕啾也没出来。

小区离学校大概十五分钟路程，七点半上早自习。

他皱眉，觉得不太对。

燕奶奶正巧开门，准备去买菜，看见他："惊寒怎么还不去上课啊？要迟到啦。"

"起晚了，马上去。"蒋惊寒装作不经意地问，"燕啾呢？"

"哎呀，我们啾啾今天不知道怎么了，和嘉树一起，老早就走了。"

"好。谢谢奶奶。"蒋惊寒没再说话,眸色沉沉地往学校走。

燕啾是什么人,能晚起一分钟绝不早起,只要罚得不太重,还会选择赖床性迟到。

早起?不可能。

她在躲他。

蒋惊寒腿长,到的时候刚好打铃。

燕啾看他来晚了,神色又不太好,猜到他多半等她了。她心头浮上一丝不好意思,有些愧疚,准备等他问的时候解释一下。

谁知道一上午他什么也没说。杜飞宇问他什么,他也是单音节词回应。

面对杜飞宇询问的目光,燕啾犹豫地摇头。

一上午的课,他们都安安静静,没有说话。

第四节课,老朱突然把蒋惊寒叫走,直到上完上午最后一节课也没回来。

燕啾正准备去买面包,结果杜飞宇叫住她:"寒哥让我监督你吃饭。"

燕啾无语,跟着他一起走,犹豫半晌还是问出口:"他干吗去了?"

杜飞宇惊讶:"他没跟你说吗?"

燕啾内心吐槽:说了我还问你?

好在杜飞宇也没要她回答:"物理竞赛复赛,应该要走几天了。"

蒋惊寒回来时,教室里没人,大家都去吃饭了。他收拾了书包,走出门。

没人的教室里,蒋惊寒又倒回来,鬼鬼祟祟的,从那个被贴吧文描述为"除了竞赛书一无所有"的贫瘠书包里,摸出几颗大白兔奶糖,放在燕啾桌上。

他本来也想中午跟燕啾解释。但是他忘了他要去另一个学校参加竞赛,下午就要走,结果就这么错过了。

蒋惊寒盯着那几颗糖,沉沉叹了口气。

"祖宗。"

燕啾该玩玩,该学学,倒也自在。

只是下午张悠悠别扭地递给她一封道歉信时,她望了望旁边的桌子,心里还挺空的。

也不知道蒋惊寒是不是故意的,桌子没有收拾,零零散散摆着几支笔和一本书,看上去就跟他在的时候一样随意。

蒋惊寒走的第三天傍晚，给她发了条微信，是一张图片。

燕啾晚上回家才看到。

是一片晚霞，暖橙色的光从大片大片的云彩中露出来，半边天都是奇幻的暖色，一种黄昏的温柔和缱绻隔着屏幕安抚了她的心。

啾咪：。

她不太喜欢说诸如"好美"这类赞美词，回个句号表示她看到了。

95：不生气了？

燕啾无语，怎么回事，明明是你在生气好不好？

她想到这里又有点生气，好歹是她同桌，都不跟她说一声。

她没回，不过蒋惊寒好像也没有在等她回。

95：明天月考，今天早点睡。

95：别被考哭。

95：这回没人哄你。

燕啾愤愤扔开手机，严重鄙视他这种一语双关，既说她菜，又拿那件丢脸事开她玩笑。

她爬上床捞起手机，回了个阴阳怪气专属的可爱表情，然后：晚安。

蒋惊寒在那头笑，可以想象她平静冷漠的伪装下，咬牙切齿的愤怒。

月考三天就这么过去。

一中改卷子很快，几乎考完第二天中午就出成绩、排名、贴红榜，一气呵成。

燕啾去洗手间回来的时候，见几个女生围在后门口，为首的那个女生没穿校服，长得还算清纯，嗓音娇柔，正小声打听："哎，就你们班新来那个，很女神的那个，考得怎么样？"

女神？谁？她吗？

她往那边瞥了一眼，发现那个女生她认识。

十四班的叶玺雨。

燕啾一向不爱记人，有时候同班一年多，不熟的同学还是不太记得名字。之所以记得叶玺雨，是因为她的存在感实在太强了。

她每天给蒋惊寒送东西，有时候是小字条，有时候是温热的豆浆，总之一切小礼物都压着一张粉红色的便笺，写着她的名字。

叶玺雨旁边的女生嘻嘻哈哈道："红榜前一百你都看了两遍，不可能把人家看掉的，肯定在很后面啊。"

"玺雨啊，你就是太善良了。她考那么差，你还害怕是你没看到，伤了她的面子。"

"就是啊，他们班那群人传得跟什么似的，什么仙女啊、成绩好啊……啧啧，这也太打脸了。"

燕啾没说话，面无表情地从前门进去了。

一进门，杜飞宇、杨升，还有班上几个男生就表情沉痛地围着她。

"啾姐，节哀。"

燕啾莫名其妙："我考倒数第一了？"

杨升一滞："这倒没有。"

"那你们干吗？"

杜飞宇用沉痛得仿佛念哀悼词的声音道："可你的理综，只有150分。"

燕啾沉默片刻，一群人正准备安慰她，什么"一中理综题很难啦""你刚来还不适应，可以慢慢来""老朱可能找你喝茶，你不要慌"之类的。

结果，她抬起眼，神色惊奇："怎么比我估的还高20分？"

啊？一群人惊呆了，用近乎看傻瓜的眼神看她。

开玩笑，在十班，理综150分是个什么水准啊？他们班最低分都是270分啊！这位姐怕不是被刺激傻了吧？

张悠悠刚看完榜回来，被惊到目瞪口呆，发现叶玺雨一群人还在后门幸灾乐祸，翻了个白眼准备无视，坐等她们打脸。

谁知道，叶玺雨根本不准备放过张悠悠："哎，悠悠，听说你被她欺负了？"

还自己撞上门来了？

张悠悠的刻薄一向不憋着，她最讨厌这种人，明明心比谁都黑，还偏偏装纯。

"大姐，"张悠悠翻了个白眼，"您这么关心我们班成绩，一定还没来得及去看自己的吧？"

顿了顿，她又做恍然大悟状："哦，我忘了，红榜上看不见你。毕竟是交择班费进的好班嘛。"

叶玺雨脸一阵青一阵白。

"但凡你要是去认真看看榜，或者有两粒花生米，也不会醉成这样。"

张悠悠想起燕啾开口教训她时清清冷冷的模样，虽然很丢脸，但她不得不承认，燕啾说得很对。

这种人，真的比不上。

她附送了叶玺雨一个大白眼："与其来操心别人的成绩，不如去看看你们班第一和年级第一差多少分吧？"

宋佳琪也转过来，一副欲言又止的表情："建议你们去文科榜那边看看……"

一中还没有明面上正式分科，但是早已按照选科意愿分了班，理科班的文科课程相对较少，一周每科最多一节课。虽然是每个人全科都考，但是文理排名早已分开。

虽然有些功利，但的确能帮学生更好地为高考打好应试基础。

而十班的人偶然路过文科红榜，随意地看一眼，继续路过，然后缓慢地反应过来，僵硬地回头再看一眼。

红榜最上面，燕啾的名字高挂，耀眼得像她本人一样，带着平静的骄傲和张扬。

第一名，高二（10）班，燕啾，645 分

办公室里，老朱笑得喜气洋洋，冲十四班班主任道："哎呀，郝老师，真不是故意的。抢了你们班第一，不好意思啊。

"唉，可惜蒋惊寒不在，不然没准儿就能拿两个第一了，啧啧啧。"

这话纯粹装相，蒋惊寒在也就是个前十的水准。

但七班班主任不乐意了："哟，你把我们喻嘉树放哪儿了？"

十四班班主任是个戴眼镜的中年女性，这时候只好假笑，背地里气得吐血。

十四班是全校最好的文科班，没有意外的话，几乎囊括年级前三十。

偶尔发挥不好，会让别班同学挤进一次前十，但那还是极少的情况。

可是这回……居然让一个理科班的同学拿了第一？

郝萍盯着燕啾比第二名高了快二十分的成绩，听着老朱"不好意思"地道了一上午的歉，牙都差点咬碎。

燕啾敲办公室的门时，老朱招手把她迎进来："哎，燕啾，坐坐坐。"

郝萍顿时竖起耳朵，往这边看了一眼。

这就是燕啾？好漂亮的小姑娘。

郝萍愤愤瞪了老朱一眼，凭什么好的都让他占了？

蒋惊寒就算了，长得帅，成绩好，虽然调皮了点，但不犯大错，还是懂事的。这回又来个漂亮女孩，也是他们班的？

郝萍怒，准备好好去数落一下班上同学，"噔噔噔"踩着高跟鞋去上课了。

老朱看着她气愤地走了，笑得嘴都合不拢，半晌才想起燕啾还在这儿，立马敛起笑容，拍拍对面椅子示意她坐："燕啾啊，这回考得不错，我有点意外，也有点惊喜哈。"

燕啾颇为无言地盯着老朱压都压不下去的嘴角想，您这何止是"有点"啊？

"谢谢朱老师。"燕啾面上礼貌地应。

"但你理综……只有153分啊？"老朱话锋一转，念她的成绩，"语文130分，数学115分，英语145分，文综255分，理综……153分。"

"嗯。"燕啾点头。

办公室里好几个老师抬头来看她，戏谑道："哟，老朱，都多少年没带过理综250分以下的学生了吧？"

"完啦，秃头老朱职业生涯中的一大考验啊。"

"去去去。"老朱挥手骂他们，"你才秃头呢。"

他又转回来，正儿八经开始咨询燕啾的情况："是准备读文？"

燕啾没犹豫："对。"

"看你挺坚定的啊？早就决定了？"

"是。"燕啾点头。

老朱奇了："那怎么给分我们班来了？"

燕啾沉默片刻："我爸妈给我办的手续。他们可能……不太清楚。"

"哦。"老朱了然。

燕啾高一虽然在国际学校读的，但成绩挺好的，就算转过来肯定也是十班或者十四班，可能她父母填资料的时候以为她学理，就分到十班了。

燕重北和梁愫太忙了，从来不懂她想要什么。

不问，也不在意，甚至还把自己的意志强加给孩子。

对燕鸣是，对燕啾也是。

燕啾其实一看到分班就明白了，不过她的确也不指望他们会对她有多清楚了解。

高二下学期正式分科。一个学期而已,她没什么问题。

"那你想不想现在转到十四班去?"老朱跟郝萍拌嘴归拌嘴,但不能真的耽误了学生的前途。

理科班安排的文科课程少得可怜,每节课以周计数,晚自习全是理化生,燕啾这样待了一个月,还考第一,真的很不错了。

燕啾顿了顿:"……我可以再考虑一下吗?"

"好!"老朱一拍桌子,"好好考虑啊,我可不想这么早,就把这么好的学生便宜郝老师。"

燕啾无言片刻:"……好的。"

燕啾回班上的时候,十班都炸开锅了。

她刚进门,就被人群包围。

"啾姐,牛啊。怎么做到的?"

"十四班说,郝萍脸都绿了,哈哈哈哈!"

"你不会每节物理课都在看历史书吧?"

"啾啾,你好厉害啊……"

"你不知道我们啾姐每节物理课都在睡觉吗?"

她听见杜飞宇嚷嚷、杨升夸奖、宋佳琪感叹,甚至张悠悠都低声嘟哝:"怎么这么厉害……"

燕啾在男男女女的声音中无奈扶额,虽然觉得吵,但她觉得这种感觉很新奇。

所有人都围着你,关心你,开玩笑也好,真诚赞叹也罢,都是真心且善意的。

她好像在缓慢但真正的,融进了这个班集体。

燕啾费了老大力气跟他们解释,她是很认真地在学习和复习政史地,不是天才。

她叹了口气走回座位,抬眼先看见一双球鞋。

顺着鞋往上,她的同桌坐在位置上,书包还扔在桌上,他靠着椅背,抱着手臂,勾起嘴角看她,低声道:"恭喜啊,年级第一。"

像是那天他跟她分享的晚霞,黄昏时分的温柔与缱绻尽数在他眉眼间展现。

风过林梢，吹落渐黄的银杏叶，燕啾一阵恍惚。

快十月了呀。

蒋惊寒撩起眼皮子，看了眼她的成绩单："数学还是这么差？"

燕啾不情不愿地应："嗯。"

她也知道蒋惊寒的关注点是对的，毕竟高考之前的所有小考都是为了检测不足，而她的弱势在数学。但她还是稍微把成绩单往上拿了一点，露出145分的英语，希望挽回一点颜面。

蒋惊寒不为所动："那你得补补数学了。"

燕啾："……哦。"然后把成绩单折起来扔进桌肚。

蒋惊寒想笑："不是夸过你了吗。怎么还不高兴？"

燕啾不说话，把头偏向另一侧，心想，谁要你夸了。

蒋惊寒站起来转到另一侧，面对燕啾继续逗她："难道考好了也要哄吗？"

燕啾恼了，调整情绪，抬起头："十五张化学卷子，十七张物理卷子，八张生物卷子，两篇八百字作文，七张数学卷子，九张英语卷子。"

她掰着指头算，算完深情地盯着他："我建议你还是好好补作业吧。"完了还觉得不解气，补了两句，"放学之前补不完，哭也没人哄你。"

蒋惊寒沉默半晌，缓缓伸手接过卷子，不说话了。

周围人忍笑忍得很辛苦。

有生之年得见寒哥吃瘪。

高二的十一假期满打满算放七天，刚好在月考结束后，大家心都飞了。

十班考得不错，除开蒋惊寒没考，燕啾这个异类，其他基本在年级前八十，前十里占了七个。

喻嘉树是年级第四。

燕啾不解，问："喻嘉树为什么在七班啊？"

蒋惊寒斜睨她一眼："可能因为他害怕遇见我吧。"

杜飞宇转过头鄙夷地看了他一眼。当时分班，喻嘉树是分到十班了的。他走进来见到蒋惊寒，两人对视一番，整个教室的女生都低声尖叫。

喻嘉树皱着眉问："你走我走？"

蒋惊寒刚从一楼搬上来，双手撑在桌子上，不想动，道："你走。"

喻嘉树"啧"了一声，转身就回了七班，后来校方怎么劝也不行，毕竟虽然十班的师资是最好的，但学习主要还是看个人。看他次次稳在前十，校方也就妥协了。

那之后学校两个大帅哥不合的消息就传开了。

但是，女生嘛。

一种连伏地魔和林黛玉都可以强行拉郎的神奇生物，怎么会放过这种现成的强强冤家梗呢。

燕啾翻着贴吧，啧啧惊叹。

她刷着刷着，突然发现一个新帖子，热度还挺高。

一看标题，燕啾突然有种不好的预感？

燕啾还没来得及点进去看，就被蒋惊寒抽走了手机。

她一惊："喂。"

蒋惊寒抬下巴示意讲台上的老朱："认真听讲。"

说完，他发现老朱已经讲完课了，下课前几分钟正在灌鸡汤。

好在老朱讲了件正事，解了蒋惊寒的围："我们班月考考得不错，马上放十一了，我觉得大家可以一起出去玩一天，怎么样？"

"好！"大家欢欣鼓舞。男生拍着桌子欢呼乱叫，女生开始讨论带什么东西，穿什么衣服。

宋佳琪转过来问她："啾啾，你去吗？"

燕啾想了想，她又没啥事，七天都在家也太无聊了，于是回道："去吧。"

杨升拿着小册子登记人数，走到他们这儿，宋佳琪表示燕啾和她都要去。

然后，杨升转向杜飞宇和蒋惊寒，名单上蒋惊寒的名字划到一半，出于礼貌，他还是又问了一句："寒哥你去吗？"

"干啥呢，你问了不也是白问，我跟我们寒哥肯定要……"

杜飞宇还没说完，蒋惊寒打断他，简短而有力地回："去。"

杨升点头，继续把名字划完，突然："……啊？"

杜飞宇得意地仰头："是吧，我说什——什么？"

"噗。"燕啾实在没忍住，杜飞宇的尾音转了快三百六十度，再配上杨升那个惊讶脸，真的很像一出戏。

宋佳琪也在旁边笑。

杜飞宇盯了她一眼："哎，算了。要不怎么说英雄难过美人关呢。我

042

也去吧。"

燕啾看见宋佳琪耳朵红了,小声跟蒋惊寒说:"看着挺傻一人,还挺会来事。"

蒋惊寒也小声说:"怎么,我不会吗?"

"……咳咳。"杨升扶了扶眼镜,努力端庄地走了。

10月3日,燕啾望着全班人一个不落地上大巴车,问宋佳琪:"那个登记有什么用呢?"

宋佳琪说:"只有这一次没用。前几回他俩都不去的。"

燕啾顺着她的目光看过去,那两个人穿着短袖随意地站着,等女生先上车。

十月,不出太阳的日子里,还挺凉的。

燕啾望了望自己的长袖绀色水手服,再看看那边,蒋惊寒就穿着一件黑T恤,衬得他更白了,此刻懒洋洋地插兜站着。

"看我干什么?"蒋惊寒挑眉,见她正出神,"上车了,大小姐。"

第三章
日记本上的秘密

大家尽情狂欢的地点选在游乐园,宋佳琪听到无语了片刻。

好土啊!燕啾跟宋佳琪对了对眼神。

游乐园、吃饭、唱歌,燕啾怀疑这是当代高中生出门的最常见选择。

四个人最后上车,坐在最后一排。

蒋惊寒和燕啾听着大家宛如小学生春游般快乐的大合唱,又看着他们宛如久违放风般上蹿下跳,无语极了。

两个人仿佛两座冰雕,僵在最后一排,静静地看着这一切。她突然很想念一句:"热闹是他们的,我什么也没有。"

蒋惊寒拧开瓶盖喝了口水,说:"我后悔了。"

燕啾头一次向他投去赞许的目光。

"这里我们是不是来过的?"燕啾看着远处缓慢旋转的摩天轮问。

"是吧?"蒋惊寒买了一个氢气球递给她,是举着猎枪的光头强。

燕啾翻了个白眼,指了指小熊维尼:"感觉没怎么变。"

蒋惊寒跟卖气球的人换成小熊维尼,把细线一圈一圈缠在她手上:"不都这样,还能怎么变。"

燕啾垂眼看着他的动作,两个人都静默片刻。

她十一二岁的时候爱来游乐园,但是稍微刺激一点的项目又都玩不了,一坐就头晕想吐,只好看着其他小朋友玩海盗船,很羡慕。

燕鸣给她买了氢气球,她皮,握不住,老是飞走,一飞走就委屈,红着鼻子和眼睛,但是又不哭。

蒋惊寒觉得烦,每次都会拿绳子在她手上多缠几圈,打了结再给她握住。

回忆好像太清晰了。

很多无意识的动作,相对无言的静默,都表明这段记忆的深刻。

"去吃饭了。"燕啾最后说。

杜飞宇下了过山车之后走路都是飘的，满脸都是"我是谁我在哪儿"，却还试图拉他们进坑："你们真不去啊？真的很刺激。"

蒋惊寒抬了抬眼皮，冷漠道："刺激你再去一回？"

杜飞宇就不说话了。

宋佳琪还好，拿着冰激凌，眼神清明，鄙夷地看了一眼杜飞宇之后，问："燕啾怎么什么都不去玩啊？"

蒋惊寒看着燕啾仰头看奶茶牌子的背影，淡淡道："玩不了。会吐。"

也不是什么都玩不了。

燕啾和蒋惊寒在摩天轮上转第八圈的时候，她终于问："我们还要转多久？"

转一圈刷一次卡，那个售票小姐姐来来回回给他们刷卡，看上去快疯了。

晚上吃串串，街边的大排档，热闹又嘈杂，烟火气十足。

"你敢信，你寒哥高中第一次跟我们出来玩，带着啾姐在摩天轮上转了一个多小时？"杜飞宇大概有点兴奋，一边续杯一边拿蒋惊寒开玩笑。

"哈哈哈哈。"

"寒哥怕不是害怕吧？"

"哎哎，你们怎么不猜啾姐害怕啊？"

气氛热烈，大家边拿菜边谈论。

"你啾姐什么人？会怕这些吗？"

"哎，怪不得寒哥一直都不敢跟我们一起出来玩。"

燕啾默默闭上了准备开口解释的嘴。

既然大家都觉得她不怕，那就不怕吧。

蒋惊寒也挑了挑眉看着她，倒也没说话，任他们开玩笑。

两个多小时过去，杨升早就撑不住趴在桌上快要睡过去了，杜飞宇还在桌子旁大声控诉青姐放假前让他写十篇作文，抱着蒋惊寒的腿不放，喊"寒哥放心飞，汗毛永相随"。

燕啾清晰地看见蒋惊寒额角跳了跳，他平静而克制地推开杜飞宇，看杜飞宇的目光仿佛在看一个陌生人。

她笑了半天："原来你粉丝名叫汗毛啊。还挺好听。"

"啾姐呜呜呜……"杜飞宇又往她这儿靠来,她赶紧躲开。

"不是,"蒋惊寒拽着她脱离这是非之地,"我没粉丝。"

"我自己都只是个粉丝。"

"那我还是面条呢。"燕啾跟着他站在路边,抱臂等了半晌,转头发现蒋惊寒直勾勾地盯着她。

"……怎么了?"他的表情和他平常很不一样。

平时的蒋惊寒,守规矩里,又带着点恰到好处的不羁、桀骜和淡漠,像披着羊皮的狼狗。你看他温顺,其实骨子里是沸腾的热血和傲骨。

现在他就这么直勾勾地盯着她,眼神灼热,像个……游乐园里被妈妈牵着走,却一直盯着想要的玩具的小孩子?

燕啾叹了口气,问他:"怎么了?"

"没有。"他回得很快,移开眼。

燕啾觉得他这样很可爱,捡起刚才的话题逗他:"你刚刚说你是别人的粉丝?"

"嗯。"

"那你是谁的粉丝?"

他突然又转回来,眉头微皱,思量片刻,像做出什么不得了的决定一样,矛盾又挣扎地开口:"……你的。"

"啊?"

燕啾心跳倏然漏了一拍,她告诉自己,不要抱期望,但还是不由自主地轻声问了句:"……你是谁的粉丝?"

下一秒,少年往前迈了一步,胸膛几乎快要抵着她的额头,她能听见他急促而有力的心跳声,一下,一下,滚烫而热烈,几乎要灼伤她。

蒋惊寒沉默了半晌,眼神很暗,但很清明。

人影嘈杂,远处玻璃杯碰撞的声音清脆,此起彼伏。

他低头看着她,声音很低:"燕啾。

"玩不了项目却还让我背锅的燕啾。"

燕啾滞了片刻,觉得他真的很记仇,正准备推远一点骂他,又听他哑着声音说——

"我是你的粉丝。"

玩不了也爱去游乐园的燕啾,学校里闪闪发光的燕啾,高傲又锋芒毕露的燕啾。

寂静夏夜里一离开就是三年的燕啾。

我是你独一无二的倾慕者。

是这么多年来都念念不忘，等待遥远宇宙传来回响的孤独行星。

路灯昏黄，远处城市的夜景璀璨闪烁，人群嬉笑打闹声好像又近又远。

夜色太撩人。

燕啾是初二刚开学那年走的。课本都领了，她愁眉苦脸地准备每天早起，她爸妈突然说要给她转学。

原因是锦城教学质量不如S市好，燕鸣要考大学了，得去S市试试。而且他俩常年在S市，对这一双儿女很挂念。

燕啾觉得这都是哄爷爷奶奶的话罢了。实际上是燕重北和梁愫要离婚了，他们俩和平协商过后，决定把燕鸣给梁愫，燕啾给燕重北。

他们当年是人人艳羡的一对夫妻，人都快中年了，在历尽社会浮沉后，决定分手，双方的身体或心灵都不再忠诚，但还是想瞒着长辈，于是就杜撰出这些理由。

当时燕鸣并不觉得她小，不懂事，直接跟她说了这件事，让她自己思量走不走。

她当然不想走，但燕鸣得走。他不走，等到上了大学，梁愫就没办法再认他这个儿子。

总而言之，梁女士觉得，这样会养不熟的。

燕啾当时想，哥哥一个人去那么远的地方，和一个几乎不认识的人一起生活，会不会很孤独啊。

她觉得她得去陪哥哥，但是她又舍不得，舍不得爷爷奶奶；舍不得宽窄巷子里川剧变脸的声音，春熙路上趴着的那只大熊猫，种满梧桐树的学校，放学路上卖蛋烘糕的小贩，花、鸟、棋都不缺的家属院；舍不得六楼上清清冷冷的喻嘉树；舍不得对门的邻居和同学；舍不得……蒋惊寒。

那是她的十四岁，是格外记挂蒋惊寒的第三年。

为什么是第三年呢。

因为她跟他从小就认识了，不知道自己是什么时候开始格外关注他的，只能从歪歪扭扭的日记本上判断。

2012年,她十一岁的某一天,短短五行的日记里出现了四个蒋惊寒。

她想,应该是那个时候吧。

蒋惊寒从小就有魔王潜质。

燕鸣比她大三岁,很多时候顾不上她。

院子里欺负她的,都被蒋惊寒打过一遍。比他小的,他能打;比他大的,他也能打。

他打完还从来不跟她说,一身是伤地路过她,为了不让她去告状,还会吓唬她。

蒋惊寒那个"能把男的打哭,把女的吓哭"的家属院小霸王名号,大概就是那个时候传出来的吧。

后来上了初中,蒋惊寒不仅是对门的邻居,还是隔壁班等她放学的男同学。

十四岁的燕啾已经很漂亮了。

她不止一次地看过他把别人堵在巷子口,却不知道每一次都是因为那些人或直白或含蓄地表达出对她的轻佻或侮辱。

燕啾只会皱着眉问他:"为什么别人从来不打架,从来不受伤?"

他任她给他收拾伤口,抿着唇一声不吭。

燕啾觉得他对她也是不一样的……吧。

她思索再三的那个夜晚,偷偷去敲蒋惊寒家的门,小声问他:"蒋惊寒,你是不是喜欢我?"

半晌,她听见他说:"不是。"

不是最好。

就这样,燕啾走了。一别三年,再也没回来。

喻嘉树和蒋惊寒成了相见就不爽的仇家。

喻嘉树是恨蒋惊寒把燕啾放走;蒋惊寒是……一看到他,就会想起,是自己亲手推走了燕啾。

国庆收假前最后一天,燕啾把今天的套卷写完,趴在床上刷新手机界面。

贴吧里的同人文还没更,她有点意犹未尽。

犹豫了半晌,她还是轻点已经退出的界面,点开了另一个帖子:在线看冷酷哥撩妹,新来的小姐姐是否会沦为他的掌中之物?

2L：放小姐姐照片。[图片]

燕啾挑了挑眉，这是她红榜上的照片，出成绩那天老邓拿着相机拍的。

3L：……天！这个姐姐好漂亮。

4L：而且这个是老邓拍的红榜照片吧，类似证件照了。老邓死亡相机，大家都懂的。

5L：真的挺漂亮。但是，楼上的楼上醒醒！看看你的ID啊！

6L：见过本人！真的好看！成绩也很好！

7L：隔壁学校慕名而来，占个前排。

8L：但是听说脾气不太好……

9L：楼主人呢？

…………

24L：不要催不要催。楼主在整理实锤呢！[图片][图片][图片]

所谓实锤是楼主和她朋友的聊天记录，附带几张模糊不清的偷拍。

  A：我看见寒哥在校门口！

  B：不是天天都在吗？

  A：不是不是不是不是这回不一样！

  A：马上！

  A：[图片]

聊天记录截图，图片很小，贴吧压缩又很糊，燕啾放大，努力辨认出那是开学第一天的下午——蒋惊寒问她要不要一起回家。

蒋惊寒弯着腰，离得很近。

就这个模糊不清的偷拍，竟然让燕啾心跳漏了半拍。

25L：妈呀这个距离好近！好像好温柔的样子啊！

26L：虽然想着jjh温柔……有点违和……但是这个图片好甜啊！

27L：拽哥的反差萌？

28L：就这？这算啥？我跟学校门口卖鸡蛋煎饼的叔叔也隔这么近。

29L：楼上好酸啊。那我给你开个你和卖鸡蛋叔叔的帖子？

噗！燕啾觉得这个29L说话很有意思，点开29L"渔舟唱晚"的主页，发送了好友申请。

30L：还有这个，这是我在空间刷到的，十班全班一起出去玩的时候。
[图片]
这回是大图，是十班的合照，太多人了，燕啾看了半天才看到她和蒋惊寒在哪里。

背景是游乐园，她穿着绀色水手服，手上握着一个小熊维尼氢气球。
蒋惊寒穿着黑色短袖T恤，偏头看着她，在说话，神色淡漠又温柔。
背后是缓慢旋转的摩天轮，还有温柔日色，如他眉眼。
燕啾顿住，手指在屏幕上停了半天，存下了这张图。

31L：……这个又温柔又酷的感觉，认真的吗？
32L：这个感觉，让我想到《溺水小刀》……
33L：溺水小刀+1，我也好想跟寒哥一起出去玩。
渔舟唱晚又冒出来发了一句。
34L：我心态不平衡了。
燕啾疑惑，她皱眉看了看这个ID，大概猜到了什么。
刚好渔舟唱晚通过了她的好友申请，她试探性地发了一句：……格子睡衣？
蒋唱晚沉默片刻，迟疑地打字：白色吊带？
燕啾的睡裙是白色吊带裙。
她"扑哧"一声笑了出来，把微信号给蒋唱晚扔了过去，然后退出了帖子。

晚上八点，暮色已降临，万家灯火通明。
齐敏生日会，在老城区一家饭店预订了一个包间。
齐敏是蒋惊寒初中的同班同学，现在在附中，他俩初中关系还可以，再加上江旬也在，他也就被拉来了。
七八个女生吹蜡烛、许愿、唱歌，蒋惊寒单纯给齐敏面子才来的，这种无聊活动他肯定不想参与。
他垂着眼坐在角落沙发上刷手机，几个附中女生挤过来，伪装着聊了几句，然后冲他要微信号。
蒋惊寒掀了掀眼皮子，神色没什么变化，淡漠地看了她们一眼："不好意思。"

拒绝的意思很明显了，因为他想着是齐敏的朋友，还算比较有礼貌。

女生们还想再说，他就真的烦了，身子往后仰，眼角眉梢都不耐烦，起身把礼物扔给齐敏，走了。

齐敏知道他的性子，也没怪他，跟他道了声谢，转头数落她的小姐妹们："不是都跟你们说了吗？自己上赶着去讨什么没趣啊。"

小姐妹们撇嘴，纷纷叹气："本人太帅了，比照片帅多了，没忍住。"

蒋惊寒出门就看见江旬站在走廊边上，上半身靠着墙，一只脚弯曲，垂着头，神色不明，闻声，抬头看了他一眼。

蒋惊寒挑眉，上下打量他几眼，破天荒地从他身上觉出几分寥落来，下颌一抬，问他："到底怎么了？"

"被拒绝了。"江旬烦躁地"啧"了声，顺着墙蹲下来。

蒋惊寒表情顿时很微妙："谁？拒绝你？"

还没等江旬展开说，两个人就听见走廊尽头传来一声女孩子的惊呼，声音惊恐而尖厉，像是遇到了什么紧急情况。两个人对视一眼，快步往声音源头处走去。

走廊尽头是卫生间，门口的洗手池处，一个女孩儿双手抱臂，是一个下意识防备、警惕的姿态，脸上还有没有完全反应过来的震惊和恐慌，对着一个男人吼道："你干什么？"

"误会误会，"矮小瘦弱的男人见来了人，忙竖起双手，试图向他们解释，"只是刚好碰到了而已，不是故意摸的，不是故意的……"

江旬扫了两眼，一眼判断出这人是个惯犯，扯了扯嘴角："你知道你穿帮在哪儿吗？你应该跟该道歉的人道歉，跟该解释的人解释，知道吗？跟我们解释算什么？"

江旬揪着男人的衣领，一路扯过走廊，扔在门外。

"哎哎，你们干什么？"男人挣扎无果。

小巷寂静无人，男人跌坐在路边，嘴里还在骂骂咧咧。

江旬撩起袖子，蹲下身来，直视男人的眼睛，慢悠悠道："说说吧，刚才在干什么？"

这种事，江旬一个人处理就够了。蒋惊寒蹲在一旁，双手放在膝盖上，安静看着，觉得江旬这么多年盛气凌人的气质真不是他比得上的。

这么多条街巷，论土匪头头的气质，江旬还是第一名。

他想着就乐了，勾着唇从胸腔里笑了一声。但马上他就笑不出来了。

视线不经意往前一落，他看见个女孩儿拎着袋子从对面商店里走出来，左右看了几眼，准备过马路。

那不是燕啾吗？

蒋惊寒低骂一声，手肘在膝盖上一撑，起身，左看右看，想找个遮挡物躲一下。

燕啾走到这边，看见一个红头发的帅哥表情凶狠地揪着一个男人的领子："你有本事再骂一句？自己做了什么事心里没点数？"

她顿了顿，莫名觉得这人在这种场景下，有一种诡异的亲切感与熟悉感，好像在哪里见过一样。

思来想去，可能是跟以前蒋惊寒给她的感觉很像吧。说不定他们俩还能成为知己呢。

燕啾想着，抬脚准备离远点，就听见帅哥喊了一句："还敢骂！不给你点颜色看看你真不知道落泪是不是？"

"你知不知道我大哥是谁！？"

蒋惊寒蹲在一辆大众后面，长眉微皱，有种不好的预感。

"你大哥是谁？"

江旬接着很跩地说："蒋惊寒，听过没？

空气顿时安静两秒。

所有人都沉默了。

燕啾停住往前迈的脚步。躲在车后的蒋惊寒额角猛地跳了跳，呼出一口沉沉的气，扯了扯嘴角。

蒋惊寒差点儿气出声！这人解决问题就解决问题吧，戏瘾来了吗这么多话？还要把他拉下水？

江旬可能演上瘾了，回头看，喊了声："寒哥？你在哪儿呢？"

蒋惊寒就这么看着燕啾已经走过了，又神色好奇地倒回来张望，额角跳了跳，觉得江旬明天不横死街头都对不起他。

"江旬，"他实在没忍住，"你是不是脑袋被门夹了？"

江旬被骂得莫名其妙，但是也没管他，接着教训人去了。

蒋惊寒烦躁地从大众后面出来，跟燕啾四目相对。

"……嗨，好巧啊。"他面无表情。

燕啾没想到他还真在这儿。

她心情很复杂，觉得贴吧里的楼全都白盖了，什么乱七八糟的传闻，全是假的。

人家在这个——她抬眼望了望，又滞了片刻——这个绝情饭店外，带着小弟，勇当江湖上的大哥。

没想到吧？这该死的神奇剧情。

她回："呃，好巧啊。"

她顿了顿，知道他现在估计挺尴尬，又说："我就纯粹路过，什么也没听到，什么也没看到。

"那我先走了？"

蒋惊寒一时没说话。

燕啾就又试探性地加了一句："……大哥？"

空气顿时安静两秒。

蒋惊寒想要解释的嘴又闭上了，他看着燕啾的背影，冷漠地想——江旬，你完了。

法国美人鱼公主：*我十一月回来一趟。*

啾咪：*回哪儿？*

法国美人鱼公主：*锦城呗。*

法国美人鱼公主：*看看我们啾啾。好久没见了。*

法国美人鱼公主：*还有那个小男生。*

啾咪：*快十八岁了。还小呢？*

温羡忙着敷面膜，单手摁住发语音："在我面前谁不小啊。我都二十了。唉，时光不饶人，青春不再啊。"

温羡是她在 S 市国际学校的学姐，也是锦城人。两个人莫名其妙认识，每天用家乡话聊天，意外地很投机。就算后来温羡出国读艺术，关系也一直很好。

燕啾笑了她这个怨妇语调半天，然后说：*那我到时候去接你。*

温羡说不用，在那边输入半天，最后发来一句：*温昱也来。*

燕啾顿了顿，关掉手机屏幕，没回。

她坐在阳台上，脑子里纷纷杂杂的，很烦。

最后，她点开微信，看见蒋唱晚刚给她发了消息，问她：啾啾，你现在有空吗？

半个小时后，燕啾坐在桌子前，看着蒋唱晚 60 分的高一数学卷子，一时无言。

"你怎么不去问你哥？"她问。

蒋唱晚撇嘴翻了个白眼："问他还不如自学呢。他从第一步直接到最后一步，还好意思问我为什么不懂。"

行吧。

蒋惊寒等着江旬把事情收拾完，又陪他在烧烤摊上坐了一会儿。

冰镇可乐一听又一听地开，水雾从瓶身顺着指尖往下滴，江旬垂着头，不知道在想什么，倏然没头没脑地问："你有没有那种很在意的人？"

"嗯？"

"就是感觉好像不管对方做什么，都可以牵动着你的心脏。"

很突兀也很奇怪的问题。

按照常理，蒋惊寒这时候应该冷嘲热讽江旬几句，可是不知道为什么，许是烧烤摊太嘈杂，江旬又太疯，他反而懒得回答他了，竟然也低下头思考这个问题。

他最后想，可能是因为她值得吧。

院子里那个倔强又爱跟着他的小女孩，转眼好像就成了亭亭玉立的大姑娘。

而他依然为她挂怀。

国庆收假回来，大家就迅速调整心态，进入新一轮的学习和整理。

走廊上，老朱端着茶杯问燕啾："想好了没？"

她犹豫几许，透过玻璃窗望了望里面，说："想好了。"

还有三分钟上课，燕啾踩着预备铃的尾巴走进来。宋佳琪问她："老朱跟你说什么呀？"

燕啾边整理书本边说："转班的事。"

杜飞宇转过来，蒋惊寒面前摆着的那本有关天体物理的书也不翻页了，双眼盯着桌角。

燕啾没说话，自顾自地把政史地课本拿出来整理好，又打开水杯喝了口水。

杜飞宇忍不住了："说呀姑奶奶，你怎么说的？"

"我还能怎么说？"燕啾觉得有些好笑，又觉得被人这样记挂着有那么一点点感动，把杯子放回原处，翻开政治书。

"按学校规矩来呗。"

那就是该什么时候分班就什么时候分班了。

蒋惊寒不着痕迹地松开被他捏出褶皱印子的书页，早忘了看到哪里，徒劳地翻了一页做掩饰。

燕啾小声补了一句："我初来乍到，得跟着大哥混嘛。"

蒋惊寒嘴角抽了抽。

不是，这梗过不去了是吧？

燕啾调笑归调笑，心里还是有点失落。

她的确有很多理由，比如她不喜欢适应新环境，不想来来回回几次了解新同学。

但她那时候只是遵循了内心的想法，她不想走，不想离开这个班级。不想离开……她往旁边望了望，少年的侧脸清隽淡漠。

她不知道她的选择是否正确，就像老朱都向她反复确认。

她不可能一直在理科班，还保证文综不落下。唯一的办法只有加倍努力，才能去弥补她所不足的。

别人只看到她红榜上的高分，看不到她每个凌晨的背诵，堆得老高的教辅资料，还有不停往办公室跑的身影。

她叹了口气，给自己鼓劲。

加油啊，燕啾同学。

蒋惊寒余光注意到她微微向下的嘴角，手中的笔转了又转。

他当然知道她放弃了什么。

如果燕啾选择现在转班，他绝对支持。

但她没有。

她偏偏没有。

而他太自私了，既然燕啾自己不走，他也不会说出劝燕啾走的话，只能想办法尽力帮助她。

"要不我给你补数学？"蒋惊寒绷着脸如是说道。

燕啾疑惑，补就补呗，你黑着脸干吗？

蒋惊寒目光不看她，往她桌子上落。

燕啾花了几秒判断出蒋惊寒是有点不好意思，顿时笑了："你吗？算了吧？"

蒋惊寒真的黑脸了，觉得这女的真是不知好歹。

不就是不想补数学吗？他偏不让她如意。

蒋惊寒恢复冷漠脸，勾起嘲讽的笑，狭长的眼挑衅地盯着她："怕了？"

燕啾沉默两秒，真被这激将法激怒了。

不就是个数学吗？

光脚的不怕穿鞋的。补就补，反正她又不吃亏，谁怕谁啊。

晚上八点，一中下晚自习的时间。

江旬斜斜倚在校门口等蒋惊寒，一手插兜一手发微信催他：快点。

蒋惊寒回得很快：你赶着投胎？

江旬"啧"了一声，不知道蒋惊寒这段时间怎么不太爽他。

他抬眼看校门口陆陆续续出来的人，女生们三三两两扎着堆，偶有看到他的还议论两句。

"哎，那不是附中的江旬吗？"

"啊，他最近是不是和那个谁在……"

"天，我也听说过……"

看这个窃窃私语的阵仗，也不像是什么好话。

江旬听到她们马上要提某人名字，非常不爽，走近了，食指在空中晃荡两下，点了点他耳朵，说："妹妹，下次议论别人，记得小声点。我不聋。"

女生们顿时噤若寒蝉，一声不吭地走了。

江旬"啧啧"了两声，眯着眼，觉得自己应该换点人接触，毕竟人也不能吊死在一棵树上，何况那棵树还是个歪的。

燕啾一出门就被截和，面前一个一米八几的男生堵住了她的路。

江旬刚刚在校门口看了半天，觉得这个妹妹最合他眼缘，肤白貌美大长腿，还很傲，看着就很有挑战性。

"这位同学……"江旬站在她面前，还没来得及说下一句，就看见燕啾一脸豁达通透地看着他，好像对他接下来要做什么事了如指掌。

咋回事？

他不是还没开口嘛？

他表现得太明显了？

江旬半晌都没说出话来。

燕啾打量他片刻，些许惊讶道："你又染头发啦？"

他之前国庆七天假去染了个红头发，开学那天还试图顶着红头发进学校，被附中教导主任教训了一个上午，下午亲自押着他去染回去了。

不过她怎么知道？

江旬的疑惑非常明显地写在脸上，燕啾也不想再跟他耗，她还赶着回家背书呢。

于是，她开口道："说吧。

"——这回又在帮你大哥做什么事？"

蒋惊寒在八点十分同时收到两条微信。

啾咪：校门口，你小弟好像傻了，速来。

江旬：哥，我错了。

十分钟后。

江旬心情复杂地跟着蒋惊寒走了："我不知道被她听见了。"

他一时戏瘾来了，在外面大声嚷嚷他"大哥"的大名和英雄事迹，"中二"又丢人得可以。

江旬觉得，蒋惊寒没揍他，已经是经过这么多年，脾气被磨得好得不得了了。

蒋惊寒淡淡瞥他一眼："真那么对不起我？"

江旬觉得没好事，果然，他又把头转回去，直视前方，轻飘飘来一句："那不如跪下来道个歉？"

"滚。"江旬嘴角一扯，知道蒋惊寒不再计较了。

半晌，江旬又问："什么时候回来的？"

"八月吧。"蒋惊寒语气压实了，好像认真了些，推开射箭馆的门，戴上发带。

江旬摸了把弓，在手里掂了掂，半晌——

"那你怎么想的?"

蒋惊寒合着一只眼,拉开弓,对准红心,漫不经心地道:"什么怎么想的啊?

"不可能再放走了呗。"

"咻!"

随着话音一起落的,还有那支箭。

正中靶心。

燕啾路过书店,想着再挑两本教辅资料来看看,一逛就是一个多小时,出来的时候已经快晚上十点了。

她抱着三本书结了账,沿着路边走。

放学好一会儿了,学校的灯全都熄了。路边的店几乎也全部打烊,街上只有零星几个人,还有昏黄的路灯。

耳后传来窸窸窣窣的声音,树梢被风吹动,簌簌作响,树影来回晃着。

她心下一紧。

她回头看了一眼,加快了脚步。

很恐怖。

她总觉得,人烟稀少的街,脏乱昏暗的巷子,狭小逼人的电梯——都给她带来一种无形的压力。

总觉得……有人跟在身后。

有时候是纯粹想象力和过高的警惕心理作祟,有时候,比如现在——她真的觉得她身后有人。

燕啾深吸一口气调节逐渐急促的呼吸,剧烈的心跳"咚咚咚"在胸腔震动,她快步走,几乎快要跑起来。

学校到家大概二十分钟路程,但有一段是僻静的小巷,这个点肯定没人了,她咬了咬牙,抱着"宁走远不走危险路段"的心理,拐向了稍微热闹一点,但也远不了多少的路。

她埋头快步走,不敢回头看。

"啊!"

蒋惊寒一出门就被一个女生撞上,力道还不轻。对方抱着书,一只手伸出来捂着额头。

他皱了皱眉，抬眼一看："……燕啾？
"你怎么还不回家？"
燕啾顿了一下，见是他，心下松了一口气，转头看了一眼身后。
好像……没人了。她皱着眉思索。
"问你呢。"蒋惊寒声音沉了沉，抬腕看了看表，十点多了。
燕啾想了想，还是暂时不告诉他："……买了几本书，晚了点。"
江旬觉得没他什么事了，给他俩打了个招呼："我先走了。"
蒋惊寒不怎么在意地应了一声，往她怀里瞥了眼，确实是几本新的文综资料，他没再说什么："下次早点回。"说着又抽走她怀里的书，"走吧。"
燕啾"嗯"了一声，跟在他身后，又往巷子口看了一眼，若有所思。

第二天晚上，燕啾快速收拾书包，八点过五分就出了校门。
这回路上人很多，大家三三两两地走着，卖小吃的小贩在校门口扎堆，聚了不少人。
燕啾装作不经意地回头，余光瞥向后面——有人突然转身，隐进了店铺里，迅速的动作在满街自然的人中显得刻意而明显。
燕啾叹了口气，果然那个人是跟着她的。
不是因为昨天太晚了所以被尾随，而是那个人一直都在跟着她，如果不是昨天人少，太明显了，她可能都不会察觉到。
但是跟着她干什么呢？
说劫财劫色的话，昨天那么好的机会，对方一直没有做什么。她摁下110的手机一直握在手里，但没有拨出去，因为对方即使在最偏僻的路段也跟她保持着距离。
这么多天，也不见对方有什么动作。
更像是，单纯的尾随。
她皱着眉思考，回到了家。一路无事。

蒋惊寒今天留在学校打了会儿球，回家收拾完东西，拿着干净衣服，准备去洗澡。
路过客厅，蒋唱晚瘫在沙发上聊天，瞥了他一眼，又看向屏幕。
蒋惊寒目光随意地掠过，一眼看到那个熟悉的界面和头像，顿了顿，挑眉:"你加了燕啾微信?"

蒋唱晚正专注地聊天,只"嗯"了一声,噼里啪啦地打字。

蒋惊寒没忍住,斜着身子装作不经意地又看了一眼。

大段大段的对话,两个人你一屏我一屏,聊得正欢。

他皱眉,想起他跟燕啾少得可怜的聊天记录,心情顿时很微妙,冷漠又平静地问:"你们怎么认识的?"

"关系怎么样了?"

"平时都聊些什么?"

蒋唱晚没想到这么久了他还在后面,吓了一跳:"啊……"

她脑内飞速思考,盯着她哥那张"我很不爽你最好给我说清楚"的脸,想,总不能说是贴吧传他绯闻的帖子里认识的吧?

她灵机一动:"我倒垃圾的时候认识的。"

蒋惊寒盯了她几秒,缓慢地挑了挑眉。

蒋唱晚越说越真,仿佛确有其事:"对,我周日晚上去扔垃圾,碰见她了。当时……还挺黑,我就掏出我的魔杖喊了句咒语,她就问我'你也是巫师吗',然后就要了我的微信。"

说完,她还点了点头,跟真的似的:"对,就是这样。"

蒋惊寒开始还听着,后来看她越说越离谱,就扯了下嘴角,嘲讽道:"我建议你明天去四医院看看。"

四医院是精神病医院。

蒋唱晚忍气吞声地看着他拎起衣服走,突然想起了什么,正色喊他:"哥,跟你说个事儿。"

"说。"

"那个,啾啾说,感觉最近有人跟着她。"

第四章
隐秘而又万众瞩目

周五，一周中最快乐的一天又来临了。

背完明清时期的政治和经济，燕啾把有点散落的头发拢了拢，胡乱扎了个马尾。

"啾啾，你周末有什么安排吗？"宋佳琪边收拾书包边问，还由衷地夸了一句，"你扎马尾真好看。"

燕啾摸了摸头发，不太在意："是吗？谢谢。这周末好像没什么事。"

宋佳琪连忙道："这周我过生日！可以邀请你来我家玩吗？"

燕啾想了想："好啊。"

杜飞宇闻言愤愤道："什么意思啊，怎么只邀请燕女神，不邀请你同桌啊。长得不好看还不能来给你过生日啊？"

蒋惊寒刚给手机开机，信息一条接一条地蹦出来，还不忘嘴欠地接了一句："嗯，不能。"

杜飞宇怒了："说谁不好看呢？你不也没被邀请吗，嘚瑟啥呢？"

"我又不在意我有没有被邀请。"

"更何况我已经问过蒋少爷了，"宋佳琪看苗头不对，适时接过话题，"我准备问了啾啾就问你的，这不还没找到机会嘛。"

"哦。我没空。"杜飞宇道。

"你怎么没空呢？上周不还告诉我有空吗？"

"反正就是没空。"

"啊？那怎么办呀？我都特意没选你平常要去打球的时间……"

蒋惊寒选择性地回着重要的消息，听着杜飞宇还装起来了，由着人家小姑娘哄他，觉得也挺够不要脸的。

听了一会儿前桌的对话，杜飞宇从没空变成勉强有空了，燕啾还在座位上。

蒋惊寒两指捏着手机转，正准备问燕啾收拾好了没，燕啾就疑惑地抬头问他："你怎么了？"

蒋惊寒："啊？"

燕啾"哦"了一声："看你半天不走，以为你腿出什么问题了。"

蒋惊寒："……能不能往好的方面想想？"

看不出来我在等你吗？

燕啾还真努力想了想："江旬还没把你要揍的人的信息发过来？"

蒋惊寒无语，单手拽着燕啾的书包带子就走，冷漠道："告诉你一个好消息，大哥从良了，以后每天跟你一起回家。"

燕啾蒙了，跟着蒋惊寒走出校门才反应过来，拽了他一下，站定道："不行，我不回家，得去商场一趟。"

蒋惊寒"哦"了一声，说我也去。

燕啾："你去干吗？"

蒋惊寒顿了片刻，目光闪烁："呃……"左思右想想不出一个合适的借口，不知道怎么就蹦出来一句，"买狗粮。"

刚说出口，他就后悔了。

果然，燕啾一脸不信，狐疑道："你家养狗了？"

"咳，对。"

燕啾来了兴趣："真的假的？什么狗啊，什么颜色？"

蒋惊寒在脑子里急速地回想他见过的所有狗："呃，白色，萨……萨什么。"

"萨摩耶？"燕啾一瞬间眼睛放光，"我能去看看吗？"

蒋惊寒不动声色地转移话题："改天再说吧。你去干什么？"

"去给宋佳琪买礼物啊。她不是这周过生日嘛。"

蒋惊寒又"哦"了一声："那顺路。"说完就径直往商场走了。

燕啾站在他身后，困惑地蹙起眉。

"……啊？"

蒋惊寒靠在商场白色沙发上打游戏，一只手臂弯曲搭在椅背上，随意地握着手机，指节分明的手在屏幕上划拉。

燕啾一边听柜姐介绍，一边偷偷瞥了他几眼。仿佛心有灵犀般，蒋惊寒抬眸看了她一眼。

燕啾连忙装作什么都没发生过一样转移视线:"呃,这款拿出来看看吧。"

她指了一条蓝色的水晶手链,掏出手机发微信。

啾咪:你家养狗了?

彼时,蒋唱晚刚挂断他哥压低声音打来的威胁电话。

纽特学长的嗅嗅:嗯……对。

燕啾惊了。

真的假的?蒋惊寒不是怕狗吗?

不对啊,他们就住对门,老房子隔音又不好,怎么可能对面养了狗,她一点儿声音都听不到呢?而且怎么可能连自己养的狗是什么品种都说不全?

说是来买狗粮的,进来也没见他动……

燕啾心念一动,压低了声音问柜姐:"请问这个商场有卖狗粮的吗?"

柜姐思索了片刻:"我不记得有呀。"

燕啾沉默了一会儿:"谢谢啊。帮我把这个包起来吧,辛苦了。"

"买好了?"蒋惊寒好像刚打完一把游戏,传来水晶破裂的声音,他把手机黑屏放到包里。

燕啾"嗯"了一声,又问:"你不是还要给旺仔买东西吗?"

蒋惊寒看燕啾像看傻子一样:"'旺仔'是谁,我为什么要给'他'买东西?"

"啊?蒋唱晚说你们家狗狗就叫'旺仔'呀,是我记错了吗?"燕啾惊讶道,准备掏手机出来看。

蒋惊寒摸了摸鼻子:"哦,没有,就叫旺仔。"

他心想蒋唱晚还挺能临场发挥的,三分钟不到的时间,连名字都给狗想好了,真是好战友。

接着,蒋惊寒很顺畅地接道:"今天太晚了,就不买了吧。"说完就往商场外走。

"好吧。"燕啾跟在蒋惊寒屁股后面过马路。

"那我什么时候上你家看看啊?我还挺喜欢金毛的。"

蒋惊寒从小就知道她喜欢大狗,看她屁颠屁颠儿追上来也不看车,习惯性对他妹似的往她头上呼了一下。

"看路。"做完这动作,两个人都顿了片刻。

太亲密了。

亲密得有点——不合时宜。

蒋惊寒突然有些烦躁,看灯变绿了,随意应付她:"有空再说吧。"

燕啾一句"你骗我"还没来得及说出口,一辆右转的轿车就冲出来,明显没有减速礼让行人,打着灯还按着喇叭飞快驶来——

蒋惊寒一把抓住燕啾的手腕往他怀里带,另一只手扣在她腰上,车辆呼啸而过,几乎擦过燕啾因为惯性而扬起来的马尾末端。

燕啾那一瞬间是蒙的。

什么旺仔不旺仔的,金毛还是萨摩耶的,一瞬间就忘了。

人被吓到的那一刻是完全放空的,好像听不见任何声音,周遭的一切好像都变成白茫茫的、无意义的存在。

何止是行人惊呼、司机侧目,就算此刻突然火山喷发、海潮汹涌,她也通通感知不到。

她的世界好像突然被压缩成四四方方的一片小天地,以蒋惊寒的怀抱为边界,臂围为界碑。她只能感受到身后飞驰的汽车带起一阵阵风,少年略急促的呼吸喷在耳后,触及的胸膛好似烫手般滚烫。

"咚,咚,咚。"

那是蒋惊寒的心跳。

环绕在她耳边,与她同样剧烈的心跳在某些时刻交叠,又分离。

快十二点了,入秋的天气稍凉,夜里的风更是吹得人瑟瑟发抖。窗沿上的风铃响得清脆。

燕啾刚写完一套文综卷子,拿起手机解锁后,一打开就是蒋惊寒的聊天框。

两个小时前,她在对话框里输入"为什么骗我",想了想又删除,换了一句"谢谢",半晌,又删掉。

好像说什么都显得词不达意。

另有隐情也好,拙劣的借口也罢,现在再想好像都不太重要。

本来人也不是要事事都活得通透明白,那样一定很没意思吧。

她倒扣手机望着天花板，情不自禁又想起晚上那个迫于形势的拥抱，蒋惊寒握着她的触感似乎还残留在手腕上。

还是不问的好，活得不那么清醒直白，好像也没有什么问题。

于是燕啾又长呼一口气，转而去谴责蒋唱晚。

啾咪：骗我/发怒/发怒/发怒

纽特学长的嗅嗅：你这就发现了？

纽特学长的嗅嗅：我错了啾啾55555……

纽特学长的嗅嗅：是他说的！我不配合就告诉妈妈我数学考试不及格！555555……

燕啾看着蒋唱晚发来的一整屏流泪撒娇的表情包，脾气更软了，也不想再纠结这个问题，回了她一句"行吧"。

她心思没怎么在手机上，胡乱点开另一个社交软件，发现一向不怎么有人聊天的班群突然热闹起来，显示消息"99+"，还有人艾特燕啾。

她点进去看了看，最新几条是杜飞宇和宋佳琪发的"怎么办好像嗑到真的了"，然后瞬间就被跟队形，消息多得刷了老半天才能看到上面的内容。

燕啾缓缓敲出一个问号。

人类的本质是复读机。

她翻了好一会儿，才看到整件事的起因。

班里一个女生在群里分享了一个录屏：我刚刚看一个直播！大悦城的促销活动，这个主播在户外播的，你们猜我看见了谁。

视频不长，一分钟左右，燕啾点了进去。

一位三十岁左右的女性正在介绍大悦城十月的活动，竖起各大品牌的商标激情讲解。

燕啾：……这有什么好看的？

这时，视频右下方出现了一个闪动的小箭头，指向路边。

一条马路。

好像有点眼熟？

本来就是直播录屏，画面又小，显得有些糊。

大概三秒过后，一个身型挺拔修长的少年出现在路边，穿着校服，背着书包，很慢地往人行道上走。

为什么说很慢呢，因为这个速度明显不符合这么长的腿，看起来反倒是在等什么人。

燕啾猛地坐起来，脑袋碰到了床角，她"啊"了一声，捂住脑袋。

蒋惊寒。

她好像已经知道这大概是一个什么故事了，突然涌起来的心虚使她下意识地把脸埋在了手臂里，只抬起一双眼来看。

不是吧……这也能刚好被拍到？

三秒后，一个同样穿着校服的少女出现在他身后，扎着高马尾，身形苗条修长，但是在前面那人的对比下显得很小巧。

屏幕前，燕啾右手托着下巴，想以后要少跟蒋惊寒一起走，显矮。

画面上少女步履急切，追赶上前面那人，微扬下巴，好似很得意地说着什么话。

燕啾不知道怎么形容。

反正很生动。

她已经很久没有看到这么生动的自己了。镜子里、镜头里、反光物的侧影里……她好像永远都是那副面无表情的样子。就算是笑着，也是一瞬间被逗乐的事，不达眼底。

别人说她心高气傲，说她眼高于顶，说她傲慢，并不是完全没有道理。

很多时候，很多事情，她一向是超乎常人的眼光，以几乎是上帝的视角看待问题。她将自己从一切现实里抽离，以一个旁观者的姿态冷静且理智地进行评判。

接连几声急促的鸣笛响起，画面上最右侧只能看见那辆轿车的三分之一，带起风声，呼啸而过。

燕啾抿着唇，看屏幕里的蒋惊寒飞快地转身，一只手攥住少女纤细的手腕将她向前拉去，迅速转身背对着车辆，另一只手还护在她背后。

明明几近静音和模糊不清的动作，却看出了心慌的感觉，好像他怀里的是什么珍贵的宝物，值得他这样护着。

书包都因为惯性划出一道弧度，斑马线上本来一前一后保持合适距离的两个人，好像永远都不会挨在一起的手臂，因为这场意外冲破了某种隔阂和限制。

像是一个拥抱。

一个隐秘的，藏在万众瞩目的斑马线上，寂静无声，却又心跳如雷鼓般震耳欲聋的拥抱。

视频播放结束，停在最后一秒，两个人留在画面的最边缘，像留在一幅画中。

燕啾顿了很久，食指无意识地摩挲着手机屏幕。

她想，蒋惊寒看上去好像很紧张的样子。当时他是什么心情呢。

会跟她一样，骤然心悸到无法呼吸吗？

半晌，她垂眸退出，继续翻着班群记录。

杜飞宇：这人怎么开车的，不懂让行人？

他发了几个猫猫尖叫的表情包：什么情况啊！什么情况！！

宋佳琪：怎么感觉在看偶像剧！

宋佳琪：@燕啾 @蒋惊寒 快来看！

燕啾飞快地翻了一圈，"99+"条消息都是全班同学一起刷出来的嗑糖。

燕啾抿唇，把手机猛地摁黑屏，往下一扣，整个人趴在床上，脸埋在被子里，低声骂了一句："……无聊！"

十月是一中学生普遍觉得最好玩的一个月，不仅月初放了国庆七天假，月末还有运动会和艺术节。

燕啾挺喜欢这种校园活动的，让人觉得生活真的有这么快乐。

况且十班男生多，女生也比较活泼爱动，报项目时不存在扭扭捏捏的情况，很快就报满了。

但老朱作为一个心思细腻的中年男性，总觉得全班同学都应该参与活动，不然就像被遗忘的小虾米，会躲在海洋里偷偷哭泣。

燕啾知道全班每个同学都必须至少参加一个项目的时候，体委手上的报名表已经填得七七八八了。

她是因为不知道，所以没有主动报。

宋佳琪则是因为真的一个都不想参加，试图装傻充愣蒙混过关，硬生生拖到报名截止日。

两个人对着仅剩的两个项目，相对无言。

燕啾望着宋佳琪弱不禁风一吹就倒的小身板，叹了口气，在女子3000米后面签名字的时候，觉得上天该给她配一个《天使下凡》的背景音乐，才配得上她如此高贵无私的举动。

宋佳琪饱含热泪，握着她的手："啾啾，你真的太好了。"

她自我感动可以，别人真心实意地感谢她，燕啾就有点不好意思了。

她克制地抽回手，看着宋佳琪在 400 米上签名的时候，给自己找了个很真实的借口。

"我只是觉得跑短跑的时候，人会很丑。"

蒋惊寒从后面路过，看着她不知死活报长跑，嗤了一声："到时候喘得像头驴，也没好看到哪里去。"

燕啾、宋佳琪："……呵呵。"

女子 3000 米在运动会第二天开始。

越临近比赛，燕啾心态越平和。

宋佳琪还安慰她："没事，啾啾，你这么厉害，肯定给我们班拿一个第一回来。"

"就是就是，我们啾姐是最棒的！"杜飞宇接道。

蒋惊寒闻言嗤笑一声，看起来十分嘲讽。

燕啾有点害怕他们这种不知道哪里来的信心，但又不想搭理蒋惊寒，心情非常复杂地等来了下午最后一项比赛。

穿上带编号的运动服，喝一小口水润润嗓子，做了几组热身动作后，燕啾在枪响后出发了。

十班的各位向来是最喜欢凑热闹的，在跑道边围成一长条，激情地呐喊：

"燕啾冲啊！"

"燕啾！加油！"

"啾啾最棒！"

加油助威声喊得震天响，执勤的老朱都端着保温杯，踩着刚换的运动鞋，急急忙忙从操场另一头跑过来，还以为燕啾已经夺冠了。

燕啾听着全班的激情助威声，显得非常从容和游刃有余。

她始终十分淡定地……跑在最后一位。

隔壁九班同学喊加油喊不过，憋红了脸，又不敢发脾气，小声道："可她明明是最后一名啊。"

"你不懂,我们啾姐是在保存实力,不然后面这五六圈怎么跑?"杜飞宇剖析。

蒋惊寒又意味不明地嗤了一声:"那你等着看看。"

一圈,两圈,三圈……四圈了,燕啾一直匀速慢跑在最后一个位置。

好累啊,她想。

跑不动了。

老朱站在跑道边,倒不是他多想燕啾拿名次,而是想鼓励她一下,焦灼道:"哎呀,快去给燕啾递个加急的加油稿!"

宋佳琪和杨升拿着笔一骨碌地跑向广播室。

太久不锻炼,体质虚弱,气息也乱了。

"怦怦怦"急促有力的心跳好像在耳边,冷风灌进喉咙带起一股血腥气。

脚步越来越沉重。

她抬眼望了望前面……

她是最后一名。

燕啾虽然一开始说着不在意、重在参与、跑快了很丑,但参都参加了……

她不想当最后一名,她还从来没有当过最后一名。

多丢脸啊。

"看!啾姐提速了!"李明骏吱哇大叫。

"超了超了!"

第四圈的最后一个弯道,燕啾超过了一个人,变成倒数第二。

跑过的时候,那个女生已经累到只会机械迈步,喘气声听得她一阵心惊胆战。

虽然知道这样很不好,但她还是不可避免地想起了蒋惊寒说的"喘得像头牛"。

她又分心去听了听自己的喘息——还好,她还没有。

那就证明她还没有特别累,她还能跑。

跑步的时候只要转移了注意力,身体的不适和疲惫就不会那么清晰,而且刚刚超过了一个人,心理上获得了极大的满足。

燕啾渐渐又加快了脚步。

杜飞宇和十班一群人看着燕啾又超过一个人,变成倒数第三,并且还有越来越快的趋势，又活跃起来：

"看吧！我说啥！"

"啾姐牛！"

"燕啾加油！"

蒋惊寒皱了皱眉，拎了瓶矿泉水，往环跑道的弯道边走去。

可以了，燕啾边跑边数，一、二、三……她现在是第四位了，不是倒数了。

她觉得跑起来之后反而没有刚才累，果然，好胜心可以战胜一切。

意识对于物质具有反作用。

最后一圈半——

杨升托了关系插播的加油稿在这时被广播员字正腔圆地念出来，全校人都聚焦此刻，为自己班上的选手加油助威，而燕啾只听得见她的名字。

一声声的加油响在她耳边，燕啾觉得很奇妙，本来已经快平息下去的好胜心又被激起，全班人的殷殷期盼好像变成力量，又汇集在她四肢百骸。

——我好像可以再冲一下。

我好像可以冲个更好的名次。

燕啾深吸一口气，加速跑起来。

"高二（10）班的燕啾同学，呼啸的风在为你喝彩，猎猎的彩旗在为你加油……"

燕啾无暇去细听这明显仓促的加油词，因为蒋惊寒站在终点线的内侧操场里，一只手拎着瓶水，冲她招手。

风呼啸过耳边，所有人的声音好像刹那间都成了背景音，嘈杂的人群里，她只听得见他的声音。

少年扬着眉，带点骄矜和张扬。

他说："燕啾，过来。"

燕啾一冲过终点线就像身体被掏空，神奇的力量全都被老天爷收回去了，只想瘫在地上。

宋佳琪跑上来想扶着她，老朱和杜飞宇冲去看名次，大家都围着她嘘寒问暖。

蒋惊寒递水给她，她调整着呼吸，缓慢地伸手拿，但蒋惊寒保持着给她递水的姿势，倒着往后跑。

燕啾有点愤怒了。

有没有天理啊？她刚刚跑完3000米，你在遛狗吗？

"继续跑，别停。"蒋惊寒边退边说。

燕啾才想起长跑后不能立刻停下，于是忍气吞声地跟着他跑了有百米左右，才拿到那瓶水。

燕啾缓了一会儿，走回去的时候听见年级体育老师发怒骂人："长跑后不能立刻坐下或者蹲下！也最好不要喝冰水！你们有没有常识啊！"

燕啾低下头捏了捏那瓶水。

温的，还有点甜。

她正想着要不要道谢，突然听见蒋惊寒说了一句："你说得对。"

燕啾疑惑。

蒋惊寒意味深长地看了她一眼："冲刺跑的人是挺丑的。"

燕啾无语，深吸一口气，狠狠地捏瘪了矿泉水瓶。

臭男生，滚啊！

"第三名，第三名！"

"啾姐，真的秀。"

"厉害！"

祝贺声此起彼伏，燕啾还有点不好意思。

杜飞宇眉飞色舞地冲路过的那个九班同学说："我说啥？我们啾姐厉害吧！"

那同学沉默着，一时没有说话。

燕啾也沉默地摸了摸鼻子，有点心虚。

谁知道她一开始是真的想重在参与的呢。

下午五点，结束一整天的女子项目，体委李明骏总结了一天的得分，就到晚饭时间了。

运动会期间校园管理比较松散，可以出校。

燕啾跑完3000米，后劲还挺大的，嗓子干疼到不想说话，也不想吃饭，但禁不住体委带着班上人说她是功臣，软磨硬泡半天，还是跟着大家出校门逛逛。

她已经很多年没来过学校旁的小吃街了。

回家不走这条路，平时学校封闭式管理，不准出校吃饭，上一次在这里吃东西……好像还是燕鸣在这里念高中的时候。

她那时候初中，不上晚自习，下午五点放学回家，写完作业就在家里看书，晚上八点准时到这里来等燕鸣放学。

燕鸣一般摸摸她脑袋，然后带着她奔向她真实的目的地。

蛋烘糕，烤红薯，凉面，手抓饼，鸡蛋煎饼，红糖糍粑，冰粉……

燕啾顿了顿，嗓子疼得不行，停下来买碗冰粉。

店铺是两层楼式的，二楼有人敲了敲落地的玻璃窗。

燕啾抬眼一瞅，喻嘉树和几个人坐在上面，他偏头问："上来吗？"

燕啾端着冰粉上楼，在楼梯上给宋佳琪发了条微信：我遇到朋友了，不跟你们吃啦。

说完，她就锁屏，没看见宋佳琪那边秒回"好"，过了一会儿，又被撤回，输入半天之后发来一句问：你在哪儿？

好像被什么人拿走了手机一样。

喻嘉树已经坐了一张新的桌子，燕啾坐在他对面。

他的朋友们用揶揄的眼光看着他们，燕啾当没看见，坦荡荡地跟他们打了个招呼。

喻嘉树说："干什么，我发小，别一天天的乱想。"

燕啾拿出手机时看到宋佳琪的回复，觉得有点奇怪，但还是回了句：陶记小吃。

"原来你提过的去 S 市的好朋友是她啊。"

"我也想有这么漂亮的发小。"

"好啊，燕啾居然是你朋友啊，我们天天夸她，你都没告诉过我们？"

隔壁桌男生就很夸张，是那种很友好的开玩笑，燕啾没忍住发笑。

喻嘉树看着他们浮夸的表情，嗤笑一声："演够了没？"

"没。"其中一个挺帅的男生很诚实地走过来，"你好，我是顾西铭，跟喻嘉树一个班的。"

燕啾眨眨眼："哦，你好。"

"能加个你微信吗？"

燕啾看了眼喻嘉树，后者没说话，眼神里明明白白写着"别看我我也不知道怎么回事",过了几秒又切换成"不过我这哥们儿人真挺好的,要不你考虑一下"。

毕竟是喻嘉树朋友,不好当面拒绝。

而且确实挺帅的,谁会不爱看帅哥呢?

于是,她点开微信名片,举着手机准备给他扫一扫。

一只手突然从头顶上伸过来,抽走了她的手机。

这个方式,这个手法,令人非常熟悉。

燕啾转头,看见蒋惊寒站在她身后,脸上没什么表情,垂着眼,神色自若地准备下楼。

"哦,我身上没带现金,借你手机付钱。"

他走到一半又倒回来,看起来挺真诚的,对愣住的男生说:"不好意思啊。"

燕啾:"……行吧。"

"没事。"顾西铭挑了挑眉,也没觉得尴尬,收回手机跟燕啾说,"那我回去再加。"

燕啾有点不好意思,眨眨眼,说"好"。

喻嘉树抬眼瞥了蒋惊寒一眼,后者端着碗燕啾同款冰粉,但是少了许多冰,神色自若地坐下来,把这碗和燕啾那碗换了换。

燕啾顿了顿:"你怎么在这儿?"

"刚好路过。"

"蓄意偶遇。"

两个人的声音同时响起。

空气顿时安静两秒。

燕啾看看这个,又偏头看看那个,神情很微妙。

作为三人帮里的唯一一位通情达理的女性,燕大小姐觉得她有义务担任这个金牌调解人的职位。

她把碗移开,做出一副正经谈事的样子,屈起手指叩了两下桌子:"你们到底怎么回事?"

蒋惊寒和喻嘉树双双掀起眼皮子对视几秒,然后移开,竟然默契地都没有说话。

蒋惊寒低下头刷手机。

喻嘉树开始转移话题："你之前说的文综资料，我让附中的朋友帮你买了。你到时候联系一下她。"说着，他给她推了个微信号。

又这样。

还有什么事是她不能知道的吗？

如果是屁大点事也不至于一副反目成仇的样子吧。

燕啾吐了口气，十分憋屈："哦，好。她叫啥？"

"阮枝南。"

好熟悉。

燕啾惊讶道："啊？这不就是附中那个很出名的女孩儿吗？"

漂亮且成绩好，大家是会竞相传播的。

连蒋惊寒都抬起头来，他神情微妙地复述了一遍："谁？阮枝南？"

喻嘉树莫名其妙："对啊，怎么了？"

蒋惊寒挑了挑眉，没再说话。

没怎么。

一个让江旬天天挂在嘴边的女生罢了。

燕啾看看喻嘉树，又看看蒋惊寒。

不会真的是这个剧情吧？

附中校花，喻嘉树所谓的"朋友"，蒋惊寒一听到她名字就有很大反应……

燕啾小心翼翼地试探道："你跟她什么关系啊？"

喻嘉树顿了两秒，看她一眼，有点莫名其妙。

"就普通朋友啊。"

燕啾没说话，把视线转向旁边那人，无声地用眼神又询问了一遍。

蒋惊寒好像脖颈有点不舒服，右手搭在后颈上揉了揉，冷淡道："不认识。"

不认识你这么大反应？大哥，你这副表情明明就很不爽啊。

燕啾的视线在两个人之间反复流转，目光由茫然疑惑逐渐变成了恍然大悟、胸有成竹与意味深长。

能让两个从小一起玩的人之间出现嫌隙的女生，还能是什么事？

按照一般偶像剧的情节发展，燕啾已经兀自在脑海中脑补出了一个完整的故事——

两个人各自与校花有一段时间的相处，各自对这段关系抱有别样的期待，想做最好的朋友，没想到对方竟然也是！而校花也是人嘛，自然有自己的倾向，于是做出了选择。

事情就此败露，兄弟二人反目成仇。

燕啾越想越觉得有可能，盯着他俩的表情越发神秘莫测。

蒋惊寒也不知道她在乱想什么，皱眉屈起手指敲了敲桌面，宛如看个傻瓜："还吃不吃？不吃走了。"

"……哦。"

"我先去个卫生间。"

燕啾一走，气氛就安静下来。

蒋惊寒神情松懒，右手扯着耳机线。

喻嘉树身子往后仰，靠在椅子上，盯了他好一会儿。半晌，喻嘉树开口道："她刚过去的那几个月，几乎每天都打电话跟我哭。"

…………

蒋惊寒一顿，发现他在说初二那年的事。

那个他们避而不谈很久的话题。

喻嘉树声音很淡，好像在回想："后来久了之后怕我烦，就自己忍着。"

蒋惊寒眼睫颤了颤，他想象不到燕啾哭的样子。

她总是像个小公主一样，像众星捧月的那个月亮，有无数人围绕着她。她也会因为一个人孤零零地待在一个完全陌生的地方而难过吗？

"……算了。"

喻嘉树突然觉得挺没意思的，起身，拿起外套，准备往外走。出门前，他又突然回头，张嘴犹豫了半天。

"寒哥。"

喻嘉树已经很多很多年没这么喊过他了。

寒哥。

自初中开始，男孩们就渐渐注重起了面子和尊严，喊同龄人"哥"，无疑是长他人气焰、灭自己威风的做法。

尽管按年龄来讲，是真的该叫一声"哥"。

喻嘉树也毫不例外。

再后来，就到了燕啾走的时候。

从那以后，他们连对方的名字都很少再叫。

所以，蒋惊寒听到这个熟悉又陌生的称呼，难免一阵恍惚。

好像又回到了他们三个人放学一起回家的时候。

七月的风吹过梧桐树，树影斑驳，枝叶"沙沙"作响。一声一声的鸟啼从后花园里传来，不停地和路上下象棋的爷爷、跳舞的婆婆打招呼，来不及吃就融化的冰激凌滴落在水泥地上，被太阳晒成软趴趴的黏腻。

喻嘉树没什么表情："寒哥——

"咱这回能不尿了吗？"

运动会第三天，燕啾请假了，她约了阮枝南拿资料。

附中抓得紧，周末要补课，她不想耽误别人上课时间，刚好两个学校都开运动会，就约在了今天上午。

中心商场。

燕啾到约定地方的时候，星巴克门口已经站着一个女生了，穿着紫色卫衣，下面是白色复古风长裙，头发微微绾起，露出一截修长脖颈。

挺漂亮的。

燕啾看了看时间，离九点还有五分钟，她没迟到。

"哈喽。"她走近阮枝南，挥了挥手。

"燕啾？"阮枝南问，在礼貌范围内打量了她几眼。

"嗯。你等很久了吗？"

"也没有吧，刚到一会儿。"阮枝南把两本书递给她。

这书很难买的，刚好听历史老师提了附中在订，燕啾才托喻嘉树找人帮她带。

燕啾接过书翻了翻，抬头："我请你喝奶茶吧？"

阮枝南扬眉，大大方方地应："好啊。"

"四季奶青，半糖，常温，混珠。谢谢。"

燕啾熟门熟路点单，然后问阮枝南要什么。

阮枝南一副"怎么这么巧难道你是我亲姐妹"的表情："一模一样。"

燕啾终于找到了知己，十分矜持地伸出右手。

两个人在奶茶店门口握手，完成了一场姐妹"拜把子"仪式。

或许一样的奶茶配方迅速拉近了关系，两个人边聊边逛商场，把一到四楼逛了个遍。

手里的袋子多到拎不下,话题也从路过一楼看到的代言明星的八卦到品牌古早款,再聊到马尔克斯和博尔赫斯。

短短时间内就跨越时尚、文学、游戏、八卦、恋爱观、价值观等多个领域,并发现三观惊人地相似。

两个人提着大包小包,又绕回最开始的奶茶店,在店员惊奇的目光里再次郑重握了握手,纪念这段相见恨晚的姐妹友谊。

"我也觉得。他太扯了吧,综艺上看着那么腼腆的天才少年,背地里这样骂女生。"阮枝南愤愤道。

"太能装了。下次给他颁个国际两面派奖。"燕啾附和。

同仇敌忾完近期一个八卦热点之后,话题一转。

"哎,你认识蒋惊寒吧?"阮枝南咬着吸管。

燕啾揉着酸胀的小腿,突然想起她这个新拜的姐妹,可能就是她兄弟们反目成仇的原因。

"认识,"未免露出端倪,她顿了顿,接道,"但不熟。"

她不动声色地观察着阮枝南的表情,果然,阮枝南一副"哦,我猜到了"的表情:"喻嘉树的朋友,能跟他有多熟。"

"他俩为什么关系不好啊?"

阮枝南耸耸肩:"不知道。不过听江……听别人提过,好像因为一个女生吧。"

燕啾张了张嘴,惊讶中又带着点遗憾:"啊?不是你啊?"

阮枝南一脸"你神经病啊跟我有什么关系",抬手看看表,才下午两点。

"我不想回学校。欸,要不去你们学校看看?"

"行啊。"燕啾没什么不可以的,存了若干战利品在柜子里,就领着阮枝南往一中去了。

下午两点,太阳明晃晃的,但不热,照得人间暖洋洋的,充盈着轻快明媚的气息。

下午的项目还未完全开始,检录组和广播组陆陆续续准备就绪。

燕啾想着班里买的两箱矿泉水好像没剩多少了,她们两个人又拿不了太多,只好一人买了三四瓶,抱在臂弯里进学校。

燕啾跟阮枝南站在操场边，遥遥望见那边几个男生在打篮球。

燕啾眯起眼睛辨认了一下，大概是蒋惊寒那一群人……还有喻嘉树和顾西铭，竟然还有江旬？

刚好中场休息，蒋惊寒投进最后一个三分球，把吸汗发带扯下来，撩了把头发。

杜飞宇竖起大拇指："寒哥，打球真的猛。"

喻嘉树有一搭没一搭地拍着球，挺有礼貌地拒绝了一个小学妹送的水，难得地没呛声。

小学妹被拒也没什么可怨恨的，转身激动得小声跟朋友嘀嘀咕咕"他真的好温柔好帅呜呜呜"。

杜飞宇叹为观止，小声询问顾西铭："他俩咋了，和好了？"

顾西铭喝了口水，表示什么都不知道。

杜飞宇和江旬微妙地停下了动作，脑门上仿佛浮现出一个巨大的问号。

燕啾站在这儿拧矿泉水瓶。

逛街真的很累人，逛的时候不觉得，一放松下来就不行了。

她现在手酸腿软全身无力，拧了半天，手掌内侧都红了，有点疼，还是没拧开。

一只手从旁边伸过来，蒋惊寒站在她旁边，轻轻松松拧开，递给她。

他没说话，但吊儿郎当的动作和没什么表情的脸上都写着"你好菜啊"。

蒋惊寒伸手去拿另一瓶水，燕啾微微侧身挡住他："欸，干吗，我说了这是给你买的了吗？"

蒋惊寒眼都没抬："知道你数学差，没想到你集合都学得不太好。"

"你什么意思？"

"你这不是给我们班买的？"

"是啊。"

"我是不是我们班的？"

"……是。"

"那不就得了，"蒋惊寒手搭在她肩上，推开她，拧开瓶盖喝了两口，晃晃水瓶，扬眉，"谢谢燕啾同学给我买的水。

"农夫山泉，确实有点甜。"

空气沉默两秒。

燕啾有些微妙的不爽，无言地移开视线。

阮枝南在旁边目睹这一切，幽幽冒了一句："这就是你说的，不熟？"

蒋惊寒现在对这种话题很敏感："你跟谁不熟？"

燕啾余光看见一个黑发里挑染着银色的脑袋走过来，非常迅速、毫无破绽地接道："江旬。"

"我跟江旬不熟。"

蒋惊寒略一点头，淡淡道："哦。那是真不熟。"

可不是嘛。燕啾想。

"欸，叫我干吗？"江旬一过来就听见有人喊他名字，兴致勃勃地询问，没等到问完，看见眼前人，眉头就皱起来。

"真无语了。阮枝南，怎么哪儿都有你？你是不是跟踪我啊？"

"可能是吧。"阮枝南可能也想不明白怎么哪里都能遇见他，嘴角抽了抽，"我害怕你再打着我的名号去打架。"

江旬一提起那件事就来气："你还好意思说！阮枝南，你作为一个女的，你……"

"你对得起你的姓吗？你软吗？你哪里软啊？"

阮枝南顿了顿，而后貌似非常真诚地说："哦，那真是对不起了。"

江旬一拳打在棉花上，气得快要跳脚，恶狠狠道："你别姓'阮'了，你姓'硬'吧。硬枝南。"

"不行，你姓'强'吧。"

"也别叫强枝南了，就叫强人所难。"

阮枝南依旧没什么表情："哦，你随意。"

江旬气得扯住她袖子往校门口走："你跑别人学校来干吗？你自己没朋友还是咋的？自己学校运动会不开啊？"

阮枝南丝毫不为所动，好像非常好奇的样子发问。

"那你呢？你来一中散步吗？"

江旬被怼得怀疑人生，阮枝南依旧无比平静，甚至还跟燕啾摆了摆手表示告别。

燕啾张了张嘴："……什么情况？"

蒋惊寒单手轻轻按住她脑袋，让她头转向操场。

"就是欢喜冤家,不打不相识,一见面就一定要拌嘴的情况。"

燕啾眨眨眼,还在消化这过大的信息量,听见蒋惊寒叹了口气,难得无奈。

"别看他了,看我。"

第五章
秋天的栀子花

下午三点,太阳正大,燕啾在操场西南角围观喻嘉树跳高决赛。

她觉得自己充分履行了作为朋友的义务,又是鼓掌,又是欢呼雀跃,演得精疲力竭。

喻嘉树轻轻松松越过杆,揉了揉眉心,看着周围人嘀嘀咕咕他俩,有点头疼。

"哇呜,这个高二姐姐好漂亮!据说他们是同桌!"

"要是我同桌也这么帅,也能这么轻松进决赛,我肯定也站在前排欢呼……"

燕啾想起那天跟蒋唱晚一起看的恋爱电影,挺无聊的,她都低头刷了半个小时微博,但蒋唱晚看得很起劲,出电影院的时候还哭得一把鼻涕一把泪的。

她回想了下女主的台湾腔,突然表演欲爆棚。

"嘉树,你要加油哦!人家一直……"

"打住。"喻嘉树一把接过刚刚喊顾西铭帮忙点的奶茶,塞到她手上。

"祖宗,您快滚吧。"

燕啾:"你什么意思?"

喻嘉树把她推了个转向,双手搭着肩把人往人群外围推,继而揉了揉太阳穴,面无表情道:"你太美了,影响我夺冠了。"

行吧。

燕啾撇撇嘴,抓住短跑休息间隙穿越跑道,四处转了转,瞅见人,把奶茶递给宋佳琪。

她上午才喝了一杯,现在实在喝不下。

谁知道,宋佳琪伸出一根手指晃了晃,表情依恋且痛苦,但很坚决:"啾啾,我在减肥。"

"哦。"燕啾给她竖了个大拇指。

燕啾左看右看，偌大一个校园，竟然找不到一个可以送奶茶的人。

宋佳琪眼尖，喊道："快走，男子3000米要开始了。"

"这怎么回事啊。不是学委报的这项目吗？怎么变成蒋惊寒了啊？"

宋佳琪往检录处瞅了瞅，戳杜飞宇。

杜飞宇沉默半天："杨升太紧张了，热身的时候摔了一跤。"

"啊？严不严重啊，送医院了吗？"

"人没什么事，就是眼镜摔坏了。"

杨升高度近视，没有眼镜，怕是连起点终点都看不清。

"现在再去配眼镜也来不及了，所以……"杜飞宇朝正挂号码牌的蒋惊寒努努嘴。

"为什么是他啊？"燕啾好奇。毕竟蒋惊寒看起来也不像个热爱集体的人。

杜飞宇突然显得兴趣昂然："欸，他主动说去的时候我也觉得奇怪，你们听听这是什么鬼理由。

"寒哥说：'给丑鬼示范一下怎么正确跑3000米。'"

空气顿时安静两秒。

燕啾手上动作一滞，站着没动。

宋佳琪看了眼她，又眼神示意杜飞宇别再说了。

但杜飞宇没懂她的用心良苦，他仿佛突然求知欲爆棚一般发问："你挤眉弄眼的干啥？你说这啥意思啊！丑鬼是谁啊？我问他他又不告诉我……"

燕啾面无表情，冷冷地看了他一眼。

宋佳琪无奈扶额："丑鬼是你，你快走吧。"

杜飞宇："……啊？"

蒋惊寒长腿一迈，上了跑道。十班是第二组，第二跑道。

燕啾站在操场内侧，离跑道很近。

少年身形挺拔，像松竹一般挺立，一回头，偏偏又似雪下的干柴，几欲燃烧，平静中仍有少年的野性和骄矜。

眸子漆黑，长眉微挑。

三跑道上是十一班的体育生，身材高大；体型健壮，皮肤黝黑，边热身边跟蒋惊寒说话，看起来很熟。

蒋惊寒有一搭没一搭地应着，眼神随意四扫，突然对上燕啾。

两个人的目光在空中相交三秒，燕啾没什么表情，但心里想着"这人竟然说我是丑鬼""你是不是不长眼睛""蒋惊寒你给我等着"，面上却扬起一个如同QQ微笑表情一般的笑容，拿出恶心到喻嘉树喊她滚的嗲声腔，还晃了晃手里没人要的奶茶。

"加油哦，惊寒哥哥！一定要拿第一哦！"

蒋惊寒："我为什么要拿第一名？"

燕啾转转眼睛，没过脑子，继续嗲声道："你拿第一名，肯定有奖励嘛！"

燕啾看他顿了三秒，表情仿佛见了鬼，自觉已经成功把他恶心到了。

谁知道，蒋惊寒偏了偏头，勾起嘴角，朝她轻轻吐了几个字。

"行。"

"你等着。"

燕啾：你还挺狂？

燕啾一边真情实感地佩服，一边看着他转头跟旁边的体育生说了句什么，那体育生顿时哭丧着脸。

枪响，比赛开始。

一群十七八岁的少年以正常速度冲出起跑线，跟女生们半死不活视死如归的感觉完全不同。

蒋惊寒跑得还挺快，在第二位，仅次于三号体育生。

燕啾眯着眼看了会儿，用她刚跑完3000米的"过来人"的眼光判断，这人也就逞一时之快了，于是低下头发微信，准备一会儿再抬头看他"喘得像头牛"。

想想还有点期待。

啾咪：某人现在在跑3000米。

啾咪：我预测他是倒数三名。

法国美人鱼公主：？那我预测他第一名。

啾咪：他这么装，你怎么也这么装？

啾咪：谁是你亲姐妹？

啾咪：你觉得他这么厉害你干脆去找他做姐妹算了！

温羡在那边骂了句，接着又发了一条，但燕啾没看见。

因为不知不觉，场上的人已经跑到第五圈了。

令她惊讶的是——蒋惊寒还是第二名？

不是，这什么鬼？

燕啾纳闷，难道后面的人不是在养精蓄锐准备后段冲刺吗？

她皱眉，旋即想到她昨天好胜心没被激发之前，那种"我跑完就行了其他的爱谁谁吧"的佛系心态，又释然了。

唉，抵不过人的自甘堕落啊！

此刻被燕啾怒其不争的后面的参赛者们真的挺委屈的，他们是真的有在冲刺，可是——

蒋惊寒和体育生的优势太明显了！

体育生还好，看那一身健壮的肌肉，看那一身操场上晒出来的黝黑皮肤，他们根本就没想比。

但蒋惊寒，这位哥，居然也是一开始速度就没慢过，始终跟体育生保持一定的距离。

更气人的是，他仿佛，看起来还很轻松？

最后一圈半——

燕啾不再看后面的选手们，专心盯着蒋惊寒，没解锁就滑进相机，准备拍些他的丑照，好好质问他有什么脸说她丑鬼。

杜飞宇在旁边突然开口，幸灾乐祸的样子："看，陈鹏没力气了。"

燕啾放大相机，随口问："陈鹏是谁？"

"那个体育生啊。"

燕啾一看，果然看见那个高壮哥以肉眼可见的速度慢下来。

"他不是体育生吗，也会体力跟不上？"

"他是啊。"杜飞宇扬起眉毛，好像不懂这有什么关联，"但他一个扔铅球的，你还指望他拿3000米第一名？"

什么？扔铅球的？

燕啾蒙了。

这高壮哥，扔铅球的？

燕啾蒙到极致，仿佛听见一百个小人在她耳边拿着喇叭呼喊。

"你没事儿吧？你没事儿吧？你没事儿吧？"

她有事儿。

服了!

燕啾心情复杂的时候,蒋惊寒已经在最后一个直道超过高壮哥好几米,第一个到达终点线——

第一名。

燕啾的预判没成功,丑照大业也没能成功。她手忙脚乱地按下快门的时候,蒋惊寒已经越过终点线,开始减速了。

拍糊了好几张,燕啾一张一张地翻看,气得手都在发抖。

好不容易翻到一张不糊的。

少年跑出十几米远,快要站定,却又保持着奔跑的姿势,转过头,向这边看来。

他扬着眉,眼里全是意气风发的张扬,双眸漆黑,亮得像银河倒影。

燕啾心跳倏然漏了一拍——

他好像在看她。

"玺雨,快看!第一名啊!他好厉害啊!"

"哇,玺雨快看!"

"嘘……"操场一旁,叶玺雨害羞地低下头,伸出手在空中虚打了一下她的小姐妹们,"别再说了,这么多人呢。"

然后,她抬起头好像不好意思地看着蒋惊寒,脸色微红。

杜飞宇又纳闷了,他觉得跟女生在一起,每天都有莫名其妙的事发生,皱着眉头:"她们怎么说得像寒哥跟她们很熟一样?"

宋佳琪脾气好,待人平和,这会儿却也看不惯十四班这群女生的做派,不过她也没权干涉,微微蹙着眉:"……算了,别理她们。"

燕啾这会儿被"啪啪啪"打脸,面无表情,状似高冷,转身准备离开,当作无事发生。

突然,一只长腿横到她面前,而后蒋惊寒整个人堵在她前面。

号码牌还没取,黑色的"10"号格外显眼。

他还略微有点喘,胸口起伏稍稍明显,带着强烈的荷尔蒙气息,嗓音微哑,轻轻勾起嘴角。

"同桌,我的奖励呢?"

手机屏幕一闪,锁屏界面亮起。

法国美人鱼公主:*我不仅猜他是第一名。*

法国美人鱼公主：还猜你又小鹿乱撞了。
…………
操场上，号码牌还挂在身上的3000米冠军，正堵着人要求兑换承诺。
燕啾有些莫名，但还是很诚实："我说有奖励，又没说是我给你奖励啊。
"你跑第一名，老朱肯定要奖励你。说不定学校还有奖品呢。"
蒋惊寒没动，好像没听见一样，只随意地应了句："哦。
"所以你给我的奖励呢？"
燕啾沉默了。
说这么半天，原来我在对牛弹琴？
蒋惊寒又堵着她不让走，燕啾没办法，环顾四周，试图找点什么东西敷衍一下这位少爷。
最后，她举起了那杯奶茶。
"哦，给你。"
说出口觉得有点敷衍，虽然确实挺敷衍，她还是尽量做出很真诚的样子，换上双手捧着。
蒋惊寒看着她眼睛亮晶晶的，倒也没管这奖励到底是什么了，他本来也只是想逗逗她而已。
"行。"他好像轻声笑了一下，接过，往检录处走，取号码牌去了。
燕啾吐了口气，也准备走了。
她低头看着手机，没注意操场边纷杂的视线。
啾咪：怎么可能！
啾咪：一天天就会乱说。
法国美人鱼公主：看来我说对了？
啾咪：就一点点，也不是很多。
啾咪：你怎么知道的？
法国美人鱼公主：我还能不了解你啊？
啾咪：哦。
她看了看几乎满电的手机，面不改色敲下一句话。
啾咪：不说了，手机没电了，88。
温羡翻了个白眼：滚吧。
"欸，加了没？"喻嘉树搂着顾西铭的肩膀，下巴扬起示意某个方向，

"微信。"

顾西铭看过去,燕啾在操场一角,往教室走去。

背影纤细窈窕,脖颈修长,体态很好。

不用看正面也知道她一定下巴微扬,自带气场,但令人生不起讨厌,反而着迷。

"没。"顾西铭移开视线,简短地应。

喻嘉树看了他一眼。

顾西铭顿了片刻,表情松散,但声音透着点无奈:"他俩从小一起长大的,谁插得进去啊。"顿了三秒,又补了一句,"哦,也就你喜欢装傻充愣。"

喻嘉树推了顾西铭一下:"滚。"

顿了片刻,他也望向蒋惊寒,半晌,叹了口气:"你都看得出来,偏偏就他们自己……"

说到这里,他顿了顿,呼出一口长长的气,停了话头。

顾西铭没接话,他还是有点受伤的。

毕竟他是真的第一眼就觉得燕啾很不一样。

她太特别了。

清冷与孤傲并存,轻轻看人一眼都像在放电,浑身上下都叫嚣着"你配吗"。偏偏笑起来又像个小朋友,眉间的冰融化掉,高贵冷傲全都不见,只有少女的美好和柔软。

他顿了顿,现在只好庆幸还没有怎么接触,给自己留了几分颜面。

喻嘉树又看了他一眼:"干吗,还伤感上了。"搂着他继续走,边走边说,"天涯何处无芳草,懂?"

"借你吉言啊。"顾西铭笑了一下。

男子3000米跑完,运动会所有项目就都结束了。

最后闭幕式,校长例行讲了快半个小时的话,温暾啰唆的发言都快把燕啾那点放周末的快乐磨掉了。

她硬生生憋了个哈欠回去,眼泪涌在眼底。

蒋惊寒换好衣服,单手插裤兜,斜斜站在队伍最后面,在一群嬉笑打闹的男生中间很是显眼。

终于结束了,燕啾叹了口气,往教室去。

逛了一上午街，又在操场溜达一下午，她现在累得只想睡觉。

"欸，啾啾，你不去聚餐吗？"宋佳琪踮着脚在后面喊她。

燕啾摆摆手："你们去吧。"

宋佳琪还没来得及说话，蒋惊寒就从后面走上来，跟她挥了挥手，懒懒散散道："我也不去了。"

宋佳琪："……哦。"

我本来也没想过您要去好吗！

"走吧。"

燕啾迷迷糊糊地跟着蒋惊寒，感觉自己眼睛都糊在了一起，像具只会机械走路的行尸走肉。

期间也不知道蒋惊寒拎了几次她的书包带子，提醒她注意车或者红绿灯。后来，蒋惊寒看她意识恍惚，索性直接扯着她袖子，把人带回家。

她当然没看见十班一群人坐在火锅店门口，远远地看着像蒋惊寒牵着她手一样，一群呆滞的脸。

"我没看错吧？寒哥和啾姐？"

李明骏目瞪口呆："这、这……"

这也太快了吧？怎么一点征兆都没有啊！

杨升淡定地往清汤里下蔬菜，厚厚镜片下仿佛透着看穿一切的智慧光芒。

宋佳琪拧酸梅汁的玻璃瓶老没拧开，撇嘴搁在一旁："没看错。不过最好当没看见。"

杜飞宇下了一盘肥牛，顺手拿过来帮她开了，接道："对。"

"人家那就是纯洁浑厚的同桌情谊，懂吗？"杜飞宇义正词严，"你没有不代表别人没有！"

"……行。"

燕啾到家跟奶奶打了个招呼，倒头就睡了。

手机铃声把她吵醒的时候，天都黑了，燕啾迷迷糊糊看来电显示。

"喂？"

"啾啾，我忘带钥匙了，你在家吗？"

"我一个人站在门口,弱小,可怜,又无助。呜呜呜。"

燕啾无言片刻,坐起来打开灯:"你过来吧。"

燕奶奶正跟着电视学做改编版广播体操,闻声去开门。

"哎呀,晚晚呀,你来找啾啾吗?"

蒋唱晚笑得很甜:"对呀,奶奶。您吃饭没呀,我都闻到饭菜香啦。"

"吃了吃了。你这孩子,嘴真甜。"燕奶奶最喜欢别人夸她手艺好,现在笑得开怀,"老头子,快去拿点水果零食。"又扬声喊,"啾啾——晚晚来啦。"

"知道啦。"燕啾穿着睡衣,在房门口探出一个脑袋,"快进来。"

"不用了奶奶,我吃了饭来的,现在撑得很。"

蒋唱晚换了拖鞋,一溜烟儿进了燕啾房间。

她第一次来燕啾家。虽说邻居这么久了,燕奶奶人也好,但一直不太熟,每次邀约,她都不好意思真的来做客。

蒋唱晚打量着燕啾房间。

很少女的风格,粉白交错。窗帘是白底粉色小碎花,缀着荷叶边。床单被套全是法式风格,优雅又漂亮。书架上一排排书整齐地排列着,不少都是烫金的英文书脊。

燕啾被子盖得厚,所以还穿着夏天那件吊带裙,只不过裹了件厚外套。

"你刚在睡觉?"蒋唱晚找了个看起来就很舒服的单人小沙发坐下。

"嗯。不过也差不多该起了。"燕啾起床气消得差不多了,直接在毛茸茸的白色地毯上坐下,打开平板,瞥她一眼,"啧"了一声,"你哥也喜欢坐那个。"

"你们怎么回事,地毯不舒服吗?"

"舒服啊!我是想坐的,又害怕看起来很没形象。"蒋唱晚麻利地从小沙发上下来,怀里抱着个抱枕坐到她旁边,眼睛里放出八卦的光芒,"我哥经常来啊?"

蒋惊寒上次来,是半夜三更溜进她房间教她练字,上上次还是半夜三更,教她写数学。

想到这儿,燕啾嘴角抽了抽,转移话题:"也没经常吧,"指了指平板上的电影界面,让她挑,"看哪个?"

"我想看综艺。"蒋唱晚手指翻了翻,"这个吧?"

燕啾起身去开投影仪:"行。"

蒋唱晚剥开一个橘子,没被综艺迷了眼,接着追问:"欸,你俩到底有没啥?"

燕啾一顿,屏幕里蒋唱晚最近粉的"墙头爱豆"出场了。她面无表情拿着遥控器快进:"没,别问。"

"我不问了不问了你停下——呜呜呜,给我看我哥哥!"

晚上十一点,两个人看综艺笑得肚子疼。

准确来说,是蒋唱晚看综艺笑得肚子疼,燕啾本来不觉得好笑,但是她的笑声太有感染力了。

结束后,燕啾把蒋唱晚送到门口:"你哥应该回来了吧?"

"这么晚要是不回来,等我跟我妈告状,他得被烦死。"

燕啾"扑哧"一声笑出声来:"孟阿姨是真的能说。"

"是啊!她话可多了,没跟我们住,一天能发十条六十秒的语音——我这辈子最讨厌听微信语音了!"蒋唱晚愤愤。

燕啾本来还笑着的,这会儿笑容就淡了,半响,只说:"回去吧。"

蒋唱晚开了门,往后挥挥手:"那我就走——"一抬头,"哥?"

蒋惊寒站在家门口,穿着外套,一手拿着钥匙,另一只手拿着手机通电话,声音很淡,但没有平时冷,好像带了些担心,还在尽力安抚通话那边的人。

"嗯,我刚去学校看了,人没在。她同学说早就走了……"

话还没说完,他顿住了。

蒋唱晚似有所感,胆战心惊,十分缓慢地从书包里摸出手机一看。

哥,7个未接电话。

妈妈,19个未接电话。

…………

完了。

蒋唱晚手都发抖,颤颤巍巍又喊了一句:"……哥。"

蒋惊寒顿了片刻,眯了眯眼,看不出什么表情,只声音淡淡地跟他亲妈孟晓青女士说:"哦,'尸体'找到了。

"待会儿给你回电话。"

然后,他收了手机盯着蒋唱晚看了快有十秒,面色寒凉,眼神冰得蒋

·090·

唱晚腿都快发抖了，终于勾起一抹讥诮的笑，声音也冷得像冬天浸过水的刀片。

"蒋唱晚，你是不是不会接电话？"

"……我没看到。"她垂着眼，声音很小，底气不足。

蒋惊寒看了眼手机，眉头都没动："你六点放学，现在十一点二十九分。五个半小时，一句话都没有。你怎么不再晚点回来？"

"再晚点你妈就能从 A 国飞回来，跟你双双警察局见面。"

"对不——"

"别。"蒋惊寒打断她，"你不会，我就教你。打开你手机微信，给昵称'95'，或者你的备注是什么，'臭哥哥'是吗？总之，给他发条微信。

"也不用解释你在哪儿，在干什么，只要回一条，哪怕是个句号，让他知道你没死就行。

"这很难吗？"

蒋唱晚没见过他这么冷漠这么凶的样子。

虽然确实是她的错，但这会儿他这样不留情面地训了她这么久，她难免觉得委屈，眼泪包在眼眶里，却还不肯让它落。

她努力压抑着，却还是带着哭腔，小声道："……不是'臭哥哥'，早就不是了。"

她哭了。

蒋惊寒顿了片刻，没再说，沉沉吐出一口气，捏了下眉心，把钥匙扔给她。

"进去，自己给你妈打个电话。"

蒋唱晚越哭越委屈，抽抽搭搭地进门了。

燕啾站在门口，小心翼翼地抬眼看他。

他好凶。

她不知道蒋唱晚没跟家里报备，蒋惊寒这么生气也无可厚非。

现在社会负面新闻这么多，女高中生放学未归，却没跟家里人说一声，家人难免着急。

别人的家务事，自己还是不要管了吧。

她想了想，生怕一个不慎惹到蒋惊寒，被训得妈都不认识，轻手轻脚地准备关门。

"还有你。"

091

蒋惊寒站在门口睨她,突然冒了一句。

或许是被蒋唱晚的眼泪平息了怒气,现在他没那么刻薄,但依旧可以看出比较暴躁,声音冷得快结冰。

燕啾顿时停下往后退的脚步,纷杂的思绪涌上来,有些忐忑,又有些疑惑。

我怎么了?难道我收容了"犯罪嫌疑人",还要被连坐吗?不会吧?

她胡思乱想间,蒋惊寒已经走近,左手把门拉得更开,右手撑在门框上,跟她耳朵同一高度,十分具有压迫性。

蒋惊寒勾起一个跟刚刚一样的,讥诮的笑。

燕啾微微往后倾身,都来不及疑惑这过于近的距离,只在心里暗道不好。

果然。

他笑意未达眼底,偏狭长的眼型没有弧度,看起来薄凉又不屑,眼神偏偏又暗得好像能把人吞下去。

他启唇,薄唇一开一合,一字一句,咬字清晰到有点咬牙切齿的意味,吐出一句话:

"你拿喻嘉树送你的奶茶,送给我?"

蒋唱晚进了门,还哭了几分钟,才拿起手机给妈妈打电话。

"喂,妈妈——"孟晓青还没说上话,蒋唱晚又没忍住掉眼泪。

"哎哟,蒋唱晚,别哭了。这件事本来就是你的错,这么晚回家怎么都不跟你哥说一声啊?晚上有多乱,你一个人在外面有多不安全,你知不知道啊?"

孟晓青虽然见不得她哭,但该讲的道理,她还是硬着心肠给女儿讲。

"我……我知道,我就是没带钥匙,回家的时候他又不在家,我就到燕奶奶家里去了。"

说完这句话,蒋唱晚打了个哭嗝儿,越发委屈。

"我又没有到处乱跑,我只是忘记给你们说,手机在书包里,没开声音,也没发现电话啊。"

"我又不是故意的,他干吗那么凶啊!"

孟晓青看她越哭越厉害,赶紧哄她:"唉,这样啊。以后这种事不能忘,听到没有?"

这时候，蒋惊寒推门进来，依旧带着夜风寒气。

蒋唱晚抹了把眼泪，瞥了他一眼，不想看见他，就往房间里走，还摔了下门。

"听见了。"

孟晓青对她这脾气了如指掌："又发脾气呢？你哥训你了？"

"你也别怪他，我们都不在国内，就他一个人管你。大晚上的，你想想，你放学就失联了。电话打不通，他还去学校找你。我没有你班主任的电话，他到政教处去找你们邓主任要的。结果人还说你走了。

"我看看，八点吧，他估计在外面找了你三个多小时。看着挺冷静挺成熟一人，结果还不是有点慌。唉，到底还是小孩子啊……"

孟晓青絮絮叨叨一堆，蒋唱晚却顿住了。

十一月初，气温早就降下来了。而且这两天降温，格外凉。到晚上，偶尔还刮妖风，冷得人牙齿都在打战。

蒋惊寒穿着一件薄外套，里面就一件短袖，在这个冷得发抖的天气里，找了她那么久。

怪不得他说话那么冷，好像也不能怪他。

蒋唱晚眼眶慢慢又发红，望了眼门的方向，有点后悔了。

发脾气一时爽，事后火葬场。

"欸，你刚说你去燕奶奶家了？"孟晓青问。

蒋唱晚闷闷地应："嗯。她家孙女儿回来了，我跟她关系挺好的。"

"哦，燕啾啊？挺好一姑娘。唉……"孟晓青在那边欲言又止，叹了两口气，余音很长。

然后，孟晓青又絮絮叨叨嘱了些事，让她在学校还是努力学习，注意锻炼，不要熬夜，别减肥不吃饭，对燕啾好一点，最后让她跟哥哥好好道个歉。

蒋唱晚都一一应了。

晚上十二点三十分，蒋唱晚在厨房里对着一碗黑色液体发愣。

她看看手机上"暖身防感冒姜汤"的图片，又看看自己盛起来的这碗。

好像差别有点大。

算了，管他的。

她端起这碗黑色姜汤，敲响了蒋惊寒的房门。

没人应。

这个点,他必不会睡觉,可能只是不想理她。

她心一狠,伸手开门。

没锁。

果然,房间里亮着灯,蒋惊寒坐在床边,两腿分开,手撑在膝盖上,俯身打着游戏,眼都没抬。

他刚洗了澡,头发还有点湿,眉间依旧有寒气。

蒋唱晚听见一声"double kill(双杀)",赶紧立正靠墙边乖乖站好,直到过了一会儿,听见"victory(胜利)"和水晶破碎的声音,她才喊他:"哥。"

蒋惊寒掀了掀眼皮子,没什么表情。

"谁是你哥。"

"你,你你你你你你,你你你你你——"

人不要脸天下无敌,蒋唱晚秉持这一法则,终于成功,蒋惊寒像被她烦到了,手机往床上一扔。

"有事?"

"我……我给你熬了姜汤。晚上挺冷的,你别感冒了。"

蒋唱晚看了眼这碗黑色液体,都有些吞吞吐吐。

果然,蒋惊寒走过来看了一眼,哂了一声:"姜汤?

"我怎么觉得你想毒死我。"

"欸,我辛辛苦苦做了半个小时好吗,你给它一点应有的尊……"蒋唱晚话还没说完,蒋惊寒就已经端起碗,喉结微动,两三口喝完,把碗塞回她手上,嫌弃地皱眉。

"就这?"

"你以后找不到工作,还是去洗碗吧。"

"做饭就不必了。"

蒋唱晚:"……呵呵。"

纽特学长的嗅嗅:我哥也太难哄了!

纽特学长的嗅嗅:我为了赔礼道歉都为他洗手作羹汤了,他还是一直损我,呜呜呜呜呜……

纽特学长的嗅嗅:他这样以后肯定找不到女朋友。

纽特学长的嗯嗯：什么破脾气我无语了！
纽特学长的嗯嗯：我太难了我太难了我太难了。
十分钟后。
纽特学长的嗯嗯：你怎么不说话？
燕啾盯着屏幕面无表情地想，我能说什么呢。
你好歹解决了。
我还得去哄这破脾气呢。

周一天晴。
燕啾依旧压着六点五十的危险线起床，快速洗漱完，从餐桌上拿了个面包就出门了。
她一贯爱熬夜，周末更是昼夜颠倒，但是好在她上课从不打瞌睡。
上周几乎天天晚上刮大风，像要入冬了，这几天又天天大太阳，一早起来都不想穿外套。
锦城的天气真是让人摸不着头脑。
这会儿脑袋有点昏昏沉沉的，燕啾单手搭着校服外套往学校走，半路路过小巷花店，早起修剪花枝的姐姐正对着花束忙活。
该怎么跟蒋惊寒说呢。
周五晚上她被蒋惊寒质问，为什么拿喻嘉树送的东西送给他。
他训蒋唱晚的样子还在眼里，燕啾当然有点怂，几乎没过脑子，想也不想地退了一步，然后"砰"的一声——
把他关在门外了。
…………
服了。估计快把门拍在他鼻子上的人，她是头一个。
当事人现在就是后悔，非常后悔。
此刻就是旧怨未了，新仇又结。
燕啾另一只手撩了下马尾，边走边想，皱着眉，有点不解。
她到现在也没搞清楚蒋惊寒不爽的点是什么。
"你拿喻嘉树送你的东西，送给我？"
是因为她转送别人的东西，很不礼貌，还是因为这东西是喻嘉树的，让他嫌弃了？

反正总不能是因为喻嘉树送她东西吧？

唉，管他的。反正结果就是小魔王生气了，后果很严重。

脑补了一下小魔王的嘲讽能力，燕啾打了个寒战，找点什么东西赔礼道歉呢。

燕啾晃晃脑袋，百无聊赖地四处乱看，突然，她转过头。

花店。

她往回走了两步，看着花店姐姐拿出白玫瑰一枝一枝地修剪，又停住了。

算了。这个季节，花店里全是玫瑰、百合、康乃馨、满天星，她不喜欢，也不适合蒋惊寒。

燕啾摇摇头，继续往前走。

快走到校门口时，她看见一个开药店的爷爷往外一盆一盆地搬着花盆，看起来喜气洋洋的。

空气中隐约飘着清新又甜美的馨香，很淡，但很熟悉。

老头六十多岁，在校门口开店很多年了，平时闲得无聊，最喜欢和学生说说话，聊聊天。

这会儿看燕啾惊奇地盯着那几盆花，老头便笑呵呵地开讲："小妹妹，奇怪吧？

"这本来是夏天才开的。但是可能这两天气温回升，它被骗喽，以为春天到了，就又开花了！还是南方好，一年开两次呀，哈哈。"

燕啾顿了顿："爷爷，这花卖吗？"

路上磨蹭了一会儿，燕啾当然迟到了。

青姐在讲台上批改作文，大红唇微动，喊她："燕啾，七点二十五了。"

"不好意思。"燕啾应，轻到近乎小心翼翼地放下书包，摸出作文书，到走廊上站着上早读去了。

十班规矩，迟到就到走廊站着读书。

蒋惊寒掀起眼皮子看她一眼，燕啾在外面站得很直，路过的巡检的学生会主席还跟她搭了两句话。

燕啾第一次被罚站，也第一次见到宋景堂。

"燕啾？你怎么了？"

燕啾从"looking forward to your reply（期待您的回复）"中抬眼，

先看他的袖标，才把眼前人跟学生会主席宋景堂对上了号。

不知道他为什么认识她。

燕啾也懒得管，老老实实道："迟到了。"

"噢。那你下次一定注意啊，青姐抓纪律很严的。"宋景堂提醒她，嗓音温润清和，让人莫名觉得亲近。

青姐也教十四班。

"谢谢。"燕啾难得地露出一个浅浅的笑。

她其实很少这样笑，尤其是对陌生人，很少完全真心地露出一个微笑。

她觉得宋景堂人好像很好。

语气表情不谄媚不急躁，不是故意套近乎。好像就是温润君子，作为学生会主席，善意地提醒她。而且，他给她的感觉……很像一个人。

燕啾下课进教室的时候，小魔王在架书准备睡觉了。

"欸，你先别睡。"她喊。

蒋惊寒瞥了她一眼，手上动作没停，没说话，也没理她。

燕啾小心翼翼地拿着一小束白色的花，在课桌下递给他："给你。"

蒋惊寒垂眼看着。

一小束栀子花，末端处用白色丝带捆着枝干，微微包着骨朵儿，将开未开，却也洁白清透，枝叶稍稍修剪，仍有生机与肆意，空气中飘着淡淡的香气。

这个季节，竟然还有栀子花。

燕啾又往前递了递，似在催促他。

"我今早上路过校门口，厚着脸皮找药店爷爷要的。

"这个是我自己的东西，不是别人送我的。

"我还就挺喜欢栀子花的。

"你接不接啊？不接我收回来了啊。"

燕啾絮絮叨叨半天，也没见蒋惊寒理她。

眼看就要打上课铃了，燕啾叹了口气，凑近了些，把小花束递到他面前。清新怡人的香气萦绕在鼻尖。

她叹了口气，轻声道："我错了。

"不该拿别人送的东西糊弄你。

"理理我呗，蒋老师？"

第六章
缺心眼儿

青姐的课向来节奏紧凑,逻辑清晰,英语课很快过去。
燕啾一心二用,把铺在下面的六级词汇塞回课桌,去了洗手间。
走廊上铺满阳光,她看着自己的侧影投射在白瓷墙上,没忍住,比了个"耶"。
"寒哥,这啥啊?"
"我说怎么一股香味呢。原来是你啊。不是,寒哥,你放什么花在这儿啊,小心被你弄自闭咯。"
李明骏路过,看见蒋惊寒桌子上放了个小玻璃瓶,像是酸奶瓶子洗干净了,装着小半瓶水,插了一小束洁白的栀子花,衬着枝叶,很是好看。
"让我看看,让我看看!这季节怎么还有栀子花啊?"杜飞宇惊奇,说着就想摸摸花瓣。
"啪嗒!"
蒋惊寒捏着笔敲了下他手指,漫不经心地吐字:"猪手拿开。"
杜飞宇大叫道:"没天理了啊,不就一花嘛,还不让我碰啊。还是不是兄弟了?"
蒋惊寒瞥他一眼,把近乎满分的小测试卷塞进桌肚。
"不是,是父子。"
燕啾回来就听见这宛如小学生的对话,一时无语。
她小腹隐隐作痛,而且越来越剧烈,想趴下休息一会儿。
"下节什么课?"她问宋佳琪。
"历史吧。"宋佳琪看她脸色有些苍白,单手捂着小腹,问,"你怎么了?亲戚来了?"
"嗯。"燕啾应。
一周一节的历史课,就这么赶巧。

她疼得有些受不了，还是趴下了。这个月怎么提前这么多，止痛药吃完了，也还没来得及买新的。

燕啾恹恹地趴在桌上，决心只好对不起杨林老师一节课了。

杨林踩着上课铃进来。

这是一位较年轻的男老师，讲历史讲得很好，而且很负责，没有因为十班是理科班，就随意地让他们上自习，而是普及一些基础的历史知识和有趣的历史史实，尽量让他们均衡发展。

当然，那是以前。现在这班上出了个文科第一名，怎么说各文科老师都要认真上课了。

不过自从他一板一眼地按教材考纲来，也就没什么人听他讲了，大家都在下面写作业。他也不是特别在意。

但今天不一样。他唯一认真的学生，专门为她讲课的学生，对方竟然趴着，好像在睡觉？

杨林觉得自己受伤了——我讲课真的有这么差吗？就没有一个人愿意听吗？

他决定震慑一下大家，让大部分学生闻之色变、低头不敢看前方。

"现在我要抽一个同学回答问题。"

十班各位赶紧坐好，没怎么敢动的也偷偷跟同桌对了个眼神，手轻微握紧，继而眼观鼻鼻观心。

"有人主动举手吗？"

鸦雀无声。

杨老师，您为什么会在理科班，问有没有人愿意主动起来回答历史问题啊？大部分人连朝代顺序都分不清啊！

蒋惊寒看起来好像也颇为无语，从化学题上抬眼看了一眼杨林。

下一刻，他眉梢轻轻一动，发现杨林在看燕啾。

"没人吗？那我就随机抽了啊。"

蒋惊寒瞥了眼燕啾，她头埋在臂弯里，一只手捂着小腹，桌上的那只手紧紧攥住一支黑笔，指尖都泛白了。

看起来很疼。

蒋惊寒又垂眸看了看桌上那一小束花。

杨林继续道："那就燕……

"哦，蒋惊寒同学举了手。不错不错，那就你来。"

十班同学们一瞬间都齐刷刷转过头来看蒋惊寒，四面八方的目光夹杂着如释重负、感激不尽等复杂情感。

当然，更多的是震惊和奇怪。

开玩笑，蒋惊寒上历史课主动举手回答问题？

杜飞宇皱眉："寒哥，你没事吧？"

他没敢明说，这句"你没事吧"，约等于"你脑子没坏吧"。

蒋惊寒没什么温度地扫他一眼，长腿一蹬，椅子往后挪了寸许，站起来。

杜飞宇感受到他冷漠眼神里的"你找死？"，闭了嘴。

杨林显然很高兴，他觉得还是有人在听他的课的。

"这样吧，我不为难你，问你一个简单的。"他拍了拍胸口。

"宗教改革大致发生在什么时间？"

燕啾这会儿刚好痛过一阵，缓了一下，丝毫不知道蒋惊寒帮她挡了杨林这一下，还挺纳闷他为什么要举手。

不过她还是稍稍露出半张脸，小声提醒他："十六世纪。"

蒋惊寒闻声垂下眼看她。少女脸色被捂得稍稍发红，可能疼到咬唇，把唇色咬得鲜艳，发丝微乱，细白的手臂搁在桌上，侧脸对着他。

他这个角度，刚好可以看见她的鬓发和头顶的小绒毛。

他一时没说话。

燕啾以为他没听见，又说了一遍："宗教改革，十六世纪。"

蒋惊寒看了她两秒，突然勾起一个笑，然后移开视线。

她好像还听到他笑时很轻的气音。她侧目看他，他懒洋洋地站着，眉梢一扬，嘴角勾着，衬得人格外有少年气。

令人一瞬心跳加速。

但下一秒，燕啾心跳就加速不起来了。

因为蒋惊寒拖着尾调，略显慵懒地回答："二十一世纪。"

话音落下的一瞬间，空气都安静了。

秒针缓慢转动，滴答滴答。三秒过去，教室里依旧落针可闻。

死一般的寂静。

前面的同学纷纷转过头来，盯着站在最后一排的人，表情很是一言难尽。

就这？寒哥，你专门起来气人的？

燕啾看着杨林无语到极致、失魂落魄怅然离去的背影，觉得她很懂他。

她真诚地望着蒋惊寒，伸出一只手指了指自己的耳朵。

"蒋惊寒，你是不是这里有问题？"

蒋惊寒坐下来，长腿一伸，很理直气壮："你不懂。我经过了深思熟虑的。"

燕啾："是吗？"

对面人一只修长且指节分明的手扣着脖颈，缓慢地活动了一下，眉眼微垂，声音漫不经心。

"我这不是得树立一下我历史不怎么样的形象，不能崩了理科科草的人设。

"做人不能太完美，不然别人怎么活啊。"

燕啾："……呵呵。"

那你还想得挺周到啊。

理科科草。

燕啾沉默半天，实在找不到什么话接，就又趴下去睡了。

半梦半醒间，她听见蒋惊寒在问宋佳琪什么，感觉有东西压在她身上，意识也不太清醒，竟然就这样睡着了。

她还做了乱七八糟的、被巨蟒追逐着穿越丛林的梦。

她如坠落般惊醒，坐起来捂着眼睛，缓了好一会儿。趴着睡的时候压到眼睛了，现在看东西还有点模糊，但可以看清教室里一个人都没有了。

隐隐约约听到操场传来广播声，燕啾眯着眼辨认了下时间，大概是周一升旗仪式的时间。

只有她一个人在教室里。

小腹还隐隐作痛，一阵又一阵。

她心里莫名有点空。

耳边是操场的人声喧闹，主持人抑扬顿挫地念着上周运动会的最后成绩，大家欢呼雀跃地参与颁奖。

而她一个人坐在空无一人的教学楼里，好像被遗忘在另一个星球。

疼痛也好，难过也罢，都是自己一个人的感受。

其实很多时候她都会有这种想法。

人类的悲欢并不相通。最多不过提供些无关痛痒的安慰，没用又浪费时间。负能量来得猝不及防,就那一瞬间,她感到有些难过,自我调节无果。

你好脆弱啊。她面无表情地想。

突然"哐当"一声,燕啾皱着眉往后看。

蒋惊寒用脚轻轻踢开教室后门,拎着个小袋子走进来。他逆着骄阳,日色明媚又温柔,看不清眉眼,但少年身形挺拔清隽,缓慢却恣意地向她走近。

"受不了就请假,死撑什么。"他哂了一声,单手拎着袋子,轻轻扔到她面前。

燕啾一顿,半响,慢吞吞伸手,拿起一盒药。

她常吃的那种止痛药。

燕啾倒了水吞下一颗,才眯着眼看他,问:"老朱不在学校,你怎么出去的?"

蒋惊寒顿了顿:"哦,我找老邓头开的假条。"然后又伸手拨弄了一下栀子花叶,貌似漫不经心地谈起另一个话题。

"那爷爷的花都开了,你这怎么还没开?"

"不会是假的吧。"

栀子花还包着骨朵儿,含苞待放,看起来怪害羞的。

燕啾没回他这句话,伸手从他校服上,拿下一片被衣领卡住的银杏叶。

她声音很淡:"嗯,那邓主任办公室里的银杏长得真不错。"

…………

去政教处怎么可能落上银杏叶。

一中只在环操场和学校围墙一圈的地方栽了银杏。

蒋惊寒张了张嘴,还没来得及说话,邓仁民就风风火火地冲进来了。

老政教处主任横眉倒竖,发上指冠,伸出一只手指着他。

"小兔崽子,我怎么又看见你翻墙!"

蒋惊寒:"……烦。"

燕啾吃了药大概半小时后,就感觉不到疼了。

蒋惊寒在她旁边写着千字检讨,她瞄了一眼,他下笔不带思索,精湛好句信手拈来,还极富文采,仿佛背诵的检讨范文一般。

燕啾噎了一瞬。

这得有多熟悉。

老邓本来想罚他三千字,因为他是个惯犯,仗着一中围墙矮,且没什么防盗措施,屡教不改。

燕啾看在那盒止痛药的分上,帮他解释,求了个情,从轻发落了。

燕啾想起老邓被他气得吹胡子瞪眼的样子,就觉得好笑。

晚上八点,下课铃声响起。大家都开始收拾东西,走读的准备回家,住校的慢慢聊着天,准备回寝。

"你先下去。"燕啾挥手催他。

自从两个人一起回家,燕啾一直坚持让他先下楼,到楼下等她。

她晚几分钟,人走了大半,才下来。

美其名曰,避嫌。

今天也不例外。

蒋惊寒闻言,无声地磨了下后槽牙,十分不爽,然而再不爽,还是到楼下等燕啾去了。

杜飞宇在前面偷瞄了他们一眼,小声问宋佳琪:"啾姐是不是还不知道啊?"

宋佳琪往书包里塞着《高中必刷题》,没看他。

"知道什么?"

"知道就算他们同进同出情同手足一起上下学,我们也不会觉得奇怪啊。"

十一月中旬,忙忙碌碌的学习生活更加紧张,即将到来的期中考让大家在晚自习都奋笔疾书,不曾抬头。

"长太息以掩涕兮,哀民生之多艰……"杜飞宇背了好几次,都卡在第一句。

他哀号一声,把语文书一扔,趴在桌子上,泄气道:"哀吾生之多艰啊。我最讨厌市统考了!"

宋佳琪头也不抬地做英语阅读:"你就是菜。"

杜飞宇坐起来,理直气壮:"对,我就是菜。附中那帮人真厉害。每次看年级排名还行,市排名就太难看了。"

宋佳琪对着答案:"知足吧,理科我们好歹榜上有名吧。文科才惨呢。市前二十就两三个。

"哦,这回也不一定。啾啾在呢。"

燕啾埋头写着蒋老师昨晚布置的一张卷子,算得焦头烂额:"别,期望越大失望越大。"

"我都算三遍了怎么还是不对啊。"燕啾深呼吸,平复心情,免得自己越来越暴躁。

蒋惊寒抱着篮球从后门走进来,穿一件单薄长袖,把吸汗发带扯下来。

他站在座位后倾身,把臂弯上的黑色外套往椅背上一搭,就着搭衣服的姿势,看了一眼她的答案。

燕啾听见他的声音响在头顶。

"向量 OP 和 OQ 同向反向?"

燕啾凝神细看,三秒后悻悻提笔改答案:"……反向。"

"题都不仔细看,还问为什么算不对。"蒋惊寒拉开椅子坐下。

燕啾忙着重新计算,没看他,举起左手示意投降:"优待'战俘',嘴下留情。"

"寒哥,也就你一个人,考前一周还在翘课打球。"杜飞宇幽怨地盯着他。

蒋惊寒挑眉:"有意见?"

"哪能啊……要我成绩好,我也这么干。"他很怂地转回去,继续磕磕巴巴地背,"余虽好修姱以……"

还没背完这一句,下课铃响了。

杜飞宇十分生气,捶了桌子一拳,拥有最后的倔强,想背完最后一句:"羁!羁!兮!"

宋佳琪在收拾书包,顿了顿:"你能不能文明一点?"

杜飞宇被愣在原地,然后猛笑。燕啾刚好改完错,合上笔盖,蒋惊寒已经很自觉地提着书包先走了。

"啾姐拜拜。"

"啾啾明天见。"

"拜拜。"

她慢吞吞收拾书包,大概三分钟后,教室里的人都走得差不多了,才下楼。

蒋惊寒站在教学楼下那棵大梧桐树下,斜斜靠着树干,一手插兜,百无聊赖。

"哟,寒哥,等燕啾啊?"一楼四班最后几个男生扎堆走过,跟他开了两句玩笑,挤眉弄眼的。

蒋惊寒冷淡瞥了一眼,没理。

燕啾略有些尴尬,往前走了两步,喊他:"走吧。"

两个人并肩走出校门。

校门口人还是挺多,三三两两围在小摊贩旁。昏黄路灯氤氲着喧闹氛围,烤红薯甜甜的香气悄悄蔓延。

蒋惊寒突然开口:"他们刚问我是不是在等你。"

燕啾正考虑着要不要买一个烤红薯,闻言顿了一会儿。

他这是,被开玩笑,不高兴了?或者被误会,生气了?

燕啾悄悄抬眼打量了一下他的神色。没什么表情,眼角下垂,嘴角平直,看着挺冷漠的。

她又小心地看了他一眼,还是冷冷的。

果然,他应该很讨厌被打趣吧。

燕啾这时候不敢提出想买烤红薯的要求,只好眼睛不舍地勾住那辆三轮车,小心又谨慎地道:"那,对不起?"

蒋惊寒突然停下,燕啾差点撞上他。

他居高临下地盯着她,语气略微暴躁:"对不起什么?"

"啊,就是,对不起让他们误会我跟你的关系了。"燕啾有些莫名。

蒋惊寒盯了她三秒,嘴角一扯:"燕啾,你是不是……"

他突然不说了。

"什么?"燕啾恋恋不舍地看着胖阿姨骑上三轮车准备离开,才把视线转回来。

蒋惊寒黑着一张脸,从校服口袋里摸出一张钞票,扔给她,咬牙切齿地道:"去。"

快去买。

他盯着燕啾努力端庄还是难掩雀跃的背影。

燕啾,你是不是缺心眼儿。

"哦,我明天有点事,晚上补不了了。"蒋惊寒开门时突然想起这件事。

之前蒋惊寒主动提出要帮燕啾补课，耽误了个把月，终于在市统考之前提上日程，决定每周晚上给她讲一个知识点。

燕啾一手捧着烤红薯，一手摸钥匙："哦，你不说我都忘了。我也有事。"

蒋惊寒背靠着门，挑眉："你有什么事？"

燕啾把钥匙插进锁里，睨了他一眼："你管呢。

"反正我俩都放两天假呗，多快乐。

"周一见啊，蒋老师。"

"砰"的一声，她关上了门。

燕啾进屋后，掰了一半红薯给奶奶。

"奶奶，我明天不在家吃饭哦。"

"要出去玩吗？"奶奶分了一小半给爷爷，"这个不甜，我下回给你蒸个甜的。"

爷爷取下老花镜，开玩笑道："你不懂，现在小孩儿就喜欢外面卖的，家里的不香。"

"哪有。"燕啾笑着推了爷爷一下。

"明天好朋友来锦城，我去陪她玩。应该晚上回来。"

"好。那注意安全啊。"

"好。"燕啾扬声应，拿上睡衣和换洗衣物去浴室洗澡。

归国美人鱼公主：倒时差，先睡了。明天早上给你回电话。

燕啾吹完头发看见温羡半个小时前发来了微信，现在应该已经睡着了。

啾咪：好。

没想到温羡一个视频通话就打回来了。

燕啾划动屏幕，接起来，诧异道："你不是睡了？"

温羡声线很特别，像南极的冰山，清冷干净，这会儿尾音拉长，听起来很绝望。

她侧躺在床上，盯着屏幕："睡不着。干躺着半个小时了。"

窸窸窣窣把投影仪打开，燕啾才把手机固定好，跟她闲聊。

"时差哪那么容易倒。"她打量了下对方的纯白色背景，不太有生活气息，"你没回家啊？"

"嗯。"温羡翻了个身趴在床上，手撑着枕头，"太久没人住了，也懒得打扫。反正就待几天，就住酒店了。"

· 106 ·

"住哪儿呢?"

"一环路。"

那很近啊。

"你不如直接来我家住。"

"不方便嘛。"温羡笑了一下,半晌又补充,"而且温昱也要来。"

燕啾拉下手机页面确认时间,皱眉:"他还没放假吧?"

"对啊。死乞白赖请假呗。欸,你说,他上次雅思才考5.5,谁给他的勇气天天请假啊?"

燕啾顿了顿:"他经常请假?"

温羡转转眼睛回想:"好像是吧。他研学活动挺多的,上次还来了锦城。"

燕啾皱了皱眉,想起那几天晚自习下课,昏黄路灯下,躲躲藏藏跟着她的影子……

她不动声色地询问:"什么时候。十月中旬吗?"

温羡惊奇:"对。你怎么知道?"

"……没事,随便猜的。"燕啾转移话题,"明天吃什么?"

"你猜我想吃什么?"

"你想吃什么我不知道,反正我挺想吃法餐的。"

温羡发出一声哀号:"姐姐,饶了我吧。我现在已经看到鹅肝就想吐了。"

燕啾笑她:"开玩笑。火锅还是海底捞?"

"火锅火锅火锅。昨晚看到朋友圈有分享一家好吃的,刚好去试试。"

"行。"

两个人又扯了些有的没的。

明明人生轨迹不同,境遇不同,一个国内上高中,一个国外搞艺术,一个十七岁一个快二十岁,却偏偏性情相合,有说不完的话。

缘分这种东西,真的挺奇妙的。

她身边那么多同龄的女孩,或可爱或高冷,或开朗或害羞,明明大家都很友善,但她就是没办法交心到这样的程度。

或许磁场这种东西,是真的存在的吧。在千万人中一眼就找到对方,然后吸引着彼此靠近。

最后互道晚安挂断电话的时候,已经一个多小时后了。

燕啾没有困意,看着最新一期《航拍中国》投在暗夜中的白墙上,忘记拉窗帘而露出的半扇窗户下,对面阳台亮着白灯。

她不由得望向那小片微弱又温柔的白光,央视特点的开场念白让人心潮澎湃,烤红薯的甜味好像又在唇齿间弥漫。

于千万人中一眼就看见他。

连星星和潮汐都推着她向他靠近。

磁场强大到地心引力也无可奈何。

有的人对她而言也是这样。

多奇妙。

"嘟嘟!"

燕啾下楼就看见一个高挑美女斜倚在一辆黑色奥迪 A6 旁,拿着车钥匙的手冲她挥了挥。

温羡穿着黑色中长款大衣,露出一小截酒红丝绒长裙,长发微微卷起自然的弧度,一些散落在肩上,唇红齿白,眼神清澈明亮。

燕啾没忍住笑,上前抱了她一下:"怎么换车了。你的迈巴赫呢?"

温羡十九岁生日的时候,温如松送了她一辆迈巴赫 s680。

温羡拉开车门坐上驾驶座,闻言不爽,很傲地扬起下巴。

"这是姐自己攒钱买的,不比那破奔驰香吗?"

燕啾系好安全带,"啧啧"了两声:"是,三百多万的破奔驰,那肯定比不得我们美人鱼公主的私房钱。"

"那可不。"温羡应,扶着方向盘,驶进小巷里。

"红锅。"

"肥牛,毛肚……"

两个人点完菜,温羡合上菜单递给服务员。

燕啾环顾四周,抿了口茶:"不愧是网红店,这人也太多了。"

"都排一百多号了。幸好提前订了。"

燕啾擦了擦碗筷,抬眼看见门口被服务生引进一位客人。男生比较高,穿着一件黑色卫衣,手插兜,身影熟悉,燕啾冲温羡抬眉示意。

温羡转头,挥挥手:"这儿。"

温昱对服务员道了声谢,挨着温羡坐下了。

"怎么又请假？"

温昱刚坐下就被他姐往背上拍了一巴掌，蹙眉显得十分委屈："可以说想你了吗？"

温羡翻了个白眼："少来。"

"你一回国都不回 S 市来看看我的啊。"温昱说完跟燕啾打了个招呼，"啾啾。"

温羡："没大没小的，啾啾是你叫的吗？姐不知道喊？"

温昱："就不。"

燕啾笑了一声，盛了一勺红汤进调料碗："随他吧。"

孟晓青坐在副驾驶座，照着镜子补口红。蒋唱晚坐在后座，也在照镜子。

蒋惊寒从卫衣帽檐下看着她俩对着镜子变化表情的行为维持了快十分钟，觉得女人真是个神奇的生物。

他右手搭上帽檐，狭长眼皮一耷拉，问他爹蒋扬："还有多久？"

蒋扬将方向盘一转，把车停在路边："到了。你们先下吧，我去停车。"

孟晓青踩着高跟鞋下车，感叹："如果说有什么让我整整记挂了两个多月的，那一定不是你们，是火锅。"

回头一看，蒋唱晚跑得飞快，已经拿着预定截图去找服务员了。

蒋惊寒："……行。"

一家子火锅人。

"这家的毛肚特别好吃，"蒋唱晚一边下菜一边说，"平时人很多的。借了我朋友的 VIP 卡才订到包间。"

服务员从上完菜后就没再进来过，估计忙不开。

孟晓青指使蒋扬："没蚝油了，去拿。"

老蒋一脸震惊："我才坐下！你不知道我绕了多大一圈停车！"

孟女士毫不讲理："让你走路你要开车，怪谁啊？"

老蒋叹气："唉，越活越没有人权了。"

蒋惊寒刚好被包间里的空气闷得不行，想出去走走："我去吧。"

"还是儿子好啊……"老蒋乐呵呵地坐下了。

蒋惊寒下楼，站在楼梯口环顾一周，往调料台走去。路过拐角处，他不经意抬眼往里面一瞥，走过几步，又倒回来，挑眉看着 3 号桌。

角落里，燕啾随意地坐着，跟对面男生聊天，有说有笑，看起来气氛十分热烈。

蒋惊寒眯了眯眼，对面的男生他没见过，但是远看长相还可以，卫衣是他常穿的S牌，脚下的鞋也是他曾经挺喜欢的。

他漫不经心地"啧"了一声，食指和中指在木质栏杆上交替叩了两下，抬脚往3号桌走。

"你们开始集训了吗？"

"对，刚开始。还挺不习惯的。"

燕啾正试图套出温昱的话，刚不动声色地转移话题，就听到头顶响起了熟悉的声音。

"好巧啊，同桌。"

燕啾愕然一瞬，很快反应过来，"啊"了一声，敷衍道："真巧真巧。"语调拖得老长，潜意识就是"姐很忙，没事勿扰"。

蒋惊寒盯了她三秒，伸手"刺啦"一声，拉开板凳坐下了。

顿了片刻，燕啾缓缓偏头看他，用蹙起的眉毛表示疑惑。

温昱在礼貌范围内打量了蒋惊寒几眼，反应很快，问："啾啾，你同学吗？"

蒋惊寒这时候才愿意分一个眼神给他，盯了一眼又转向燕啾，半开玩笑似的跟他学了一声："啾啾？"

气氛顿时不太对。

温昱扬了扬眉，看着他，挺不服输地回他一句："嗯，啾啾。"

"……嗯，"不知道为什么，燕啾莫名有点心虚，硬着头皮道，"同学。估计也来这儿吃饭的吧。"

温昱"哦"了一声，放下筷子："那不好意思，你同学来晚了，已经没位置了。"

蒋惊寒抬眉，伸手慢悠悠给自己倒了杯水，才直视他："这儿不是还有吗？"

温昱跟蒋惊寒对视，没说话。

蒋惊寒转向燕啾，十分无辜道："怎么了，不让吗？"

"有的人数学课不上，出来跟小朋友吃饭就算了，连拼桌都不让我拼一个，是不是太狠了点。"燕啾还没来得及说话，他又似笑非笑地补了一句，

· 110 ·

"嗯？啾啾？"

燕啾移开视线，干笑两声，没说出话来。

温昱脸已经黑了，看样子被气得不轻，也不知道是这句"小朋友"打击了青春期男生敏感的内心，还是蒋惊寒吊儿郎当的样子让他不想说话。

燕啾决定不让蒋惊寒继续说下去："没事，您坐。这是我朋友的弟弟。"

"哦，弟弟好。"蒋惊寒应得很快，状似无心地提了一句，"蒋唱晚以前叫我大名都是要挨打的。

"而且我也从来不跟她的朋友单独出来玩。"

燕啾："我没跟他单独出来玩。"

"是吗？"蒋惊寒没什么表情地挑眉，看看温昱再看看燕啾，明显不信。

燕啾忍无可忍，正想问"你对面凳子上还有个包你看不见吗"，一看发现温羡上个洗手间竟然还把包拎走了。大小姐这时候在离桌几步远的柱子后面探头探脑，一脸看戏似的兴味盎然。

燕啾深呼吸两下，摸出手机，噼里啪啦打字。

啾咪：我看见你了温羡。

啾咪：别在柱子后面丢人现眼！你演谍战片呢？

啾咪：滚过来！

归国美人鱼公主：哎，别激动别激动！我感觉我在这儿看偶像剧呢，过来多破坏气氛。

归国美人鱼公主：这是那个男生不？

燕啾顿了两秒，打下一串省略号。

无语抬头的这一会儿，就听见桌上两个男生绵里藏针，从喜欢的球队过渡到爱打的英雄，总之全方位进行了一波battle（对战），你喜欢a我喜欢b，没一个达成了共识。

啾咪：是！

啾咪：再不过来我杀人了温女士！

归国美人鱼公主：哎呀，别急嘛，来了来了。

温昱喝了一口水："我盖伦还可以。"

蒋惊寒淡淡道："我德莱厄斯也不错。"

燕啾已经趋向于听不懂两个人的对话，也不理他们，只看着温羡走过来。

温羡坐下，自然接道："德莱厄斯？我好像玩过。"

温昱冷笑:"你说你上次跟我一起玩的那个?那叫金克丝。"

温羡若无其事地喝了口水:"哦。小屁孩话还挺多。"

温昱被他姐再次打击之后彻底自闭,低头玩手机,不说话了。

"蒋惊寒。"蒋惊寒稍微坐正了点,颔首打了个招呼。

温羡一脸很懂的样子:"我知道。温羡。这我弟弟温昱。"

蒋惊寒略略一颔首。

燕啾刷了会儿手机,抬头问:"你是真没位置还是假没位置?"

蒋惊寒面不改色:"真的没有。没看见这么多人吗?"

燕啾回了他一个十分标准的微笑,有点咬牙切齿的意味:"那蒋老师你在你们家的地位可真低啊,一家人在同一家店吃饭,居然都不叫你。"

蒋惊寒神情微妙地顿了顿,装作自然地翻出手机一看。蒋唱晚五分钟前发了条朋友圈,文案是"爸妈终于回国,一家人出来吃饭啦",配图是三个人的合照。

更致命的是,他一刷新,发现蒋唱晚还在下面的评论加了一句:**别问我哥为什么不在,出去拿蚝油的路上可能被人绑架了。**

蒋惊寒面不改色,没有丝毫尴尬地起身:"可不是吗,太过分了。

"我过去看看。"

接着,他在三个人的注视下平静地走回包厢,在孟晓青女士十分疑惑的询问声和蒋唱晚的嗷嗷怪叫声中,他迅速抢过蒋唱晚的手机,删除了那条评论。

一系列操作如行云流水,迅速准确。

燕啾沉默了。

温羡"啧啧"了两声:"是挺帅的。"

燕啾往锅里下土豆,不置可否。

温昱不平地插嘴道:"帅,你一天到晚就知道帅。别人帅跟你有什么关系?"

"小兔崽子。"温羡深吸一口气,"是跟我没关系。可是跟你啾啾姐姐有关系啊。"

温昱欲言又止,愤愤地埋头不说话了。

他们结账离开的时候,不知道蒋惊寒一家人是走了还是没走,总之没有遇见。

三个人一起在深秋的夜色里晃晃荡荡地行走,路边梧桐颜色深浅不一,叶子飘下来,七零八落地散在地上。

"好久没有一起走了。"温羡感叹。

燕啾踩着叶子一步一步地走,想了想:"也就半年吧。但是感觉过了很久。"

温昱看了她们俩一眼,小声道:"要是你们都不走就好了。"

要是你们不走,大家就都总是在一起,不用千里迢迢才能相聚。

气氛一时陷入静默。

温昱说出这样的话,温羡其实很意外。在她的印象里,男孩子好像总是不太喜欢表达一些较为感性的想法。

她看了燕啾一眼,打趣道:"我不出去深造一下,对不起温如松对我的栽培,你以后也就没吹牛的资本了。"

温昱无语地看她一眼。

突然,手机响了,温羡示意他们先走,她停在原地接电话。

可能被气氛影响了,也可能是火锅店里的烟火气让她不想再拐弯抹角下去,燕啾看着温昱:"你之前是不是来看过我?"

温昱沉默了下:"嗯。"

"研学在锦城,晚上没事,就顺便来看看你怎么样。不想打扰你,所以没跟你说。"

燕啾抬起手轻轻打了他一下:"你差点吓死我,知道吗。跟我说下怎么了,非要晚上跟着我。"

温昱不好意思地笑:"我就知道被你发现了。

"主要是……我也不知道跟你说什么,见面了估计也没什么话要讲。今天那个男生我也看到好多遍了,就是你之前跟我姐提过的那个人吧。

"我也不是故意跟他呛的,就是莫名看他有点不爽。

"不过看到你比在 S 市的时候开心多了,我也就放心了。"

她停下来,远远看着卖糖炒板栗的小摊冒出白烟,半晌,问道:"我比之前……开心多了吗?"

温昱看了她一眼,也转开视线去看街边小贩,声音里藏着笑。

"对啊。

"我从来没有看见你这么开心过。"

第七章
人生里那只"非它不可"的玩具熊

燕啾在 S 市过得当然不算快乐。不然也不至于休学小半年,然后又回到锦城读普通公立学校。

这点温昱都心知肚明。

燕啾看了他片刻,继而又垂眼看路灯投下昏黄的影子,不知道该接些什么。于是两个人都没有再说话,站在街边梧桐树下,安静地等温羨打完这个电话。

"走呗。"

温羨走了几步突然想起:"你是不是没地方住?"

温昱愣了愣:"我回家住吧。"

温羨叹了口气,从包里翻出房卡递给他:"住我那儿去吧。那房子都多久没打扫过了,你去当一晚上人工吸尘器吗?"

温昱想了想,接过:"那你住哪儿?"

温羨已经挽着燕啾的胳膊继续往前走了,头都懒得回,背对着他挥挥手:"跟你啾啾姐姐睡。"

路不太远,两个人都不想打车,准备走回家,就当散步消食了。

"过来之后适应吗?"温羨问。

燕啾看着街边小铺思索了一会儿:"嗯……还好吧。课程补补都能上来。班上的人也都不错。"

温羨偏头看她:"不错吗?记得你说有背后说坏话的女生。"

燕啾弯弯眼睛,"嘁"了一声:"女孩子嘛,这不挺正常的。就是八卦了点,再多的坏心思应该也没有。"

温羨也笑:"这倒也是。"又接着道,"反正我就是那种很容易看不惯别人的人。比如谁谁热爱领导别人啊,谁谁谄媚老师啊,谁谁又上赶着往我喜欢的男生面前凑啊之类的,都特别容易让我讨厌。"

燕啾小幅度地翻了个白眼,点点头:"那可不是吗。你是公主嘛,应该的。"

温羡给了她一拐,小声骂:"滚。你不也是。"

路边零零散散停着几辆小三轮车,车把上架着个喇叭,录制好的音频一遍遍在喊:"豆花,凉面,凉皮——"

"这普通话太亲切了。"

燕啾忍不住笑:"确实。听久了甚至让人觉得带点川味口音才是正宗普通话。"

温羡买了份红糖糍粑,看着阿姨转动着三轮车后座的机器,白白胖胖的糯米糍粑被裹上粉末,淋上红糖。

"其实锦城真的很难让人不喜欢。"

"嗯。"

摩天大厦、钢筋水泥里待久了,身边都是行色匆匆的人,有时候都会忍不住怀疑自己其实是个机器人。

燕啾本来不想吃,闻着红糖香气没忍住,倒回去又给自己买了一份。

阿姨看她们折返,笑得很灿烂,道:"好吃吧?我这红糖货真价实的,没加一点色素,多给你们加一点。"

燕啾也忍不住勾起嘴角:"谢谢阿姨。"

她有时候想,她再也找不到第二座如此有烟火气的城市了。

是藏在这座城市细节里熟悉的回忆和纯真的美好,让她感觉,她好像会拥有一个平静美好的人生。

朝朝暮暮,岁岁年年。

"我不穿这个,我要那个酒红色的。"温羡趴在床上颐指气使。

燕啾深吸一口气,把睡衣扔在她身上:"拿去。"

温羡拎起来抖了抖,嫌弃道:"颜色挺好看的,怎么还是这种小女生款式啊?你没有成熟一点的睡衣吗?"

"比如什么,"温羡露出意味深长的笑,"真丝的?深V的?"

燕啾才不管她,把她从床上推下去:"没有。爱穿不穿,不穿滚蛋。"

温羡撇了撇嘴,洗澡去了。

115

燕啾把衣服收拾好，往脸上拍了点水乳，听见手机提示音响，环顾四周也没找到，就又坐下涂身体乳了。

后来又连续响了好几声，燕啾才从枕头下面找到，俯身捞起来一看，蒋唱晚在跟她说那家火锅店有多好吃。

燕啾趴在瑜伽垫上往后仰拉伸脖颈，回她：味道真的不错，我今天也去吃了。

啾咪：还碰见你哥了。

纽特学长的嗅嗅：是吧是吧是吧！

纽特学长的嗅嗅：哦，我说他怎么出去了那么久。

纽特学长的嗅嗅：完了一想到那个肥牛和毛肚又饿了。

啾咪：别说了，再说我也饿了。

啾咪：现在是11点25分，冷静一点。

燕啾做完一组后仰，觉得有什么事情不对。

她捞回手机一看，对着蒋唱晚那句"我说他怎么出去了那么久"，敲了个"？"过去。

纽特学长的嗅嗅：啥？

纽特学长的嗅嗅：他今天跟我们一起去的呀，我们在包厢里。

燕啾咬牙，在虚空捏了下拳头。

她！就！知！道！

纽特学长的嗅嗅：哦，对了，我哥问你为什么不回他消息。

燕啾咬牙切齿，心想，回个屁！

95：[文件-5年全国卷三数学高考真题卷汇编]

啾咪：嗯？

95：作业。

啾咪：今天星期六。

啾咪：坐在包厢却要跑出来跟我们挤大堂的蒋老师/可爱。

95：包厢不透气。

95：今天的课明天补上。

燕啾正准备拒绝，蒋惊寒又发来一句：市统考的数学题不会简单。

啾咪：……好的吧。

她把瑜伽垫收起来，去隔壁房间找奶奶多拿一床被子，心想就当为期中牺牲一下了。

温羡跟她挤在床上,窗帘没拉严实,缝隙中透进来一点光,投在床沿上。两个人躺着看天花板。

"身体乳还挺好闻的。"

"都洗完澡了还有味道啊?"温羡垂眼想了想,"好像是欧舒丹吧。"

燕啾缓慢闭上眼睛:"哦。"

"哎,"温羡突然撑起身子凑近她,戏谑道,"你那个小同桌,确实好帅啊,你们……"

"……都说了多少遍了就是普通同桌而已。"燕啾睁开眼睛颇为无语地纠正,"我已经在尼姑庵扫了八年的地,任何男的都打动不了我了。"顿了三秒,又补了一句,"特别是跟数学卷子沾边的男的。"

温羡"扑哧"一声笑出来,装模作样道:"数学?那是什么东西?"

"滚。"燕啾作势打了她一下,"搞艺术了不起啊。"

"不至于。就是不用学数学而已。"

好吧,的确了不起。燕啾咬咬牙,闭上眼睛不想再说话了。

"你那小同桌多高啊?"温羡半晌又冒出来一句。

燕啾眼皮子都没掀,懒得再反驳了:"一米八五吧。"

"不错哎。而且才十八岁,还能长。温昱要是能长这么高就好了。"

燕啾没理,并且已经逐步进入梦乡了。

温羡也不知道在想什么,半晌又冒出来一句:"你说你跟他……"

燕啾忍无可忍,起身翻了个蒸汽眼罩给她套上:"一点多了姐姐,能睡了吗?

"你这样蹂躏一个临近期中考的女高中生真的好吗?"

温羡委屈巴巴地把眼罩扶正:"我这不是时差还没倒过来嘛……

"睡睡睡!凶死了!"

归国美人鱼公主:跟臭弟弟出去玩了哦!

归国美人鱼公主:女高中生好好写作业吧,拜拜。

燕啾无语地扯了扯嘴角。

啾咪:滚/菜刀

蒋惊寒在一旁打游戏,估计一局刚打完,抬头就逮到她玩手机,两指关节叩了叩桌面:"错改完了吗?"

燕啾喝了一口奶茶:"这张做得还可以。没什么错。"

蒋惊寒挑眉,抽过摊在桌上的卷子一看,还真是。

"怎么样蒋老师,没话说了吧?"

蒋惊寒瞥她一眼,她自己可能不觉得,其实下巴都快扬到天上去了。

"希望你期中也有这个好运气吧。"

燕啾轻轻努嘴,不高兴道:"这不是运气。这是实力。"

蒋惊寒看她一眼,难得没打击她,顺着她敷衍地应了两句,声音很轻,漫不经心从鼻腔里发出来——

"嗯。啾啾真厉害。"

锦城市统一期中考试来得很快。

纷纷扬扬的试卷和十一月尾巴散了一地的银杏叶一起,发出簌簌的声音。

冬日的风是湿冷的。一中的学子们穿着深色校服棉袄,在埋头奋笔疾书。

考场没有按照上次学校月考安排座位,燕啾依然在最后一个考场。

周围人散漫惯了,这回有个年级第一坐在同一个考场,就算不答题也不好意思发出大动静,大多数草草涂完选择题就趴着睡觉。整个考场里只有燕啾时不时的落笔簌簌声。

没关严的窗户缝里漏进一点风,卷子翩翩而动。

最后一道结束考试的铃声响起,不管监考老师有没有收完卷子,大家已经开始七嘴八舌地议论了。

"要死了要死了,英语怎么这么难啊!"

"这个地理是人做的吗?"

"我这回肯定死得很惨。"

燕啾收拾好东西,穿过嘈杂喧闹的走廊,听着身边少男少女充满愤怒的抱怨,垂下眼轻微地摇摇头,忍不住想笑。

忽然,有一道声音从她头顶上传来:"怎么样啊,年级第一?"

燕啾抬头,少年嘴角勾起,眼睛里都藏着细碎笑意,嗓音低沉。

走廊人太多了,大家都急着回教室和朋友们尽情吐槽,很是拥挤。

燕啾几乎能感受到他说话时胸腔的轻微颤动，她不动声色拉开一点距离，勾起嘴角，回了一句："就那样呗。"

蒋惊寒"哧"了一声，长臂一伸，三两下帮她把校服棉袄里的卫衣帽子整理好，然后扬扬下巴示意她继续往前走："希望你的实力buff（增益）成功延续到了现在。"

燕啾撇撇嘴，边走边回头瞪了他一眼。

少年单肩挎着书包走在她身后，看起来像在人流中护送着她。

接收到这个白眼，他低头笑了一声。

两个人一前一后，在走廊熙熙攘攘的人群中来回互动，竟有了些莫名的意味。

"天灵灵地灵灵，我的选择题一定要蒙对！"

燕啾一进教室就看见杜飞宇双手合十，站在讲台面前，念念有词。

"做法呢你？"宋佳琪鄙夷地撇嘴。

"你不懂！"

燕啾把书包搁在桌上，歪着头看他："可是看你不是很虔诚啊。"

"反向找死，拦不住的。"蒋惊寒凉凉地补了一句。

"你们合起伙来欺负我？"杜飞宇瞪大眼睛。

"啾姐，你怎么也跟他们学坏了。你以前不是这样的。"

燕啾被他故作委屈的声音激起了鸡皮疙瘩，耸耸肩膀，面无表情："我就是这样的。"

"我命怎么这么苦啊！"他开始嗷嗷叫。

"别理他，他每次考完都这样。"宋佳琪给燕啾递了一大袋糖，"老朱给的。说不让我们对答案，让我们出去溜达溜达。"

燕啾接了，拆出一颗水蜜桃味的塞进嘴里："挺好的。反正都考完了。"

她把剩下的递给杜飞宇，他不嗷了，但没接："不是S形传的吗？"

"啊？"燕啾愣了愣。

杜飞宇伸出手指比画："从那边传过来，你应该传给寒哥，寒哥再传给我。"

"……噢。"

转头望望，蒋惊寒已经不见了，燕啾随手掏出一颗放在他桌上，再递给杜飞宇。

　　杜飞宇还是没接，清清嗓子，神色严肃，正襟危坐地开口："燕啾同学，你怎么可以随意决定别人吃什么味道的糖呢？

　　"这可是老朱从瑞士带回来的，一学期也就给我们吃一两次。班主任的一片心意，多珍贵啊！再说了，万一寒哥不喜欢吃……"

　　他望了望桌上："不喜欢吃葡萄味的怎么办呢？你这个举动，不是既伤害了老朱，又伤害了寒哥吗？作为同桌，你怎么能……"

　　"停。"燕啾打断他，十分无奈，"我不知道他去哪……"

　　"篮球场！"杜飞宇接得很快，好像就等着这一刻一样。

　　燕啾无语片刻："好的。"

　　宋佳琪无声地冲他比了个大拇指。杜飞宇故作潇洒地"啧"了一声，做作地往后捋头发。

　　宋佳琪起身跟上："啾啾，我也去！"

　　操场很热闹。刚刚打完一场艰苦战役，大多数学生都出来散散心解压。

　　男生们聚集在篮球场打球和操场中心踢足球，女生则三三两两环着跑道，慢悠悠地散步聊天。

　　当然，也并不全是随意散步的。

　　燕啾看着一小拨女生成群结队，在靠近篮球场的弯道来来回回走了不下十遍，叽叽喳喳的，还挺热闹。

　　"帅哥是不是都喜欢扎堆啊？"

　　"那一坨……"燕啾路过的时候，高一的小学妹精神亢奋，眼神示意她的小姐妹们看靠左边的第一个场子，"那一坨都好帅啊！"

　　"我觉得那个白衣服的最帅啊！啊，看上去就好有少年感，完全长在我审美点上！"

　　"干吗啊！那个黑T恤的学长不是更帅吗？"

　　"啊！撩衣服了！什么大魔王人设，太帅了吧！"

　　宋佳琪在她旁边，"啧啧"了两声。

　　燕啾抬眼一看。

　　白衣服的，喻嘉树。

　　黑T恤的，蒋惊寒。

120

燕啾沉默两秒，扯了扯嘴角，尽量目不斜视地从学妹们身边走过。

燕啾害怕被球砸到，不敢站太近，跟宋佳琪在边上站着聊天，等他们休息。

也许站太远了，打球的没人注意到这边。

总之燕啾都站累了，他们还没停下来过。

燕啾觉得有点烦，轻轻踢腿缓解疲劳，不想等了，干脆扯着嗓子喊了两声。

"蒋惊寒！"

顾西铭刚好停下来喝水，走得近一些，眯起眼睛看她，然后没什么表情地跟蒋惊寒示意："喊你。"

蒋惊寒把球一抛，三两步走过来，在她面前三步远的地方站定，拧开一瓶水："干吗？"

燕啾顿了三秒，盯着他喝水："你站这么远干吗？"

蒋惊寒还没来得及回答，她就"噢"了一声，好像明白了。

"行吧。我就给你拿个东西，应该不会耽误你吧。"

她伸长手臂递出一袋糖，但是还是有点远，于是小心地往前走了小半步，仍然保持着一定距离。

蒋惊寒垂眼看，熟悉的五颜六色包装。

老朱的例行发糖。

燕啾继续说："杜飞宇说我不能剥夺你选择自己吃什么味道糖的权利，所以我只好……"边说边冷哼。

蒋惊寒没等她说完，打断道："你刚刚噢什么？"

燕啾愣了一下："啊？"

他微微俯身看着她，饶有兴味地接着问。

"耽误我什么？"

燕啾觉得他明知故问。

但她没敢说，她眼神左右飘忽，神色不自然地催他："快点！什么味道。"

蒋惊寒好似看穿她的心思，很轻地笑了一下，矿泉水瓶被他捏得"哐当"作响。

"身上有汗。"

燕啾没懂："嗯？"

他耷拉着眉毛,看着她像看傻子,又重复一遍。

"身上有汗。不能太近。"

燕啾心跳顿时漏了一拍。她呼吸一窒,说不上来是什么感觉,心好像忽然塌了一块。

冬日昼短,太阳早已落下,只留下天边些许深色余晖,映着少年眉眼,竟然让人无端看出点缱绻。

她难得地有点无措,半晌后只好张口应道:"……噢。"

蒋惊寒挑挑眉,没再继续解释:"你的是什么味道?"

燕啾还有点没缓过来,慢半拍愣愣地答:"桃子。"

蒋惊寒俯身从她早已垂下的手中抽走那袋糖,低头垂眼拈了颗桃子味的出来,又把包装塞回她怀里。

燕啾看着他两指拈着那颗粉色包装的糖果在她面前晃了晃,还笑了她一声。

"这点小事也值得你跑一趟?

"站那么久不知道喊我吗?"

燕啾沉默两秒。

你以为我愿意啊!还亲自送,你多大脸啊!燕啾咬牙,瞪他一眼,拎着糖,转身走了。

气冲冲走过来时的路,小学妹们看燕啾的眼神都不一样了,被压低的细细碎碎的声音还是传入耳朵里。

"哎,怪不得刚才我们送水没接,他收了这个漂亮姐姐的糖。"

"我好想哭啊……燕啾学姐出手追他,我们怎么可能还有机会啊。"

"我在高二红榜上看见过那个学姐的照片,成绩超级好。唉,果然优秀的人身边都是优秀的人。"

燕啾没什么表情地路过,心里却翻江倒海。

无语问苍天。现在的小学妹们脑袋里都在想些什么啊!

市统考的成绩出得很慢。毕竟全市打乱改卷,还要统一开会确定给分标准,成绩整合之后再进行每个学校的数据分析和排名。

等到成绩单下发的时候,十二月上旬已然过了小半。

"哎,青姐的课太痛苦了。我昨天'吃鸡'到凌晨三点,都快困死了,还得撑着。"下课铃一响,杜飞宇就哭丧着脸抱怨。

宋佳琪看他一眼:"再熬夜等着猝死吧你。"

蒋惊寒没抬头,却低声跟了一句:"听见没。"

燕啾偏头看他一眼:"我不是熬夜。是失眠。"

"反正都是醒着。结果都一样。"

燕啾还没来得及说话,就看见老朱左手端着茶杯,右手抱着书,慢悠悠晃进来了。

杜飞宇眼尖,看见数学书上还有一小沓 A4 纸,忐忑道:"出成绩了!"

他声音不大,但是班上比刚才安静不少,这声惊呼就显得十分明显。

老朱冲杜飞宇扔了个粉笔头,全班哄笑,杜飞宇嘿嘿笑,侧身躲开了。

老朱冷哼一声,把成绩单放在讲台上:"确实是出成绩了。"

全班立刻鸦雀无声。

"我们班考得嘛……咳咳。"老朱说到一半卡壳了,端起茶杯喝一口。

李明骏是急性子,绷不住了:"快说吧快说吧朱老师。"

杨升也不动声色挺直脊背等待着。

"就是呀就是呀!快说嘛!"大家附和。

"我们班考得……"老朱皱着眉头看他们一眼,嫌弃他们沉不住气,其实自己也没忍住露出笑意,"还不错!"

"耶!"

全班爆发出欢呼,还夹杂着几个调皮男生的嗷嗷叫。

老朱等他们安静得差不多了,才含笑接着道:"我们学校有五个市前十,八个市前二十。市前十我们班就占了三个。"

"厉害!"

"这么牛?"

杜飞宇环顾全班,扳着手指算:"学委吧,寒哥如果发挥得好算一个吧,还有谁?"

宋佳琪也跟着想:"我猜啾啾?"

老朱接着道:"理科前十有杨升、蒋惊寒,分别是市第五和第九。"

"文科前十是燕啾,市第八,我们学校文科第一名。"

"厉害啊学委!"

"寒哥算是超常发挥了吧?"

"超常不至于吧？就是发挥得比较好吧。他以前不也考过吗？"

"希望我们班考得好，代表我也考得不错。"

"我的天，谁能想到理科班又出了一个文科第一？"

班上炸开了锅，人人都在讨论。

燕啾有点蒙，这是她没想到的。

她微微张嘴愣了好一会儿，转头看蒋惊寒："……可我数学最后一题的后两个问都没写啊？"

蒋惊寒看着她像在向他寻求这个消息的真实性，呆呆愣愣地小声发问，轻轻勾起嘴角，也压低了声音回答。

"说不定是我给你加的实力 buff，让你只有那两个问扣分了呢？"

燕啾瞥他一眼，转过头去，"喊"了一声："要不要脸。"

蒋惊寒状似被伤了心，撇嘴转头不看她。

半晌，燕啾不动声色地微微侧头，看了他一会儿，右手无意识地拨着书页，小小声道——

"好吧。可能是有一点点你的功劳。"

归国美人鱼公主：市第八？这么牛？

燕啾趴在床上翻了个身，仰躺着把手机举起来打字：嗯。我也没想到。

温羡直接给她拨了个语音通话过来，开头就是掩饰不住的惊讶："全市第八哎？能上 P 大了吧？"

燕啾想了想，郝萍跟她讲，有一个近似算法是，市排名乘上 2.2，约等于省排名。

郝萍还说，一中文科学生从来没有进过市前十，她是第一个。

"嗯……这个成绩的话，应该刚刚压着 P 大的线吧。"

"可以呀宝贝儿。再努把力，就一定可以去京北了。"

燕啾盯着天花板，没说话。

当年地震，市区里的老房子都受到影响，墙体出现一些细缝。燕重北让爷爷奶奶搬走，老人家不肯，燕重北只好找人把墙体全部粉刷了一遍。

几年过去，当初被强行遮住的、细小的裂纹还是隐隐可见。

她眼神飘忽游离地把整个天花板观察了一遍，才轻轻地"嗯"了一声。

温羡觉察她情绪不高，转移话题："然后呢，你们班考得挺好吧？"

"嗯。老朱带我们翘了晚自习,出去吃饭庆祝了。"

"噢。"温羡一时也不知道说什么,"那你同桌呢?"

燕啾走到书桌前坐下,一边往手账本上抄各科成绩一边回答:"什么我同桌呢?"

"他考得怎么样呗。"

语文 135 分。数学 141 分。

燕啾在数学成绩下面画了颗小星星:"挺好的。市前十吧。"

英语 145 分。文综 253 分。总分 674。

校 1。市 8。

"那他想去哪儿啊?"

燕啾顿了顿:"……不知道。"

温羡在那边长吁短叹:"哎,跟你们这种人待久了,觉得成绩好才是天经地义的。每次回家看温昱,就搞不懂,怎么可以有人笨成这样呢?"

燕啾"扑哧"一声:"行了吧你。老是拉踩人家。不同的人有不同的人生嘛,成绩又不是唯一的出路。"

两个人又闲扯了几句,大约五分钟后挂掉了电话。

燕啾把手机屏幕朝下,倒扣在桌面上,开始写考试总结。

语文简答题关键词要答在前面,小说分析六要素。作文虽然高分,但其实写得不太好,下次要记得做更明显的中心回扣。

英语听力错了一道。走神了。下次听力前要做深呼吸集中精力。

文综写太快了,涂完卡还剩二十分钟。下次放慢一点,如果实在没有什么可以多思考的,就把字写得更好也行。

数学……燕啾顿了顿,一时竟不知道怎么做这个数学成绩总结。

细心?认真审题?拓宽解题思路?

脑海中有千万句类似的虚言,可她一句都不想写。

燕啾最后只提笔,画了一幅小小的简笔画。

一个戴巫师帽的 Q 版小男孩挥着魔杖,从杖尖涌出"好运 buff"。

回想起来,2017 年并没什么特别之处。

锦城的冬天依然湿冷阴沉,早晚的风能把人吹到骨头都隐隐作痛。梧桐和银杏纷纷飘落,光秃的枝干倍显萧瑟。

最低气温在零度上下徘徊波动，却依然不下雪。

燕啾像一只归巢的大雁，仲夏末从繁华的沿海经济中心来，在西南地区的一线城市落下，裹着一中不算好看的校服棉袄，在一教三楼的高二（10）班，不受化学老师干扰地背大事年表。

还偶尔分心听同学和前桌插科打诨，大抵称得上是平静而安稳地度过了这一年的最后的时间。

"哎，我们元旦节出去玩吧？"杜飞宇向来是想一出是一出，化学老师还在讲台上讲题，他就悄悄转头向蒋惊寒抛出橄榄枝。

"看情况吧。"蒋惊寒头都没抬，非常敷衍。

杜飞宇急了："什么叫看情况？今天都30号了，就快放假了！"

他动作有点大，化学老师看了他几眼。

"哎，别说了。"宋佳琪扯扯他袖子提醒。

杜飞宇没听清："什么？你也想去？"

宋佳琪沉默着，瞥了一眼台上，小声道："……没事。"

然而神秘且秃顶的中年男子这时已然矫健地走到杜飞宇面前，皮笑肉不笑："这么爱说话，不如你上去讲吧。"

杜飞宇只好哭丧着脸，迈着苦大仇深的步子上去分析工业流程题。

然而直到12月31号下午放学，这趟出行也没能规划成功。

作业太多了，铺天盖地的卷子和练习册几乎要把人淹没。

李明骏一张张地数着："七，八，九……十八张卷子？"

"还有三篇作文？这合适吗？？不知道的以为我们放寒假了呢！"

杜飞宇回头表达羡慕："啾姐，这些你都不用写，真好。"

燕啾把老朱刚刚特意送来的文综卷子往书包里塞："我没比你们好多少。"

燕啾对有关跨年的活动一向比较冷淡。在她的认知里，12月31日的零点和过去三百六十五天的零点并没有任何不同。

夜晚依然是那个熬太晚会让人第二天心跳加速的夜晚。生活中的许多难题与困扰，并不会因为一个小小的时刻而发生改变。

哦……她面无表情地摁着电视遥控器，想，还是有点区别的，每个地方台都在不遗余力地搞跨年晚会，但这点区别在她这里也没有持续太久。

奶奶看不惯她这副冷淡样子，说她死气沉沉的，没有点年轻人的朝气。

所以，蒋唱晚抱着一捆仙女棒来敲门的时候，她硬是被两个一老一小的女人推出了家门。

燕啾出门得仓促，走在夜色里，被江风吹得直把脖子和手往衣服里缩。

临近十一点，夜色极深，城市却还未入睡。锦江边上依旧人来人往，灯火通明。几艘画舫缓缓前进，在跨年夜夜游锦江，从339电视塔始发，到兰桂坊和合江亭去，途经无数水上飘摇与烟火灯光。

燕啾和蒋唱晚寻了处人少的地方，倚靠着栏杆看江景，还碰见了睡衣外面套羽绒服出门的阮枝南。她拎着两袋零食从便利店出来，顶着各盛装打扮的人的目光，神色自若地跟她俩打了个招呼。

"刚好。不用我一个人吃了。"

阮枝南把东西搁在长椅上，翻出几大包零食。

燕啾接过一袋薯片，挑眉看她："怎么，本来准备一个人庆祝的？"

"有什么好庆祝的，买回去追剧，不小心买多了而已。"阮枝南已经利落地撕开了包装。

蒋唱晚叹气，拆开奶茶吸管："我也就给你们俩一个面子。不然我才不大晚上吃高热量的东西呢。"

"哪儿来的俩？给她一个人的吧。"

阮枝南伸手作势要抢回来："不要算了。我可受不起你俩的面子。"

"哎哎哎……要要要！干吗呢你，还不让说了啊。"蒋唱晚连忙抬手回护。

嬉闹一阵，蒋唱晚起身："我去打个电话。"

她神情自然地走出一小段路，回头望望，她们俩并没有注意到这边，于是躲在树后偷偷摸摸发微信。

纽特学长的嗅嗅：「图片」

纽特学长的嗅嗅：计划有变！多出一个黑羽绒服套睡衣的女人！

纽特学长的嗅嗅：锦官桥附近，速来。

蒋惊寒收到微信的时候正在费力忍受江旬的鬼哭狼嚎，一首粤语歌被他唱得像泰语。

蒋惊寒推开包厢的门，在走廊上透气，顺便给蒋唱晚回了个语音通话："什么计划？"

蒋唱晚捂着嘴，左右观察一番，像做贼一样小心接听，嫌弃他不争气：

"我帮你规划的啊!和你美女同桌一起跨年的计划。"

蒋惊寒缓缓挑了挑眉。

他沉默了一会儿:"你好无聊。"

蒋唱晚怒了,好心当成驴肝肺:"你来不来?不来算了!"

"锦官桥哪儿?"

蒋惊寒一手拎起外套和江旬,跟还清醒着的朋友打了个招呼,出了大门。

"没想到你居然是要跨年的人,"阮枝南安静啃着鸭脖,"不过对生活充满仪式感挺好的,一辈子也没多少年可以跨。"

"嗯,"燕啾上下打量她一眼,"如果穿睡衣出门啃鸭脖也算一种仪式的话。"

阮枝南神色不变:"这叫对生活的随性。晚晚打电话打哪儿去了?"

"不知道。"燕啾左右张望一阵,拿起一束银色烟火棒,"再不放就真的过零点了。"

阮枝南把垃圾收拾好:"那不管她,我俩放了呗。有打火机吗?"

"没……"燕啾还没说完,脑袋上就直直飞过一个不明物体。

阮枝南反应很快,抬手接住,摊开手掌心一看,俨然是一个黑色zippo打火机。

燕啾回头看,江旬站在后面,收回手,跟她打了个招呼,目光飘到旁边,皱着眉上下打量阮枝南几眼,迟疑地问:"这是什么新时尚吗?"

蒋惊寒穿着黑色羽绒服,两手插兜,下半张脸被黑色口罩遮住,高挺的鼻梁将中部撑起,狭长的眼垂下,轻轻地看她几眼,散漫地绕到她旁边坐下。

阮枝南懒得理他,把打火机开盖划了半天也没打燃。

江旬:"唉,我来。你怎么这么笨啊?"

阮枝南踹了他一脚。两个人去一边鼓捣烟火棒去了。

"你妹不在这儿。"燕啾主动汇报,"刚说去打电话,一直没回来。"

蒋惊寒心说我当然知道,不出去我能在这儿吗。

"哦。"他不太在乎地应,"我又不找她。"

燕啾缩缩脖子:"哦。"

128

两个人坐着沉默了一会儿。

蒋惊寒看她一眼，像是想起什么，眼尾勾起一点笑。

"刚刚在路上碰见杨升，带他妹妹出来玩。

"小姑娘死活要他套个娃娃出来。他站在黄线边上，圆环散了一地，就是不往那地儿落。小朋友哇哇大哭。"

"噗！"燕啾眉眼弯了弯，盯着江面回想，"是那个扔圈圈套娃娃的吗？感觉我都好久没见过了。"

蒋惊寒侧头看她，沉沉的眼里被映上灯火和粼粼水波。

"要去看看吗？"

临近午夜的购物中心广场仍然灯火通明，人来人往。搭好的舞台上，主持人拿着话筒声嘶力竭，呼喊着下一个参加品牌活动的人。

燕啾站在小摊边上看杨升努力哄孩子无果，哭丧着脸又递出一张钞票。老板一边说着"唉小妹妹太磨人了"，一边掩饰不住喜悦，递出另一支装满玩具子弹的枪。

燕啾好奇道："怎么换地儿了？"

小妹妹圆嘟嘟的脸望着她，泪水的痕迹还在脸上："那个套娃的游戏太难了。我已经给哥哥降低难度了。"

杨升扶了扶眼镜，泫然欲泣："小小，明明是你觉得这个更好看一点。"

"才不是，才不是呢！"小小嘴一撇，拨浪鼓似的摇头。

看见熟悉的身影，小小伸出双手原地蹦跳。

"哇！帅哥哥，你又来啦！"

蒋惊寒蹲下来，摘下口罩，两侧对折并拢挂在食指上，没什么表情，胡噜小动物毛似的揉了揉小小的脑袋，把小姑娘发型弄得乱乱的。

然而，小小毫不在意，眼睛亮亮的，歪着头看他："哥哥，你会不会打这个呀。"

蒋惊寒顿了顿，看向小姑娘身后。

"你答应我一件事，我就帮你拿到那个娃娃。"

"往左一点。

"过了过了！回来一点！"

燕啾站在杨升右侧，起初还抱着臂悠闲地看，谁知道学委厚度惊人的镜片也没能给他一些准头。她看不下去了,开始给他充当军师。

"砰!"杨升倒数第二发依然打空。

"呃……"燕啾看他垂着头,很是沮丧,安慰道,"你已经很棒了。"

杨升苦笑着叹气,没说话。

燕啾眼睛转了几转,试探道:"要不……我帮你试试?"

小小眉眼弯弯:"我知道了。哥哥,你是不是想送给那个姐姐呀?"

蒋惊寒闻言,微微侧头,没说话,只挑眉好笑地看着她。

小小不服气,挺起胸脯,气呼呼道:"你不要以为我猜不出来。

"我妈妈说过,她有好吃的好玩的东西,都会留给我。

"你看,我让你帮我赢那个奖品,你就想到了姐姐。"

不懂的应该是你们大人,隐隐藏藏,弯弯绕绕,好像想要对谁好是一件见不得光的事情一样。她想。

能不能像她一样,坦荡一点呢?

广场灯光不断变换,周围人的面孔被映上绚烂的彩色。

小小歪着头想,这个哥哥看起来对什么都不上心,她这么可爱居然也忍心弄乱她的发型。好像没有什么能让他持久挂念的东西。他大概从来也没有遇见过他人生里那只"非它不可"的玩具熊。

他肯定会像其他大人一样,像她哥哥那样,找些看似无关痛痒的话题,风轻云淡地一笔揭过这个话题。谁知道,眼前人认真看了她半晌,半分没有把她当什么都不懂的小孩子的样子。

他忽然勾唇一笑,垂下眼,微微侧开头,眼神落在她身后不远处,直截了当、坦坦荡荡地承认。他声音很低,清冽干净,语调像是漫不经心,懒懒散散,却又让人听出几分缱绻与眷恋——

"是啊。

"我就是想要对她好。"

蒋惊寒跟小小商量好,在小姑娘大人似的长长的"哦"声调侃中,神色自若地伸出右手。

背景音乐依然嘈杂,两个人各怀心思。

小小怀抱着绒毛熊在望的喜悦,蒋惊寒怀抱着不知道是什么的秘密心思,但心情都很好。

少年指节分明的手和小姑娘胖乎乎的小手在空中清脆一碰:"成交!"

130

然而，下一秒，两个人愣在寒风中——
"是这个吗？"

两人往后看，杨升激动得热泪盈眶，那双智慧的眼现在写满了感激和"女神""好牛"。

老板叹了口气，不情不愿地走回小摊活动帐篷后。而原本最顶端那个挂着诱惑来往行人小孩的毛绒玩具的地方，空了。

燕啾抱着那只超大的熊转头看他们，眉梢一扬，有些疑惑地发问。她脸被冻得微微发红，纤长细白的手指无意识地摩挲着绒毛，眼神清亮。蒋惊寒大致可以从她跃跃欲试的表情里读出"不是的话我再来一次"的意思。

"啊啊啊啊啊啊！"

小小大叫着原地跺脚三秒，而后保持着发声飞奔过去，仿佛蒋唱晚看到帅哥一般的速度与激情，俨然已经把刚才两个人偷偷摸摸商量的事情抛到九霄云外。

蒋惊寒无语片刻，扯了扯嘴角。

女人，不管大还是小，统统都靠不住。他盯着那只熊旁边嗷嗷叫的两个人想。

"姐姐你好厉害呀！"
"这个熊好可爱好可爱。"

小小蹂躏玩具熊半晌，突然想起来："姐姐，你是S市来的，那你是不是有很多紫色的兔子呀？"

燕啾愣了愣，想了半天，猜她说的大概是星黛露。

虽然她不知道星黛露和S市有什么联系，还是答道："没有哎。怎么啦。"

小小瞪着圆圆的眼睛疑惑道："你去迪士尼玩的时候没有买吗？"

燕啾顿住了。

半晌，她垂下眼，掩去大半情绪，声音还算是平静。

"我没有去过迪士尼。"

"哇，姐姐你住在S市，都不去玩的吗？你是不是对这些不感兴趣呀？我哥哥说等我这学期期末考双百分就带我去玩，还要买好多好多星黛露，穿哈利·波特里的袍子……"

小姑娘还在絮絮叨叨，燕啾的兴致却散了大半。

毛绒柔软的触感还留在指间，因为情绪而泛红升高的耳尖温度开始消退，寒意又侵上来，早知道应该带条围巾出来的。

不知道什么品牌宣传的临时舞台上，主持人发出夸张的声音，劣质音响声音极大，震得人耳膜生疼。

不，她有些嘲讽地想着，早知道不该出来的。又冷又吵，热闹本来就是他们的。

"哇哇哇哇哇！哥哥好厉害啊！"小姑娘絮絮叨叨到一半，突然又兴奋起来，跺着脚大喊。

燕啾兴致索然，坐在台阶上机械地刷着微博首页，连眼皮子都懒得抬。

"星黛露！星黛露！"

蒋惊寒拎着玩偶从背后走过来，伸出一只手轻轻抵住小小的脑袋，不让她往前扑。

"这是给另一个小朋友的。"

燕啾一顿，手指停在屏幕中间，还是没有抬头。她听见衣物摩擦的声音，应该是蒋惊寒蹲下来了。

"这个姐姐对这些东西感兴趣着呢。"

"小时候去游乐园，那些摆摊的洋娃娃丑得要死，她都硬要买好几个。"

燕啾稍微侧了点头，用余光去看。

蒋惊寒蹲着，神色自若地教训小孩。

"别以为只有你哥要带你去玩。我们明年就去，还不用考双百分。这个姐姐能考七百分。"

"我们不仅要买很多很多紫色兔子，还要买那个蓝白色的狗。要穿巫师袍，要拿魔杖，要戴分院帽，还要坐罗恩的车去撞打人柳。"

燕啾抿了抿唇，看小小的脸皱着，看起来快被气哭了。

蒋惊寒毫不在意，懒洋洋地掀起眼皮子，慢条斯理地继续补刀。

"而你呢？你还要多少年才能考双百分？"

小姑娘委屈极了，"哇"的一声哭出来，皱着脸去找她亲哥去了，一边哭着跑，一边还大喊："长得帅的都不好！"

杨升苦着脸又开始哄小孩，先牵着妹妹离这小霸王远一点，觉得他今天真是倒霉。

蒋惊寒却没有丝毫罪恶感，"啧"了一声，不无遗憾地道："我还没说完呢。"

余光里见他站起来,燕啾有些局促地垂下眼,又开始刷新什么都没有的首页。

大概是快到零点了,锦江边人群熙攘,好似在准备放烟花。广场上的舞台也暂时消停,人群开始缓慢聚集。

嘈杂喧闹里,她仍然听见木质台阶发出细碎声响,一点点变近。

几秒后,穿着黑色羽绒服的少年走到台阶下,指节分明的手拎着星黛露的两只耳朵,像刚刚跟小姑娘说话那样蹲下来,把玩偶推到她面前。

燕啾抬眼。

少年眉眼慵懒,偏狭长的眼看着她,姿势懒散又不正经,偏偏眼睛映着变幻的灯光,像有星辰万千在细碎地闪光。

"送你的,小朋友。"

燕啾的心跳漏了一拍,继而像是要补上节奏似的,猛烈地在胸腔里跳动着。

声音好大。

他会不会听见。

燕啾分神担忧着心跳被窃听,移开目光去看那只紫色兔子。

这一看,感觉心都要不跳了。

小摊上的盗版星黛露做工显然不太好,五官粗糙且不对称,小毛绒有些杂乱。更诡异的是,它一边嘴角有些上扬,燕啾不合时宜地想起了剧里霸道总裁邪魅的笑。

蒋惊寒还拎着它两只耳朵,让这只垂在半空中本就不甚可爱的兔子雪上加霜。

她无言片刻,半晌,还是忍不住开口。

"……好丑。"

蒋惊寒顿了一顿,眉梢一扬,不客气地把兔子扔到她怀里,在她旁边坐下,十分冷漠地道:"丑也是你的。"

燕啾又看了它两眼,实在看不下去,抬头开始翻旧账。

"有的人,以前说《哈利·波特》无聊,还说傻子才做猫头鹰送信的梦,骗起小朋友来倒是一套一套的。"

"有的人"没有半点不好意思,连犹豫都没有,接话道:"谁啊?

"真是个大麻瓜。"

燕啾噎了一噎,倏然觉出几分熟悉来。

这是她以前骂他的话。

当时她夜里睡觉不关窗,燕奶奶家楼层低,小区里树木又茂密,每天都被蚊虫叮咬,细白的胳膊和腿上全是红色的小包。

蒋惊寒冷冷地扔了一瓶清凉油给她:"关窗睡觉会死吗?"

燕啾一边涂一边正色道:"你不懂。关上窗猫头鹰飞不进来怎么办。"

蒋惊寒像看傻子似的看她半天:"燕啾,你脑子是不是有点问题?"

燕啾气呼呼地把清凉油扔回去:"你才脑子有问题。你这个大麻瓜!"

不过七八年。

她如今也不过十七岁。可是回想起这些关于童年和夏天的画面,好像都带着复古和朦胧的滤镜,仿佛已经是上辈子的事情了。

现在他们两个并排着坐在时间长轴上,公元2017年的最后两分钟里,望着锦江万千灯火和粼粼水波,她怀里抱着一只很丑的星黛露。

谈论多年以前,他们各怀秘密的树荫和盛夏。

蒋惊寒停了几秒,补了一个也不太真实的理由——

"蒋唱晚硬要拉着我看。"

是吗?燕啾垂着眼想。

耳边开始倒数,人们脸上带着笑,大声呐喊着逐渐变小的数字,满怀希望地迎接,可能依旧普通又平庸的一年。

人群呐喊的激情好像有那么一点点感染到燕啾。

她甚至觉得来年好像有万分之一的可能会是更好的一年。

最后个位数的倒数里,她听见蒋惊寒凑近她耳边,语气一如既往的冷淡懒散——

"这个星黛露是假的。

"但我的话是真的。"

什么话?

在那个哄小朋友的言语里被单方面定下的旅行吗?

还是小姑娘神神秘秘扭扭捏捏不肯说出口的"秘密"。

她最后什么也没有问,只是转头看着他,混着人群欢呼和烟火盛放,一字一句认真地道——

"新年快乐,蒋惊寒。"

这是 2018 年。

错过好多光阴的两个人,相逢的第一个冬天。

第八章
白矮星

"跨年,烟火,星光灿烂的夜晚。这不就是偶像剧剧情?"温羡在那边叽叽喳喳。

燕啾小幅度翻了个白眼,开着免提刷微博:"偶像剧个毛线啊。"

突然看到了什么,燕啾念出声来:"您关注的博主发微博啦:summer is gone but u can be my winter love.(夏天已经过去了,但你可以成为我的冬日挚爱)

"谁?你的 winter love?"

温羡在那边顿了三秒,尾音上扬,明显带着笑,心情很好:"下次再告诉你。"然后就挂了电话。

燕啾听着耳边冷漠的嘟嘟声,很轻地呸了一声。

挂完电话之后,燕啾还刷了会儿微博,刚好看见她关注的乐队官博发布了新一年的巡演计划。她摊开手账本认认真真记下其中几场巡演时间和地点,然后把手机倒扣,开始写数学卷子了。

新年第一天。

天色渐晚,窗外的天是带紫的黑色,像没太化开的颜料。楼下隐隐约约传来阿姨婆婆们跳广场舞的声音。

蒋唱晚一道圆锥曲线题第一小问写了一半,神魂就不知道飘到哪里去了。她偷偷翻了翻手机,随即发出发现外卖没支付的哀号。

燕啾无语,目光从显示晚上八点零五分的计时器上掠过,合上在读的英文原版书,叹了口气:"我去做点吧。"

蒋唱晚一句拍马屁的话还没来得及说出口,燕啾又面无表情地补了一句:"回来要看到你把这张卷子写完。"

蒋唱晚苦着脸低头不说话了。

燕啾刚出房门就打了个哆嗦。她穿着薄薄一件毛衣缩了缩脖子，回头看蒋唱晚，后者脊背挺直，脖颈微微下俯，好像终于认真起来了。

燕啾认命地拽过搭在沙发上的外套，带上了门。她摸了半天也没摸到客厅的灯在哪里，索性就着手机屏幕的微弱灯光摸进厨房。

冰箱里东西还挺多的，不过燕啾看了眼，放了一周了，估计也不怎么新鲜了。她最后费力地把外套袖子撸上去，拿出两个鸡蛋，准备煮面。

晚上八点半，篮球场上正热闹。

大冬天打到只穿短袖还流汗的少年大有人在，周围还有三三两两的人驻足观看，旁边几个女生正坐着聊天。

蒋惊寒打了半天感觉没劲，汗都没怎么出，耷拉着眉毛兴致缺缺的：“走了。”

杜飞宇诧异道：“这么早？”

蒋惊寒微微皱着眉，把球抛给他们：“眼皮一直跳。”

杜飞宇"啧啧"了两声：“主要还是打着没劲吧。跟跨年那晚上差别太大了是吧？”

喻嘉树接住球，在原地拍了几下：“左眼右眼？”

“左眼。”

喻嘉树来了个假动作：“左眼跳财啊。”

杜飞宇没防住，乐了：“你怎么这么迷信。他能跳什么财？难不成还能家里进贼啊？”

喻嘉树越过他投了一个三分：“我这人说话特准。”

蒋惊寒收拾好东西，长眉一扬，喉结滚动，对他俩吐出一个字：“滚。”

蒋惊寒拿钥匙拧开门，伸出手准备开灯，忽然听见细碎声音传来。

他收回手，往里面望去。

厨房闪动着细弱的光，有个人影影绰绰，被沙发挡着看不见腿，上半身衣服宽大，也看不清身材，正左右移动着翻找东西。

不是蒋唱晚。难道真进贼了？

他眯了眯眼，悄无声息地走过去。

燕啾刚煮好面准备起锅，从碗柜里拿出碗，后背突然有人靠近，冷不防被翻转朝向锢住双手，她顿时惊呼一声。

"啊!"

"啪!"

刚拿出来的青色瓷碗掉在地上,碎了。

燕啾被抵住,吓了一大跳,背靠着墙有些急促地喘息。

蒋惊寒一手抓住她两只手腕并拢高举在头顶上,扣向墙壁,一只手抓着她的腰。

两个人都蒙了片刻。

燕啾反应过来,手被锢着没法动,皱着眉用脚踹他:"蒋惊寒,你有病啊!"

蒋惊寒不仅没放开手,还下意识用腿夹住她不让踹,难得反应了半天:"你怎么在这儿?"

燕啾使劲挣扎了两下,正准备破口大骂,房门开了。

"啾啾,我写……"蒋唱晚半个身子探出来,一只手还揉着肚子,看到厨房微弱灯光下的场面,嘴张成一个"O"形,顿了好一会儿才反应过来,她慌慌张张又唯唯诺诺地开口,"没事没事,你们继续……"说完,她就逃似的缩进房间,还"砰"的一声关上门,好像生怕他们听不见一样。

燕啾一时无语,用脚趾想都知道蒋唱晚在想什么。她无力地闭了闭眼,连带着脾气也散了。

只是这个姿势实在太不舒服,她有气无力地开口:"松开。"

蒋惊寒手倒是松开了,可能防止她打人,还是把她锢着。

他眉梢一扬,盯了她三秒,换了个问题:"你为什么穿我的衣服?"

燕啾揉着手腕往下一看,差点骂脏话。她就说怎么突然感觉这衣服变大了,撸袖子时还费了老大力气。

谁知道蒋唱晚会把新收的衣服全都搭在沙发上啊!

燕啾抬起脸强颜欢笑:"拿错了。"

蒋惊寒漫不经心地从喉咙里低低"嗯"了一声,看样子是"我不信,但我懒得跟你计较"。

"还以为真进贼了。"说罢,他上下打量她几眼,像是看她确实没有再要打人的意图,就转身走了。

燕啾揉着手腕在后面龇牙咧嘴,伸手把火一关,她穿错了衣服让他认错了人,满肚子火也不好意思发出来。

面条都煮得眼看要断掉了,她带着火气捞起来。沸腾好一会儿的汤汁不小心溅到手上,疼得她倒抽一口凉气。

蒋惊寒不知道又从哪儿冒出来,把扫起来的碎瓷片倒进垃圾桶,拎猪蹄似的把她的手拎到水龙头下冲。

"多大的人了,煮个面还烫手?"

燕啾没说话,心想要不是你我早煮好了,还轮得到你来嘲讽?她暗自生着气,没搭理他。

蒋惊寒把她手腕被捏红的地方也冲了冲,然后拿着扫把一边去了。

蒋唱晚心惊胆战地躲在房间里,祈祷这两个人忘记她的存在。刚才是啥啊?没眼花吧?没有吧?

她把脸埋在枕头里,在床上激动得扭动了几下。

"砰砰!"

蒋唱晚小心翼翼地拉开门,只开了一指宽,露出小半张脸:"怎么了?"

她哥站在门外,端着一碗面,没什么表情地看了她两眼,往前递。

她诧异道:"这么多?那啾啾吃啥?"

燕啾也想知道。

下一秒,蒋惊寒拎着燕啾的衣服领子把她推出门,懒懒散散答道:"那你就别管了。"

他拿钥匙关门的间隙,燕啾还听到他说了一句话,但没听清,莫名其妙就被推进电梯了。

只剩下蒋唱晚站在房间门口,捧着一碗软烂的面条,一脸生无可恋。

蒋惊寒走前声音和眼神都冷得像刀子,眉毛一扬,嘴角一勾,笑意却不达眼底。他睨着蒋唱晚,声音冷淡——

"你好大的面子。"

让她给你煮面,你好大的面子。

"干吗去?"燕啾终于憋不住了。

蒋惊寒看她一眼:"不是不跟我说话吗?"

燕啾没什么表情地瞥了他一眼,眼神里都是警告。你再给我蹬鼻子上脸?

蒋惊寒好像轻笑了一声,推开单元门:"想吃什么?"好像怕她拒绝,又补了一句,"当作你做厨师的报酬。"

燕啾抬脚往小吃街走,闻言冷笑一声:"怎么不是我的惊吓补偿费?"

蒋惊寒走在她左侧,挡着身旁来来往往的自行车,垂眸看了一眼路灯下交叠的影子,可有可无地应:"都行。"

眼看着燕啾快要拐进冰粉店,蒋惊寒拎着她的衣领把她拖走:"能不能有点新意?"

"我就是想吃冰粉啊!"

蒋惊寒面无表情地把她推进隔壁:"那也得吃了饭再吃。"

燕啾坐下之前都还在抗议。

"怎么了?吃个冰粉而已,你是不是请不起?"

蒋惊寒懒得理她,找了个靠窗的位置坐下。

店铺不大,隐在老街旧坊里,并不显眼。店门口的爬山虎攀爬到白墙的半腰,一排日式啤酒随意地摆在橱窗。

晚上九点多,店铺已经快要打烊了。老板二十多岁的样子,坐在角落里,就着昏黄的落地灯读书,随后抬眼望过来,温和却又带着距离感道:"抱歉……"

说到一半,老板和燕啾双双"哎"了一声。

燕啾转了转眼珠,回想了一会儿,试探性叫了一声:"青朗?"

青朗略显冷淡的眉眼染上点笑意,合上书搁在一旁走近:"好久不见了。难为燕大小姐还记得我。"

燕啾没理他的揶揄,环顾四周:"这回开得不错?"

"还行吧。"青朗温和地应着,眼神在蒋惊寒和燕啾之间来回打量,"下次出来吃饭也早点吧,你不是胃不好吗?"

燕啾下意识看了蒋惊寒一眼,他已经合上菜单了,没骨头似的,松松懒懒地向后靠着。

"以后再聊吧。现在你想吃什么,我给你做。"青朗道。

燕啾:"你随便做点吧。"

青朗应了,转身往厨房走去。燕啾看着他的背影,依然清隽挺拔。

蒋惊寒没出声,但是挑眉看着她,以此表达他的疑惑。燕啾想了想,不知道从哪里说起。

"之前校门口转角那个店铺,记得吗?"

蒋惊寒把玩着桌上装饰的小玩偶，多次发出清脆碰声，漫不经心地从鼻腔里"嗯"了一声，示意她继续。

燕啾腹诽着，好奇的也是你，不知道在没在听的也是你。开口说话会死吗？但她还是接着道："不是重新装修过很多次吗？"

"开过花店，书店，甜品店。但是都生意惨淡。"

蒋惊寒把玩偶的头磕在桌子上："想起来了。"

开在林荫斑驳的街角，对着葱郁的梧桐和白墙檐角，红绿灯闪烁的时候跑过许多穿着校服青春正盛的少男少女。按理说校门口的店铺再怎么样生意也不会差到哪儿去。这家却是个例外。据说老板长得不错，但性格出了名的古怪。

青天白日的挂一面牌子，"有缘人进"。

遇到自认为有缘人推门而入的，他在店铺一角抬眼一看，就让"懒羊羊"赶他们出去。"懒羊羊"是他养的金毛狗。燕啾就是在一个站在他的屋檐下躲雨的傍晚，被"懒羊羊"咬着裤腿拖了进去。

后来，她在许多个放学的傍晚里吐槽过无数次这个名字。也不可避免地，和这个寡言少语的青年店主，谈论过一些——难以对人言说的少女心事。

燕啾其实在那个转角的小店里消磨过许多个黄昏。锦城的秋冬都爱下雨，不大，但是天阴阴沉沉，风一刮，雨点打在脸上，又冷又疼。

最初那个店是书店，摆的密密麻麻的大多是英文和法文原版书。燕啾后来爱读原版书，大概也是从那个时候开始的。

坐在窗边的高脚凳上，金毛暖烘烘地蹭着腿，抱着一本《呼啸山庄》等雨停。青朗一开始并不跟她说话，戴着他的帽子在角落里看书或打游戏，很安静，比她这个外来客还要安静。

至于两个人开始搭上话，大约已经是一个月后的事情。

书店开业后的一个月，已近年底，节假日颇多，却还是门可罗雀。燕啾倒是很少缺席。

那天，她低头尝试拼读法语，青朗取下黑框眼镜，胡噜胡噜"懒羊羊"的毛，低声纠正她。燕啾跟着他又读了两三遍，却还是不伦不类，显得有些滑稽。

两个人面面相觑，都笑了起来。

燕啾跟他谈马尔克斯，谈司汤达，谈勃朗特三姐妹，谈星球上的狐狸和小王子，谈黄玫瑰与日落，还有她初次意识到的懵懂情愫。

少女情怀，早已在雨天滴滴答答的屋檐下成了诗。

青朗没再跟她说很多话，只加了个微信，又缩回角落去了。只剩下燕啾和蒋惊寒两个人在各怀心事的安静氛围里吃完了日式小火锅。

"所以你就是传说中那个有缘人？"出门发现外面又下雨了，蒋惊寒撑着青朗给的黑色大伞走在左侧，燕啾莫名听出了一些不爽。

"怎么，有问题啊？"

蒋惊寒没接话："这狗的名字不像是脑子正常的人能取出来的。"

燕啾小心翼翼绕过一个个小水洼："你到底想说什么？"

略微倾斜的柏油路上，雨滴落地汇成细细的水流往下滚。

半晌，燕啾听他冒了一句："你很喜欢金毛吗？"

是问句的形式，但不是问句的语气。

她还在聚精会神地试图在绕过水洼的同时落脚在枯黄的落叶上，分心应了一声："嗯？"

梁愫狗毛过敏，就算她和燕鸣都很喜欢大型犬，就算梁愫很少回这个家来，家里也不养狗。

"啪唧！"

燕啾不留神，一脚踩进水洼，溅起小小的水花。她垂眼看着小水洼里倒映的模模糊糊的两个人的影子，平静地承认这在从前看来几乎是奢望的愿望。

"嗯，很喜欢。"

蒋惊寒没说话，盯着黑伞伞骨下的刺绣顿了片刻，久到都快走到楼下，才又低声回答："养一只吧。"

燕啾半晌没说话。放眼望去，这场雨和从前一样大，街景隐在雨幕和夜色中。她好像看到燕鸣眼睛放着光，跟她说他们要有一只小狗了，画面支离破碎。

燕啾用力闭了闭眼，故作轻松地耸耸肩："……哪那么容易。"

接着，她抢先两步跑到单元屋檐下，转过身来对他勾起嘴角，被飘着的雨打湿的发端贴在肩头："那就麻烦蒋老师收伞了，我先回去啦。"

蒋惊寒没说话，撑着伞站在距她一步之遥的大雨下，看着少女脸上挂着勉强的笑，逃也似的上楼，没有跟上去。

雨水打湿裤脚末端，他垂眼看着，心里好像只有一个想法，燕啾在难过什么呢。

元旦假期很快过去，返校后生活在期末考的逼近下更加忙碌。

燕啾从洗手间回来时看见宋佳琪在给杜飞宇画生物重点，就知道刚才那节课他又不小心睡过去了。

杜飞宇泪流满面："我真的不想睡的，就是昨天写物理写太晚了。还好有你，呜呜呜呜！"

"少来。"宋佳琪拿着红笔画横线，满脸恨铁不成钢，难得严肃。

蒋惊寒竟然也难得地没有看闲书或者吊儿郎当地戴着耳机写作业。他左手按着练习册和草稿纸一角，指节分明的右手握着笔飞快地在草稿纸上画图运算，神情专注，好像完全没注意到周围的事。

燕啾瞥了一眼，练习册上是全英文的题，题目大概是什么均匀球壳对壳内和壳外质点的引力公式，还有很多专有名词，英语和物理加在一起，反正以她的水平看不懂。

燕啾"啧啧"了两声，觉得他认真的样子还挺帅的。

"好看吗？"

燕啾写了一下午数学题，觉得脑子都转不动了，正准备读两篇外刊放松一下，闻言还以为出现了幻听，又扭头去看他。

蒋惊寒眼神都没从草稿纸上移开，右手仍然在飞快地运算，却嘴角微微上扬，又冒出来一句："好看吧？"

燕啾腹诽，真有够不要脸的。

她从抽屉里找出杂志，冷淡回他："不好看。"

燕啾听见蒋惊寒笑了一声，余光瞟见他好像把答案算出来了，在草稿纸上画了一个圈，往练习册上填了个结果。

蒋惊寒合上书，屈起一只手撑着额头，斜着身子面向她，好整以暇地问："不好看还看这么久啊？"

怎么会有这么不要脸的人啊？

燕啾不想理他，不经意地从抽屉里摸出一个精致的小盒子，诧异片刻。她都快忘了给宋佳琪买的生日礼物了。

燕啾戳戳杜飞宇："佳琪不是十一月过生日吗？"

"是啊。怎么了？"

燕啾皱眉想了想，试探性道："你们都去帮她庆祝生日了吗？"

杜飞宇更诧异："啊？她不是……"

蒋惊寒挑眉，使了个眼色："对啊。"

万年捧哏杜飞宇马上会意："啊？她不是通知了我们所有人吗？我们还纳闷儿你怎么没来呢。"

"是啊，她还伤心得哭了呢。"蒋惊寒淡淡补刀。

燕啾呆住了，仔细回想了她十一月的消息，确实除了宋佳琪第一次问她之外就没有再看到邀请了。

不会是 QQ 发的吧……她很少用 QQ，难道看漏了？

燕啾心生愧疚，把礼物递给刚接水回来的宋佳琪，难得有些小心翼翼地措辞："不好意思啊佳琪，我不是故意不来你的生日会的。"

宋佳琪十分疑惑："……啊？"

杜飞宇背过身去假装看书，憋得满脸通红，还是忍不住微微颤动肩膀。蒋惊寒也轻轻勾起嘴角。

燕啾对此一无所知，还在解释："我可能是没注意看消息。"

宋佳琪顿了好几秒，眼神在这两人之间晃荡一圈，大概明白了。

"不是的，啾啾，我根本就没有办生日会。那个时候都快期中考了，我爸爸说学习重要，让我寒假再好好请客和朋友们出去玩。"

"他们——"宋佳琪屈起手指狠狠敲杜飞宇脑袋，"骗！你！的！"

杜飞宇捂着脑袋不服："是蒋惊寒的主意！为什么打我！"

宋佳琪理直气壮："反正有你的份儿。再说了，你看我像敢打他的人吗？"

杜飞宇嗷嗷大叫冤枉，嚷嚷着："你现在怎么一点也不胆小了！刚跟我同桌的时候不是话都不敢……"

还没说完，他就看见燕啾面无表情地屈起手指，往蒋惊寒头上也来了一下。而昔日跳天跳地的小魔王还不是跟他同款姿势，默然捂住脑袋，话都不敢说一句。

果然女人不好惹。

杜飞宇立刻放下手，若无其事地转移话题："所以我们寒假是可以一起出去玩好几天吗?"

"对啊。我想去山上,可以呼吸新鲜空气和看星星!"

杜飞宇:"哎,听我爸说后山新修了个露营地,基础设施都挺齐全的,也安全。好像还评上了最佳观星地,你俩觉得呢?"

"可以,但不爬山。"后排两个面无表情的人异口同声接道。

宋佳琪:……你们这是多不爱徒步啊。

商量了个七七八八,老朱就端着茶杯进来守晚自习了。杜飞宇和宋佳琪转回身体,又和其他同学一起开始了新的学习。然而这个"其他同学"里并不包括蒋惊寒。

燕啾把从挨着的另一张桌子上飞过来的字条压在手下,在老朱快要经过巡查时,镇定自若地翻过一页,刚好遮住。

老朱没看她,蹑手蹑脚走过,停在把小说压在化学书下面偷偷看的李明骏后面,守株待兔。

燕啾又镇定自若地翻回去,看那张被揉得皱巴巴的字条,主人的字倒是刚劲有力。

蒋惊寒只写了几个字:*我有天文望远镜。*

就这,也值得传个字条跟我显摆啊?燕啾敷衍地写了个"哇"扔回去,就算是捧场了。

小魔王这个时候很锲而不舍,又"唰唰"写下一句话扔回来:*到时候看上哪颗跟哥哥说。*

燕啾一边看李明骏被老朱打了个措手不及,一边画个问号扔回去。

老朱痛心疾首地教育李明骏:"你看看你在看什么,看看人家燕啾在看什么!"

无辜被点的燕啾抬头,恰好和老朱四目相对。

此时,随意揉成团的字条被夜风一吹,在燕啾面前缓缓舒展,还在空中明目张胆地打了个旋儿,才轻飘飘地落在两人课桌中间。

燕啾暗道一句不好,然而为时已晚。

一双胖乎乎的大手伸过来,拎起此时显得娇小的字条,还抖了抖。

燕啾和蒋惊寒都沉默了。

字条被展开的一瞬,老朱脸都气绿了,抬起眼来,连厚厚的镜片都折射着愤怒。

"你们仨,出去站着去!"

李明骏捡起掉在地上的书,哭丧着脸往外走。

燕啾几不可闻地叹了口气,拿着政治卷子从从容容地走出教室,站在走廊栏杆一侧,卷子下面垫了本书,勾勾画画地写选择题。

蒋惊寒两指捏着一本书,面朝栏杆,双手屈起搭在栏杆上看风景。

对面教学楼灯火通明,明净崭新的窗户反射出莘莘学子奋战的侧影。

蒋惊寒侧眼,夜晚带有凉意的风轻抚燕啾耳边碎发,少女白皙明净的侧颜专注认真,他嘴角一翘,补了一句没能来得及写在字条上的话。

"——给你摘。"

燕啾一时没反应过来,懵懵懂懂地抬起眼:"啊?"

皎洁白光洒在少年身上,从她的视角看,蒋惊寒微微上翘的唇和挺拔的鼻梁上,双眸里盛满了光亮——不知是月光还是星光。

字条上苍劲有力的字又浮现在眼前。

她想起来了,这不搭前言的后语。

——"看上哪颗跟哥哥说。"

——"给你摘。"

她心跳漏了一拍,许多的记忆在脑海中飞闪而过。

想起十三四岁穿白裙子的少女,右手上松松垮垮绑着氢气球的线,许愿般虔诚闭眼喃喃道:"想要一颗星星。"

想起夏夜梧桐树下,乘凉椅上吊儿郎当坐着,时不时挥一挥旧年代蒲扇,看戏般戏谑望着她的少年。

想起一起看纪录片时满眼浩瀚无垠的宇宙星河。

还想起最近在读的一本诗集。

  而光阴皎洁。我不适宜肝肠寸断
  如果给你寄一本书,我不会寄给你诗歌
  我要给你一本关于植物,关于庄稼的
  告诉你稻子和稗子的区别
  告诉你一棵稗子提心吊胆的
  ——春天

冬天绵绵的阴冷和细雨停了些，陆陆续续开始放晴，气温没有回暖，但也有了太阳的温度。

连着两周期末复习：整理数学易错题，熟记世界地图、大事年表、答题模板，充实又紧密的日子好像过得特别快，虽然很忙，但也有些能让人感到满足的成就感。

燕啾感觉不过才一眨眼，期末考试最后一门都已经开始一个小时了。她轻轻摇头，把昨晚梦到的，蒋惊寒变成超级玛丽爬树的样子从脑海里甩出去，落笔写最后一道历史题。

坐在燕啾斜后方的少年就没有那么乖了。蒋惊寒开考就趴在桌上睡觉，头枕在手臂上，老邓敲都敲不醒，一副恨铁不成钢的模样。

经过多次考试的训练，大少爷的生物钟很准，距离考试结束还有十五分钟的时候自然醒了。他松懒地活动了一下有些僵硬的脖颈，后仰时，喉结在流畅的线条上轻轻滚动。

蒋惊寒垂眼，恰好瞥见前方垂头认真答题的少女因为坐着而露出来的小熊袜子，嘴角一勾。

历史卷子上，本应是论述题的答题部分，出现了一个戴巫师帽的小女孩，长发披散，抱着一只小熊，对着卷面外作画的人张牙舞爪。

蒋惊寒左看右看思忖着，对他张牙舞爪了还不满意，擦去对方小巧精致的鼻子，画了一个猪鼻子上去，这才惬意地略一颔首。

打铃收卷了，杨升转过来捡掉落在地的笔，不经意瞥见大少爷的杰作，顿时表情很是一言难尽。长得有几分像燕啾，但是又奇形怪状，这就算了，旁边竟然还清晰地写着——"小巫婆"。

蒋惊寒掀了掀眼皮子，盯了杨升一眼，眼神里写着"怎么样？我画得好吧"，从容且自然地把卷子折好塞进抽屉里。

杨升扶了扶眼镜，很难说出话来。

"放假咯放假咯！"还没收完答题卡，教室里就已经有男生开始欢呼。

老邓大喝一声："坐下！像什么样！"

连燕啾也长呼了一口气，收起笔袋和试卷往书包里装。

宋佳琪扒着门框探头："啾啾，快走！我爸爸的车已经在外面了！"

"这么快？"

"先到我们家去住一晚，明天早上好一起出发！"

杜飞宇拎着行李上蹿下跳："寒哥，走走走！"

专属于校园的喧嚣和街区的热闹逐渐抛在身后，燕啾给爷爷奶奶打完电话后，黑色私家车驶进一片别墅区，环境幽静，空气清新。

杜飞宇下车就哟了两声，左看右看，跑到小花园里喂鱼。

宋爸爸和宋妈妈都戴眼镜，透着知识分子的儒雅，热情地招呼着他们，把露营要用的帐篷、必要的水和食物都准备好了，整整齐齐地拿两个登山包装着，放在玄关的柜子上。

杜飞宇和蒋惊寒住在二楼的客房里，燕啾住在三楼，挨着宋佳琪的房间。

燕啾洗了澡就上床了，趴着做了几组拉伸，躺着玩手机的时候，房间门响了。

宋佳琪探了个头进来，脸有些红，好像有点不好意思："啾啾，今天我能和你一起睡吗？"

两个人一起躺在被窝里，松软厚实的被子鼓出鼓鼓囊囊的一大团。

燕啾感觉到宋佳琪怕打扰一起睡觉的人，呼吸放得很轻，但是忍不住地左翻右翻，辗转反侧，眼睛还一眨一眨，亮晶晶的。

燕啾有点想笑："你在干什么？"

"呀，你还没睡着呀。"宋佳琪小小诧异了一下，说罢干脆扭过来跟燕啾聊天，"这是我第一次和朋友一起睡觉，有点兴奋。

"我爸爸妈妈是不是太热情了，有没有让你们感觉到不自在啊？"

燕啾："没有啊，叔叔阿姨都很好。"

宋佳琪放下心："那就好。"

"我第一次带同学来家里玩，他们都高兴坏了。"

她盯着天花板发呆，好像顺着路灯从未拉紧的窗帘中透进来的光亮中，进入了更深的回忆中。

"我小时候就挺内向的，不爱说话，也不会跟别人聊天，一开口就紧张到耳根都发红，别人虽然不欺负我，但也不跟我玩，所以从小到大都没什么朋友。"

燕啾拂开脸颊边的发丝，安静地听着。

"我爸妈还带我去看过医生，害怕我有自闭症什么的。好在我只是胆子比较小，身体还是健康的。"

宋佳琪说到这里笑了笑："所以上高中能碰到你，碰到杜飞宇，碰到学委,碰到蒋惊寒,能成为朋友,我真的很感激。"

"说真的,我从来没有想过能和你这样的女孩子成为朋友。第一眼见到你的时候我就想呀,这个女生身材窈窕,白白瘦瘦的,五官精致,真好看呀。"

"后来发现你不仅长得漂亮,还成绩好,性格也好,又酷又洒脱,像电视剧里的女主角一样闪闪发光。"

燕啾也为小女生美好的幻想勾起嘴角:"哪有那么好。"

宋佳琪撑起上身,害怕燕啾不相信似的急切道:"就是有!"

燕啾没再试图争辩,她不擅长跟别人说她自己不好。

过了一会儿,宋佳琪又趴在枕头上低低道:"但我有时候也觉得你跟我一样,像人群中一眼就能看出来的'异类'。"

"你太理性了。你好像,"她捏着手指头措辞,"你像一个拥有上帝视角,纵观全局的玩家,冷眼看着我们这些你身旁所有 NPC 的结局走向。

"成绩、同学关系、好朋友、穿搭、娱乐圈,这些和高中生的日常息息相关的东西,你好像全都不关心。"

宋佳琪细长的眉头扭成八字,望着她:"要不是你长了张高冷漂亮的脸,蒋少爷还时不时会把你惹生气,我会以为你实际上已经八十岁了。"

燕啾无意识地扯着被子边角,想,也没有那么夸张吧。

"作为你的朋友,"宋佳琪顿了一下,又小心翼翼道,"我可以算是你的朋友吧?"

燕啾看着她从被子里冒出来的脑袋,像一只眼睛亮晶晶的小猫,忍不住胡噜了她一把:"当然可以。"

"作为你的朋友,我希望你能多跟我们一起玩,多跟蒋惊寒一起玩。"

抬眼望去,宋佳琪眼神很认真。

"你才十七岁,啾啾,你应该有一个鲜活生动的青春。"

翌日,天刚刚亮,四个人就背着大包小包出门了。每个人的衣服和裤子的兜里,甚至连帽子里都装满了宋妈妈做的小蛋糕。杜飞宇一上车就在副驾驶睡得东倒西歪、昏天黑地,宋佳琪伸手去把他帽子里的东西往里塞了些。

连蒋惊寒眼下也浮现淡淡青黑,眼皮微微耷拉,多少显得有些没精神。

燕啾:"你们昨天不会没睡吧?"

蒋惊寒靠窗半合着眼,两根手指搭在太阳穴上轻揉,冷哼一声:"这傻子非要通宵打游戏。"

杜飞宇忽然一动,说梦话似的还在嚷嚷:"打团了打团了!"

宋佳琪抬手就往他脑袋上呼了一巴掌,熟睡的某人浑然不觉,还冒出一句:"打得好啊,兄弟们666!"

山路弯弯曲曲,一侧都是陡峭山壁,峭壁上树枝横生。燕啾也有些晕头转向,压下胃中翻腾,迷迷糊糊地睡了过去。

海拔不算高,醒来就到了山顶,一眼望去没有积雪,宋佳琪有些失望。

几近中午,难得的冬日阳光从缕缕云层中穿透,洒在山顶的针叶林细窄的叶片上。远望群山层层叠叠,半山腰上还残留着几抹新绿,可以料想见夏天的苍翠欲滴。

杜飞宇这时候也醒了,把行李从车上搬下来:"还想要雪呢,那晚上不把我们冻死啊。"

宋佳琪撇撇嘴。

露营地是山间一块平坦空旷的地,也许是冬季,人不多,只在角落分布着零零散散几个帐篷。他们挑了个安静偏僻的地儿。

燕啾帮着把内帐、地钉和防风绳拿出来,比画比画帐杆。蒋惊寒已经熟练地连接好一整根杆,燕啾也学着他的样子鼓捣,但好像不听使唤似的,半响也没成功。

蒋惊寒捏着剩下两根望着她。燕啾讪讪地摸摸鼻子。

也许是因为困倦,蒋惊寒的眉眼没有平常那种冷淡和松散,眼睫低垂安静,嘴角轻勾,抬手抽走她手里的那两根,叹了口气:"我来吧,大小姐。"

燕啾自觉退开,去边上帮宋佳琪拍了两张照片,回来时两个劳动力已经把两顶帐篷和天幕都搭好了,甚至连烧烤架都搬出来了。

宋佳琪坐在椅子上喝果汁,燕啾被烤肉的香味引过去,眼巴巴看着杜飞宇往色泽金黄焦香的烤翅上撒孜然。

杜飞宇翻了个面儿:"怎么样,你小爷我还是有一手吧。"

刷多了的油顺着烤架缝隙往里流,火焰噼里啪啦地旺了起来,把烤串的签都燎黑了,杜飞宇连连退了好几步:"哎。"

蒋惊寒瞥了一眼,捏着他后颈往后拉,不无嘲讽道:"这位爷,焦了。"

最后还是蒋大少爷屈尊给燕啾重新烤了肉,燕啾一边吃一边看,觉得他修长又指节分明的手捏着烧烤串儿，竟然也挺好看的。

"哎，蒋惊寒，你以后出去开个摊儿吧，我肯定每天晚上都来捧你的场，"燕啾凑过去，眼珠一转想了想，"就叫你……烧烤西施。"

"每天谁点得最多，谁就可以和你合照一张的那种。等你不想干了，就抛绣球给别人赎身。"

宋佳琪闻言被呛到，连忙找纸巾。杜飞宇笑得打嗝儿："这不是烧烤西施吧，这是烧烤花魁，哈哈哈哈哈哈哈哈哈。"

蒋惊寒冷淡地抬眼，惜字如金地吐字："滚。"

日头逐渐西沉，夜色从天际缓慢爬上，一点一点侵袭了整片天空。帐篷外的星星灯一闪一闪，天幕下搭着一张桌子和几把椅子，桌上摆着几瓶果汁，砖头砌起的小方格里用捡来的枯枝落叶生了堆火。

夜空晴朗，万里无云。

"哇，真的好多星星。"宋佳琪仰头惊叹。

燕啾把椅子背过来放，分开腿跨坐在两侧，双手搭在椅背上，下巴抵着手肘望天空。

蒋惊寒俯身认真地摆弄着他的立式光学望远镜。杜飞宇围着半人高的机器"啧啧"惊叹，上手摸了两把："哇，这得好几万吧，这镜头比我头都大。"

蒋惊寒都没看他："那还是你的头比较大。"

"喊。你这爱好这么烧钱，你妈能同意吗？"

蒋惊寒低头调整位置和参数，半响才可有可无地应："自己买的。"

杜飞宇倒抽一口凉气："牛啊。这玩意儿怎么用啊？"

"星特朗 NexStar8SE，很大一部分价格源于它的寻星系统，可以自动校准。"蒋惊寒一边说一边演示。

前段镜头开始自动移动，杜飞宇连连叹道："这也太酷了吧。"

蒋惊寒越过机器瞥了一眼旁边的人。少女站在群山叠嶂和浩瀚星空面前，纤细修长的身上有种向上的勃勃生机。她背着手，头微微扬起，长发被风吹起，露出洁白无瑕的侧脸，美得让人心惊。

蒋惊寒直起身："你先玩吧。"

杜飞宇连连应好。

夜空晴朗，弯弯的一轮皎月高悬，难以计数的星星像镶嵌在蓝黑色的幕布中的光点，在层层幽深山谷的掩映下，显得更加触不可及，隔着用巨大量词来计算的时间与空间单位，发出永恒璀璨的光。

蒋惊寒站到她身旁。少年黑色外套被猎猎山风吹得向后鼓起，寒风凛冽，灌进脖颈，他却丝毫不在意，双手插兜，挺拔又随意。

"关于星星和夜空的记忆都是在夏天，没想到冬天的夜晚也这么美。"燕啾歪着头比画。

蒋惊寒双手搭在栏杆上，十指交叉："北半球冬季只能看到银河边缘，相比夏季要黯淡得多。大多数人觉得冬季不是最佳观星季节。"

燕啾抬手，指着一颗异常明晰闪耀的恒星："可是那颗好亮。"

蒋惊寒微微俯身，顺着她手指的地方看过去，难以避免地挨她近了些，微眯着眼辨认："大犬座α星A。"

燕啾侧过头不解地看他，正常的动作幅度在此刻却显得大得过分。过近的距离使得她小巧的鼻尖几近触到蒋惊寒的侧脸，微微张开的唇堪堪停在少年耳畔。

心跳倏地漏了一拍，她呼吸时带出的温热气体已经拂到蒋惊寒耳垂，蒋惊寒却好像浑然不觉，镇定得丝毫未动。

燕啾不动声色地拉开距离："啊？"

蒋惊寒挑了挑眉，眼角仿佛带了些笑意，也直起身，借夜色遮掩微微勾起的嘴角。

"大犬座α星A，就是天狼星。学理上认为它是除太阳外全天最亮的恒星。"

他抬起下巴点了点，示意："它还是最著名的双星，天狼星A，就是你看到的那颗，是一颗蓝白色的主序星。"

蒋惊寒看了她一眼，燕啾正仰着头安静地等待着下文，他顿了顿："除此之外，它还有一颗伴星，天狼星B，肉眼观测不到，是第一颗被证实为白矮星的恒星。"

燕啾出神地盯着天狼星："伴星？"

"嗯，就是围绕主星运转的恒星。"

燕啾皱眉："怎么判断主星和伴星？"

蒋惊寒想了想，简单跟她表述："一般来说，人们把双星中较亮的那颗称为主星，较暗的那颗称为伴星。那颗白矮星伴星是人类最早观测到的白矮星，也是质量最大的白矮星之一。"

燕啾沉默了半晌，望着他："我不喜欢这样的区分。"

蒋惊寒略一挑眉，看向她："嗯？"

"恒星的亮度不是永恒的吧，也许在很多很多年以前，天狼星 B 的光亮也远远大于天狼星 A。"燕啾盯着那颗夜空中最璀璨的星星，却好像透过它，在看另一颗，被大家公认为几乎进入老年的恒星。

蒋惊寒微微诧异，她明明不曾了解，却能以自己的认知准确地判断出这个事实。

"人类存在至多不过三百万年，如果把宇宙的历史比作一本书，那人类的出现不过是在最后一页。

"仅从人类认知到这一宇宙状态的短短几百年来判断，命名主星和伴星，对于在宇宙间存在了数万年甚至数百万年的恒星来说，是不公平的。

"明亮也好，黯淡也好，它们都是双星的子星，说白了就是相互围绕旋转的两颗星星而已。每一颗星星都是独立的个体，不应该有主要和伴随之分。

"而且——"燕啾顿了顿，扬了扬手中屏幕亮着文献查阅结果的手机，难得带有一丝狡黠，"银河系1982年已发现的白矮星只有488颗。"

蒋惊寒看着少女眼里的光亮，有一瞬间的晃神，听见她带着几分玩笑意味接道——"拜托，当一颗白矮星超酷的哎。"

宋佳琪和杜飞宇两颗脑袋挤在望远镜的显示屏前，几乎是头抵着头一起观看："哇，星云哎。"

"紫色的那个，看到了没？"

"哪里哪里，哎呀，让让我嘛。"

"杜飞宇你也太胖了！"

两个人小声叽叽歪歪吵嘴。

燕啾突发奇想："哎，你这个望远镜能看到天狼星 A 和 B 吗？"

蒋惊寒好似料到了似的，嘴角一勾："我就知道你要问这个。"

燕啾眼巴巴地盯着他，然而大少爷不为所动地摇摇头："不能。只能看到天狼星 A。"

燕啾失望地"哦"了一声。蒋惊寒双手插着兜，维护自己斥巨资买的大玩具："B太暗了，体积也小，大概哈勃望远镜才能清晰观测到。"

燕啾又"哦"了一声，虽然没说话，但能听出她语气里的"真没用"，蒋惊寒都被逗笑了。他勾着一个笑，懒洋洋逗她："不就哈勃望远镜嘛。"

"这样吧，你夸我几句，我上太空给你偷来呗？"

燕啾："……走开。"

宋佳琪挤不过杜飞宇，干脆直起身休息休息。环顾四周，夜色下，燕啾与蒋惊寒两人随意地交谈着，似乎隔着老远都能感觉到他们之间温柔又暗流涌动的氛围。

宋佳琪没忍住，拿起手机偷偷拍了一张，小心翼翼地收藏进了相册里，抬头刚好看到他俩往回走，招呼他们："哎，啾啾，我们来许愿吧。说不定有流星呢！"

杜飞宇："你当你是七仙女啊，流星说有就有。"

宋佳琪："女生说话轮得到你插嘴吗？"

杜飞宇："哦。"

四个人站成一排，对着浩瀚的夜空，身后是挂着星星灯的帐篷、烧烤架，还有寒风中仍然执着燃烧着，发出噼里啪啦声响的篝火。

宋佳琪："要喊出来吗？我看电视剧里都是喊出来的。"

蒋惊寒和杜飞宇面无表情："不要。"

看宋佳琪好像有点受伤，燕啾默默把拒绝咽了回去，委婉地劝导："愿望说出来就不灵了。"

"好吧，那就在心里想吧。"说罢，宋佳琪双手合十，闭上了眼。

杜飞宇看了她两眼，半晌，犹豫地把双手从兜里拿出来，也闭上了眼。

燕啾和蒋惊寒被迫拉入这场自己绝不会主动参与的许愿活动。

蒋惊寒依旧保持着双手插兜的随意姿势，落后半步，看着燕啾的背影，不知道在想什么。

燕啾望着最璀璨闪耀的那颗星，心想，如果硬要一个唯物主义者许愿的话，那就奢侈一点吧。

希望爷爷奶奶身体健康，平安顺遂。

希望所有的朋友，多喜乐，长安宁。

还有……

三愿如同梁上燕。

岁岁常相见。

燕啾从山上回来之后就累得不行,一连在房间里窝了两三天。

帐篷里到底睡不惯。虽然有地形遮挡,夜风还是吹得"哗啦"作响,又冷又湿又硬。好不容易睡着了,六点多还被宋佳琪叫起来看日出,中午又坐车弯弯绕绕地下山。虽然景色很美,但是还是很累。

第三天下午,燕啾基本缓过来了,读完最后一点《红与黑》,刷了刷朋友圈。

她"啧"了一声,觉得宋佳琪估计也累得够呛,不然怎么现在才发照片出来。

燕啾一张张地翻看着,别墅里喂鱼的杜飞宇,被两个劳动力搭得有模有样的帐篷和天幕,看上去就令人食欲大动的烧烤。

她放大仔细辨认了一下,嗯,没焦,"烧烤西施"烤的。

还有满天璀璨的星星,和辉煌蓬勃的日出。这些景色现在看起来也美得让人惊叹。不过短期内不想再折腾第二次了。

燕啾翻到最后一张,手指停在屏幕上。这张照片构图很大,夜星和山色都显露了一半。画面中央,她跟蒋惊寒并排站着,脸微微侧着,在对视着。

燕啾看了一会儿,把这几张图都存了下来,点了个赞,挑了几张给温羡发过去。

温羡估计不方便打字,直接给她回了电话。

"还挺好看的。这两天约你你不出来,不会搁家里偷偷回味吧?"

燕啾:"……你没事儿吧。"

温羡约她看展,蒋唱晚约她看电影,她都没去。一方面是累,一方面是她估计展太难懂,电影又会很难看。

燕啾戴上蓝牙耳机,面不改色:"这有什么好回味的。我是那种人吗?"

"砰!"

阳台上出现碰撞的声响,燕啾抻长脖子望了望,又没动静了。

"那谁知道你呢,啾啾宝。哎,我最近接到一个珠宝品牌活动邀请。"

"你不是一般不去参加这种活动的吗?"

朋友圈提醒多了两条消息,燕啾点进去看。

杜飞宇评论：哇，图 2 好厉害啊，肯定是图 1 那个大帅哥的杰作吧！

宋佳琪秒回：你可要点脸吧。

燕啾失笑，忽然又多了一条提醒：您的好友 95 赞了这条朋友圈。

杜飞宇：妈呀，寒哥都点赞了，一定是赞同我说的话！

这回都轮不到宋佳琪撑他，李明骏都忍不住回复了：没有镜子总要上厕所吧？好好照照你自己，看看寒哥是为了你吗？

宋佳琪回复：是谁，我不说。

杨升：第九张构图甚美。

"砰！"

阳台上又响了一声，像是石头撞在玻璃门上的声音。

燕啾皱眉，穿上拖鞋往外面走去。

温羡还在电话那头长吁短叹地纠结："唉，可是它也邀请了我很喜欢的电竞选手。"

燕啾抱臂站在阳台上，疑惑万分："你在干什么？"

温羡："啊？"

燕啾把手机拿回耳边："不是，没跟你说话，待会儿给你打回来。"

温羡又"啊？"了一声，就被无情地挂断了。

燕啾像看傻子一样看着对面阳台，蒋惊寒拿一根宽宽的绳子绑着一块小石头，把石头往她阳台扔。

"邻里之间禁止乱扔垃圾。"

蒋惊寒正在进行第三次尝试，聚精会神瞄准阳台空地，没搭理她。他扬手，石头连着被系住一端的绳子就向远处扬起，往燕啾房间的阳台落下。

"——也禁止损坏他人财产！"

小石头直直掠过燕啾跟前，燕啾连忙后退。眼看着就要砸上玻璃了，蒋惊寒轻轻一扯，石头在空中回落，落在栏杆里侧卡住。

蒋惊寒拍了拍手："好了。"

"人造鹊桥。"

燕啾："……啊？"

蒋惊寒翘起嘴角，歪了歪头："下楼看看。"

夜风微凉，小区老旧楼房里灯火通明，下班稍晚的人家窗户里传出热闹的锅碗瓢盆碰撞声，影影绰绰地映出好似欢乐的人影。

蒋惊寒手里拿着一个小小的，四四方方的黑色遥控器，中间有一个红色圆形按钮，他按下去："看好了啊。"

燕啾抬头，悬挂在三楼两个阳台之间的绳子不远不近，在他们站的位置看来像是在天空中。绳子在蒋惊寒按下按钮的一瞬间亮起绚烂的光，紫色的星云由中心向四周缓缓移动，像新娘梦幻的头纱被缓缓揭开，露出娇羞恬静的面孔。

而寂静夜空中紫色面纱褪去，露出的是永恒闪耀的恒星，横亘在一方狭小天地中，背靠寂寥夜色，竟凭空为北半球的冬季造出一条微缩银河。

燕啾站在这条人造银河下，眼里都是映出来的星光，怔然说不出话来。

蒋惊寒站在她身旁："以前我们看到银河都是在夏夜，尤其是夏秋之交的时候，可以看到银河最明亮壮观的部分。

"但其实一年四季都能看到银河，只是对于北半球来说，冬季能够观测到的地方是在猎户座与大犬座附近，才显得黯淡。"

燕啾："这话你那天在山上就告诉我了。"

"对，"蒋惊寒勾了勾嘴角，"所以这不是重点。"

燕啾似有所感，又抬头仔细看了看，蓦然发现那颗最闪烁灿烂的天狼星 A，旁边好像多了颗互相围绕旋转的小星星。

少年勾唇，昔日被冷淡遮掩的少年气，在这条微缩银河下一览无余。

"重点是，我的这条银河，能够看见天狼星双星。"

第九章
绅士小狗

晨曦初露,风铃清脆,又是晴朗的一天。

燕啾醒来时,还是感觉像在做梦一样。眼前好像又浮现出那条小小的,悬挂在两个阳台之间的,只属于她的星带。紫色星云梦幻,星光璀璨。

因为她随口一句想看天狼星 B,所以对方一回来,就花了几天时间,做了一个能够看见天狼星双星的人造银河?

不会吧。蒋大少爷竟然会是这种人吗?

燕啾晃晃脑袋,想把这件事抛在脑后,摸出手机看消息:宋景堂请求添加您为好友。

燕啾眯着眼想了半天这人是谁。哦,好像是十四班那个学生会主席。

她点了通过,对方立刻礼貌地发来自我介绍和来意:燕啾你好,我是高二(14)班的宋景堂。按照往常惯例,文理科期末考试年级第一的两位同学,要在开学典礼上作为优秀学生代表进行演讲。你知道这件事吗?

燕啾老实回复:你好,不知道。

宋景堂:那你现在知道啦。

燕啾"哦"了一声,心想这跟我有什么关系,就没有再回复。

对面等了半晌,像是察觉到了她不会有下文,于是继续发来:是这样的,请问你有空负责这个工作吗?

宋景堂:下学期开学的学生工作比较多。我假期还需要准备学生会换届、述职的工作,也需要筹备下学期模拟联合国大会的英文稿件,所以时间上比较吃紧,可能没有那么多时间来准备这个演讲。

宋景堂:如果你方便的话,可以负责这个发言吗?

燕啾很迷惑:啊?

半晌,宋景堂若有所悟:你不会还没看到成绩吧?

成绩出来了?燕啾打开万年关闭的 QQ,点开班群,发现一位名为"头发很多"，头像为系统自带飘逸男孩的网友，昨天晚上就上传了成绩文档。

呃，她觉得老朱还挺潮的。

打开文档，燕啾先看了看总成绩。意料之中，她理综才 30 分，全科总分排名都掉到三百名开外了。她仿佛都能想象到蒋惊寒的表情，还能听到他嘲讽的声音"把答题卡扔地上踩一脚，都比你这个分数高"。

接着，她又点进第二个理科的表格看了看。噢，杨升第一名。蒋惊寒竟然第二名，考得不错嘛。燕啾拉过去仔细地研究蒋惊寒的成绩，理综几乎满分，就是语文稍微比学委差一点。啧，所以还是不能偏科。

燕啾仰躺着点开第三个表格。看完就手一抖，手机突然掉下来，砸在她鼻梁上。

一股剧痛传来，燕啾捂着鼻子，被砸出了生理性的眼泪，好像五官一瞬间都只剩下痛感了。

燕啾："……救命啊。"

缓了足足有十分钟，她才擦掉眼泪，吸着鼻涕又看了眼手机，确认她没看错。和宋景堂并列第一她并不惊讶，因为她有预感这次考得不太好，但是数学……

在一整个纵列中，前五十名的数学都是 120 分以上，宋景堂更是以 145 分的成绩高居单科第一。而她，挂在第二个位置，赫然写着一个 113 分。

燕啾自己都沉默了。

也太差了吧，这卷子也不难，也不知道老朱会不会把她吊起来打。

还有另一个数学老师——空中那个原本只是嘲讽理综成绩的蒋少爷小人儿突然变成一个吃人的大魔头，一口吞下她的脑袋："113 分，真厉害啊。"

燕啾甩甩脑袋。

她该庆幸吗，靠着其他科拉起来的差距，让她还能得个第一。

虽然是并列。

她真情实感地伤心了一会儿，叹了口气，才去回消息。

啾咪：刚刚看了。

啾咪：所以文科这边应该是我或者你去做优秀学生代表，但你因为学生会工作没有空，想让我去，是这样吗？

宋景堂：是的，如果你也没有空的话，那就不打扰你了。非常抱歉。

对方很有礼貌，并且本来就应该是两个人协商出一的情况，宋景堂却好像因为没有时间做这个工作而抱有歉意。

好一个以退为进。燕啾想不答应,良心上都过不去。

她略一思忖,同意了。

宋景堂向她表示了感激,并告知她要在学校行政放寒假之前交给学校检查,也就是这两天得交稿。

燕啾洗漱完打开电脑,发现没电了,插上充电器半晌,也没有电。

她扬声问:"奶奶,这个插座怎么没有电啊!"

奶奶在客厅,边用平板看电视,边择菜,不愿意错过手撕鬼子的精彩剧情,也扬声:"物业通知今天停电,地铁要检修!"

燕啾又大声问:"要停到多久啊!"

奶奶:"打得好!这臭鬼子!"

燕啾:"……算了。"

在爷爷的百般劝说下,燕啾吃了个奶奶包的粽子当早饭,就收拾东西准备去朋友家。

蒋唱晚就住她对面,她家停电了,对面那户肯定也停了。喻嘉树住在楼上,更不例外。宋佳琪这会儿好像在外面玩,还没有回家。

思来想去半天,燕啾摸出手机,给阮枝南发了个消息:"我能来你家蹭下电脑吗?"

那边回得很快,是条语音,燕啾网络不太好,顺手点了转文字,看见缓慢蹦出来的"可以啊"三个字,就摁掉屏幕,收拾东西出门了。

到了阮枝南家,跟着她进了书房后,燕啾盯着书房里那个打游戏的人沉默了好半天,才发现那句语音后面还有个"但是"。

"可以啊,但是我家已经有一个在蹭网的了,你不介意就过来吧。"

阮枝南撇嘴耸肩:"我可跟你说过的啊。"

燕啾:"……行。"

两个人站在书房门口说了好半天话,坐着的那个人才抽空抬头。

江旬一把游戏打到一半,从激烈的战况中慷慨地分给刚进来的人一眼,接着又继续打。

燕啾看着江旬瞥她一眼又低头,三秒后好像才反应过来,又抬头,嘴巴张成"〇"形:"燕啾?"

"你好。"燕啾现在倒是很淡定,指了指他旁边的位置,"介意我坐这儿吗?"

"哦,可以。"江旬没反应过来,手上没动作,游戏人物在塔下被打死了。

他干脆不打了,问燕啾:"你也来这里蹭网打游戏啊?"

他摸摸下巴,自己开始设想:"也是,看你的样子,打游戏应该也挺厉害的。但我没想到你瘾这么大,就停一天电,还要来这儿打游戏。"

燕啾默默打开电脑,点开 word 文档,敲下标题:"不是,我是来写作业的。"

江旬看着那个"2018 年春季学期优秀学生代表发言稿",陷入了诡异的沉默。他"哦"了一声,转回去,静默地打游戏,心想这键帽下面怎么不塞个棉花呢,这"啪啪啪"地按下去,也太响了。

万一打扰优秀学生代表怎么办。

一把打完,江旬给蒋惊寒发微信:*这游戏突然不香了。我想回去学习了。*

蒋惊寒被他软磨硬泡叫来组局,这会儿正在买水:*有病治病。*

燕啾写到一半,托着下巴,冥思苦想毕生所能记得的鸡汤,太入神,一不小心把桌上的 U 盘碰掉了。

她左晃右晃,也没看出掉哪儿去了,只好站起来挪开椅子,蹲在地上找。

"吱呀!"

书房门再度被推开。

阮枝南坐在另一头写作业,脑门儿上缓缓冒出个问号:"……你还带人来打游戏的啊?"

江旬装没听见:"买个水怎么这么久啊。"

蒋惊寒拎着一个塑料袋,放在桌上,坐在江旬对面,拧开一瓶水,喝了一口,冷淡又无语:"楼下便利店的店员,硬要给我讲他的心动故事。"

江旬黑人问号脸:"什么玩意儿?"

燕啾还没找到 U 盘。地毯是黑色的,她往桌子里面钻了点,想看看是不是掉在里面了。

蒋惊寒冷淡地转述:"他说刚才有个漂亮妹妹买东西的时候多看了他两眼,还在门口玩手机,迟迟不肯走,估计想要他微信来着,但是又不好意思。所以他决定等她再次出门路过的时候,主动出击。"

此时,蹲在桌子下面的燕啾缓缓蹙起眉。

不是，现在的人都这么自信的吗？

她刚刚也在楼下买了点零食给阮枝南带上来，还站在门口等阮枝南给她远程开小区门禁，都没注意店员是这么自信的人。

江旬黑线，满脸写着问号："就这？还拉着你说了半个小时？"

"他用了非常大的篇幅描述那女生有多好看，对他有多温柔。

"我都能背下了。黑色牛角扣大衣、高马尾、小挎包。"

蒋惊寒坐下来，点开游戏，嘲讽又讥诮地提起嘴角，冷淡之色尽显："主要是我不听他说完，他不给我结账。"

江旬："我怎么觉得他像通宵多了，出现幻觉了。做梦呢吧？"

蒋惊寒脖子上挂着头戴式耳机，手指纷飞登入游戏，事不关己高高挂起："不知道。万一人家就是看上他了呢。"

江旬摇了摇头："唉，现在这个世界上，瞎了眼的女孩可真多啊。"

也不知道是不是有点一语双关的意思在里面。

燕啾此刻终于从桌角和地面的缝隙中找到了她小小的U盘，她深吸一口气，蹲着从桌底退出来，站起身。

蒋惊寒被她吓了一跳，往小兵身上放了个大招："你怎么在这儿？"

说完，他觉得不对，微微皱着眉又打量了她一下。

黑色牛角扣大衣。

高马尾。

背小挎包的。

…………

燕啾面带微笑地盯着蒋惊寒，标准的微笑，露出八颗牙齿。这笑意看得江旬脊背发凉。

她一字一句地吐字，听起来颇有几分咬牙切齿的意味。

"我不瞎。

"我没有看上他。没有撒娇，也没有想要微信。

"我只是去买个东西而已。"

空气一片寂静。

两个男生对视一眼，都沉默地移开视线，装作什么都没有发生过。

燕啾写完后再斟酌了一下字句，检查完没有错别字和排版错误后，就发到了老邓邮箱。

准备走的时候,她想起蒋惊寒说的"主动出击",一阵恶寒,于是又坐回去跟阮枝南一起看剧,等他俩一起。

最后,燕啾出来都是躲在他俩身后的,路过便利店也是让他俩帮忙挡住。等坐着看直播的店员看见她的时候,她已经一溜烟儿跑出老远了。

江旬隔着玻璃门,向那个店员做了个敬礼的手势,看起来很是吊儿郎当:"兄弟啊,没事多读点书吧。"说完又兴致勃勃地模仿蒋惊寒,"万一人家燕啾就是看上他了呢。"

蒋惊寒双手插着兜,撩起眼皮看他一眼,无声地做了个口型。

江旬站在原地,蹙着眉思索半晌,好像是……"滚"?

蒋惊寒回家路上碰到了杨升。

小路上人不多,树枝光秃秃的,零落萧瑟。学委穿着长款羽绒服,牵着小不点儿在小路上走。两个人穿兄妹装,浑身上下包得严严实实,像两条直立行走的毛毛虫。

小毛毛虫眼尖,一眼看到蒋惊寒,短短肉肉的手臂挥动,兴奋大喊:"惊寒哥哥!惊寒哥哥!"

蒋惊寒:"哟,还记得我呢。"

小小很骄傲:"长得帅的我过多久都还记得。怎么没有看到那个漂亮的……"她像想不起来了似的,转过去眼巴巴地看她哥求提醒,"抓了大熊的那个。"

杨升:"啾啾姐姐。"

"对,怎么没看到啾啾姐姐哇!"

"忙着躲桃花呢。"蒋惊寒掂量了下她,没想到小小看着小,还挺重的。

"嚯,你这是长胖了多少啊。你哥把你带得好呢。"

杨升看起来很无奈:"别说了,考完试就天天缠着我,一刻都不放过。写个发言稿都写不成。"

虽然嘴上抱怨着,但他的语气是温柔的,连神情都带着点不易察觉的宠溺。

小小双手抱着蒋惊寒的腿不让他走,蒋少爷只好被困在原地。

嗯?燕啾不也在写什么发言稿?

蒋惊寒问:"什么发言稿?"

"下学期开学典礼的学生代表发言。明天就要交了,可是她非要今天去游乐园,不去就哭。"

杨升愁眉苦脸的:"唉,要是可以不写就好了。"

小小撇了撇嘴。

蒋惊寒好歹在学校待了两年,对基本制度还是熟悉的,几乎立刻就反应过来,期末成绩出来了。他倒是个把月的时不时会看一眼QQ,但群消息全都屏蔽掉了。如果QQ消息数量上限提高,那他的班群消息应该显示"9999+"。

蒋惊寒简要看了眼理科成绩,扫一眼就看到他排在第二个,还发现他只比杨升低两分。

他缓缓抬起眼,若有所思地望着杨升。

杨升:"……啊?"

蒋少爷懒散地一歪头,明明面无表情,但兄妹俩都心有灵犀地读出了几分不怀好意。

蒋惊寒缓慢地提出建议:"要不,我帮你写呗?"

十分钟后,杨升被小小拉上去游乐园的公交车,心想,你这何止是要帮我写稿子,你这明明就是想夺我的权。

他摸了摸小小兴高采烈晃动的脑袋,又想,但是我很乐意。

燕啾满打满算也就休息了一个星期,其中有三四天还是在不停地读书和读外刊保持语感,没事做的时候就一天做一套文综卷子当放松。

她是真的觉得政史地蛮有趣的,每次都能从相应材料中得出很多感悟。

被数学成绩伤到的燕啾,领完通知书和寒假作业,就开始投入假期的自学之中。家和图书馆两点一线,几乎跟上学的时候没什么两样。唯一的区别大概是,不用起那么早,大概九点钟到图书馆就好。但相应地,晚上回家的时间也会延迟一些。她一般会待到十点钟,图书馆闭馆。

随着寒冬的加深,年关将近,年味渐浓。小区里陆陆续续挂上了红灯笼,卖春联、"福"字的小贩也开始处处摆摊。家家户户的门窗上都带上了团圆意味的红,大家在各大商场洗脑的《好运来》音乐中选购年货。

燕啾站在凳子上,在奶奶单手叉腰的指挥下,把倒过来的"福"字贴好了。她跳下来,拍拍手,拿出手机,准备拍个照。

有一只黄色的小流浪猫轻盈地跳到凳子上。蒋惊寒刚刚踏出电梯，在那一瞬间，侧脸入镜，被一起定格在画面里，还在几天后的除夕夜出现在燕啾的朋友圈里。

奶奶不知道从哪里摸了个红包出来，笑眯眯的："惊寒啊，要过年了。你爸爸妈妈回来吗？"

蒋惊寒难得有些局促，手都不知道往哪里放："他们说尽量在年前赶回来。"

奶奶又拿出一个，连着两个塞进他手里："也是哦，国外又不过新年的。拿着，你和晚晚的。"

说着，奶奶生怕蒋惊寒推辞似的，飞快就进门了，还"啪"的一声把门关上了。

动作很快，思虑很周全，甚至连凳子都拿上了，只是把燕啾忘在了外面。

两个人面面相觑，有些许的尴尬。

蒋惊寒刚拿了奶奶的红包，拿人手短，迟疑地开口："进去坐坐？"

"晚晚没在吗？"燕啾坐在沙发上。

蒋惊寒在给她倒水："出去玩了。"

燕啾看着桌上摊开的程稼夫的几本《全国中学生物理竞赛教程》，密密麻麻都写满了笔记，侧边还有便利贴标记，看起来就已经刷过很多遍了。

旁边还堆着一大摞的习题集。粗粗看了一眼，都是些什么《全国中学生物理竞赛实验指导书》《新编高中物理奥赛使用题典》，反正都是她一眼都不想看的。

"我还以为你每天也都出去玩呢。"

"是啊，"蒋惊寒漫不经心地应着，"在竞赛班玩呗。"

燕啾沉默两秒，没什么情绪地"呵呵"了两声。

那可是大佬云集的竞赛班。据她所知，一中高三理科第一名之前跟蒋惊寒上同一个小班，还每天在社交软件上叹生不如死。

什么人能在物理竞赛班玩？燕啾在心里腹诽着，不知道是不小心说出口了，还是蒋惊寒能看穿她的内心，突然有了回应。

"我才高二，当然没他们那么紧张。"蒋惊寒长腿伸直，后背靠在沙发抱枕上，松松懒懒，看上去很轻松的样子，"而且我要求也不高，能进省队参加国赛就好了，不一定要进国家队。"

燕啾在心里略微盘算了一下物理竞赛的流程。

先在省内选拔,评出省级一、二、三等奖,再在省一等奖中挑选省队成员,一般不超过二十个人,省队会参加国家级决赛,得出国一、国二、国三奖项。

她"啧"了一声,全省十多名才能进入省队,这就是蒋惊寒说的"要求不高"。

靠竞赛走到顶点的最后一步,就是在国赛中取得好成绩,被挑选进入国家集训队进行选拔,最后代表中国参与IPhO,即国际物理奥林匹克竞赛。这已经是非常难到达的高度了。

她记得进入竞赛国家队,可以获得首都两所顶级高校的保送资格。

"那你去年考得怎么样?"

蒋惊寒抬起眼,嘴角一勾,带了几分笑意,缓慢吐出两个字:"你猜。"

猜你个大头鬼。

燕啾盯着他这副臭屁的模样三秒,无语,作势起身准备走了。

"哎,别走啊。"蒋惊寒起身挡在她面前,"顺着夸夸我怎么了?"

少年低头看着她,眼里有挡不住的意气风发。

燕啾突然想起那天早晨从帐篷里探头看见的,驱散了冬夜的初升红日,想起雪下的干柴,想起挺拔的松竹。

蒋惊寒眼里有光,还是那个清淡的语气:"我省一呢。"

听起来漫不经心,但是低头看着她的样子,眼睛亮晶晶的,突然很像一只竖起耳朵坐好等夸的小狗。

燕啾看着他,忽地心里泛起涟漪。

感觉心脏有什么地方软软地塌下去一块,难以自抑地雀跃起来。

她一瞬间心情都变好了。

突然觉得,真好啊。

低头稍一思忖,正在想怎么夸一下他,蒋惊寒又开口了。

"教练说省队名额一般会向应届毕业生倾斜。"

燕啾:"嗯?"

蒋惊寒看起来很无辜:"所以我去年没进省队,只是因为我比较小。"

这是人说的话吗?也太臭屁了吧!

生活依然两点一线,没什么波澜。只是天气越来越冷了。早晨起床时会因为贪恋温暖而倍感挣扎，像只毛毛虫似的在被窝里扭动，穿好贴身衣物再起来，然后迅速地套上厚重的大外套。

呼出的白气清晰可见，燕啾的鼻子被冷得红红的，带着眼睑都发红，看起来可怜兮兮。

街边放烟花鞭炮的小孩逐渐多了起来，穿着新衣服，在大街小巷里嬉戏游窜。

今天是除夕，燕啾人性地给自己放了半天假，下午就不再待在图书馆里了。

大超市热热闹闹的，《好运来》外放，听得她耳朵疼。燕啾买了份热乎乎的红糖糍粑。那个阿姨竟然眼熟她了，明明是小份，却给她装了大份的量，还加了很多红糖。

"新年快乐啊，小妹妹。"

燕啾受宠若惊："谢谢阿姨。新年快乐。"

蒋叔叔和孟阿姨好像回来了。

燕啾在帮爷爷奶奶准备年夜饭，在厨房里都能听见蒋唱晚开门，然后发出欢呼，兴奋得唧呀哇呀地叫。

准确地说，是爷爷奶奶在准备，她在厨房里游走，顺便偷听和偷吃。

"这个炸好了。"燕啾吃完一整块奶奶为了做梅菜扣肉炸的芋头，赞许地点着头评价。

"要你说。"奶奶白她一眼，摆手赶她出去，"快走快走，少在这儿添乱。"

连爷爷也拿着锅铲推她出去，乐呵呵的："你们这些小年轻哦，现在偷吃吃饱了，晚上又不吃。"

燕啾还想狡辩，门铃响了，只好去开门。

门内门外的气氛截然不同。门外的一双人看起来好像和老旧的楼道、团年的氛围，甚至和穿着家居服的燕啾都不相匹配。

中年的女性干练，穿着Armani新款全套职业西装，正式中透出几分精明和随意。男性穿着较为随意，但是时不时看一眼他价格为六位数的表，皱着眉头，好像在对耽误了他几分钟而不悦。两个人站在一起，完美地诠释了什么叫作——貌合神离。

燕啾哂了一声，从玄关处抽了张纸，擦干净刚刚偷吃芋头的手，转身走掉，给她爸妈让路。

客厅里的气氛一度接近凝滞。开着的立式空调好像只是发出"嗡嗡"的声音,在安静的氛围里非常明显,但并没有吐出能够缓解冰冷空气的热风。燕啾甚至以为它坏了。

与其各怀心事,沉默地坐在沙发上,她宁愿去尝试修空调。

她正准备动的时候,燕重北开口了。

"最近在奶奶这里过得怎么样?"

燕啾只好继续坐着,不咸不淡地回应:"挺好的。"

梁愫神情冷淡:"学校呢,还适应吗?"

"还行。"多的也没必要说,她知道梁愫想知道的不是这个。

"成绩呢?"

果然,梁女士毫不拖泥带水,从来不拘泥于开场那些无谓的寒暄。

燕啾想着,忍不住脑补她在商业谈判上的样子。如果梁愫不是她妈的话,说不定自己还会崇拜她呢。

梁愫手搭在大腿上,旧事重提:"是你说转过来会有利于情绪和成绩,我才给你办的转学手续。如果没有达到预期,也许我得再斟酌一下这个选择。"

燕重北不太赞同地皱了皱眉,但没有开口,只是喝了口水。

燕啾无所谓地"哦"了一声,不想跟她多说,从书包里翻了张学期成绩单出来。

梁愫眼神粗粗掠过成绩单上的五六次大考成绩,年级排名全是"1",神情略微有些松动,但还是带着些许不赞同。

"看起来还不错。"

"但是你要知道,在小地方的小学校,得个第一并不算什么。"

啧。也不知道老朱听到他引以为傲的、全省前几名的学校,被称作"小地方的小学校",会是什么表情。

燕啾知道,梁愫接下来又要劝她出国。她嘲讽地勾了勾嘴角,觉得可能有三分得了蒋少爷的真传。

"出国好是吧?"

"那你自己出去呗,又没人拦你。干吗要勉强一个两个都出去?"

"你!"梁愫胸口起伏,被气得不轻,又说不出话来。

燕重北重重地放下茶杯:"你们两个有完没完。见面就吵,还过不过年了?"

像是救星似的,门铃响了。

燕啾起身去开门。

"哎呀!漂亮啾啾,好久不见了呀!"

姑姑一进门就给了她一个大大的拥抱,喜笑颜开的。两个表弟齐刷刷地递上礼物,一人手里捧着一个红色蝴蝶结包装的小盒子。

姑父摸了摸燕啾的脑袋:"提前给他俩发压岁钱了,这不,今天逛街就出去给你买礼物了。"

燕啾摸摸小表弟的脑袋。他才三岁,胖乎乎的,眼睛一闪一闪,皮肤娇嫩,被寒风吹得红红的,举着对他来说显得有些大的礼物盒子,响亮地在燕啾脸上"啵"了一口。

脸上突然多了一抹亮晶晶的东西。

大表弟惊呼:"呀!口水!"

"妈!弟弟把口水亲在啾啾姐姐脸上了!哈哈哈哈哈哈哈!"

家里的气氛好像一下就不一样了,充斥着欢腾的、快乐的、亲昵的,甚至是温情的感觉。

姑姑盯着她狂笑,笑声甚至惊动了关着门做饭的爷爷奶奶。

"外婆!我们来啦!"大表弟冲过去抱住奶奶。

"哎哟哎哟,你轻点,外婆可不经撞啊。"

姑姑这才淡淡地跟燕重北、梁愫打了个招呼,点头示意就算了,连"哥"都没叫。

"哟,啾啾,这你的成绩单啊。"

姑姑惊奇地拿起被梁愫轻飘飘放在茶几上的那张纸,看了半天,又递给姑父看:"这成绩也太好了吧,小才女呀!"

两口子来回把燕啾夸了一通,还不够,姑姑还拍了一张,发到朋友圈里。

姑姑:我这小侄女也太聪明了吧,次次一中年级第一呢,完全把我的聪明遗传了十成十!

燕啾想起她高考四百多分,一时没说出话来。

小姑,你开心就好。

小姑完全主导了年夜饭局,又找合适的话题,又活跃气氛,这顿饭才显得没有那么死气沉沉。

电视里放着春晚小品，桌上有奶奶做的清蒸鱼、糖醋排骨、梅菜扣肉、白斩鸡……燕啾吃得挺开心的，看大小表弟都更加眉清目秀了。

小表弟满嘴是油，啃着可乐鸡翅含混不清地发问："外婆怎么放了个鸡翅到桌子下面呀？"

燕啾正盛了碗鸡汤喝着，闻言往桌子下面瞟了一眼。

奶奶旁边空着一个座位，椅子上摆了一个碗。

碗里有奶奶夹的几个可乐鸡翅，还有几块鸡肉、鱼肉。

孤零零的，一个碗。

如果不是小表弟无心的一句话，谁也不会发现，或者，谁也不会点破。在本该阖家团圆的除夕夜，在满桌热闹、温暖之下，在大家都看不见的地方，奶奶偷偷放了一个碗。

看起来非常，不合时宜的，一个碗。

此刻桌上的气氛很是安静冷寂。粉饰的太平，伪装的欢乐，好像都因为这句话消失了似的。

梁愫、燕重北双双垂眸，一言不发。

大表弟安静吃饭。

姑姑和姑父顿了半晌，哄小表弟看平板上的动画片。

爷爷叹了口气，起身离席，剩下碗里没动几口的饭菜。

奶奶忽地红了眼眶。头发斑白，细纹密布的老人，像做错了什么事似的，惶然又无措，手指摩挲着那个也许是罪魁祸首的碗，几乎要淌下泪来。

燕啾没说话，喝完她自己的那碗汤，起身去厨房拿了个新碗。

她又盛了一碗汤，耐心地挑出葱末，放在那个凳子上，和奶奶的碗并排着。

"新年快乐，燕鸣。

"新的一年也要开心哦。"

大小表弟吃过晚饭就吵着要去放鞭炮。

梁愫和燕重北进书房处理工作，小姑和姑父挽起袖子帮奶奶收拾碗筷，好像只有燕啾是闲着的。

她捏了捏姑姑刚刚塞给她的红包，厚得不得了，估计得有个小五千，于是自告奋勇："走，我带你俩去。"

他们在小区附近转了几大圈,都没发现开门的店铺。家家户户都闭店过年去了。

三个人晃荡了好几圈,失望极了,正要铩羽而归的时候,听见了蒋唱晚抓狂的声音。

"你这拍的啥啊!"

"丑死了,这是什么东西啊!"

蒋惊寒也很理直气壮:"你就长这样啊。"

这话,燕啾听了都得捏紧拳头。可想而知,蒋唱晚更是怒发冲冠,恨不得冲上去暴打他一顿。

"等一下。"燕啾站到他俩中间,一只手推着一个人,不让这兄妹俩凑一块儿,来回打量他们几眼,问,"你们烟花哪儿买的?"

一群人又往小巷里唯一开门的店铺里走。小朋友们买了好多烟花爆竹,有几盒他俩喜欢的黑蜘蛛鞭炮,一摔就响。但更多的还是他俩觉得燕啾会喜欢的仙女棒。总之颜色鲜艳的,他们都买了。

蒋惊寒站在货架旁边,垂眼看他们拿,半晌,手指并拢,缓慢捻起一盒粉红色的,画有小花仙的仙女棒,十分疑惑地打量着这两个小男孩。

"小朋友,喜欢玩这个?"

大表弟依依不舍地放下奥特曼包装的响炮,摇摇头道:"给啾啾姐姐买的。"

"妈妈说要对啾啾姐姐很好很好,我也很喜欢啾啾姐姐。"

大表弟说完,牵着小表弟去结账了。

蒋惊寒"啧"了一声,觉得这小孩真懂事,然后大刀阔斧地把架子上所有奥特曼包装的都拿起来,跟着他去结账。

"送你了。"蒋惊寒跟他说。

燕啾拎着好大一个袋子,有点吃力地跟在大小朋友屁股后面。

蒋惊寒看了她一眼,对她伸出手。

燕啾:"啊?"

蒋惊寒吐了口气,没什么表情:"你鞋带散了。"

"哦。"燕啾把袋子递给他,低头一看,"……没散啊?"

再抬头,蒋惊寒拎着大购物袋,已经走出老远。

燕啾这才反应过来,撇了撇嘴:"……喊。"

一个黑蜘蛛摔在小表弟脚边,把小孩子吓得不轻,眼泪鼻涕一起流,边哭边追着他哥打。

蒋惊寒在后面看乐了。

燕啾提醒了一句:"你俩慢点跑,别摔了啊。"

蒋惊寒突然想起来了似的:"你爸妈回来了吗?"

"回了。"燕啾用脚踢着路上的小石子,"怎么,你要拜年吗?"

蒋惊寒还真没想,倒也顺着她说:"是啊,不可以吗?"

燕啾:"要拜给我拜就行了。"

蒋惊寒很坦然:"行啊,给你拜。有红包吗?"

"拜了就有。"

也许因为今天是除夕,也许是因为察觉到燕啾情绪不高,又或许两者都有,总之,蒋大少爷难得的从善如流。

他把袋子放在地上,修长好看的手抬起来,右手握拳,左手屈起包住右手,敷衍地往前一推,倒也算是个拱手了,还拖着声音,吊儿郎当地开口:"燕大小姐过年好。"

蒋惊寒勾起嘴角,心甘情愿地屈尊。

"小弟在此祝您新年心想事成,心愿成真,次次第一,白白胖胖。"

这话从别人口中说出来,也许会显得些许诌媚逢迎。但蒋惊寒用他惯常冷淡慵懒的语气,漫不经心地说出来,带了几许揶揄,只让燕啾想笑。

"白白胖胖是什么鬼啊。"燕啾勾起嘴角,睨了他一眼,"你也太没原则了吧!"说着打开手机,给他发了五百块钱的红包。

此时小朋友们也放完鞭炮,绕回来找他们,跟着蒋惊寒拱手起哄。

燕啾在三个闹腾的男生中间,觉得自己真的像旧时代打赏小厮的阔太太,又掏兜给两个小朋友包了大红包。

蒋惊寒领得飞快,嘴角笑意未减,屈起一只腿,右手绕了几圈贴在左腹上,慵懒却又标准地,做了个绅士鞠躬礼。

——"多谢燕大小姐。"

第十章
"特别祝我的同桌。"

大年初一,燕啾睡到日上三竿,醒来的时候燕重北和梁愫已经走了。小姑一家守完岁就离开,爷爷奶奶也去寺庙里祈福。

家里只剩她一个人。

她打了个大大的哈欠。

昨晚守岁,爷爷奶奶边看春晚,边给他们包饺子。燕啾一下吃了十多个,撑得睡不着,睁着眼睛到三点多。

她翻了翻手机消息,全是昨晚收到的,朋友的问候。

温羡,喻嘉树,杜飞宇,宋佳琪,蒋唱晚,阮枝南,江旬,杨升,顾西铭,温昱……

还有蒋惊寒的。

昨晚,蒋惊寒快零点的时候给她包了个超大红包,数额是新年的公元纪年数。

啾咪:嗯?

95:我爸妈给你的。

啾咪:噢噢,谢谢叔叔阿姨。

燕啾领了,顺手发了个比心的表情包,想着哪天碰到蒋叔叔和孟阿姨,好亲自道谢。

95:还有一部分是我给的。

95:不谢谢我?

啾咪:谢谢你啊,蒋老师。

无聊。她暗骂他一声,洗漱去了。

回来的时候看见他还发了消息。

95:还有呢?

啾咪:啥?

蒋惊寒直接给她拨了语音电话。

电话接通的时候正好到零点,网络都卡了一瞬,听了一秒钟对方的呼吸,然后听筒里传来有延迟的,烟花的声音。

燕啾趴在阳台上看烟花,烟花星星点点地盛开,然后往下坠:"嗯?"

电话里也传来烟花的声音,燕啾想,这是我刚刚看到的那一朵。

和星星有一些异曲同工之处。

蒋惊寒缓慢开口,低低的声音从听筒里传来,震得她耳朵发痒。

"不给我比个心吗?"

燕啾呼吸倏忽一滞,半晌,没应,转开话题:"新年快乐,蒋惊寒。"

"嗯。"蒋惊寒好像在那边笑,推开自己房间阳台的门。两人四目相对,却还举着电话。

"新年快乐。"

盛大的烟火在两个人身后绽放,侧脸被映上不断变换的色彩,像梦一般。

新的一年。

华枝春满,天心月圆。

温羡打来电话,叫燕啾下楼。

燕啾刚走到温羡面前,手机就响了,她拿起来看。

梁愫:工作太多,处理不过来,我跟你爸爸先走了。这会儿刚下飞机。你的成绩我看了,如果能一直保持的话,你留在锦城,参加高考,也不是不可以。

梁愫:但是如果有下滑的话,你知道该怎么做。

再往上翻翻就会发现,她跟梁愫的聊天记录苍白得可怜。至多不过梁女士告诉她,这个月生活费打卡上了。而燕啾从不回复。

燕啾直接熄屏,再多看一眼都会烦躁。到底要到什么程度梁愫才会满意呢。

到底什么时候她才会知道,她的儿子,她的女儿,都是一个个独立的个体。不是她凭借母亲这个身份就可以直接理所当然地安排别人的人生。

温羡瞥见了,顿了片刻,装作不经意地聊起昨晚的压岁钱。

"你们这些富家子发红包都这么大的吗?"她在说蒋惊寒那个2018元的红包。

燕啾打量了她几眼。

温羡穿着小香风短款外套,下面套了个开衩毛呢裙,悠闲慵懒中又透出几分精致。手上握着的迈巴赫车钥匙,非常显眼。

"到底谁是富家子啊?"

温羡很坦然:"反正我不是。我是富一代。"

她转身从车后座里拎出来一个山茶花标的袋子,里面是一个最近爆红,各大专柜都没货,代购炒到高价的挎包。

"送你的新年礼物。"

燕啾看了一眼,不大感兴趣:"谢谢啊。"

"不谢。努力考个省状元,能让我拿出去吹牛就行了。"温羡坐上驾驶位,"今天是美人鱼公主在国内的最后一天,去干点什么呢?"

燕啾系上安全带,真诚道:"省状元还是有点难度,要不我还是回去学习吧。"

"不急这一刻。"温羡变脸快着呢,扯着她衣角,突然想到了。

"姐姐带你去个好地方。"

车开到近郊,一栋不起眼的小房子逐渐显露出来。像废弃的独栋别墅,水泥灰墙,现代工业风。爬山虎一直缠绕,长到三楼上去。如果不是温羡再三保证,燕啾是绝对不会进去的。

"喏,看吧。"

眼前热热闹闹的样子跟这栋房子的外观截然相反。黄色栏杆将场地分隔出赛道,路沿用红白油漆标示,几十辆红黑、蓝黑配色的卡丁车停在赛场一端,黑白棋盘格的旗帜高挂。

燕啾打量着场地,提起几分兴致来:"卡丁车?"

"哟,这不是温大小姐吗?"一个二十来岁的青年从楼梯上走下来,耳朵上打满了耳钉,戴着朋克嘻哈的项链。

"今天怎么舍得来我这儿了?"

温羡抬起下巴,点了点对面的少女。燕啾已经换上修身的红白配色赛车服,身材匀称,双腿修长,既纤细又不失力量感。

容貌出众,神情淡然。

一时间,许多人都向她看来。

她抬起双手,把海藻般的长发随意扎成一个马尾。手指顺着头发滑下来,垂眸看不清神情,只觉得既随意,又胸有成竹。

"你朋友啊?"耳钉男"啧"了一声,"漂亮。

"但待会儿上去就不一定了。长得再漂亮,搁头盔里面也看不见啊。想来尝试的女玩家多了,到时候开得跟蜗牛似的,或者撞了,或者翻了,也说不准。"

温羡挑了挑眉毛,两根手指在栏杆上交替轻敲,不置可否。

耳钉男还在喋喋不休:"你又不是不知道我这儿不像一般赛车馆,弯角坡道都多,弧度和落差还大。"

温羡轻笑一声,带着几分不屑,不以为意:"这才哪到哪儿啊。"

耳钉男诧异道:"哟,怎么回事。今天一个两个的,这么看不起我这场馆?"

说话间,燕啾已经戴上头盔,右手轻轻一搭,轻巧地把护目镜扣下来。她左手撑着栏杆,利落地跳过去,跨坐进车里,长腿一伸。一系列动作行云流水般流畅利索。

耳钉男上前去:"哎,美女,要不我先带你熟悉一下……"

燕啾连一个眼神都没有分给他,踩下油门——

"嗡嗡"的发动声响起,巨大的推背力让燕啾前仰了一瞬,下巴扬起,却好像是某种战争拉响的序幕。

耳钉男盯着她绝尘而去的背影,很是委屈:"……场地吧。"

燕啾从未跑过这个场地,第一圈却毫不减速,全力压下油门,全靠过硬的心理素质和临场反应。

"哎!那是新手吗?要弯道了,怎么不减速啊?"江旬站在赛场出口,扯着蒋惊寒看赛道中央的一辆车,目瞪口呆,"刚没看见她啊?这是第一圈?"

燕啾短暂地微微松了一下,江旬正准备放下心,然后就看见她一把油门踩到底,完全是漂移着转过了那个小弯。车速快得让人心惊,可车身却丝毫没有碰到赛道边缘栏杆。

江旬:"……牛。"

耳钉男看得瞠目结舌,不说话了。

蒋惊寒刚从车上下来,懒懒散散地靠在栏杆边上,单手插兜,另一只手抱着头盔。

他挑了挑眉,眼里有几分兴味。他长腿一伸,又跨进车里。

江旬:"……啊?"

这叫什么?女人,你成功地引起了我的注意?

耳钉男看见那个全程不减速,炫技一样飙了十圈的男生又下场了,欲哭无泪,心想我今天是造了什么孽,怎么次次装相都不成功。

燕啾踩死油门飙了两三圈,感觉心情好多了。都不记得这个习惯怎么来的了,只记得好像有人告诉过她,只要跑得够快,烦恼就会被甩在后面。

飞速穿越赛道时紧绷的心情,过落差2米的坡道时,心高高悬起,又坠回胸腔的感觉,让她觉得异常真实和上瘾。

开了好几圈,那股压抑和烦躁终于散了点。燕啾微微松开油门,准备再遛几圈就结束。

突然,右侧一辆蓝黑卡丁车挤进来,几乎是擦着赛道中间的燕啾的车身和边缘栏杆过去的,都能听见碰撞的声音。

燕啾被迫往赛道右边打方向盘。前面那辆车,抢了她的道,还留给她一个屁股,扬长而去。

她心情顿时又不爽起来,油门踩到底。

"超我的车?"她冷哼一声。

"做梦。"

温大小姐跷着二郎腿坐在二楼,点了一杯馥芮白,隔着落地玻璃窗看两辆车在赛道中角逐。

一红一蓝,毫不退让。

势均力敌,争锋相对。

江旬也上了二楼,用手机录着视频,给他们群里的人实时转播。

"兄弟们,今天,一中车神,竟然遇到对手了!

"看到没,红色那辆,那姐姐多厉害。

"看看看!又超他了!"

顾西铭:帅啊!

杜飞宇:想不到寒哥也有这一天,牛!

喻嘉树:怎么感觉那个女生有点熟悉。

江旬:戴着头盔你能认出来啥?

177

江旬：少想方设法跟人美女套近乎！

喻嘉树：……滚。

江旬看累了，去点了杯咖啡。微信消息一条接一条地蹦出来，他没看。

杜飞宇：我怎么也觉得有点熟悉呢……

顾西铭：+1……

又开了十多圈，两个人来回较劲，都有点累了，终于不约而同地放慢速度，在出口处停下来。

燕啾边摘头盔边想，这男的还不错。她右手抬起扯掉马尾皮筋，轻轻晃动脑袋，垂眸看不清神情，随意慵懒。微微卷曲的长发倾泻而下，铺散开来。

蒋惊寒单手松了松领口，伸出一只腿蹬在车身前端，垂头撩了一把额前的发。

一抬头，两个人错愕得面面相觑。

空气都好像不流动了。

半晌，蒋惊寒忽然笑了，勾起嘴角开口。

"我说呢。"他俯身把头盔搁在车里，"好胜心这么强的人，还真遇不到几个。"

燕啾也忽然想起那句话是谁说的了。

读小学的时候，她成绩还没那么好，偶尔考差就会不开心。蒋惊寒说她哭丧个脸看着烦，拉着她到操场跑步。阳光明媚，他非要她跑起来，甚至不惜惹燕啾生气，然后跑起来追着打他。然后两个人累得直喘，他问她，有没有好一点。

燕啾勾起嘴角，单手松开袖口，回他："你不也是。"

两个人并排着往更衣室走，掠过楼上嘴张成"〇"形的江旬和淡定的温大小姐。

燕啾突然想起来："哎，那个红包。你给的有多少？"

蒋惊寒沉默片刻，想装没听见，但是燕啾又问了一遍。

他只好摸摸鼻子："……十八。"

燕啾："……你再说一遍？"

就十八块钱。

就发了个红包的零头。

你也好意思让我感谢你啊？

初二，天气稍微阴了些，来自西伯利亚的冷风带着湿润的水汽刮在脸上，稍微有些疼。

燕啾穿着黑色的大衣，长发披散，拎着一把黑色的伞，坐上了出租车。她手上还捧着一束花，大朵盛放的白菊花束，纯黑色的包装纸和丝带。

"好像要下雨了。"

星星点点几滴雨落在挡风玻璃上，司机打开了雨刮器。车内只剩下雨刮器一下又一下，缓慢又有节奏的声音。

燕啾安静地望着窗外阴沉又模糊不清的风景，觉得好像每年初二都会下雨。黑白交织的花束倚在阴天的车窗雨幕旁，有种凄凌破碎的美。

车在小雨中缓慢驶上半山腰，驶进墓园镂空雕刻的栏杆铁门。两旁苏铁和榕树都只剩下光秃秃的枝干，就算是年节也不能驱散的冬日寂寥，在此处体现得淋漓尽致。

她觉得好遗憾，年年来都是年节，从未有机会看过这地方青绿苍翠的样子。

散步似的，燕啾虚虚握着黑色长柄伞，没有撑开，淋着雨，缓慢地走到墓园中央。石碑前有一束白色的铃兰，大约有三日多了，枝叶泛黄。细细密密的小雨淋下，也不能使它重焕生机。

梁愫最喜赠人铃兰。

燕啾垂眸把日久的花束拿走，换上新鲜的白菊。

黑白色好像成了整个世界的主色调。光秃的树，灰白的石碑，无声盛开的白菊，一身黑的少女。

燕啾蹲下来，擦了擦石碑底部的泥，撑伞倚在石碑旁，好像在为什么人遮风挡雨。

"很久没来看你了。"燕啾盯着眼前的照片，开始缓慢地讲话。

"又过年了。

"爷爷奶奶身体都健康，精神很好。

"除夕吃年夜饭的时候，奶奶偷偷给你夹了好多鸡翅，我都没吃上几块。

"小姑给我包了很大的红包，可能把你的那份也给我了。

"大表弟听话和懂事了很多，小表弟好像也不尿床了。

"我呢……"

少女垂下眼，回忆她这一年的人生，平静得好像在陈述一个陌生人的生平。

"我今年从S市回来了。也许我还是不适合那里，不能在那个地方生根。

"锦城一点也没有变化，热闹、闲适。一出太阳，草地上就长满了人。

"以前你总说女孩子会长到二十岁，但我今年才十七岁，已经没有长高了。

"倒是长了好几斤肉。奶奶做饭好吃，你知道的。在学校里也慢慢能吃很多。"

她蓦然想起刚开学的时候，喻嘉树和蒋惊寒绷着脸，不由分说，硬要拉她去食堂吃饭，不吃完不许走。

明明不过几个月，却好像已经过了很久。

她眼角带了点笑意，好像此刻才生动起来。

"成绩这方面当然不用你担心啦。你妹妹有多聪明，不用怀疑吧。

"还交到了很多朋友。你有没有看过半山上的星星？真的很漂亮。

"昨天去开卡丁车了。记得第一次跟你去的时候，我开得比蜗牛还慢。现在都能跟别人飙车了。"

昔日里冷淡又不真心的燕啾，此刻像个啰唆的小老太太，事无巨细，恨不得把方方面面都交代一遍。

从她的成绩讲到社交，从看的书到电影，从邻居家王婆婆偷偷在楼下种菜被物业发现，到张爷爷在院子里下象棋生气掀了桌。

每一点，每一滴，她都想讲给他听。但是纵然把一日三餐都拎出来讲，她的生活也终归是有限的。细密的小雨在她身上落了好久，终于把发梢和外套弄湿了。蹲得太久了，腿早就麻木。

燕啾摸摸冰冷的石碑："我走了哦，明年再来看你。"

她最后再看了一眼照片上笑得温柔的燕鸣，她把那束枯萎的铃兰扔进了垃圾桶。

一身黑的少女撑着伞，平静地在雨幕中离去。

留下石碑孤零零地在偌大的灰白天地中。

大年初三，部分店铺已经陆陆续续开门了，上门拜年的亲戚也逐渐减少。

燕啾调整好心绪，又重新投身于图书馆的怀抱。

"小妹妹早啊。"保安叔叔乐呵呵地跟她打招呼。

"叔叔早。"燕啾弯了弯眼睛,想想又补了一句,"过年好。"

她最喜欢的是图书馆二楼靠窗的位置。二楼都是四四方方的棕色实木大桌子,红棕色实木椅子,让人格外有安全感。最靠近她座位的书架是欧美文学。一排排的十八世纪文学,红棕色调,让她有一种在格兰芬多公共休息室熊熊炉火旁复习巫师资格考试的感觉。

只是今天有个"麻瓜"混进来了。

往日她独享的大桌子,此刻有一半被物理竞赛书占据。堆得老高,只能看见对方饱满的额头,和垂在额前的黑发。

燕啾绕到桌边,蹙眉狐疑:"你怎么在这儿?"

蒋惊寒从书上抬起眼,头发被阳光照耀着,熠熠闪着金光,流畅的脖颈线条延伸进卫衣领子里。

他右手转着笔,露出微微吃惊的样子。

"纯属巧合吧。"

我怎么那么不信呢?她撇了撇嘴,准备坐到他后面那个桌去:"山不就我,我就山。"

蒋少爷身体往后靠在椅背上,放松随意,似笑非笑看着她。

"期末数学才113分,你确定要坐我后面?"

糟了,忘记这茬儿了。燕啾拎起来往后放的书包忽然转了个方向,还是落在这个桌子靠窗那一侧。

"怎么会呢,蒋老师。

"我说的'山',就是您呀。"

她走过去,被迫跟蒋惊寒做了假期限定版露水同桌。

"真的是巧合。"蒋惊寒没抬眼,一边迅速运算,一边跟她说,"只不过我平时在拉文克劳。"

巧就巧在昨天蒋唱晚给他说,燕啾平常在二楼。

《哈利·波特》中拉文克劳学院公共休息室在塔楼上,距离天空很近。他这里应该是寓指图书馆四楼。

燕啾小声放狠话:"格兰芬多不欢迎你。"

蒋惊寒好像笑了一声,握着笔的手都顿了一下,在纸面上画出一道未曾预设的曲线。

"那欢迎你吗？你这条绿色的蛇。"绿色的蛇，是斯莱特林学院的标志。

燕啾重重地翻开极厚的《全国卷十年高考数学真题集锦》："那你是什么？"

蒋惊寒正专心把刚才画出来的曲线填补成一条吐信子的小蛇，闻言不假思索，理所当然地回答。

"我是帅哥。"

燕啾：不自恋会死吗！

年后的日子过得更加快。纵然每天都要和某位不知名的帅哥一起分享书桌，燕啾的学习生活也依旧饱满。

早九晚十，没有一天落下，厚厚的十年高考真题被她刷了个大半。不会的数学题还可以直接问，不用对着答案被省略的步骤冥思苦想。

嗯，她想，蒋少爷还是有点用的。

十几天过去，正月十五之后，年味儿彻底散去，又到了开学的时候。

燕啾还没从寒假九点的作息中缓过来，早上困得昏迷不醒，倒下去又睡了会儿。

结果就是，差点错过开学典礼。

她匆匆跑到教室的时候已经晚了好一会儿，老朱正在分发着什么，一张张白色的纸从第一排向后传去。

她进来时几乎全班的人都望着她，眼神有些奇怪，甚至复杂。

燕啾走到座位上，略微有些不解："怎么第一天就做卷子。"

宋佳琪眼眶微红，把最后一张白色 A4 纸传给她。

哦。原来不是卷子。

燕啾垂眸看着那张分科意向表，拎起来抖了抖，取笑宋佳琪："怎么，舍不得我到流眼泪啊？"

宋佳琪眼眶更红了，咬唇伤心着，楚楚可怜："你还笑！"

燕啾突然有点无措。在她的认知里，这不过是件小事。她不明白，怎么还会惹得人流泪呢。

燕啾犹豫了下，还是摸了摸她的脑袋："好啦，又不是以后都见不到了。"

宋佳琪带着鼻音："我就是担心你。你一个人转到十四班去，谁也不认识，万一你难过怎么办？我怎么放得下心啊。"

杜飞宇乐得慌："你真是咸吃萝卜淡操心。谁敢欺负我们啾姐啊？"

燕啾也没想到，还有人操心她的班级社交。她真的忍不住想笑，弯了弯眼睛。

"放心吧，我可开心了，一点都不难过。"

蒋惊寒本来身体向后，懒懒散散地靠在椅背上，双手捏着他从蒋唱晚那儿要来的直尺玩迷宫。里面的小钢珠绕来绕去，眼看着就要从出口出来了，他心不在焉地一晃悠，又给抖回半中央去了。

"而且你怎么知道我谁也不认识。我跟宋景堂还挺熟的呢。要不我叫他过来，让你放心？"如果加了微信说了几句话就算熟的话，她的确和宋景堂挺熟的。

燕啾默默在心里给宋景堂道了个歉。不好意思啊，借你来哄哄这个爱哭的小朋友。

"骗人，我都没看见你跟他说过话。"

燕啾叹了口气，觉得这小姑娘真难骗。她翻出手机，飞快地把温羡的备注改成宋景堂，然后亮出来给小姑娘看："我跟他每天都微信聊天。"

燕啾翻动得极快，宋佳琪根本看不清内容，只能看见两个人有很多的聊天记录，这才信了一点："好吧，那你们是挺熟的。"

"啪！"

全程没说话专心玩迷宫的蒋少爷，不知道心飞到哪里去了，蒋唱晚斥巨资在小学外文具店买的尺子，突然就被他掰断了。

燕啾有些诧异："你没事吧？"

蒋惊寒随意活动了一下骨节分明且修长有力的手指，兴致缺缺，声音冷淡："没事。"

宋佳琪还想说什么，刚张口就被老朱打断了。

老朱站在台上清嗓子，神情是难得的严肃和郑重。

"分科意向表明天收，大家回去好好和家长商量一下。

"这是你们人生中第一个很重要的选择，关系到你们的高考，你们的未来，值得花费时间，权衡利弊。

"现在大家都去大礼堂准备参加开学典礼。要准备发言的同学，直接进舞台后台。"

燕啾走进候场室，脱下深蓝色的一中冬季校服，露出里面的白衬衫和黑色百褶裙，长发散落，应青姐要求，涂了一点口红，显得格外唇红齿白。

她缩了缩脖子，在大礼堂后台足足的暖气中，依然被冷出了一身鸡皮疙瘩。

"砰砰！"

身后传来敲门的声响。

燕啾捏着稿子回头，她的假期限定露水同桌倚在门边，浓眉薄唇，神色淡淡，白色衬衫上打着和她领结同色的领带，屈起手指，用指关节叩了两下木质的门。

她看着他，突然有点想笑。

当时只是随口一说，没想到，现在真成假期限定了。

蒋惊寒瞥了她一眼，她眼角都带着笑，兴高采烈的模样，还低头在手机上发着微信，备注上明晃晃的"宋景堂"三个字。

他旋即长眉低垂，看上去兴致不高，眉眼冷淡。

燕啾一边给温羡解答感情问题，一边理他："嗯？"

潜台词：怎么是你？

蒋惊寒一手插在裤兜里，一手捏着稿子一角，很是漫不经心："我花钱买的，这位置。"

燕啾："哦。"

蒋惊寒像是不满意她的反应，半晌又补了一句："为了和我的前同桌同台。"

燕啾又"哦"了一声，毫无波澜。

不知道是不是快分科了，受到宋佳琪伤感情绪的影响，她现在看蒋惊寒都顺眼了一点。

燕啾发完消息，安静地听着主持人报幕开场，懒得呛他。

谁知道蒋惊寒不乐意了。少年长腿一迈，绕到她面前，缓缓倾身。

手中的稿子被一片阴影笼住，燕啾有几分错愕地抬头，对上一双酝酿着风暴的眼。

太近了。

少年浓密的眉，偏狭长的眼，高挺的鼻梁，紧抿的薄唇，凸起的喉结，延伸进入校服衬衫里的锁骨。眼底尽是山雨欲来风满楼。

眼前人微微俯身，刚刚还只是有点冷淡，现在眉眼间带点烦躁的戾气，像一只对着食物竖起脊背，刨爪低吼的狼。她再次感受到了他藏起来的，许久不见的压迫感和侵略感。

蒋惊寒盯着她，一字一句："你是不是很开心啊，燕啾。"

被扣上帽子的燕啾一脸莫名其妙："我开心什么？"

"要分班了啊。

"可以和你'很熟'的宋景堂见面了。"

他依旧直直地盯着她，刻意把"很熟"两个字咬得很重，有些恼怒和嫉妒的意味。

"我跟他不熟。"

"你骗人。"

明明刚刚还跟宋佳琪说很熟，咬字亲昵，连叫他名字都温柔得很。

蒋惊寒这时候依然很凶，眼角眉梢都是戾气。只是这三个字带着情绪说出来，多多少少都有点小朋友闹脾气的感觉。

燕啾有点想笑，但又害怕蒋惊寒现在就会送她上西天。她伸出一只手搭在他肩上，把他往外推了点，一副要好好谈话的样子。

"你到底在生什么气？"

蒋惊寒被她推开，冷淡地抬眼看她，薄唇轻启，缓慢吐字。

"你寒假就不怎么爱搭理我。

"不欢迎我，说我是假期限定的露水同桌。

"非要逼我用你稀烂的数学成绩威胁你。"

怎么感觉越说越有怨妇的味道，而且我数学成绩也没有稀烂好不好！

蒋惊寒这会儿不知道是戏瘾上来了，还是想起燕啾吃软不吃硬。总之，他低垂着眼，看起来失魂落魄的，轻声往下说。

"刚刚你气我，我不小心把尺子掰断了，迷宫没通关，还把手划破了。你都没理我。

"我说你是'前同桌'，你也不反驳。

"周幽王烽火戏诸侯，妲己还笑一下呢。我为你写了这破演讲稿，你看都不看我一眼。

"你心里全想着你那宝贝宋景堂了，巴不得越早离开我越好。"

燕啾这时候沉默了半晌，被一条又一条的罪名砸晕了。要不是抬头看见蒋惊寒嘴角硬压的笑意,她都要真心实意地觉得自己是个坏女人了。

燕啾咬牙,睨了他一眼。

蒋惊寒,你也太会扮猪吃老虎了吧!

常规的演讲之后,燕啾等待如潮掌声退去,从容地鞠躬走下了舞台。

她坐在第一排,安静地看蒋惊寒上台。

少年跟刚才在后台,那副平静中仿佛忍着无数冤屈的委屈模样大相径庭。普通的校服白衬衫,在他身上好看得像高级定制,连肩背处扬起的弧度,都可以称之为少年气。

他在台上站定,嗓音低沉。光是简单地做了个自我介绍,就引起惊呼声一片。

"大家好,我是高二(10)班,蒋惊寒。"

"我想跟大家说的是——"他顿了顿,目光环顾四周,仿佛每个人都跟他对视了一遍。

四目相对,总是忍不住心动。

"我想跟大家说的是——"

一时间礼堂里都安静不少,无数人连呼吸都放轻,好像怕惊扰了他即将说出口的话。

蒋惊寒神色自若:"我忘带稿子了。"

…………

台上台下,空气一片寂静。

所有人都沉默了。

几秒钟过后,他又开口。

"刚刚发生了一些事情。"燕啾觉得蒋惊寒好像看了她一眼。他的侧脸在舞台白色灯光照耀下,鼻梁挺翘,眼角上勾,好看得惊人。

"稿子被落在后台了。先跟大家说对不起。"

他毫不在意地勾起嘴角,游刃有余地处理自己造成的困境,话锋一转:"但是我临场发挥能力也不错,所以大家不用担心。"

燕啾听见老朱在她身后复又坐下,连着她的椅子都震了震,骂了一句:"小兔崽子。"

她看着那个在台上身姿挺拔,意气风发的少年,想起刚才发生在后台,让他对着满礼堂数千人含混不清、语焉不详的"一些事"。

二十分钟前,礼堂后台。

蒋惊寒明明没什么表情,昔日张扬的个性尽数收敛,长眉低垂,耷拉着眼睛,控诉她的种种罪行,仿佛委屈到了极点。

明明知道他是装的,可是燕啾偏偏就吃这一套。

她叹了口气,连声音都放轻了:"说吧。那你想怎么样?"

"又不是我想怎么样就可以怎么样的。"

"那你总要先说呀。"

蒋惊寒还是没抬头,声音也很轻:"我说什么都可以吗?"

燕啾盯着他微微颤动的眼睫,忍不住地跳进陷阱里。

"嗯,你说什么都可以。"

三秒后,蒋惊寒缓慢抬起眼。表情还是那个表情,浓密的睫毛抬起后,露出尾角上扬的眼。眼里仿佛一晃闪过几分微弱的料定如此,终于得逞的狡黠笑意。

燕啾脊背突然蹿上一阵凉气,迟疑地盯着他。她怎么觉得自己像个……猎物?

蒋少爷懒洋洋地开口,尾音一如既往的轻而长拖。

"那你不能和宋景堂做同桌。"

燕啾很不理解:"为什么?"

蒋惊寒又状似黯然地垂下眼:"是你说我说什么都可以的。"

"……行吧。"燕啾被这只幼狼伪装的大型犬迷了眼,现在骑虎难下。

十四班人少,都是单独的座位,本来也没同桌。

她应得很爽快:"可以。"

蒋惊寒迅速抬眼看她,长眉一扬,嘴角勾起,少爷脾气原形毕露:"你也不能拒绝在别的地方做我的同桌。"

燕啾:"哦。"

怎么感觉,怪怪的。

"以后每天还是要一起吃饭,一起回家。"

"嗯。"

"一起回家的时候,不能像做贼一样避着人。"

"嗯。"

"还要挑人多的时候走。

"如果遇到喻嘉树和宋景堂,还要从他们面前过。

"就算绕路也要。"

怎么还变本加厉啊!燕啾拳头都捏紧了,忍无可忍:"知道了!"

她的桃花眼瞪着他,满脸写着:要是还有,我就一拳把你打飞。

外面的主持人已经报幕,进入学生代表发言环节,即将要轮到燕啾上场了。

蒋惊寒会读心术似的后退一步,眨眨眼:"还有……"

他扬眉,嘴角噙着笑意,嗓音清冽,像雨前的月光,还有几分轻佻地上扬,喊她。

"同桌。

"你笑一个呗。"

燕啾一时没反应过来,怔了片刻。

只有两个人的后台里,灯光暗淡不清。背后是白色的墙,储存着物资的杂物柜,外面是正襟危坐的全校师生。

主持人正高声喊出燕啾的名字。

少年逆着光,站在她面前,偏着头,发梢和侧脸被镀上一层温柔的白光。

漫不经心的。

向她讨了一个笑。

等到坐在第一排的燕啾再回过神的时候,蒋惊寒的即兴发挥已经到了尾声。

"我们曾无数次留恋带着朝霞的上学路,我们深陷过诸多焦虑情绪的泥潭,我们仍经受着无数大考刀尖火海般的捶打,但我们依旧热爱教学楼外的每一个黄昏与日落。

"一位老师曾经说过,'一颗已经失去了热核反应的白矮星,有点余热,哪怕可能像萤火虫,也算在为人照明。'

"更何况,我们不是白矮星,我们是主序星,拥有和此刻的太阳一般的光和热。

"二月天,草长莺飞。"

他勾起嘴角，眼里热烈干净，笑意明朗，光风霁月。

"我祝大家，鹏程万里，星光灿烂。"

掌声如潮似雷，在宏伟的礼堂里回荡不绝，经久不息。

蒋惊寒依然站着，好像有什么话没说完，安静地等待潮水般的掌声退下。他站在聚光灯下，看着燕啾，笑意依旧明朗。

四目相对间，燕啾听见他压低声音，像为这段即兴的演讲做了个幕后压轴的小花絮。

"还要特别祝我的同桌。

"希望她在以后的日子里，过得开心和快乐。"

一时间，满室喧嚣，众宾哗然。

可燕啾此时望着他，却只想起那一句——

"少年的肩应该担起草长莺飞，和清风明月。"

他们只是在人潮中对望着，仿佛隔着许多年的光阴和盛夏，静默地对望着。

蒋惊寒和燕啾此时都不知道，在以后的好几年里——

考上年级第一，成为优秀学生代表，站上红色丝绒幕布后的大礼堂，在开学典礼上对着满座师生，语焉不详，模糊不清地说一句"祝你以后过得开心"，竟然成了一中，最浪漫的表达方式。

第十一章
神明与信徒

钟表时针滴滴答答地走动。日子还是要照过。

燕啾坐在书桌前，面前摆着那张分科意向表，已经半个小时了。她当然知道她要去哪里。

只是……这个时候，有那么一点，不想写。

燕啾难得地集中不了注意力，看书也不行，做题也不行，心不在焉地东摸摸，西搞搞。

她烦躁地叹了口气，一鼓作气，抓起来飞快地写了"文科"两个字，然后扔下笔，裹着羽绒服去阳台上坐秋千。

啾咪：唉！

十分钟过去了，温羡还没回，她更烦了。

啾咪：唉！

啾咪：唉！

啾咪：唉！

啾咪：唉！

啾咪：唉！

也不知道刷了多少条骚扰信息，温羡终于回她了。

法国美人鱼公主：没事干就去找个班来上。

温羡开年去法国一家设计公司实习了。

法国美人鱼公主：什么话快说。

法国美人鱼公主：我一分钟要价十万欧元。

啾咪：哦哦，那没事了。

啾咪：没到一分钟吧？

啾咪：四舍五入不算钱哈。

温羡缓缓在屏幕上打下一个问号。

社畜美人鱼公主给她打了个电话:"到底什么事儿?"

"真没什么。"燕啾坐在秋千上一晃一晃,被寒风吹得直哆嗦,"就是刚填了个分科意向表。"

"就这,也好意思占用我珍贵的午休时间啊?"温羡不无嘲讽,"我还以为你差一分保送北大呢。"

燕啾无语:"差一分上北大我会跟你叹气吗?我会让你打钱送我去斯坦福。"

温羡:"那你还是直接上北大吧。"

燕啾叹了一口气:"我理性上知道是件小事,但是情绪上忍不住有点失落。"

温羡那边窸窸窣窣的,好像终于找到个安静的地儿:"失落啥呢啾啾宝,咱在哪儿学不是学啊。"

"而且你之前不是说,那班上有个很像你哥的男生吗?"

温羡说的是宋景堂。燕啾第一次见他,是因为迟到被青姐罚站的那个早自习。那时候他戴着学生会的袖标,手里捧着笔记本,记录早读情况。

他站在她面前,温润平和,轻声关切,声音太像了。燕啾抬头的一瞬间,差点以为自己在做梦。

她那年的手账本里至今还夹着燕鸣做学生会主席述职时不经意被拍下的照片。蓝白色的秋季长袖校服外套,右手臂上的红色袖标,温柔地冲她笑着,甚至连手里那个印着第一中学的黑色笔记本都一模一样。

她恍惚一瞬间。

她恍惚到现在。

开学后的生活一如往常,只是她交了表之后,就换了个地方。

燕啾是收拾东西到了十四班之后,才发现班级与班级之间的差距有多大。这个班不会在老师嘴瓢的时候哄笑,不会在下课的时候嬉笑玩闹满教室跑,不会一起趁班主任不在,央求任课老师看电影。

有的只是老师互动提问时,满教室的低头沉默,下课时争分夺秒埋头学习,无人说话的诡异安静。

燕啾望了望她前桌,各式各样的教辅资料堆得比人还高,此刻正埋头在做一本超厚的高考必刷题,一上午都没停过。

她觉得憋得慌，出门在走廊上透透气。

宋景堂刚给青姐交完详细的策划文件，从办公室回来，看见她手撑在栏杆上望天。

"典礼演讲的事，谢谢你啊。"燕啾正在数天上有多少朵云，都快数完了，被他打断，遗憾地叹了口气。

"没事，应该做的。"

"还习惯吗？"

燕啾手指点着栏杆，可有可无地看着远处。

"也没什么习不习惯的吧。那种一群人在一起的时光，毕竟是人生中的少数。"

大部分时间，还是需要自己和自己和解。

"嗯。"宋景堂眼里有些诧异，但更多的是赞赏，为她的通透豁达。

"我在准备下周的模拟联合国大会，之前微信给你提到过的。青姐让我挑选高二组代表，我就想到了你，不知道你愿意吗？"

燕啾"呃"了一声，拒绝的话还没说出口，青姐踩着高跟鞋，走路带风，"哒哒哒"地就过来了。

"要上课了，你俩干吗呢？"

"哦，李老师，我在询问燕啾同学是否有协助我组织参加联合国大会的意愿。"

燕啾暗觉不妙。这种事情，哪能摆到老师面前说啊！

果然，青姐纤纤细手一扬，红唇微启："我也觉得燕啾不错。那你们俩就一起负责吧。同意你们不上英语课了。"

宋景堂从容自若，微微颔首："谢谢李老师。"

你们怎么能这样啊！

燕啾欲哭无泪，抱了摞文件，走到操场边的长椅上坐着。

"不好意思啊，害你也陷入这种忙碌之中。"声音诚挚，温润舒适。

她抬头看着宋景堂那张真诚又带有歉意的脸，什么脾气都发不出来了。

她想，上辈子我就欠这两个男人的。

叹了口气，她清淡又平静地道："开始吧。"

宋景堂告知她这次活动的细节。

本届模拟联合国大会有四个组，高一高二均有涉及，二十多个国家，工作语言为英文。市内多所高中都会选派同学参与,算是一项市级的活动。

会议流程有些许简化,但整体区别不大,无非就是点名(roll call)、设定议程(setting agenda)和正式辩论(formal debate)。

燕啾当然不负责学生会职权内的统筹和组织,只是因为她英语比较好,宋景堂想让她帮忙选择议题,代表学校参赛,准备辩论词。

燕啾眯着眼看学生会开会敲定的十个备选题:"我直接挑一个就行了吗?"

"对,因为我们是主办方,你说什么就是什么。"

燕啾瞪大眼睛:"这不是开后门吗?"

宋景堂笑得温柔:"这就是开后门。快看吧。"

这节是十班的体育课。

开学后,锦城的阴沉日子好像也到了尽头,从昨天起就开始出太阳。

如果是阴天,十班人可能会想方设法逃掉体育课。但是出了太阳,就算那个退休的大肚子运动员体育老师又要他们跑一千米和青蛙跳,他们都舍不得错过这上好的冬日阳光。

体育老师把上衣扎在裤子里,拴着个黑色皮带,吹响了脖子上挂的哨子。

"终于跳完了!"杜飞宇立刻站起来,揉了揉酸痛的腿,骂脏话。

蒋惊寒去器材室挑了个篮球,抛给他:"来?"

杜飞宇哀号道:"休息一会儿呗,大哥。青蛙跳了三圈,你都不会累的吗?"

蒋惊寒看都没看他,自己拍着球大步往球场走了。

杜飞宇嘟哝:"这是咋了。啾姐走了,话都不说两句了。"

宋佳琪一个人无聊,坐在树荫下的石凳上喝水,叹了口气。

杜飞宇奇怪:"你又怎么了?"

宋佳琪撇嘴:"又要回到一个人的生活了。"

"哎哟,可怜见的。这不是还有你同桌吗?"杜飞宇思忖片刻,"要不我教你打篮球吧?"

宋佳琪:"……那还是算了吧。"

"走吧走吧,简单着呢。"杜飞宇推着她走,宋佳琪半推半就,伸出双手搭在额前挡太阳。

"就这样啊,你看着,拍它。然后双手举起来,跳,给它投进去。"

杜飞宇站在前面给宋佳琪做示范，球砸到篮板上，弹开，没进。

"哎哟，失误失误。今天状态不好，让寒哥给你投一个哈。"杜飞宇把球扔到蒋惊寒面前。

蒋惊寒没什么表情，抬手轻松地扔了个三分，显得兴致缺缺。

"这还要别人给你做示范，那以后上厕所是不是还要我给你扶着啊。"

杜飞宇猛然噎了一噎，看了看他，欲言又止，在心里悄悄吐槽。

大哥，你这两天，嘴真的很毒。

蒋惊寒又看了一会儿，在球场无聊得很，转身往操场边长椅走。

宋佳琪本来就不想学，探头探脑的，也不知道看到了什么，"噔噔噔"就跑去拦住准备走开的蒋惊寒。

蒋惊寒顿住，缓缓挑起眉。

绞尽脑汁想怎么简单教她的杜飞宇也顿住动作，疑惑地看着她。

"呃……"宋佳琪面对两个男人的质疑，摸摸脑袋，很是尴尬。

"我还没学会，杜飞宇教得不好，你能在这儿帮他看看吗？"

宋佳琪顶着蒋惊寒的冷淡和杜飞宇的怒火，被迫踏上了学习篮球的第一步，心想：

啾啾，前后桌一场，我只能帮你到这儿了！

蒋惊寒蹲在球场边，双手分开搭在膝盖上，右手拎着瓶喝了一半的水。

真的很无聊。平时光坐在座位上都不觉得有什么，现在在球场上晒着太阳，都觉得看哪儿哪儿不爽。

啧。他拧开瓶盖又喝了一口，余光瞥过操场另一头长椅上的两个人。

男生清秀温润，翩翩绅士，正笑着对女生说着什么话。女生眉眼精致，偏着头，听得很认真。

"啪嗒！"他线条流畅的脖颈上，喉结滚了滚。脆弱又无辜的矿泉水瓶身，被五根修长好看的手指捏瘪了。

燕啾认真看了一遍十个备选议题。

联合国人权理事会提出的全球老龄化问题；麻醉品委员会提出的反毒工作中的国际合作；联合国环境规划署提出的淡水资源的开发和保护；世界粮食组织提出的贫弱人口的粮食供应。

这些议题不是太大就是太小，再要不就是距离高中生生活太远，最后难免沦落为纸上谈兵。

"这个吧。"最后，她食指指着倒数第二行的英文，略一思忖，"这题适合抓大放小，思路也挺多的。"

宋景堂放下手上的工作，凑近了点，看着她纤长白皙的手指所指的地方，指甲圆润晶莹。

"跨国主义以及全球互联互通如何促进增长繁荣？"他平和温润的声音带了点笑意，"我也属意这个。我们还挺有默契的。"

半响，他像想起了什么，真诚地提建议："你坐最后一排习惯吗？要不要搬到前面来跟我一起坐。"想了想，又补了一句，生怕燕啾误会，"也方便我们讨论。"

燕啾还没来得及说话，一道低沉的男声在耳边响起。仿佛也带了点笑意，只不过是冷的，嘲讽的，带有敌意的。

燕啾本来整个人都沐浴在阳光下，这会儿被来人遮了一大半，阳光在她身上斑驳了起来，仿佛树影摇晃的投射。

蒋惊寒看了她一眼，转开视线，嘴角勾着漫不经心的笑，对着宋景堂：

"你们有什么默契，也说给我听听呗。"

不知道为什么，燕啾有一种尴尬的被抓包的感觉。

她想了想拒绝的措辞："不用了，我们下课的时候聊一聊，也不会浪费很多时间的。"

宋景堂看了看蒋惊寒，又看了看她，依旧温和宽容地笑起来："好，没关系。今天的事情也处理得差不多了，我就不打扰你们了。"

日头正烈，燕啾眯起眼看眼前的人："你怎么在这儿？"

说完，她就反应过来了。现在上的是那节因为她平常不爱动，经常逃掉的体育课。

蒋惊寒落坐在长椅另一侧，后背靠在木质椅背上，吊儿郎当地捏着他那个瘪了的水瓶。

"哟，才转班一天半，就不记得我们班课表了啊。"

他叹了口气，声音扬起来："果然我们这些不重要的人，就是不值得燕大小姐费心啊。"

"再阴阳怪气我走了啊。"燕啾作势起身。

他伸手轻轻拽住她校服衣角，脸上毫无歉意，甚至带着笑，口中却顺从地迅速接道:"错了。"

轻飘飘的一句话,非常敷衍。

燕啾:"……能不能有点尊严?"

"对你要什么尊严。"

蒋惊寒已经摸透了她吃软不吃硬的性格,眼睛一眨一眨,正准备说什么,余光里看见宋景堂去而复返,又变回那张臭脸。

宋景堂无奈地举起双手。

"我真的不是故意打扰你们的,是我们班下节课被抽中给市里老师上公开课,全班都要到场。"

蒋惊寒很冷淡:"哦。"

脸上明晃晃地写着"通知到位了你快走吧"。

燕啾无语,人家又没通知你,你"哦"个啥啊!

燕啾抱着历史书下楼,去阶梯教室的路上,碰见老邓急吼吼地安排郝萍:"你们班才二十多个人,位置都坐不满。"

郝萍也拿着文件,急得不行:"但是怎么办啊,哪儿去找学生啊。"

老朱捧着茶杯,腋下夹着数学书,哼着曲儿从他们边上路过,很是悠闲。

"哎,朱老师,"老邓喊住他,"你们班下节什么课啊?"

燕啾走远了,到阶梯教室,挑了个位置坐下。第三排靠窗,望出去正好能看见阳光洒在梧桐树上。

很快,十四班的人就到齐了,陆陆续续找座位坐下,但是教室预置的四十五个座位还远远坐不满。

燕啾身边坐了个不认识的女生。

五分钟后,一阵喧闹传来,在教室里落针可闻的安静氛围里,显得格外突兀。几个熟悉的人不情不愿地出现在教室门口。

"什么东西啊,还占我数学课。"

"有让理科班人来听历史课的道理吗?"

杜飞宇倒是兴高采烈:"你们没听见吗,老邓让老朱挑几个长得好看的来!这说明什么?说明咱哥儿几个长得帅啊!"

没被选上,但是跟过来凑热闹的李明骏:"你什么意思?"

燕啾弯了下嘴角,看着人群最后的蒋惊寒。那人一手插兜,另一手拎着崭新的历史书,看样子刚从柜子里翻出来不久,懒懒散散地走进来。

前面一个女生激动地戳着她同桌："玺雨！玺雨！快看！"

叶玺雨眼睛都亮了，一直盯着蒋惊寒，不耐烦地挥开同桌女生的手："我看到了，要你说？"

蒋惊寒倒是没什么大反应，径直走到燕啾旁边——掠过了叶玺雨，像是根本不认识她似的。

他长眉微垂，偏狭长的眼看着燕啾同桌的女生，倒还挺有礼貌的："这位同学，请问你愿意跟我换个座位吗？"

那女孩张着嘴"啊"了好半天，像是还没反应过来似的。

燕啾怕她不愿意，睨了他一眼，开口解围："你这么金贵啊，非得坐这儿。"

规规矩矩穿着校服的女孩终于反应过来，连忙应道："可以的，当然可以。"

她本来是想挨着年级第一坐，学学女神的学习方法和上课状态，但是——情况有变，蒋惊寒都亲自下场了。

蒋惊寒松开捏着书脊的手，历史书躺在绿色的课桌上，他礼貌克制地对收拾书包的女孩道了句谢。

燕啾看着蒋少爷把人赶走了，长腿一伸，坐在她旁边，有几分不爽："干吗折腾人家。"

"她同意了的。"蒋惊寒没什么表情，气定神闲，理直气壮，"而且你明明答应了，在任何地方都不能拒绝做我的同桌。"

燕啾沉默。

原来搁这儿埋着呢。

行吧。

这位公开课教师来自附中历史教研组，非常厉害。编过教材，出过教辅资料，上课内容紧实细密，节奏紧凑，引经据典，文化内涵颇深。

除此之外，他调动气氛的能力也极强，连混进的这种"历史白痴"的神奇群体，也可以活跃起来。

但是，这种活跃仅限于大家坐在座位上，为他发出一些语气词，类似"哇"。等到他要提问的时候，大部分人还是紧张又忐忑地垂下头，不敢跟老师对视。

老师不明显地叹了口气，略过了这个问题，接着往下讲。

录制下来参与评奖的公开课，没有人主动举手，课堂效果不太好看。

课堂的最后五分钟，老师用一张表格清晰地向他们展示了欧洲宗教改革的始末。

"所以说，宗教改革对教会生活进行了必要的净化，对教义给予了必要的澄清。宗教信仰变得更加个人化，也更私人化。"

"它让人文主义得到进一步发展，强调人与上帝内在的相遇，不用通过教会，而是通过自己拜读圣经，也能与上帝进行沟通。"

他抛出了最后一个问题，开放性，不设限。

"大家能不能用一句话，或是一个动作，来概括你这节课学到的东西？"

意料之中，满教室鸦雀无声，只能看见清一色的黑色头顶对着他。

吴兴运叹了口气，觉得一中的文科比附中差得多，不是没有道理的。

学习没有自主性，没有兴趣，没有独立思考能力和辩证思维，全靠老师灌的学生，是走不远的。

他抬眼，准备结束这场不尽如人意的公开课录制，却见满室寂静中，一个女生拿笔刷刷写字的动作，格外明显。

燕啾从笔袋里翻出一支黑色记号笔，舍不得在她的书上乱画，伸手抽走蒋惊寒压在手肘下垫着的崭新的历史书，在扉页上"唰唰"落笔。

蒋惊寒毫不在意杵在他面前的摄像头，光明正大地偏头看她涂涂写写，觉得他的教学还是不错，她的花体写得还有模有样的。

燕啾写完，记号笔随手一搁，从容自若地站起来，双手捧着书。

满座愕然而寂静。

她明明没什么表情，声音却沉静又虔诚，让人想起双手合十拇指互扣，跪在受难耶稣神像下，虔诚许愿的基督教徒。

"So do not fear, for I am with you."

你不要害怕，因为我与你同在。

"Do not be dismayed, for I am your God."

不要惊惶，因为我是你的神。

"I will strengthen you and help you."

"I will uphold you with my righteous right hand."

我必坚固你，我必帮助你，我必用我公义的右手扶持你。

她放下书，眼神清亮，一字一句，吐字清晰——

"我到世上来,乃是光,叫凡信我的,不住在黑暗里。"

风被阳光晒暖了,拂过梧桐树叶,缠缠绵绵吹进窗里,掠过崭新的历史书页,哗啦哗啦,雪白的扉页上,漂亮又暗含力量的花体英文显露出来——

《The Bible》。

《圣经》。

一窍不通如杜飞宇也懂了。她在模仿十六世纪的基督教徒。

"宗教改革让人文主义得到进一步发展,强调人与上帝内在的相遇,不用通过教会,而是通过自己拜读圣经与上帝进行沟通。"

吴兴运毫不掩饰眼中的赞赏,连后排坐着旁听的,以杨林为首的各位历史教研组老师都纷纷鼓起掌来。

蒋惊寒散漫地后靠在椅背上,在如潮的掌声中清浅地勾起嘴角。

记忆随着微风吹回刚开学那会儿,燕啾在历史课上,小声提醒他宗教改革的时间。

余光里,少女的马尾轻轻晃动。

他知道,也听见了,却依然目视前方,信口胡诌。

现在想来,当时的随口一说,倒也没有错。

马丁路德的宗教改革发生在十六世纪。

而他的信念变迁,发生在二十一世纪。

因为遇见她,他才开始笃信神明。

下课后,吴老师很是欣赏燕啾,专门找她聊了几句。

"一中文科没有附中好,你知道的。最近校方在策划一个联合互建项目,估计不久后会组建一个班级,直冲全国最好的大学。"他翻出期中市统考名单,看燕啾的成绩。

"你这成绩很不错,到时候可以考虑过来加强。当然,压力也会比这边大。"

又交流了一会儿,互加了微信,燕啾就回教室了。

春天回暖,气温升得很快。下午的数学课昏昏欲睡,还老是被点名。

燕啾最近经常失眠到三四点,脑袋里昏昏沉沉,做什么都提不起精神。燕啾手肘撑在桌上,搓了下脸,觉得这样下去不行。

春意盎然,学校里的桃花开得茂盛。

燕啾下楼,咬着皮筋,伸手把马尾重新扎紧了些,往耳朵里塞了一只耳机,在操场上跑步。

漂亮的晚霞映在天边,跑道上的人像在追逐日落。慢跑了两三圈,稍微出了点汗,她把外套脱下来搭在手臂上,只穿一件短袖校服。S码在她身上都松松垮垮,像大码。

还剩两分钟上课,她去小卖部买了瓶冰镇矿泉水。

结账时,前面的女生从包里拿钱磨蹭了一会儿,走出小卖部时已经打响了上课铃。

燕啾叹了口气,握着水开始跑向教室。

她小跑上了教学楼三楼,心里还在盘算今天是哪位老师的晚自习,脚步却在差半步踏进十班教室时顿住。

顷刻,她就反应过来,像突然从一种无意识的状态醒来,大梦初醒。

杨升正在讲台上准备发卷子,发现了她:"燕啾?"

全班同学闻声都望着她,或诧异或不解,默不作声。

那个她熟悉到闭着眼都能走进去的教室角落,少年也缓慢抬起眼,隔着好多人,四目相对。

她看着蒋惊寒。

少年的桌子依旧空旷干净,几支笔随意放在桌面上,一如她在的时候。

只是旁桌上有了其他的粉色笔袋和小熊文件夹,它们的主人,张悠悠也疑惑地盯着她。

对了,他们已经不是同桌了。

他再也不用忍受她的小毛病和坏脾气了。

心脏微微缩了一下,泛起又轻又细的刺痛。

莫名其妙又难以言喻的情绪突然如飓风袭来,令她几乎想要落荒而逃。

燕啾后退半步,觉得微风吹在微微薄汗的身上有点冷,手里握着的矿泉水带来一股凉意。

在此时,她终于感受到春风料峭。

明明上午才见过,明明当时还嫌弃他,现在这是怎么了。

她低下头,低声说:"对不起。"然后飞快转身离开。两片蝴蝶骨在短袖校服下若隐若现,背影单薄又仓皇。

"燕啾。"蒋惊寒追出来,站在楼梯口喊她,"怎么了?"

她顿在楼梯中段回头望他,手指掩在搭在臂弯的外套下,不自然地蜷了两下。

"没事,就是走错了。"

楼梯间内一片长久的静默。

声控灯明明灭灭,无声静下来的昏暗不清,一如她的心情。

她看着少年的影子被拖得老长,眼睫低垂,看不清神情。

真的没事。

就是还没习惯在四楼的日子,没习惯你身旁放着别人的东西,坐着别的人,还有……不习惯那个竟然怀疑是否做了最优选择的自己。

哪怕只有一瞬。

燕啾垂下眼,勉强抿嘴笑了笑,少年的影子投在她脚边,她飞快地瞥了一眼,跑上了楼。

夜幕低垂,明显感觉气温低了很多,看不见星星。

放学铃声响了,燕啾低头看着那张手肘压着的卷子。

一整个晚自习过去,卷子上的题只做了小半,飞快地对了个答案,还错了不少。

她不明显地叹了口气,开始收拾东西。

前排的女生不知道看到了什么,这会儿又开始压低声音尖叫。

"哇,玺雨,那不是那个谁。"叽叽喳喳的,都说了一节晚自习了。

燕啾难得觉得烦躁,加速把没做完的卷子和要用的资料放进去,拉上书包拉链。

"这个给你。"宋景堂背着书包走到她面前。

燕啾有几分错愕,垂眸看那瓶热奶茶:"嗯?"

"少喝点冰的。最近温差大,容易感冒。"他轻声细语。

燕啾"哦"了一声,犹豫片刻,接过:"谢谢。"

外面的人本来单肩背包,一腿屈着靠在墙上,没个正行,此时掀起眼皮,单手摘下耳机,松松捏着耳机线,长腿一迈,进了门来。

教室里还有一大半同学没走,顿时发出一阵窃窃私语。

"蒋惊寒同学,这个给你。"叶玺雨不知道什么时候散了头发,红着脸递上一个精致的小蛋糕。

燕啾闻声望去，又很快收回视线，回宋景堂的问话。

他怎么上来了？不应该在楼下等吗？

蒋惊寒被挡了路，没什么表情地看叶玺雨一眼："不用，谢谢。"

"听说你去年竞赛拿了省一，通过了S市S大的面试，保送基本稳了。恭喜你呀！"

蒋惊寒依旧没什么波澜，从鼻子里低低"嗯"了一声。

少女显然体会不到对方情绪不高，甚至还有些许的烦躁，仍挡着路在絮絮叨叨："你真厉害啊。我也会努力考上S市的学校的。"

宋景堂此时还在帮燕啾规划日程："你最好这两天就把初稿写出来，我可以帮你改。"

但燕啾好像没在听，她攥紧了温热的奶茶瓶身，一时分神。

S市？保送？

她怎么，一点也没听说过。

毫无交集的叶玺雨都能知道蒋惊寒拿到保送名额的消息，而她作为每天一起上学放学的邻居，被明令禁止不许拒绝他的前同桌，却什么都不知道。

就连他竞赛名次也是无意间得知的。

仔细想来，关于他的消息，大多都是从旁人口中听说，他从未主动跟他分享什么近况消息。

大开的教室门外吹进夜风，是冷的，凉的，让人心头一颤。

那个令她不愿再回想的地方，和那个令她曾经也难以释怀的人，在某个她未曾知晓的时刻，把未来交叠在了一起。

而她对此一无所知。她垂着眼想，所以，到底什么距离是近，什么距离是远呢。

宋景堂不动声色地收回视线，好似不经意间问："还没有问你，你想考去哪里？"

燕啾沉默片刻，张了张嘴，答案临到嘴边，却又觉得，算了吧。

何苦呢。

蒋惊寒终于礼貌又冷淡地打发了旁人，站到燕啾旁边。

少年单肩挎着书包，耳机线松垮搭在肩上，袖口下露出一小截肌肉匀称、线条分明的小臂，神色极淡。

视线往下，他另一只手垂在身侧，食指勾着一个粉色的小袋子，画满了漂亮精致的爱心。大约是某个网红蛋糕店的新品。

不知道是不是错觉,少年的手竟还往身后收了收,平白添了几分心虚。

燕啾垂着眼想,藏什么。

她躲开了蒋惊寒的目光,觉得自己像个上课抽问时狼狈的学生。

宋景堂神色自若:"S 市是个不错的地方,祝贺你了。"

蒋惊寒眼皮耷拉着,淡淡地把耳机线扯下来,语气不是很好。

"八字还没一撇,别祝贺那么快。"

宋景堂很有礼貌,转开了话题:"啾啾对 S 市应当很熟悉吧。你喜欢 S 市吗?"

蒋惊寒侧眼,手指上缠绕的耳机线紧了不少。

燕啾顿了一会儿,忽然感到十分疲惫:"算不上喜欢吧。"

国际现代化都市,沿海经济中心,毋庸置疑,那座城市当然是好的,只是承载了太多她不愿回想的记忆。

"看来啾啾比较喜欢京北。"宋景堂了然,半开玩笑道。

"京北好呀,谁不知道我们班长一直想去京北。"叶玺雨突然插话,"你们也太有默契了,应该可以一起去 B 大吧。怪不得我每天看你们两个走得那么近呢,志向相同,难免嘛。"

气氛倏忽冷凝下来。

细细的耳机线在手指上勒出红痕。

燕啾冷淡地看了一眼叶玺雨,后者在她冰凉通透的眼神里低下了头,仿佛被看穿了一般,竟有些无地自容。

燕啾忽然觉得好累,她不明白怎么变成了这样。她从小就被人夸独立,夸骄傲,几乎是不需要任何帮助和怜惜的人,竟然会被学校里一些琐碎的小事影响情绪。

比如走错教室,比如看到他手上的那个装满了心意的袋子。

被夜风吹得冰凉的手竟然有些发抖,薄薄的校服贴在背上,激起细小的战栗。

她好累。

她实在没心情去处理高中女生的小心思。

燕啾懒得反驳,把书包拎起来,正准备开口说走吧,却听身侧少年冷冰冰地又追问了一句:"是吗?"

她回眸，对上一双漆黑如夜的眼。

蒋惊寒扫了一眼燕啾手里的奶茶，包装上"贴心爱人"的标语格外刺眼。一股烦躁涌来，他凉凉开口。

"我倒是不知道，分科一两天，有的人就能一起约好目标院校了。"

蒋惊寒冷漠地勾了勾嘴角，笑意不达眼底，声音极尽嘲讽。

"那还真是，挺有默契的。"

这场冷战持续了将近一个星期，连杜飞宇和宋佳琪都察觉出几分不对来。

燕啾对此倒是很淡然，日子照常过，该上课上课，该回家回家。如果硬要说有什么不同的话，就是模联的事一大堆，经常晚自习后依然留校。

巧的是，她总能刚好碰见打完球的蒋惊寒。

燕啾才懒得管这是真巧还是人为，眼神都懒得分给倒春寒里穿着短袖从她面前路过的人。

该看的人懒得看，不该看的人惊呼纷纷，春心萌动。

蒋惊寒坐在看台上，拒绝了这周第三封信件，冷淡又烦躁地把矿泉水瓶扔进垃圾桶，终于把外套严严实实拉到最上面。

杜飞宇凉飕飕道："就说你迟早得感冒。美男计不管用吧？"

蒋惊寒更凉地看他一眼。

一星期没说过话了。自从他那天晚上开口呛她，燕啾除了当时被气笑了，后来一个眼神都没有分给他过。

就算看见他也跟看见空气似的，一点情绪波澜都没有，比陌生人还要陌生。

杜飞宇望着她和宋景堂的背影，贱贱地凑上来："看吧，你这脾气，把人惹着了，生着气呢。"

蒋惊寒最后拍了几下球，扔给他："要是她会生气就好了。"

"啥意思？"杜飞宇把球往旁边一搁，"说起来，网上最近很火那个，回避型依恋。"

"虽然我觉得啾姐又自信又耀眼，按理说应该不是这个类型，但是一看到那个形容，却还是一下就想起她了。好奇怪。"

蒋惊寒压根儿没在听。他正拿着手机翻消息，对面人一直没回。

他吐了口气,好像才听到杜飞宇说话似的:"嗯?"

杜飞宇差点想给他一拳,忍气吞声重复:"回避型人格!就是那种,会为了避免失去的痛苦,选择遏制自己的需求。

"如果什么东西让她感受到困扰,她会直接斩断这个关系,干净利落,绝不拖泥带水。"

蒋惊寒垂着眼,长睫低垂,看不清神情,也不知道听进去没。

杜飞宇顺着他的眼神望过去,看台台阶下有一串蚂蚁在搬家。

他就不该多嘴。

好半晌,蒋惊寒才看他一眼:"你懂得还挺多。"

杜飞宇单手扶额,看上去很苦恼:"算了,不跟你说了,反正你自己注意着点吧。啾姐可不像那种愿意围着你转的小女生。"

杜飞宇:"宋佳琪说今晚上请我吃夜宵。到点了,我走了啊。"

蒋惊寒懒得理他语气里的嘚瑟,慵懒地一摆手,敷衍道:"玩得开心。"

夜色下的操场,寂寥宁静。

少年一个人屈腿坐在看台上,似是思忖,似是发呆。

最后,他拿出手机,在搜索栏中打着什么字。

屏幕光亮映出他的脸,少年侧脸褪去了几分不羁和随性,是难得的沉静和认真。

周五放学。

燕啾身后照例缀着一个不远不近的人。她全然不当回事儿,一会儿停下来摸摸流浪的三花猫,一会儿进书店逛逛,一会儿在小摊上买双皮奶和烤红薯。

只是苦了蒋大少爷了,一双长腿,寸步难行。

路上还遇到喻嘉树。

燕啾好久没看到他了,站在路边,跟他东扯西扯。

喻嘉树抬腕看了看表。

"我知道你想我,但也没必要把你午饭吃了什么菜都告诉我吧?"

燕啾很是淡定:"分享欲是我对你最真诚的思念。"

"已经半小时了。"喻嘉树丝毫不为所动,抬了抬下巴,揶揄调侃道,"你真忍心看人家等你这么久?"

燕啾装傻:"谁啊?"
身后的人终于忍不住了,沉沉吐了口气,几步跨过来,伸手拎起她书包顶端的带子,语气冷淡。
"你同桌。"
燕啾肩膀突然一轻,好像这么多天装在她心里的沉甸甸的石头,也被一同拎起来了。
她听见少年清冽又无奈的声音响在头顶。
"站那么久不累吗,姑奶奶?"
三楼那个燕大小姐吃软不吃硬,全家属院都知道,这还是蒋惊寒和喻嘉树一起试出来的。别看这两人现在一个比一个高冷,初中时还是一样的叛逆和爱捣乱。
两个人躲在转角处,一个放风,一个蹦出来吓她。
燕啾那天穿了条新裙子,兴冲冲地蹦上去喊喻嘉树看白色裙摆上的镂空的花,后者"嗯"了一声,夸她好看,然后往她后面使了个眼色。
蒋惊寒戴着个鬼面具,猛地从背后冒出来,还怪声怪气地吓她。
燕啾猝不及防,被吓得心脏骤停,没站稳,被小花坛边缘绊住,一屁股坐在了还没有干透的雨水坑里。
她蒙着坐了一会儿,缓了缓,然后很冷静地甩开两个目瞪口呆的人伸来的手,掏出纸巾把黑色污渍擦了擦,从书包里掏出校服外套系在腰上,一个都没理,径直走回了家。
喻嘉树对此非常愧疚,诚恳地手写了一封长长的道歉信,还时不时帮她写作业,以此来请求原谅。
燕啾指使他帮她写了好几天的数学作业,终于软下了心肠。
蒋惊寒就不一样了。
燕啾到现在也难理解他的脑回路。
他买了二十多条不同样式的白裙子,装在袋子里,放在她家门口。燕奶奶差点以为是哪个没素质的往她们家门前扔垃圾。
燕啾木着脸,一条又一条地拎出来看。从城南的 C 牌到城北的 D 牌,全锦城商场里的白裙子,几乎被他买了个遍。
她费力地拎着这一大袋子去敲他们家的门,拎出一条深 V 纯白透视纱裙,脑袋上飘着问号,质问他:"这是什么意思?"

蒋惊寒沉默片刻，也不说这是他没仔细挑，直接让店员把她能穿的白裙子全包起来的结果。

他掀起眼皮子看了眼那个薄到什么都遮不住的白纱，单手把卫衣帽子扣在脑袋上，遮住微微发红的耳根。

燕啾听见这人的声音从帽子底下传来，大半张脸被遮住，看不清神情，流畅的下颌线如刀刻般。

他淡淡道："你那条裙子不好看。"

"我给你换几条。"

气氛顿时如死一般寂静。

他说完就闭了嘴等回应，半天没等到，伸手把帽子扯下来，看见燕啾气冲冲地回了家，"砰"的一声把门甩上。

他有些不理解，站在家门口沉思。

过会儿，燕啾又把门打开，伸出一只手，拽着那个大袋子，费力扔了出来，探出脸瞪了他一眼，再次用力关上了门。

蒋惊寒顿了顿，有点困惑。

她怎么脸都气红了？

时间拉回到现在——

"站那么久不累吗，姑奶奶？"

喻嘉树识趣，趁机溜了。

蒋惊寒一路拎着她的书包带子，落后半步跟在她后面。燕啾没应他，轻轻甩了两下，没甩开，就随他了。

本想心安理得地在前面吃烤红薯，奈何放学人太多，认识他俩的人也不少。

"太温柔了吧呜呜呜。"

"今天贴吧文估计又要更新了！好羡慕。"

"甜甜的恋……不是，甜甜的同桌情什么时候能轮到我啊！"

她沉默地听着小学妹叽里呱啦的设想，突然觉得烤红薯有点食不知味了。

她用余光往后瞥了瞥，后面的人半点没有被迫在路边等了半个多小时的烦躁，连刚刚的无奈都没了，甚至嘴角微勾，心情异常的好。

燕啾无言地回过头来，想，这不合适吧！

她泄愤于手中食物，狠狠咬了一大口，结果内里太烫，烫得她舌头发麻，顷刻就想吐出来。

她微微张开嘴，伸手作扇，轻轻扇了几下降温，还是好烫。

燕啾有点欲哭无泪，准备梗着脖子把它咽下去，却听后面人轻声叹了口气。

肩上一松，书包被放了下来，她惯性往后仰了仰，靠在少年肩上。

少年身形一顿，接着若无其事地抽出一张纸巾，展开，对半叠了两下，方方正正递给她。

燕啾顿了顿。

蒋惊寒看着少女被烫得眼眶发红，水雾汪汪，似是蕴了泪，又叹了口气，把纸巾轻轻按到她嘴上，声音里带了几分无奈。

"吐吧，大小姐，没人看你。"

声音落到耳道里，似乎还带着轻微的气流，灼得人耳侧轻微发麻，燕啾一时没说话。

她后脑勺还挨着这人的肩膀，肌肉包裹着骨骼，是少年人独有的朝气蓬勃。

蒋惊寒修长好看的手指隔着一层薄薄的纸巾，轻柔地按压在她嘴唇上，她似乎都能感受到他分明的骨节。

这纸太薄了，下次不买了。

几秒后，燕啾镇定地接过纸巾，往前走了两步："谢谢啊。"

蒋惊寒两手插兜，懒散地站在原地，挑眉看她。

燕啾把纸巾扔进垃圾桶，看他看人有几分诧异："怎么？"

"哦，没事。"蒋惊寒又伸手帮她把书包拎起来，吊儿郎当的。

"听听你说话，看看舌头被烫掉了没。"

燕啾："怎么可能。"

"是吗？"蒋惊寒越过她，伸手按了电梯，"那怎么这么多天不跟我说话啊？"

燕啾写完作业，在 to do list（待办事项）最后一项上打了钩，准备在手账本上写两句话总结的时候，突然想起了这句话，开始愤愤。

啾咪：他竟然问我为什么不跟他说话。

啾咪：他怎么好意思的啊！

啾咪：他自己做了什么事，心里没点数？

温羡很冷静：什么事？

燕啾敲了个问号过去：你什么意思？

温羡苦口婆心：看，你也说不出来吧。

温羡打来电话："人家只是当时有一点点不开心而已，你有必要不理他吗？"

"还一个星期呢。我要是他，我心都碎了，巴不得看你大街上吐舌头，跟小狗似的。谁还巴巴地给你递纸啊？"

燕啾："那是你没素质，不能跟你比。"

温羡翻了个白眼，知道她嘴硬："是，我没素质。你同桌多有素质啊，上次三言两语把温昱说自闭了都，简直人间大暖男好吧。"

燕啾沉默了两秒，没话说，开始转移话题："他还收别人小蛋糕呢。"

温羡诚实了："那这个确实没得洗。"

"是吧。"燕啾趁此机会又发泄了一下她的不开心，两个人同仇敌忾，三言两语聊完，温羡就该上班了。

挂了电话之后，燕啾接着写数学卷子，对面阳台丁零当啷的，不知道在干什么，吵得燕啾心烦。

她盯着对面的亮光，越想越烦躁，拿起手机接着跟温羡吐槽。

啾咪：无论如何，不喜欢别人还收别人的小蛋糕就是不对！

啾咪：太过分了，我呸！

温羡一直没回，阳台那边也不响了。

燕啾平复了一下心情，接着写数学。

半晌，微信响了。

没有外力干扰的时候，她自制力爆棚，硬是做完一整张卷子，还对完答案改了错才点开来看。

这一看，尴尬得头发都发麻。

一个小时前。

95：[文件 - 【绝密】锦城市附属中学月考试题 - 文科]

啾咪：无论如何，不喜欢别人还收别人的小蛋糕就是不对！

啾咪：太过分了！
95：嗯？
95：我什么时候收别人小蛋糕了？

恍恍惚惚过了一个周末，又到了该上学的时候。燕啾坐在饭桌上，差点困得把头栽进碗里。

"欸，"爷爷从报纸上抬眼，伸手托了她脑袋一把，"看你困的。起这么早干什么。"

燕啾两口喝完豆浆，搓了搓脸："好好学习。"

奶奶很是心疼："哎哟，悠着点啊啾啾，别太辛苦。"

"爷爷奶奶没什么大志向，只希望你开心就好，别的都没关系。"

燕啾一默，扬起下巴笑："知道啦，我不辛苦的。"

学习都没什么困难的。只要起得早，遇不见蒋惊寒，就不辛苦。

她出门时特意观察了一会儿，对面没有开门的动静，才快速往学校走。

太尴尬了，怎么能发错。

蒋惊寒本来给她发了好几条消息，她都没有回。这下好了，好巧不巧，偏偏是这种消息发错了。之前是不想回，现在是不敢回。

燕啾深呼一口气，决定不再想这件事，把辩论稿拿给宋景堂。

"这样行吗？你看看。"

"这么快？"宋景堂有些诧异，接着仔仔细细阅读核对。

"没什么问题，用词和格式都很妥当。你效率好高。"他含着清浅的笑意，"花了很多时间吗？"

燕啾："还好吧，以前参加过，比较熟悉。"

其实还拿过奖，但她觉得没必要说。

宋景堂多半能猜到，状似苦恼："本来说如果你说做这个很辛苦，我就请你吃顿饭。谁知道燕啾同学不顺着台阶，并不想给我这个面子。"

燕啾有点想笑："举手之劳而已。饭就先欠着吧，以后再说。"

宋景堂嗓音温润，仍有笑意："好。"

没有人插科打诨的日子过得异常慢，十四班的课间依旧听不到人声，寂静不已。

只有叶玺雨和她的几个小姐妹一下课会去卫生间叽叽喳喳聊八卦，或者在楼层里到处乱窜,其他人都规规矩矩坐在座位上刷题。

燕啾也逐渐习惯了。不知道什么时候起,独处已经成了她的强项。

她一整个晚自习都在看经济学,看入了迷。

放学铃响了,她以为还有一节课,直到宋景堂跟她说拜拜,燕啾才反应过来放学了。

她在心里暗道不好,飞快地收拾书包,两步走到前门,顿了顿,思索三秒钟,又转道往后门走。

这一转向,正中某人下怀。

"回来。"

蒋惊寒懒洋洋倚在后门边,无比熟练地伸手勾住她书包带子,慵懒开口:"跑什么。

"躲得掉初一,躲不过十五啊,啾啾。"

第十二章
夏夜露天电影

　　蒋惊寒拎着她书包带子，单手插兜，嘴角微勾，看起来心情很好："跑什么。"

　　燕啾很是尴尬，但依旧镇定："没，只是想再去个洗手间。"

　　蒋少爷从善如流："那走吧，我等你。"

　　沉默两秒，燕啾抬脚往楼梯走。

　　"突然又不想了，还是回家吧。"

　　蒋惊寒一脸"我就知道"，从鼻子里"嗯"了一声。

　　已经是人间四月，天色向晚。学校门口几棵樱花开得正盛，朦胧夜色下闪着柔粉色的光芒，随着风细细碎碎地飘落，在路灯下飞旋飘舞。

　　美是美的。只是风有点大，花瓣不停往脸上飞。

　　蒋惊寒一言不发地伸手，拎起一个袋子，放到她跟前，刚好挡住乱飞的花瓣，一如既往的懒散："给你的。"

　　她眯着眼打量这个袋子，粉色的爱心和卡通人物铺满了表面，英文字母很是显眼。

　　她想起来了。城北那家新开的网红蛋糕店，全锦城仅此一家。

　　身后人又补一句："我可没收别人的礼物啊，少随便诬陷人。"

　　燕啾腹诽"我才懒得诬陷你呢"，梗着脖子，很是高贵："我不爱吃甜食。"

　　蒋惊寒嗤笑一声："可拉倒吧，不喜欢你每天微博转发他们家抽奖？"

　　燕啾："你怎么知道我微博？"

　　蒋惊寒沉默了一会儿，摸摸鼻子，把袋子塞到她手上，松开她书包就往前走。

　　"大数据推送。"

　　"你爱吃不吃，不吃扔了。"

燕啾被书包重量压得微微后仰,站在原地,有点蒙。

这什么人啊?

"啾姐,你少听他胡扯!"

她回头,宋佳琪亲切地跑上来挽住她,杜飞宇推着自行车走在后面,一脸嫌弃。

"那天你走错教室,我们都觉得是小事。惯性,人人都有嘛。"杜飞宇努努嘴。

"也就前面那人,非觉得你不开心,转笔转了半节课,溜出门,也不知道干吗去了。"

"现在知道了。"宋佳琪挤眉弄眼的,"人家是跑到城北给你买小蛋糕了呗。排队排老久了啊。"

"还跑了两趟呢,上次那个没送出去,被我解决掉了。别说,还真挺好吃的。"

杜飞宇眼巴巴地盯着那个袋子:"啾姐,这个你要吗?"

"不要可以给我吗?我回收心碎小蛋糕。"

宋佳琪往他手臂上呼了一下:"你这人怎么这样啊。"

两个人又开始吵吵闹闹拌嘴。

燕啾垂眼看着那个袋子,陷入了沉默。

她回想上周那个一事无成的晚自习。她那天明明一个字都没有说,仅仅是走错了教室,然后抬眸看了他一眼。

再平常不过的举动。

只不过是忽然意识到,他有别的同桌了。也许会给别人讲题,给别人接水,也许不会。

仅此而已。

燕啾此刻抽离出情绪本身,以旁观者的身份来看,觉得这不过是人生长河中一件小得不能再小的事情。

只是她当时顿在教室门口,盯着那个被灯光镀上一层白边的少年。

在他抬眸看来的一瞬间,燕啾忽然没来由地觉得——

坐在他身边的那个人,本该是她。

那一瞬间,她仿佛被分割成了两半。一半的灵魂在理性地剖析分科和成绩对她而言有多重要,这个选择无比地正确;而另一半边灵魂,却在全心全意地,为这件微不足道的小事而难过。

为她不再是他的同桌而难过。

理性与感性的矛盾在她身体里拉扯,如滔天般的惊涛骇浪压过她心底。

而她所做的,仅仅是,抬眸看了他一眼。

她突兀的难过,不合时宜的脆弱,想要藏起来的矛盾拉扯。

少年站在楼梯口看她,风轻云淡,却洞若观火。

他什么都知道,却什么也没有问。

只是沉默地,去买她心心念念的小蛋糕,望以此来包容她所谓的独立与自尊。

燕啾这个时候忽然很想掉眼泪。

她忍住鼻尖酸涩,抿着唇,收紧了手指。

落樱打着旋儿飘在地上,身前响起脚步声,她抬眸来看。

本来缓慢走远的人又倒回来,少年逆着路灯暖橙色的光亮,似明月高悬。

少年的眼瞥向一边,不大自在一般:"还走不走?"

夜色樱花在他身后摇晃飞舞,眉眼间依然少年意气,鲜衣怒马,神情却无奈,又缱绻。

燕啾此刻没来由地想起林徽因的诗。

帆布鞋踩上青黑色砖块,她望着少年被夜色朦胧的侧影,在心里小声吟着:

> 你是天真,庄严
> 你是夜夜的月圆
> 你是一树一树的花开
> 是燕在梁间呢喃
> 你是爱,是暖,是希望
>
> ——你是人间的四月天

日子过得极快,樱花开了又谢,气温回升。

四月走到了尽头,春日无多。

又是一次月考后,市级模联大会如期而至。多所高中选派参赛队员来到一中,学校里一时多了许多新面孔,热闹非凡。

当然,也有相熟的面孔。

这次比赛分了四个会场,高一高二分别有英文组、中文组,同时配备校内校外各大媒体,引人注目。

三天的分会场角逐最后落下帷幕。评出奖项了,两个女生大步从礼堂前门出来,留下身后一群代表默默仰望。

阮枝南开玩笑:"五个会场,我都能跟拿过国家级 best delegate(最佳代表)的人撞上。高二英文组,也太倒霉了。"

燕啾把西服外套脱下来:"我已经放水了啊,你最后立场文件没写好。"

"写好了估计也只能拿 OD(Outstanding delegate 杰出代表)。你简直是天生的英国代表,优雅内敛又刻薄,英音也太加分了。"

"Outstanding delegate 也够你自招加分了好不好。"

阮枝南没接话,凑上来,眼里闪着八卦的光芒:"更何况,主席团里有个你的仰慕者。"

燕啾:"谁?"

"宋景堂啊。"

燕啾顿了一会儿,不欲多说:"你看错了吧。"

"走快点,待会儿食堂没饭了。"

天不如人意。她们在路上刚好碰到宋景堂。

燕啾本来想着刚才那话,有点尴尬,但是眼前人温和有礼,看不出一点仰慕她的意思,燕啾又觉得,说不定是阮枝南想错了。

宋景堂笑着看她:"恭喜你啊,帮我们学校拿了个 bd(最佳代表),青姐估计得给你贴个横幅了。"

阮枝南对她使了个眼色,偷偷溜走了。

燕啾应道:"还是你组织筹备和当主席比较辛苦。"

宋景堂弯了弯嘴角:"你觉得我辛苦的话,不如把我们俩那顿饭提上日程。"

燕啾顿了顿,正欲推托,又听他说:"开玩笑的,等你有空再说。"

燕啾看了他一眼,半晌,点头:"好。"

燕啾走进食堂大门,坐在阮枝南旁边,杜飞宇眼睛都看直了:"你们待遇也太好了吧,怎么顿顿都有鸡腿啊?"

江旬咬了一口:"这还不是为了欢送我。"

蒋惊寒嗤了一声:"你一打杂的,多大脸啊?"

"我这是后勤!你懂不懂啊!"

燕啾喝了口奶茶:"什么情况?"

"有的人非要死乞白赖地来当后勤。"阮枝南轻描淡写带过。

燕啾同情地看了一眼江旬。

蒋惊寒抬了抬下巴,问燕啾:"怎么样?"

阮枝南揶揄地摇摇头:"有的人眼里只有燕啾,都不问问我。"

江旬:"我问你。"

阮枝南很嫌弃:"我不要你问。"

宋佳琪背着相机跑过来,小声喘着气,眼睛亮晶晶,脸都跑红了。

她在高一组当场内记者。

"我都听说了!啾啾是 best delegate,一个场只评一个呢!枝南是 outstanding delegate。你俩也太酷了,辩论的时候……"

杜飞宇给她扇着风:"哎哟,你慢点。"

宋佳琪喘了会儿:"辩论的时候可厉害了,全场一百多个人,都没有能说得过你们的!"

燕啾看着她上气不接下气的,有点想笑,伸手抚了扶她的背:"行了,吃饭。"

几个人边吃饭边听宋佳琪聊会场八卦,燕啾听着,时不时偏头看她一眼,觉得这姑娘越发开朗了,是件好事。

杜飞宇忽然想起,蒋惊寒也是走了两天,刚回来。

"哎,光说女生了。寒哥,你面试怎么样?"

蒋惊寒手指搭在桌面上叩了叩,倒是先看了燕啾一眼:"没出结果呢。"

"据说这面试就是走个过场,你不可能不进吧。"

被关进去参加模联三天,不停地写立场文件,决议草案,燕啾基本没怎么看过手机。

模联要求住宿舍,方便代表讨论和人员管理,两个人本就不同桌,这下一起回家的机会也没有了,燕啾还真不知道他这两天在干什么。

燕啾顿了一会儿："什么面试？"

蒋惊寒刚准备开口，杜飞宇嘴快："保送啊，S市S大。"

"你不知道吗？"他还大大咧咧地跟了一句，"寒哥不是给……"

宋佳琪看气氛不对，踢了杜飞宇一脚，让他别说了。

气氛逐渐冷寂下来，沉默蔓延。阮枝南和江旬察言观色，眼观鼻鼻观心，安静啃鸡腿。

燕啾倒是很平静："没关系。"

蒋惊寒都被气笑了，盯了她三秒，舌尖抵住齿关："什么没关系？"

燕啾不看他，自顾自地把葱末挑出来。看样子又勾出了她的伤心事，誓要跟他冷战到底。

半晌，蒋惊寒叹了口气，觉得他把这姑娘惯的。他懒散地叩了两下桌面，投降似的。

"公主殿下，您忙完了国事，能不能屈尊看看我微信。"

少年嗓音还带了点舟车劳顿的哑，懒洋洋地拖着尾音——

"你自己看看，哪一天我没给你报备？"

燕啾顿了两秒，垂眼翻了翻消息记录。

少年的话不多，但是依旧能看出饱满的分享欲。

起飞前的日落，云层上暖橙色的光芒，另一个大学校园里的风光。

她摁熄屏幕，忽然想到一句话——

"分享欲是爱的表达。"

日子过得很快。

燕啾每天雷打不动的起床、上课，跟她对门的邻居一起回家，再在家里写两张卷子，竟然就这样迈进了五月。

劳动节放假前的周五，燕啾正慢吞吞收拾着书包，从课本里啪啦掉出两封信。

粉色的，画满了hello kitty（凯蒂猫），落款处狂野地画着一只小狗和一个圆圈，非常违和地躺在她凳子上。

她已经忘了有多久没收到过这玩意儿了。

燕啾还挺有兴趣的，把"小狗"信揣进书包里，准备回去看几眼。

蒋惊寒照旧走在她旁边，刚正不阿得像个白色版包拯，总是能在她要去买冰粉的时候,提溜着她书包带子给她扯回来,然后甩下三个字:"生理期。"

燕啾只好作罢。

但她怎么都不高兴,吃不到冰,在沙发上坐着浑身难受,索性再下楼跑这一趟。

汪婆婆家的小卖部把冰柜都摆出来了,这不就是天赐良机吗。她咬了一口甜筒。

回来的时候球场闪着光亮,还时不时发出一些刺耳的声响。燕啾往里瞅了一眼。

球场一端搭了巨大的白色幕布,左右两边放着两个音响,此时因为接触不良,正发出"滋滋"的声响。几个穿着物业衣服的工人正在调试设备。

许多人端着小板凳,三三两两成堆,在球场中央坐下。这个年代竟然还有露天的电影,燕啾差点以为自己穿越了。

球场中间有个人异常兴奋,手舞足蹈地,也不知道在跟谁说话:"快来看坝坝电影啊!"

好疯。

她又咬了一口甜筒,准备往回走。她穿的短裤,蚊子多。

谁知道那打了兴奋剂的人扑过来:"啾啾!别走!来看电影啊!"

燕啾任由异常兴奋的蒋唱晚把她拉到球场边的一堆人中坐下,在这个周围死一般寂静的小团体里,没能继续保持沉默。

她尴尬地开口:"哈哈,你们也来看电影啊。"

喻嘉树塞上耳机,保持着沉默。

蒋惊寒穿着长袖卫衣和短裤坐在小板凳上,长腿没地方放,只好一腿屈起,一腿往旁边伸直,看起来分外憋屈。

闻言,蒋惊寒掀眼皮子看了她一眼,周身冷淡气氛压不住。

杜飞宇苦着个脸:"球打不成就算了,还被咱妹妹困在这里陪她看电影,服了。"

蒋惊寒很冷漠:"哪儿来的'咱'?"

"送你了,她现在是你妹。"

燕啾有几分无语。

蒋唱晚毫不在意:"今天我就是天王老子的妹妹,你们都必须要陪我看这电影。"

蒋唱晚很兴奋,把零食袋放在几个人中间:"我还没看过坝坝电影呢!这种露天的,小区里面看的,感觉好有年代感。你们是不是都看过好几场了?"

喻嘉树记性好,边玩手机边回:"也就小学的时候看过一场。"说完他顿了顿,抬眸,很有深意地跟蒋惊寒对了下眼神。

两人在夜色中交换了一个心照不宣的眼神,而燕啾毫无察觉,还在追忆往昔:"好像是《让子弹飞》。"

蒋惊寒勾着笑意"嗯"了一声:"现在还记得呢。"

喻嘉树若无其事地补充:"毕竟是把某人吓哭的片子,应当印象很深刻吧。"

杜飞宇很纳闷儿:"我记得那不是个喜剧吗?"

"是喜剧吗?"

蒋惊寒好像很诧异:"我还以为是惊悚片呢,不然有的人怎么被吓得一抽一抽的。"

燕啾咬牙,对这两人假笑了一下,维持着她良好的修养,觉得她就不该帮这两人和好。

是的,那个"有的人"就是她。

当初因为坐太前面,音响太响,也不知道怎么,被某些情节惊到吓出眼泪,被他们笑了好久。

她泄愤似的,拎了包薯片出来,单手打不开,顺手把左手的甜筒往旁边一递,两手挤压包装袋,一声轻轻的闷响,开了个整整齐齐的口。

很满意,很解压。

她伸手去找旁边那人要甜筒,结果半晌都没给她递回来。她皱着眉毛抬眼一看,蒋惊寒两指捏着她的原味可爱多,似笑非笑地望着她。

空气登时安静两秒。

燕啾伸在半空中的手顿住,手指蜷了蜷,几秒后,略显心虚和尴尬地收回。

"还挺会使唤人。"蒋惊寒眼尾上挑,哂了一声,还是给她递了回来,但是附赠了一句,"下次别疼到趴在桌上哭啊。"

夜色渐深,异常到逼近盛夏的气温已经降了下来。燕啾本来吃了两口就没什么兴趣了,这会儿还穿的短裤,其实有点凉。

她思忖片刻，挠了挠胳膊上被蚊子咬的红包，目光在球场边飘了又飘，大义灭亲似的："听我同桌的，不吃了。"

"少来。"蒋惊寒"哧"了一声，漆黑的眼在夜色里异常明亮，说话却毫不留情。

"别以为我不知道，你是不想自己去扔垃圾。"

燕啾心里"咯噔"一下，想，这人怎么什么都知道！

球场没有垃圾桶，得走到小区另一头去，麻烦得很。

也不知道是哪句话取悦到蒋少爷了，总之，他倒还真的起身帮她去扔了。

燕啾乐得自在，跟喻嘉树打听："我们学校有叫狗蛋儿的人吗？"

喻嘉树正看游戏直播："嗯？不知道。"

"二十一世纪了，没人还会叫这名儿吧。"

杜飞宇："怎么了，有人放学堵你啊？"

"……不是！"

燕啾这会儿信没在手边，试图用言语描述："就是一个狗头，然后外面画了一个圈……"

喻嘉树："啊？这不微博那个黄狗表情包吗？"

燕啾："……啊？"

蒋唱晚吃麻辣牛肉吃得一手油："啾啾，啾啾！有没有纸？"

燕啾的盘问被打断，叹了口气："我去给你买吧。"

蒋惊寒站在汪婆婆店外问着什么，燕啾走近了才听清。

汪婆婆孙子也在，穿着去年那条裤衩子。一年都不带换的，燕啾不是很理解。

裤衩小孩儿："哥，你买什么啊？"

汪婆婆往前走："天热了，买花露水呗。"

裤衩小孩儿："买什么花露水啊，肯定是买赛车和玩具枪啊。我们真男人从不害怕蚊子，一枪一个，把它打在墙上抠都抠不下来……"

蒋惊寒站在柜台前，抬了抬眼，补充道："要粉色包装，茉莉味的。"

裤衩小孩儿："……啊？"

汪婆婆在里面翻找着，絮絮叨叨："这可不好找哦，都是小朋友才用那种小瓶的。"

最后，她从货架最底层翻出一小瓶透明液体，包装是幼稚的粉红色，缀着白色丝带。

蒋惊寒忽然勾着笑意"嗯"了一声。

"就是给小朋友买的。"

燕啾坐在小板凳上,看着蒋惊寒对着空气一顿喷。

"哎,这啥啊。平时没见你这么精致啊。"杜飞宇捂着鼻子一溜烟跑老远,"五月天哪儿来的蚊子啊!"

喻嘉树看了一眼驱蚊水的粉白包装,嫌弃地皱着眉头,把凳子往外面挪了点,离开了他的圈地范围。

"好了。"始作俑者若无其事地收起茉莉味的花露水,屈腿坐下。

蒋唱晚被糊了一脸,生无可恋地控诉。

"我昨天被吵得睡不着,跪下来求你去买一瓶,你说你对花露水过敏。"

蒋惊寒面不改色:"现在治好了。"

蒋唱晚悲痛地竖了个大拇指:"牛。"

燕啾真心实意地觉得,蒋惊寒再不收敛这嘴,迟早被人套着麻袋打一顿。

熟悉的绿底黄标出现在屏幕上,电影开场了。

开场场景异常熟悉,燕啾微微吃了一惊,竟然是《蓝色大门》。

晚风轻轻,吹动林荫树梢。

燕啾双手搭在膝上,安静地看着画面中路口的绿灯亮起来,男主的自行车轻巧地冲出人群,迎风疾驰,单薄的花衬衫在空中猎猎飞舞。

那个绿意盈盈的台北夏天,生动地展现在她面前。

她几年前看过这部电影。记得最深的,一直不是那句主角关于蓝色大门的旁白,那句十七岁的少男少女对三五年后自己的幻想。

而仅仅是那句随口的抱怨。

燕啾无意识地跟着主角重复了一遍,非常小声,宛若气音。

"哎,好不甘心哦。"

"整个夏天就快过完了,感觉就是跑来跑去,好像什么事情都没有做。"

念完之后,她不可自抑地感受到一种难以言喻的怅惘。

十八岁之前,活着的每一天都在不停地长大。成年之后,活着每一天,都在不断地消逝。

忙碌,奔波,填满每一天的,究竟是什么呢。

好不甘心哦。

整个夏天就快过完了。

共情能力很强,有时候是好事,有时候又不见得。比如现在。

她轻轻吐了一口气,伸手搓了搓脸,又放下来抱着膝盖。

有点冷。

忽然,金属拉链碰撞的声音在旁边响起,燕啾抬眼——

一件黑色卫衣兜头罩来,不偏不倚,帽子正好盖在她头顶上,斜斜垂下,掩住裸露在外、光洁的双腿。

燕啾一时无言,抱着膝盖没动,在一片黑暗中感受着残留的体温,和清浅的茉莉花香。

旁边人开口,声音一如既往的懒散。

"你的夏天还没有开始呢。"

卫衣缓慢地滑下来,露出她的脑袋。

她安静地偏头,环顾周围。

喻嘉树的侧脸笼在树荫下,安静地看着电影。

蒋唱晚凳子旁边的一大袋零食已经空了。

杜飞宇早已睡着,脑袋撑在手肘上,不住地从膝盖上往下滑,却没有被惊醒,沉醉地打着小呼噜。

蒋惊寒眼望着屏幕,不停变化的画面映在他眼里,像夏季的银河系。

燕啾听见他在电影结束的那一刻,轻声却又笃定地说道:

"你会有一个很好的夏天。"

"完美的夏天。"

放完五一假,燕啾早上又起晚了,拎着个小面包的包装袋飞奔跑进校门,正好轮到宋景堂执勤。

他看着那个飞奔过来的身影,指了下另一个执勤的同学:"你的鞋带散了。"

"啊?哦。"那人低头去系。

燕啾气还没喘匀,小心翼翼地从已经开始缓慢关合的门里经过。

她小声对宋景堂道:"谢谢啊。"

那男生站起来,望了望那个背影,问他:"就这样放她进去了啊?"

宋景堂把迟到登记册放回教务处，清浅地笑了一下："就当给我个面子吧。"

燕啾课间时制定了五月的计划。

月中又有一次市统考，可以借此再次评估她的省排名。在此之前，她需要把文综全部过一遍，数学在保证专题复习的情况下，每天还得完整地做一套高考卷子。

她思忖了一会儿，开始把大计划拆分成小计划，落实到每一天去。

课代表来收作业，她反手从书包里摸出来，扫了一眼封面，没问题，就递过去了。

下午做眼保健操，她专心地按太阳穴轮刮眼眶，完全放空着，思绪不知道飘在哪里，可能正在畅想奥特曼有多高的时候，突然想起一件事——

她猛地睁开双眼，不顾把讲台上的青姐吓了一跳，伸手去摸书包。

完了。

燕啾深吸一口气，翻出张几乎没错的语文卷子，快步去了高二年级办公室。

郝萍正边批改作业边跟老朱聊天，红笔飞速画着钩。

"你知道市级共建精品班的事儿吧？"

老朱拧开保温杯："昨天开班主任会说的？我感觉挺苦的，我们班应该没有人愿意去吧。"

"有门槛呢，市五十名以内才能报。我看你们班蒋惊寒啊、杨升啊，都还可以送去进修一下。"

"蒋惊寒算了吧。"老朱摇摇头，"他保送S大估计稳了。竞赛成绩这么好，没必要去受这个罪。我当然希望我的学生都能开心一点。"

郝萍叹了口气："你说这话，我想到老吴……"

燕啾站在门口，轻轻敲了敲门。里面两位老师竟然都同时截住话头。

"哟，这不是我们文科年级第一嘛。"

"燕啾，什么事儿啊？"

燕啾："郝老师，我想问两道题。"

"来吧。"郝萍看了会儿她卷子，奇道，"你全对啊，只有简答题和作文扣了点分。"

"嗯,但是我文言文那几个选择题不太确定,就想再问问。"

郝萍认真地跟她分析选项,她一边听,一边看旁边堆起来的作业本。

刚改到叶玺雨那组,就是第一组。燕啾是第四组,应该还没轮到她。

"谢谢郝老师。"燕啾接过卷子,"我早上交作业的时候,好像交错本子了,我能拿回去换一下吗?"

郝萍奇怪:"没交错吧?我早上看到是写着语文啊。刚好教务处要办优秀作业展示,我就把你的交过去了。"

燕啾道了声谢,心情复杂地走回教室。

对不起,狗蛋儿同学,我只能帮你到这里了。

傍晚时分,高中生结束一天的学习,三三两两穿过学校大门。

"我今天是个罪人。"燕啾还是很愧疚。

蒋惊寒双手插兜,懒懒散散倒过来面对她,背着走:"嗯?"

"我把别人写的信夹在语文作业里交了。"

蒋惊寒笑了一声,还挺幸灾乐祸的:"谁这么倒霉?"

燕啾没心情跟他打趣:"而且如果是交给班主任就算了,还是直接递到邓主任那儿了。

"估计狗蛋儿同学周一还得写个检讨。"

"还叫狗蛋,这名儿也太土了吧。"

"哦,不是,这是我给他取的。他信封外面画了个狗头,很丑,然后画了个圈圈。"

蒋惊寒突然停下来,燕啾猝不及防,差点撞到他身上。

蒋惊寒神情很微妙,狐疑地瞧了她一眼:"……是不是粉色的?"

燕啾张了张嘴:"啊。还有 hello kitty。"

蒋惊寒目光寒凉,盯了她半晌,幽幽道:"那是我画的。"

燕啾沉默了两秒,也看着他,缓缓皱眉。

"……啊?"

夜色幽深,路灯只能照亮方寸之地,学校里空无一人,保安时不时晃着手电筒从走廊边经过。

蒋狗蛋拉着她校服袖子,避开一个保安,小心翼翼地到了教务处门口。

燕啾第一次干坏事,觉得还挺新奇的。

"这个点锁门了吧？"

蒋惊寒抬手摸了摸窗户，站在原地思忖，回头看她一脸兴味盎然。

燕啾靠在栏杆上，跟看戏似的。

"你到底写了什么啊，这么紧张。"

"不会全是我的坏话吧？"

蒋惊寒都没理她，专心拨弄窗台上的别锁，手指修长灵巧，拨弄了几下，本就堪堪卡住的窗锁松了一些。

"要不就不拿出来了吧？"

"反正是你，邓主任早习惯了，你写检讨也写得得心应手的。"

"只不过就是内容可能被张贴在告示栏，刚好让大家看看你有多小气。"

蒋惊寒这会儿已经推开了窗户，双手撑在窗台上，似笑非笑地望着她："你确定？"

燕啾看了他一眼，不说话了。

他怎么这副胸有成竹的样子。

她缩了缩脖子，看蒋惊寒利落地一撑，从窗户里翻了进去。

夜晚安静，风吹树梢，楼道的声控灯时明时灭。她抱着蒋惊寒的书包，无聊地帮他观察周围情况。

手机屏幕一闪，她不经意瞥见他的壁纸——

璀璨的星幕下，山间夜风猎猎作响。鼓起的衣摆，扬起的长发，少女微侧的脸。

"看什么呢。"

抬眸，蒋惊寒已经找到了她的作业本，抽走了夹在其中的两封信，单手撑着窗台，干净利落地翻出来，稳稳落地。

他两指捏着粉色的信封，在她面前晃了晃。

燕啾此刻很平静，福至心灵，直接问出口。

"蒋惊寒，这是不是你写的啊？"

蒋惊寒顿了一会儿，双眸深邃漆黑，还没开口，走廊尽头出现晃动的白色灯光。

"你们干吗呢！"

保安举着光芒强烈的白色手电筒，大喝着跑来，光圈在走廊两侧摇摆晃动。

燕啾还没反应过来,蒋惊寒一把攥住她的手腕,迈开长腿往前跑——马尾在空中划出一个弧度,宽大的蓝白色校服被风吹得鼓起。

漫长的走廊里,声控灯一盏一盏亮起,像舞台聚光灯一束一束打下来,照亮前路,照亮少年奔跑的侧影,照清手掌与手腕连接处的热度。

嘈杂声灌进耳朵,燕啾模糊地听见他说了一句——

"是。"

是风声吗?

还是真的应答?

"怦怦,怦怦,怦怦……"

是脚步声还是心跳声,间杂在急促的呼吸中,难以分辨。

呼吸加速,脚步急促,他们路过无数个熟悉的地方。

曾并肩走过的楼梯转角,值日时打扫过的公共区域,传小字条被罚站的教室门口,一同追逐过落日的广阔操场。

他们好似牵着手,又似并肩,不曾停歇地,向前奔去。

少年的手心略微出了一层薄汗,漆黑的双眸在夜色里亮得惊人,几乎要把她烫伤。

学校,街巷,谢了的樱花树,暖橙色的路灯,无一不在见证,这个十七八岁出格的夜晚。

城市看不到那么多星星,只有茂盛树荫下透出来的灯光,星星点点。

还没有正式进入夏天,但已经偶有蝉鸣。

燕啾一笔一画地在日记上落笔。

2018年,5月7日。

月色朦胧,同他夜奔。

第十三章
再错是小狗

市统考前一天晚上,郝萍喊燕啾到办公室。

"今天叫你来呢,是想跟你谈市级共建精品班的事情。坐吧。"

郝萍:"是这样的,我个人认为与其叫它精品班,不如叫集中训练营。它的形式很像他们走竞赛这条路的,考前集中培训,配备最好的师资和人力财力,全力以赴,冲刺全国最好的学校。

"你跟蒋惊寒关系好,应该也清楚,这种班级的压力都会比较大。并且有门槛,平均每次稳定在全市排名前五十的同学才能报名参加。

"精品班为期一年,且地址最后定在附中,文科班主任是教历史的吴兴运老师。

"就是说,如果你去的话,学籍还是在一中,但是整个高三就会在附中全封闭式上课,但是效果也是毋庸置疑的。"

背后突然响起书掉落在地的声音,谈话的师生两人望去,叶玺雨站在门口,心神不宁,抱着的作业摔落了一地。

她一边道歉一边捡起来,飞快地离开了办公室。

"好了,具体情况就是这样,你回去和家长商量商量,好好想想吧。期末之前给我回个消息就行了。"

燕啾点头:"谢谢郝老师。"

走到门口,郝萍又喊了她一声,神情有些犹豫和无奈。

"燕啾,我和朱老师一样,都希望自己的学生平安快乐。"

"你资质不错,自己很努力,留在这边的话,冲名校也是有机会的。"

燕啾"嗯"了一声,对她露出一个笑:"我知道,谢谢郝老师。"

"可我不想只是'有机会',我想做到百分百。"

郝萍想起她带的上一届学生,犹豫半晌。

"为什么你一定要去京北呢?"

"是因为燕鸣吗？"

小姑娘站在办公室门口，神色未变，只是眉梢动了动，温柔沉静。

"郝老师，你还记得你给我们放过的那场华语辩论赛吗？"

"那场比赛里，四辩结辩，这样说。

"既然这个世界告诉我们人不轻狂枉少年，就没有人应该天然地觉得，'轻狂'是一个贬义词。"

燕啾眉毛一扬，攒出一个明艳的笑。

"除了哥哥，我想，还有——'趁着年轻，我偏要勉强。'"

市统考如期而至。

复习、考试、出成绩，填满了五月中旬的每一个缝隙。

高二下学期，压力与考试密度都直逼高三，郝萍每天都要花十分钟给他们喂鸡汤。年级上的排名对燕啾而言，已经没有任何参考性。不管大考小考，她永远都是稳坐第一。

但是市排名掉出前十了。

她在心里飞快地盘算，拿着市排名的名单比对。

数学……她叹了口气。

十四班数学老师是个上了年纪的中年老教师，为此还专门找燕啾谈过话，言语中不乏警醒之意。

"虽然一百三十多也不算差，但你可是我们学校最好的苗子。"

燕啾低眉颔首："嗯，我知道。谢谢老师。"

可是越心急越补不上来。一天三套卷子，难题不会，甚至有些会的题也要算错。她觉得已经到了走在路上都在运算的地步。

蒋惊寒不止一次把她从路上的障碍面前拉走，感觉自己在玩超级玛丽。

又是一次月考，燕啾站在红榜前，看到数学那一栏，依旧是 125 分上下飘忽不定，没忍住叹了口气。

"又来了，又来了。"

"她到底在装什么啊？每次考了第一都平静得不得了，还愁眉苦脸的，凡尔赛也不带这样的吧？"

"不知道的真以为她是省状元呢。"

"什么省状元哦，也就在我们学校考考第一名，上次还不是市前十都没进啊？"

"好啦，你们别说了。"

燕啾偏头，叶玺雨和她的几个小姐妹在旁边扎堆儿看榜。她挑了挑眉，转身准备走。

叶玺雨凑上来，不偏不倚，正好挡住她的路。

"燕啾同学，我觉得你真的已经很棒了，不用叹气。"

燕啾顺着她的目光看过去。

穿着单薄校服短袖的少年缓步从转角走过来，姿态散漫，指尖拢着球，腾不开手，用齿咬着腕带，调整了一下位置。

十班体育课。

她略一挑眉，微侧身，没想到叶玺雨也跟着挪了挪，仍然挡在她面前。

蒋惊寒食指向上，漫不经心单指转着球，微微偏头："下节语文课？"

"啊，对。"杜飞宇苦着脸，"我课文还没背完呢。"

"那你背。《陈涉世家》。"

杜飞宇下意识开始想，从头背："陈胜者，阳城人也……"

背到一半支支吾吾，半天想不起来。

蒋惊寒单手插兜，另一手手肘拢着篮球，懒散抬眼，瞥了一眼红榜，不咸不淡帮他补上最后一句。

"——燕雀安知鸿鹄之志哉。"

尾音拖得很长，好像有些嘲讽讥诮的意味，又好像什么感情都没有，冷冰冰的。

话音一落，那几个女生顿时涨红了脸。

杜飞宇马上反应过来："对，燕雀安知鸿鹄之志。"

"你们能背吗？课文都背不清楚，还有心情背后说小话啊？我要是你们，我急得觉都睡不着，哪还有心思眼红别人啊。"

宋佳琪苦口婆心，正色道："每个人有每个人的目标，不要用自己的水平去衡量别人。努力并不可笑，可笑的是不努力，还看不起他人。"

杜飞宇："还有你，叶什么雨，刚才你朋友说坏话的时候怎么不阻止啊？现在是在干什么，做给谁看吗？"

杜飞宇真没想那么多，就是单纯地疑惑，但落在有心人耳朵里，简直就是明晃晃的"你这个绿茶"。

叶玺雨的脸红了又白，咬着嘴唇，小脸煞白，还想说什么，却被小姐妹们拉走了。

宋佳琪："看不出来，你骂人还挺有一手的呀。"

杜飞宇丈二和尚摸不着头脑："我骂人了吗？什么时候骂的？"

宋佳琪："……好吧。"

蒋惊寒散漫地走到燕啾旁边，顺着红榜往上看。

燕啾这时候才想起去看一下他的成绩——数学149分。

她安静了。

她沉默了。

是人吗？这人明明几乎不在数学上花时间。

燕啾越想越气，愤愤瞪了他一眼。

她眼型似桃花，眼尾上勾，不知道在谁的心上挠了一下。

蒋惊寒瞧了她片刻，低笑一声。

"卷子给我看看？"

放学后的咖啡店。

"也就是跟着啾姐，不然我们哪有这待遇啊。"杜飞宇吃了口小蛋糕。

"别说讲题了，连这款黑森林都吃不到！网红店是有点它的道理，怪不得每天排队三个小时呢。"

燕啾："你又翘课了？"

"没。"蒋惊寒低头看她的卷子，眉毛都没动，"使唤蒋唱晚买的，不然我就给妈说她数学不及格。"

燕啾：好惨，好睡眦必报一男的。

"啧，人家哪有空翘课啊，一下午都在潜心编写教材！"

杜飞宇鬼鬼祟祟推来一个本子。

燕啾翻开来看。字迹不算工整，几分潦草，但转折利落，笔锋明显，难得的既秀气又有力。从集合到导数，每一个专题都有相应的知识点和典型例题。不多，但很精，几乎全是她易犯的错，还做了归纳。

还挺厚的。

燕啾抬眼，蒋惊寒已经快看完了，随意卡在指间转动的笔一顿，往纸上写着字。

她凑过去看，以为他要批注错误。

结果这人在她运算错了的地方画了个圈，然后十分潇洒地，写了两个字：好笨。

燕啾嘴角抽了抽，沉默了。

是不是人不发火就把人当傻子啊。

书法大师满意地端详了片刻，转了圈笔，这才从头给她顺了一遍这张卷子出现的问题。

深入浅出，逻辑严密，半个多小时就讲完了。

"啾啾，你喜欢的乐队是不是要开始巡演啦？"宋佳琪突然问道。

"嗯，但是第一轮巡演城市里没有锦城。都在东南沿海。"

"那我们飞过去看怎么样？"

燕啾抬眼，小姑娘显然对这个提议很兴奋。

她张了张嘴，有点呆滞："不用了吧？"

跑来跑去，怪麻烦的。

"七月哎！刚好就当考完试，出去玩一下嘛！以后高三可就没机会了。"宋佳琪眼巴巴的。

"我还没有跟朋友们一起出去玩过呢。我爸妈说让我这个暑假跟朋友出去旅游，机票住宿他们全包。"

杜飞宇："这么好？那我也要去。"

"只包啾啾，不包你。"

"凭什么啊？我还是不是你同桌了？"

"我爸妈让我和好朋友出去玩，你是我好朋友吗？"

"那我是什么？"杜飞宇不过脑子。

这句话把宋佳琪问蒙了，张了张嘴，不知道说什么。

燕啾默了一瞬。

宋佳琪提到的"好朋友"和"没有机会的高三"，让她恍惚了一下，差点以为他们知道了什么。

她最后答应了。

"不用叔叔阿姨破费了，就当我们自己出去玩吧。"

蒋惊寒挑了挑眉，不动声色地扫了对面那对同桌一眼。

两人收拾东西走后，杜飞宇才问："寒哥为什么一定要我们这样说啊？"

宋佳琪："不知道，可能是自己想约啾啾出去玩，又不好意思吧。"

"这主意还挺管用啊，你卖个惨，我俩吵个架，啾姐就同意了。"

想了想，杜飞宇又打了个寒战："他好心机啊！一个男人，竟可怕到如此。"

宋佳琪无语地移开视线。

晚上十一点半，燕啾改完最后一道数学题，开始放空。她半趴在书桌上，望着旁侧的书。

半响，她伸手抽出一个本子。一看封面就是男生用的本子，非常朴素，印着学校的名字，像是发的奖品。

她再次翻开，指尖在纸面上摩挲。男生的字迹分外清晰，跟碎碎念似的，有好多评论性的批注。

——别偷懒，耐心算。

——看清数据。

——这种题，再错就是小狗。

…………

燕啾腹诽：小狗又做错了什么。

落笔而造成的轻微凸起，和纸墨微弱的味道混在一起，侵袭她的触感和嗅觉。

风从阳台未关严的窗户吹进来，"哗啦哗啦"吹动书页。

她才蓦然发现，蒋惊寒在扉页写了题献——

给啾啾：

希望她不要再为数学哭鼻子。

不知道怎么，最近总是觉得困倦，昨晚还失眠。

燕啾揉着眼睛爬起来一看手机，还有二十分钟就迟到了，吓得赶紧洗漱，衣服都没来得及换，抓上外套就走了。

"呼！"她吐了口气，最后三分钟跨进校门。

耳边声音响起，蒋惊寒挑起半边眉梢："来挺早啊。"

燕啾："怎么是你啊。"

那人漫不经心地反问:"不是宋景堂,你很失望?"

燕啾眉头皱出了个问号,目光投向旁边的顾西铭,满脸写着"这人是不是有病"。

顾西铭:"他今天帮嘉树值日。"

"哦。"她挥手跟顾西铭打了个招呼,准备进去。

"回来。"蒋惊寒垂眸瞧她,"让你走了吗?"

燕啾很不理解:"我又没迟到。"

蒋惊寒懒洋洋站着,上下扫了她几眼:"校服穿上。"

燕啾低头打量自己。

早上太急了,她没来得及换校服短袖,只抱着校服长袖外套。她现在就穿着简单的白T恤,虽然领口稍微有点大,但也没到衣冠不整的地步吧。

燕啾觉得他纯属找碴儿,瞪了他一眼。人家顾西铭,正牌纪检都没说什么呢,他管得倒宽。她不情不愿地套上校服外套,觉得热得发慌。

看了看表,还有一分钟,她没好气道:

"行了吗?"

蒋惊寒挑眉:"你很急?"

"废话。青姐早自习,换你你不急啊。"

她说完,发现蒋惊寒还真没急过,就闭了嘴。

蒋惊寒照旧好整以暇地望着她:"那你夸我两句,我就放你进去。"

燕啾怀疑自己听错了,皱着眉,不可置信:"什么?"

"我昨天给你讲卷子,编教材,今天给你放水。"

那人站在林荫下,明明清隽挺拔,却又偏生看出几分狡黠和吊儿郎当来。

他眉梢一扬,面不改色地重复了一遍——

"你夸我两句,不过分吧?"

恬不知耻堵着门求夸的蒋少爷,当然没能得逞。

燕啾漠然地抬腿踹了他一脚,压着上课铃走进教室。

她是课后去接水,才知道蒋惊寒没有在故意找碴儿。这件衣服有点透,几乎都能看见内衣的颜色和轮廓。

她逃也似的,迅速走回教室,拉上了校服拉链。

语文晚自习。郝萍坐在讲台上写教案,不时扬起头来,活动酸痛的脖子,打量着全班同学。有的人在扳着手指头背书，有的人在偷偷照镜子。有的人单手支着额头，刘海都要被摸秃了，一看就是在写数学。还有人在打瞌睡，小鸡啄米似的，一下又一下，差点栽倒在桌上。

"咳。"她轻咳一声，那人立刻醒了，没过三秒，又闭上了眼。

郝萍也无奈了，不再做无谓的挣扎。

她视线转向整个班里坐得最挺拔的两个人。

宋景堂肩背放松，落笔节奏不疾不徐，很是游刃有余。

燕啾脊背挺直，坐得端正，体态极好，此刻翻着笔记本，眉眼低垂，落笔无声。

她觉得这小姑娘最近状态又好起来了。前段时间像压力过大，陷入了情绪旋涡。这段时间倒还调整得不错。

希望她高三去附中封闭式学习的时候，也能保持良好的情绪和抗压能力。想到这里，郝萍轻轻叹了口气。

少女安静端坐，自有挺拔之意，难免让人想起另一个人。

三年前，她教过燕鸣。

那个时候她还没有当班主任，只是语文老师。

男生很优秀，比如今的宋景堂还要出类拔萃。

学生会主席，数学课代表，年年优秀学生代表，红榜第一，竞赛奖状不计其数，懂事乖巧，谦和有礼。

连她这个任课老师，都记不得见过多少女生给他送信，放学后含羞地递上一份包装精美的礼物。而后者总是温柔又克制地拒绝，说要去接妹妹回家。

郝萍其实毫不意外，燕啾会选择去附中。

这样优秀又耀眼的人，无声无息地陨落，即便路人如她，也遗憾不已。

何况是曾被他视若珍宝般宠着的妹妹呢。

她要如何释怀。

郝萍觉得燕啾跟她哥哥其实不太像。

燕鸣如清风晓月，沉静潭水，内敛温柔。

而燕啾，她像雪下的干柴，平日里看着淡然清冷，遗世独立，其实骨子里全是傲气和固执，一步都不退让。只妄图时机到了，迎风一吹，能以己身燎原。

期末考试考最后一门的时候，外面下了暴雨。天色顷刻转暗，刚放完听力，就接下一声惊雷，白色闪电划亮天际。

"轰隆隆！"

豆大的雨滴如倾盆般急促落下，砸在地面上，汇成蜿蜒的水迹。

临危不乱如一中学生，都对着窗外惊呼不已。

燕啾望着磅礴的雨幕出了会儿神，安静地转回来，写完了英语试卷。

考试结束铃声响后的十分钟，学校就紧急拉了电闸，督促学生赶快回家。

教室里顿时更暗了。大家都叽叽喳喳地议论着考试题，又或是这奇怪的天气，飞速地收拾着东西。

燕啾先给爷爷奶奶打了个电话，让他们注意安全，不要出门，然后就安静地坐在教室里。

透过窗户，她看见无数焦急的家长站在校门口，撑着一把看起来很结实的大伞，不顾几乎能把人掀飞的大风和密集的雨滴，抻长脖子，焦灼地等待着。

前后两个不远的十字路口传来鸣笛，无数家长的车停在门外，恶劣天气下，交通状况反而愈加拥堵。

外面一片嘈杂。她只平静地看着。

叶玺雨爸爸妈妈双双走进校门来接她。

宋佳琪和杜飞宇跑上了同一辆车。

孟阿姨的车直接开到了教学楼下。

熟悉的少年脱下校服外套，护着他的妹妹，飞奔着跑进后座，从副驾驶接过一条干毛巾。

鹅黄色的，看起来很软。

燕啾收回视线，想，今天应该要一个人回家了。

有车不坐，又不是傻子。

而且除了她，应该也没有人会没有家长来接吧。

"燕啾。"教室里的人几乎走尽了，宋景堂握着一把伞，问她，"雨很大，要一起走吗？"

她摇摇头："谢谢，不麻烦你了。"

"你在等蒋惊寒吗？"宋景堂望着她，"我刚刚看到他走了。"

燕啾沉默了半晌。

"没有。我只是想等雨停。"

"好。要是你待会儿有什么情况，就给我打电话。"

天色又暗了很多，黑云压顶，几乎要什么都看不清了。

燕啾索性打着手电筒，翻出一本书来读。一篇英文学术期刊，作者用了大量篇幅去论证，青年适应障碍与心理健康密切相关，和抑郁水平呈显著正相关。

适应障碍。她默念着这四个字。

她现在逐渐不厌食，失眠也仅仅是偶尔，情绪积极和乐观了许多，看起来不是那么格格不入了。

但又怎么样呢。她依旧不是能够自如站在阳光下，正常的，开心的高中生。

她跟大家不一样。她既没有关心爱护她的父母，也没有朝夕相处、一起回家的同桌。还失去了，会在暴雨天来接她的哥哥。

她几乎一无所有。

燕啾抿唇，手指分开侧边书页，翻了过去。

楼梯间倏然响起了脚步声——

手电筒的白光一晃一晃出现在昏暗的走廊上，燕啾余光瞧着光斑划过窗沿，想起了上一次看到这样的场景。

是和他夜奔的晚上。

她垂下眼，等待保安叔叔检查教室。

门被叩响了两声。

"叔叔，我等雨小点就走，不会在学校逗留很长时间的。"

半晌无人应答，她抬眼。

来人握着一把粉色的伞，站在教室门口。细细的伞骨斜出，像是被大风吹坏了。

蒋惊寒发梢还微微滴着水，表情变幻莫测，很是微妙，开口道："你把我当谁了？"

"保安？"

蒋惊寒懒懒散散地笑着："哪儿找这么帅的保安。"

燕啾："你怎么回来了？"

"我就没走啊。"

燕啾手指扒拉着校裤布料:"我看到孟阿姨的车了。"

蒋惊寒看她一眼:"我妈接蒋唱晚,又不接我。

"再说了,我走了,你怎么办。"

哪有家长只接一个人的。

燕啾沉默了下:"也许我早走了呢?"

"走了就走了呗,我就当回来散个步。"蒋惊寒倒是很坦然,一副无所谓的模样。

谁暴雨天散步啊。燕啾看了一眼那把粉色的伞,都快被掀散架了,没说话。

"我还不知道你嘛。"蒋惊寒又看了她一眼,"公主殿下宁愿坐在屋檐下等雨停,也不愿意淋雨。

"你走了,证明有人送你,路上绝对安全。"

说到这儿,他顿了顿,好像有点不爽。

"虽然不知道这人是谁。但最好不是宋景堂。"

燕啾手指蜷了蜷,有几分心虚地移开视线,眼神飘忽,没说话。

你还挺会猜。

"但万一你没走呢。我可担不起让公主淋雨的责任。

"这不就被我捡着了嘛。"

燕啾摸着校裤褶皱:"……你捡着麻烦了。"

"是挺麻烦。"蒋惊寒低声叹了口气。

燕啾心脏微微一缩,像有细小的针刺进去,一抽一抽地疼。她还没开口,又听他说:

"明明不开心,还不说实话,尽拐弯抹角地打听。"

少年走到她面前,四目相对,双眸清亮。

"燕啾,我没有觉得你是麻烦。

"看到你在这里,我很开心。"

燕啾恍惚地抬起眼。

她在这里,他很开心。

少年把她围在方寸之间,像凭空给她搭了一个房子。

为她遮风挡雨,在这夏夜的暴雨天。

心里好像有什么浮躁的情绪被压了下去，像皱巴巴的衬衫，被规规矩矩地铺在案上，冒着蒸汽的熨斗，一下又一下，抚平所有褶皱，带着无穷的暖意和安全感。

燕啾此刻忽然想坦诚一点。

尽管这件她不知怎么开口的事，可能飞快地打破这难得温馨的气氛，但这毕竟是最后一次，和蒋惊寒一起坐在这里。

"我下学期就要去附中了。"她讲完，垂下眼去。

少年没什么波动，偏开头去看渐小的雨幕。

"我知道。"

燕啾抬眼，跟着他站起来，偏头看他："你知道？"

"嗯。你们班那叶什么说的。"

"……叶玺雨。"

"好像是吧。"蒋惊寒像是不感兴趣，眯着眼想了一会儿，转头看她，笃定道，"你不喜欢她。"

燕啾下意识反驳，移开视线："我没有。"

"真没有？"蒋惊寒低声道，"好吧。反正我不喜欢她，你也不准喜欢她。"

燕啾："……啊？"

"怎么了。"

"我知道你是燕女神，是完美小姐，是最最通透豁达的小朋友，不屑和这些人计较。"

少年抬头，好像看穿了她所有的情绪，淡然道：

"就当是为了我，帮我出出气，光明正大、理直气壮地讨厌她。"

"在这件事上，我原谅你的不完美。"

燕啾觉得她的心脏今天有点负荷过重了。

少年说这话的时候，她几乎都能感受到心脏的收缩，一下一下，缩紧，又舒展开。

燕啾一直是一个几乎能被写进教科书的完美主义者，成为最好是她的准则。

她要求自己大方、得体、豁达、通透，她原谅世上所有的小缺陷，却独独不放过自己。

她不接受自己不完美。

可是如今，有人告诉她，你可以任性一点，可以小孩子脾气一点，可以大大方方地说出来，讨厌谁，不喜欢谁。

不用再小心翼翼地，认为这是自己不够宽容的错，觉得自己坏，日复一日的压抑，为自己的负面情绪赎罪。

燕啾鼻尖猝不及防地一酸，几乎顷刻就要落下泪来。

少年从兜里抽了张纸巾出来递给她。

"燕啾，你真的很好了。

"讨厌谁也好，害怕暴雨天也好，某个科目暂时不好也罢，都没什么。

"我们会开心地接受，你所有的不完美。"

燕啾仰头，觉得这雨可真大啊。

竟像是下到了她眼里。

第十四章
《二十首情诗和一首绝望的歌》

暴雨后天晴,航班徐徐降落在厦门高崎机场。东南沿海,晚上八点下飞机时,仍有燥意的晚风拂过玻璃长廊。

几个人拖着行李箱,双双成对。

宋佳琪拿着旅行手册,难掩雀跃地碎碎念:"今晚上岛,明天去看演出,大后天植物园和沙坡尾。"

杜飞宇一个人拖着两个行李箱,从她身后探头看手册。

晚霞依旧绚烂,粉紫色映在天边,异常浪漫。

燕啾拿出手机拍了一张。她顿了一会儿,不着痕迹地偏了偏角度,把半蹲着的少年框进画面。

蒋惊寒正低头帮她看行李箱滑轮,眼都没抬。

"拍帅点。"

燕啾动作一顿,抿唇收起手机。

"我又没拍你。"

"嗯……"他拖长尾音应着,伸手推了两下,滑轮好像不卡了,扬起下巴站起来。

"那求求你拍下我。"

燕啾:"……神经病。"

两个小姑娘背着手,轻松得像领导巡视,摁开密码锁,进了海景房。

后面两个苦力从出租车上搬下行李箱,杜飞宇:"我算是看明白了,咱就是来服侍公主的保安。"

"可别。"蒋惊寒轻松把行李箱拎上台阶,"你是,我不是。"

杜飞宇:"……呸!"

"这有牌!"

"四个人怎么打。"

"四个人可以打麻将。"

"没麻将机啊。"杜飞宇两指并拢飞了个敬礼,"不然看我大杀四方。"

一片沉默。

大家顿了三秒,没有人说话,纷纷转身去收拾东西。

杜飞宇:"……喂!"

最后四个人还是妥协了。

他们预订的海景别墅,离市区太远,夜深了,索性就宅家点外卖。烧烤点了一大堆,一边吃一边开房间,面对面打网上麻将。

杜飞宇很嘚瑟。

"给你们预告一下,我要胡了,不要给我点炮哦。"

宋佳琪:"可是你都输了哎。"

杜飞宇:"我马上就赢回来了!"说着豪气地打出一张牌,"九万!"

燕啾想着小富即安,稳妥为上,正准备胡这张九万。

蒋惊寒跟有读心术似的,长指懒洋洋在屏幕上滑动。

"别胡。"

燕啾:"凭什么?"

后者很淡然:"做把大的,事成分你一半。"

燕啾很爽快:"赢了分我七成,输了你自负。"

蒋惊寒低笑一声,挑起半边眉梢:"啧。七成,你怎么不去抢。"

杜飞宇:"你俩能私聊不?我还活着呢。"

话音未落,用户 95 一轮圆月的头像前,四个方方正正的九万麻将牌一字排开,屏幕上蹦出一个大大的"杠"。

宋佳琪:"呀!杠了,你又输了。"

杜飞宇:"……呵呵。"

"你们搁这儿逗我玩是吧。演哪一出?同桌双双把家还啊?"

按规则杠后要再摸一张牌,蒋惊寒抬眸看了眼燕啾。

"看好了啊,给你变个魔术。"

燕啾没说话,脸上明晃晃有几分不信。

怎么觉得这么不对呢。

蒋惊寒慢悠悠点下最后一张牌,慢悠悠吐字——

"送你一朵花。"

继杠之后,最后一张牌,他和了。屏幕上倏然蹦出一朵带着特效的,灿烂的,闪着亮光的,中老年头像一般盛放的,电子花。

上面还用红色艺术体写着几个大字——"杠上开花"。

燕啾沉默了。

所有人都沉默了。

没事儿吧?谁送礼送人杠上花啊?

杜飞宇:"我想要发表对此事的看法,简要总结为以下六点。"

宋佳琪无语地抬起眼,用行动诠释这六个点。

闹了半天,杜飞宇看了眼时间:"不玩了!你一个人赢,没意思!"

这场深夜麻将局,以杜飞宇输得最多而告终。他面有悲色,拉着宋佳琪下楼。

蒋惊寒都没数,直接把赢的全都递给旁边人。

"答应你的,给了啊。"

燕啾:"你不是问我怎么不去抢?"

蒋惊寒抬眼:"对啊。你自己抢,只能抢到七成。我自愿给你,那可就是全部上交。"

燕啾不为所动:"这里面还不是有我输的部分。满打满算,我还是只拿了七成。"

蒋惊寒无语片刻:"你还挺会算。"

燕啾矜持地"嗯"了一声:"那是。"

"这样吧,你闭上眼,我给你补上那三成。"

燕啾这次很警觉:"我不要杠上花。"

"不是杠上花。"

少年从鼻腔里低笑了一声,看她不配合,索性直接微微倾身,伸手捂住她的眼。

"这次是真的。"

隔着一定距离,蒋惊寒的手掌没有全贴在她脸上。

燕啾迟疑地眨了眨眼,纤长浓密的睫毛像一柄小刷子,在他手心颤了颤,又像幼嫩的猫爪,在谁心上挠了挠。

温热的吐息和清凉湿润的海风纠缠在一起,拂过她的脸颊。

她似乎能隔着几毫米的距离,感受到蒋惊寒的体温。

夜晚仍有蝉鸣。

海浪拍打沙滩，一下又一下，空远悠长。

燕啾听见脚步声渐近。

还有低低的话语声、吸气声，听不大真切。

眼前突然漏出亮光——

她轻轻抬眼。

杜飞宇咧着嘴，高举着东八区标准计时器，上面显示还有十秒，就要迈进新的一天。

宋佳琪眼睛亮晶晶，双手捧着一个精致的蛋糕，上面洒满紫色糖霜，还插有一支正在发出暖橙色光芒的蜡烛。

烛光摇曳，颤颤巍巍，几欲熄灭。

旁边人长腿一迈，站在风口处，长指微动，三两下环成一个圆，伸手往她头上扣了个什么东西。

烛光稳定下来，缓慢转动的指针终于也指向零点——

燕啾听见他们尾音上扬，异口同声，难掩雀跃，好像期待了很久。

"生日快乐，啾啾。"

燕啾顶着生日帽，纤长羽睫颤了颤。

蒋惊寒双眸漆黑，半个身子倚在阳台栏杆上，嘴角噙着散漫的笑。

"祝你岁岁年年有今朝。"

宋佳琪拆开纸碟和勺子："这个蛋糕可难订了，要提前半个月。我差点以为送不过来了。

"快，啾啾，许愿！

"过生日可以许三个愿望呢。"

燕啾深呼吸一口气，稳住发抖的手，好半晌，才略显迟疑地张了张嘴。

"我没那么多愿望，要不让给你们吧。"

"没那么多愿望也要许好吧！你的生日，一年一度，怎么可以把机会让给别人。"

"对呀，啾啾，平安健康，什么都好。"

杜飞宇和宋佳琪一唱一和地坚持，燕啾只好迎着烛火，双手合十。

这一年许的愿太多了，比她离开这里的整个三年里许的愿还要多。

依旧是希望家人和朋友都能平平安安，身体健康，天天开心。希望爱的人的愿望都能实现。

燕啾仔细想了想，不知道月亮女神会不会觉得她犯规。

好像其他愿望也没有了。

蒋惊寒长指搭在桌边，半晌，拿起拍立得，摁下快门。

面容恬静的少女，同可爱的蛋糕、暖橙色的烛光，还有无边无际的海浪，一同印进相纸里。

次日清晨，天气晴朗。

燕啾拉开窗帘，站在落地窗前，微微仰头，看蓬勃的日出。

温柔海风吹动浪潮，一下又一下，扑在柔软的沙滩上。远处有几艘船，缓缓驶进港口，发出鸣笛声。

她蓦然想起了聂鲁达的一首诗。

小小片段里，最后一句还没想起来。

楼下传来一声叹息。

宋佳琪站在下面，闷闷不乐："看微博。"

非常抱歉地通知各位乐迷，原定于今晚的厦门演出由于队内成员原因，遗憾取消。退票渠道将于今天中午12:00开启。

我们向购买了本场演出的乐迷致以最诚挚的歉意，并承诺如若有下一次演出，凭此次购票记录可以免费进场。再次抱歉！

宋佳琪神情无奈："早就听说鼓手和主唱感情不和，我还以为是谣传，起码可以撑过这次巡演的。"

"没事儿。"燕啾长发被风吹起。

"他俩闹离婚很久了。我们就当纯旅行，也还不错。"

宋佳琪瞪大眼睛。

"他俩结婚了？什么时候的事儿啊？我怎么一点风声都没听到。"

"你早猜到了吗？天啊，这就是你这次不打算来的理由吗？"

燕啾看着她火速变身娱乐记者，打听八卦消息，觉得有点好笑，缓步走下楼。

"我有个朋友认识他们。他俩……"

宋佳琪听完意犹未尽,"啧啧"叹气。

"哎,男人都靠不住。女人还是得独立,万事靠自己。"

燕啾赞许地点头:"你悟了。"

二楼靠外的房门打开,某人趿拉着拖鞋下楼来。

少年像是刚醒,碎发半遮住眉毛,眼皮垂着,姿态散漫,神情慵懒,声音还略有几分没睡醒的哑:"早。"

燕啾眼看着宋佳琪突然脸红了。

宋佳琪咳了两声,压低声音:"那个,单纯垂涎美色,你别多想。"

燕啾沉默着,心想,我也没多想啊。

蒋惊寒侧着身子,头发被朝阳镀上一层金光。长臂一伸,越过燕啾肩膀,从吧台上拿了瓶矿泉水,仰头吞咽的时候,喉结滚动,脖颈线条流畅。

他的喉结好明显。

小臂瘦削,腕骨分明,还有若隐若现的青筋。

矿泉水瓶上的水雾凝成水珠,顺着喉结滑入衣领。

燕啾竟然也觉得脸有点热。

两秒后,她移开视线。

一定是因为起太早了。

她一边想着,一边把拧了半天都没弄开的矿泉水瓶递过去。没想到蒋惊寒掀眼皮子瞥了一眼,屈起手指,又给她推了回来。

燕啾:"嗯?"

这人眼皮微垂着,漫不经心晃了晃剩下的半瓶水,正色重复道:

"女人要独立。

"男人都靠不住。

"哪怕我这么帅的男人也不行。"

两秒后,燕啾扯着嘴角,忍无可忍。

"呸!"

燕啾后来回想,好像生日那天过后,她的好运就戛然而止了。

短暂得毫无预兆,又似蓄谋已久。

直到某天晚上,她靠在窗边读书,又一次看到茨威格写奥地利公主,才惊觉这句话的含义。

"她那时还太年轻,不知道所有命运赠送的礼物,早已在暗中标好了价格。"

而她亦然。

海边天气多变。早上还艳阳高照,下午就阴沉得万物都灰白。几个人沿着海滩一直走,赤脚踩在柔软沙滩上,留下深深浅浅一串脚印。

宋佳琪用沙子堆了个小人儿,在找小贝壳给它当帽子。

"啾啾,快看!"

"你那个有什么。看我的!"

杜飞宇兴奋地指着他精美的城堡,结果脚下一滑,一屁股给坐塌了,还整个人靠在了后面人的腿上。

蒋惊寒垂眼看他,神情冷淡。

宋佳琪哈哈大笑,拉着燕啾跑了几步,感受冰凉又沁人的海水漫过脚踝。

"好喜欢这样悠闲静谧的生活。"

燕啾微微仰头,长发被海风吹起,侧脸白皙明净,嘴角弯了弯,竟让人一瞬晃了神。

宋佳琪:"哎,啾啾,我们的生日礼物,你拆了吗?"

"还没有,想着晚上再看。"

两个男生落后五米开外,依旧能听见杜飞宇亢奋的欢呼声。

"牛啊寒哥!我们还深陷苦海,你这就提前毕业了。

"那我们晚上吃什么?你得请客吧?

"我想想啊,什么东西最贵。不得狠狠宰你一顿。

"你会生气吗?不会吧?等你以后到了S市,想请我吃饭都没机会咯。"

宋佳琪:"你们在说什么?"

"天大的好消息。"杜飞宇一脸神秘。

燕啾也疑惑,蒋惊寒看她一眼,半边眉梢微微挑起,两指捏着手机,晃荡两下:"面试结果出来了。"

她张了张嘴:"嗯?"

"我拿到S大保送了。"

燕啾没站稳,脚下一滑,往后跌了一下,几乎是一个踉跄。她清晰地感觉到锐利的贝壳碎片划破了脚背,传来一阵隐痛。

仿佛满心欢喜,触摸玫瑰的时候,被锐利的尖刺扎了一下。

很轻,很淡,但又令人无法忽视。

她垂眸,收紧手指,声音平静,无波无澜。

"恭喜你啊。"

远方汽轮传来一两声鸣笛,渡着水波和游人缓慢归港。海鸥在空中盘旋,看不清远方。

暮色苍茫。

"啊,啾啾,你是不是流血了。"

燕啾垂眸看了一眼:"被划了一下,问题不……"

蒋惊寒把手机揣兜里,俯身看了一眼。

"你别——"燕啾有些惊慌。

蒋惊寒没理她,俯身就把她横抱起来。

燕啾害怕,只得抓住他肩膀处的衣服。蒋惊寒偏偏这时候把她往上颠了一下,轻松得很,垂眼看着她的手:"再不松手,衣服要被你扯烂了。"

燕啾望着被往下扯而露出的大片锁骨,她松开手,镇定道:"就是一个小口子,没必要这么大张旗……"

蒋惊寒好像没站稳,又颠了一下,燕啾顾不了那么多,一把环住他脖子。

"喂!"

蒋惊寒悠然稳住手,余光瞥了瞥她的手,依旧十分淡然。

"有点累,不好意思。"

这人绝对是故意的!

燕啾有点羞,又有点恼,恶狠狠地瞪了他一眼,被这人轻飘飘地带过。

杜飞宇还在后面嚷嚷着什么,蒋惊寒头也不回,打了个车,扔下一句:"你俩自己去。我请客。"

"不是,啾姐那点小伤,也用抱吗?"杜飞宇很是纳闷儿。

"你懂什么。"

宋佳琪带着姨母笑又看了一会儿,直到人影都不见了,才想起来:"对了,我们还去吃吗?"

"吃啊!有人请客,为什么不吃。"

宋佳琪半晌才应:"噢。"

燕啾抱膝横坐在长椅上,未穿鞋袜。蒋惊寒拆开棉签包装,低头往她伤口上涂酒精。

"有伤口就不要泡海水了,小心细菌感染。"

酒精弄得有点疼,燕啾没什么表情地看他涂:"哦。"

她盯着他漆黑的发顶。两个不明显的发旋隐藏在发间,不仔细看,难以发现。或者说,只有本来就知道它的人,才能一眼看出来。

她无意识地开口:"你有两个发旋儿。"

老人常说,这样的人聪明又固执。

蒋惊寒没怎么在意,浅淡应了一声:"嗯。喻嘉树也有两个。"

是吗?她迟滞地张了张嘴。

骤然提起,竟然有些陌生。燕啾忽然意识到,她只了解蒋惊寒。大院里那么多一起玩的小朋友,她只知道他。

她茫然地眨了眨眼。无数回忆在眼前纷纷扬扬,如旧式电影一般放映。

每一帧里都有同一个人。

太熟悉了,难以分割。

燕啾闭了闭眼,眼前画面却更加清晰。她已经不记得这是跟他认识的第多少年了。关于童年和夏天的每一帧回忆里,都可以清晰地看见他。

夏天小巷里一起吃老冰棍的男孩。

汪婆婆小院里一起打街机游戏的男孩。

大院里乘凉时,坐在旁边帮她摇蒲扇的男孩。

弄脏了衣服,一声不吭去帮她买新裙子的男生。

隔壁班那个永远站在后门等她的男生。

游乐园里帮她系氢气球,陪她一遍一遍坐摩天轮的男生。

仿佛聚光灯下的主角一般,是她这么多年日记里,为数不多的角色之一。

她曾无数次感谢上天。

错过几年光阴后再次重逢,在她看来,已经是奢望。

她的祈祷奏效了吗?

不然她十几年的人生里,怎么愿望成真一般,半途归来一个让她无法释怀的少年。

那个人会在午睡时悄悄伸手,为她挡住刺眼的阳光。

会站在山风来处,教她认星星,为她做北半球独一无二的微缩银河。

在夜里握着她的冰激凌,轻声又笃定地肯定,她期盼的完美夏天。

借生日带她看海,偷偷圆她每一个未曾说出口的美梦。

拉着她的手在暮色里狂奔。

画面定格在最后,打着和她同色领结的少年身姿颀长,挺拔地站在大礼堂丝绒幕布下,在全校师生前,隐秘又真心地……

祝她开心。

纯粹又热烈。

冒着被处罚的危险。

只为了祝她开心。

少年就是少年,永远天真,永远热烈。翻山越岭,披荆斩棘。

涨落有时的海水潮汐,飞扬的樱花花瓣,山间高悬的繁星,也在见证这一刻吗。

燕啾看着他小心翼翼的模样,好像眼前是什么珍宝,心里倏然泛起一阵酸涩的胀疼,细细密密的,此起彼伏,酸软的刺疼随着呼吸遍布全身。

有人说,说谎的人要吞一千根针。故意隐瞒的人也要吗?不然她怎么竟然觉得有点疼。

当初记忆里的小男孩,早已长成肆意挺拔的雪松,出类拔萃,让人移不开眼。

她又怎么能,要求他在原地等她。

燕啾深吸一口气,强压下鼻尖酸涩。

少年好似完全没察觉到她的情绪,往伤口上贴创可贴,接着叮嘱:"也别赤脚踩沙滩了。"

她垂眼,沉默了片刻,故作开心:"……你好啰唆,像个小老头。"

蒋惊寒抬眸看了她片刻,没吭声:"礼物看了吗?"

燕啾感觉自己好像要被那双漆黑的眸看穿:"还没有。"

她微微偏头,躲开目光,起身理了理裙子,径直迈出几步:"走吧。"

夜幕下,两个人一前一后,沿着海岸线,缓慢地往回走。

汽船仍在鸣笛,夜色静谧。先前稍显剧烈的情绪被大海包容,被海浪声平息。

大海能接纳一切。

燕啾弯腰捡起一个海螺，回身递到少年耳边，她微微偏头问："有声音吗？"

蒋惊寒侧耳听了片刻："有。"

燕啾有些诧异："真的吗，我随便捡的。"

"它问你今天为什么不开心。"

她略显错愕地停下往自己耳边递的手。

她几乎要忘了。他在察觉她的情绪上，一向很敏锐。

燕啾顿了片刻，半开玩笑：

"因为早上想到一首诗，却怎么也记不起最后一句，有些懊恼。"

少年的眼在黑夜里更显深邃，耳边是海风呼啸。

半晌，他声音淡淡："什么诗？"

燕啾低垂着眼，看海浪卷起白色泡沫。

其实刚刚那一刹那，她已经想起来了，但心里忽然有一股声音在说，告诉他也无妨。

反正，他大概永远也不会知道吧。

"有时候，"她轻声念道，"我在清晨醒来。

"我的灵魂甚至还是湿的。

"远远的——海洋鸣响，并且发出回声。"

清浅的声音伴着海浪，湿润的海风吹起长发，分外应景。

下一句……

扬起的长发掩住她的侧脸，短短几个字的诗句在唇舌间默然滚了一遭，大抵也算说过了。

她在心里念出最后一个字，倏然觉得某种微妙的情绪如海浪般铺天盖地，几乎要将她淹没。

怎么这么不甘心。

燕啾抬眼，近乎心悸地问他："你知道下一句是什么吗？"

眼前人没有作声，沉默了好半晌。

说不清此刻的情绪是遗憾还是庆幸。

她垂眸，客气地打圆场。

"没关系，这个诗人用西班牙语创作，不知道也情有可原。"

蒋惊寒看了她片刻,好像叹了口气,往前迈了一步。他嗓音低沉,低声道:"聂鲁达。"

她心下倏然一惊,好像有什么秘密在今天就要被戳破。

她太过错愕,手中壳面粗糙的骨螺掉在白色细沙上,将沙滩砸出一个浅浅的窝。

眼前少年微微俯身,捡起海洋留声机,轻轻抵在她耳边。

海浪声越发空灵悠远。

"这是一个港口。"

她看见少年双眸漆黑,堪比夜色,四目相对间,他低声接出下一句——

"我在这里爱你。"

>这是一个港口,我在这里爱你。
>——聂鲁达《二十首情诗和一首绝望的歌》

蒋惊寒低声念出那一句的时候,燕啾说不上自己是什么感觉,又或是什么感觉都没有。

她只迟滞又茫然地眨了眨眼。没有欣喜,没有羞怯,连一丝称得上积极的情感都难寻。

她感到一股巨大的窒息感,像濒死挣扎的溺水者,几乎要将她淹没。她心里只有一个念头:他们终于走到这一步了。

莎士比亚《仲夏夜之梦》里写,真爱无坦途。

有情人要经多少磨难才能终成眷属。

而她在意的人此刻站在她面前,原谅她所有的欲言又止,词不达意,敏感和拧巴。

真诚又坦荡。

告诉她,你看,我们的心是一样的。

可她竟然想后退。

她第一个想到的词是天南海北。

第二个是鸡毛蒜皮。

他们不过是人生里擦肩的过客而已。

像所有的上学时不远不近的同学,毕业之后分道扬镳,天涯海角。并肩走过年少时很多路，然后转身，各自退回人海之中。

她感受着困难的呼吸和不断收缩的心脏，才意识到，她好像很难过。

"……蒋惊寒。"半晌，燕啾平静地开口，借三分夜色，终于有勇气坦诚，"我要去京北。"

身后人顿了片刻："嗯？"

燕啾垂着眼。

"一直没有机会告诉你。今天刚好想到了，索性就说了。"

蒋惊寒的脸隐在夜色里，海风吹动发梢，双眸清澈，却浅淡。他微偏过头，忽地笑了起来，声音懒散，一如既往。

"你怎么想一出是一出。"

"我没有开玩笑。"

燕啾闭了闭眼，打断他："我一直都很坚定地，想去京北。"

又沉默了好久。

少年落后半步站在她身后。

夜色凉了不少。海风吹在裸露的皮肤上，激起一层细小的鸡皮疙瘩。身后人周身的气息却比夜色还冷。

蒋惊寒声音沉沉，依旧克制，放缓语气："为什么？"

燕啾张了张嘴，最后却什么也没有说。

蒋惊寒喉结上下滚动，撇开视线，勾起一抹意味不明的笑。

"总不会是因为宋景堂吧。"

"……跟他没关系。"

可少年站在原地，不言不语，似执拗地等待一个理由。

燕啾疲惫地闭了闭眼，深吸一口气，似乎需要什么巨大的勇气来开口。

今晚的海边无星无月，黑云压着海平面，倒也算是某种意义上的海天一色。

燕啾倏然没来由地觉得，此刻应该下一场暴雨，跟那天晚上一样。

时间好像久到王子可以打败恶龙，救出公主，她才缓慢开口。

"你记得我哥哥吗？"燕啾看着他轻声问，眼里是未曾见过的破碎感。

"……嗯。"

他想起记忆中那个和煦的身影，清润的嗓音和笑容如同玉石松竹一般。

那是他一生中极少数觉得温柔的人。

"应该读大三了吧？"

"嗯。"燕啾已经转过头去，眼底映着缓缓的海浪和灯塔的闪光，声音破碎在汽船鸣笛的呜咽声中。

"如果他还活着的话。"

蒋惊寒一顿，感觉心脏骤停，又听见燕啾嗓音如同含着冰一般，重复了一遍——

"蒋惊寒，燕鸣死了。"

意外发生在三年前一个夏夜。燕啾至今也难以完全冷静而客观地回望这件事。

她闭着眼，试图用她最擅长的，以别人人生的旁观者这一身份来回顾。

可是她悲哀地发现，自己做不到。不得不承认，有些回忆就是令人难过到，连回望都不能。

2015年，燕鸣刚刚高考结束。

他一直都是个听话又懂事的"别人家的孩子"，在做哥哥这方面，尤其称职。

梁愫和燕重北在家的时间寥寥，他几乎是既当哥哥，又当家长。

她的家长会是燕鸣去开，作业签字是他签，半夜饿得睡不着，阿姨又不在，是他打着哈欠起来给她煮面。

甚至连她第一次生理期，床头抽屉里满满的卫生巾，和桌上的一杯红糖水，也是燕鸣准备的。

燕啾那时候还笑他，说他十八岁当爹。

燕鸣也笑，屈指敲了敲她脑袋。

可她从未想到这一切这么短暂，像梦一般。

八月末的夜晚，沿海中心城市繁华得不像话。高楼林立，鳞次栉比，人们西装革履，行色匆匆。

已近凌晨，燕啾一个人在家看纪录片。透过大平层的落地窗往外看，外面倏然开始下雨。

暴雨。整个城市被淋得湿透，洗去繁华，显出几分苍白与晦暗来。

她关掉电视，三百多平方米的家显得陌生而寂静。她给燕鸣拨了三个电话，都显示无人接通，没来由的，觉得不安。

燕啾抓了两把伞下楼去，站在路边等。雨水淋湿裤脚，湿答答黏糊糊地贴在腿上，冰凉而不适。

不远处似乎出了什么事故，警戒线拉了一大片，救护车闪着灯停在路边。

燕啾没再往前走。

暴雨天仍然不缺看热闹的人。围观的阿姨婆婆们散开，路过她身边，摇着头叹息，好似很遗憾。

燕啾听不太懂S市话，只能捕捉到一些零碎的关键词。

"不到二十岁。"

"男孩。"

"年轻得很呢。"

"好可惜。"

她心脏跳得飞快，几乎要从胸腔里蹦出来，气都有点喘不上来，无措地抓紧了伞柄。

最后一个阿姨路过她身边，用的是普通话，长叹一口气。

"可惜啊，还提着个蛋糕。"

那阿姨还看了眼她，好心劝道："小妹妹，外面不安全，早点回家吧。"

可是燕啾什么都听不到，她一步一步往前走。

大雨使路面积起水坑，她丝毫没有注意，一脚踩进去，一股惊惧的凉气遍布全身。

不过百米的距离，像是走了好多年。

她看见侧翻的货车，货物散落一地。小轿车几乎被压扁，严重变形，白色的布盖住人，只能看见大片的红色。大摊的鲜血印在路面上，蜿蜒的血迹顺着雨水，一直流到脚边。

周围的人无一不在扼腕叹息，低头默哀。

"货车超载，又下雨，打滑了。"

"可怜了这过路的小轿车哦。"

燕啾开始发抖。虽然这样很自私，可是她无可避免地开始祈祷，不要是他。

她惊惧又仓皇，几乎要拿不住伞，脸色苍白，似乎一阵风就能将她吹走。

不知道谁说了一声："通知家属吧。"

燕啾从来没有如此害怕手机铃声的响起。

她想，她跟拨打电话的交警四目相对的时候，一定满脸都是哀求。
"丁零零——"
她茫然地看着亮起的屏幕。
世界崩塌就在顷刻之间。两把同样不同色的伞同时坠落在地。
手机躺在水洼里，依旧孜孜不倦地发出声响。
燕啾望着鲜血淋漓的路面，被压扁的蛋糕包装盒里，奶油溢出来，被冲淡。
空气中弥漫着各种味道，汽油味，鲜血味，奶油味，大雨的气味。
她已经忘记当时是什么想法。
大概既不愿相信，又害怕到要向后倒下。
没有眼泪。
胃里不停翻腾。
燕啾终于控制不住，蹲在路边，剧烈地干呕起来。
那是一个夏末的雨夜。
燕啾生日的前一天。
她骄傲的，耀眼的，令所有人仰望的哥哥，无声无息地躺在血泊中。
和她从此天人两隔。
关于燕鸣最后的记忆，是他倚在玄关，含笑问她，想要什么生日礼物。
她还认真想了很久，说："零点再告诉你。"
那时她还不知道，她再也得不到任何来自哥哥的礼物了。
没有经历过死亡的人，大概永远都不会知道平安健康，有多可贵。
此后燕啾每一次的愿望，都不再追求美丽、优秀和快乐。
她只求平安。

真的开始下雨了，细细密密，海边的雨。
命运也觉得亏欠她吗？所以在今天，赠她心想事成一日体验卡。
燕啾沉沉吐出一口气，微微偏头。
"蒋惊寒，生日是不是能许三个愿望啊？"
身旁人没有说话，手指蜷着垂在身侧。
似想触碰又收回。
"嗯。"

燕啾掏出手机看了一眼，声音放得很缓，很淡。

"现在是晚上十一点四十六分，我想补上最后一个愿望。"

她已经尽力让自己的声音平缓下来，尾音处却还是有些发抖。

"希望你能顺利去到，你付出过努力的地方。

"我也能够奔赴我想去的地方。"

燕啾深吸一口气："我不想要谁为谁付出。我们是平等的个体，不必要捆绑。我不会为了你放弃我的目标，你也不要做傻事。

"那样太幼稚了。

"我不想欠你。"

人和人相爱，人和人同时自由。

《小王子》写，想要和人制造羁绊，就要承担掉眼泪的风险。

她已尝到了苦头。

燕啾最后望着他，尽量自然又真挚，还攒出一个笑。

"提前祝你在S市一切顺利。"

蒋惊寒面无表情，目光沉沉。他看着她比哭还难看的笑，倏然有几分想笑，心却沉到了底。

多么理智。

多么成熟。

因为害怕亏欠，害怕亲密关系的建立与破裂，索性大刀阔斧，干脆利落，一刀两断。

有的人红着眼睛，声音颤抖，还是能够顽强且不留余地地，几句话定下他们分道扬镳的以后。

多么狠心。

他还能怎么样。

雨势渐大，竟然砸得人有些疼。

航行在平静海面的船终于触碰到了冰山和暗礁，被撞得粉碎，零落随着季风漂流。

海浪无声，波涛汹涌。

少年呼吸平静绵长，垂眸启唇。

"燕啾，你知道我从来不会在生日拒绝你。"

他垂下眼，自嘲似的扯了扯嘴角。

· 256 ·

"如果这是你的愿望的话。"

时间仿佛过了很久很久，久到燕啾觉得，有一把重剑悬在她头顶，她只能等待宣判。

蒋惊寒最后舌尖抵住齿关，蓦然一松，喉结滚动，声音无波无澜，比雨夜还要冷——

"那我祝你愿望成真。"

第十五章
半步成诗

燕啾已经不记得那夜的心情了，只记得，她垂在身侧的手不住发颤，透过朦胧的雨幕，看他转身离去。

模糊迷恋你一场。

就当风雨下潮涨。

返程的飞机上，以往活跃的两人，缩着脖子坐在旁边不敢说话，尽量保持着沉默。

压抑得紧。

直到燕啾戴上耳机闭眼假寐，杜飞宇才侧身。

"什么情况？昨天寒哥怎么一声不吭，自己就走了？"

宋佳琪微微摇头："不知道，说是家里有事。"

"什么事走得这么急啊？那气压低得不像平时，更像跟谁吵架了似的。"

"不对，不像吵架。"他琢磨片刻，"像失恋了。"

"明明没有表情，但是平时那股拿人的劲儿忽然没了。让人感觉，他好像很难过。"

宋佳琪伸手捂住他的嘴，蹙起眉打量身侧。

"……小点声。"

燕啾面容沉静，纤长而浓密的睫毛颤了颤，微微偏头，倚在窗边，看浓厚的云层压住夜色。

优雅缱绻，又富有年代感的嗓音，夹杂着些许轰鸣，从耳机里传来。

　　原谅今宵我告别了

　　活泼的心像下沉掉

　　梦里有他又极微妙

情怠可料
今天起的每晚
纵有星光灿烂
可惜心灰意冷
情途更暗淡路更弯

陈慧娴的《夜机》。
今天起的每晚，大抵都如此刻般，无星亦无月。

难以称得上愉快的旅行结束，燕啾平静地收拾行李箱。
她挑挑拣拣收拾好去附中要用的生活用品，最后垂眸，把几份未拆的礼物都塞进了书柜的最深处。
她还不能很自如地接受生日礼物。
至少现在还不行。
黄昏，她收拾好书包，从图书馆出来。
一辆崭新干净的车停在路口，车窗降下，职业装的女人手指钩着墨镜，淡淡看了她一眼。
"今天和我吃饭。跟你爷爷奶奶说过了。"
燕啾没什么表情，安静地拉开梁愫后座的车门。一路无言，直到在西餐厅落座。
"想吃什么，自己点。"
燕啾垂眸向侍者指了一个蔬菜沙拉。
梁愫皱眉："又厌食？"
燕啾抬眼，颔首递走菜单，安静温顺，说的是"现在吃不下"，梁愫却生生看出几分抵触来。
从繁忙的工作中抽一顿饭的工夫，已经让她倦怠不已。
梁愫扔下叉子，带着疲倦，冷声道："也没什么事，就是你们班主任打电话跟我说你转学的事儿。"
"不是转学，就是换个学校读书，学籍不变。"
"嗯。"梁愫好像根本不在意，"她简要地提了一下情况，让我们商量。"
燕啾"嗯"了一声，安静等着她单方面跟她"商量"。

片刻，侍者端上几道菜。

梁愫开口："我的意思是，建议你去。"

燕啾意味不明地扯了扯嘴角："建议？"

"实际上，我是指，不能给我合适的理由，你就得去。"

梁愫优雅地往嘴里递了一小口牛排，动作优雅得仿佛贵族，说的话却强势又不留余地，像是在命令。

燕啾看着她，红唇艳丽，妆容精致，耳环上的钻石闪着低调的光芒。

天生的女强人。

天生的冷面又无情。

但是燕啾忽然能在市中心西餐厅暧昧却清晰的灯光下，看清她昂贵粉底液下青黑的眼圈和细纹，看清她精致发型在耳边散落的几缕碎发，看清她西装袖口深深的褶皱。

她忽然觉得很没意思，在她也做了自私又冷漠的决定之后。

长达很多年的怨恨，在这一刻，好像倏然被搁置。

时间和人生都是公平的，有得必有失。

燕啾很轻地叹了口气，盯着沙拉酱看了半晌，终于平静开口。

"你知道吗，小时候，我一直觉得你很酷。"

声音又缓又淡，不似平时含锋带刺，像在回忆着什么。

对面女人动作滞了一瞬，抬起眼来。

燕啾没看她，纤长羽睫低垂，继续道："学校里讲优秀的、独立的女性，我总是第一个想到你。

"有一年母亲节，哥哥买了一束花，带我去公司找你。"

燕啾微偏着头，认真回忆："我看到你穿着西装，坐在巨大的办公桌前，身后是能俯瞰整个城市 CBD 的落地窗，告诉你面前的人，'没有什么是我做不到的'。

"那一刻我暗自下定决心，说，我以后也要成为那样的人。

"所以尽管你很忙，一个月里见不到一面，家长会从来不出席，还记错我哪一年生的。但我那时候，一点儿也不讨厌你。"

梁愫手竟然微微发颤，银质刀叉在餐盘边轻叩，发出清脆的声响。

梁愫笑了一声，有些勉强。

"但是现在你恨我。"

"是，我恨你。"

燕啾应得平静又坦然，梁愫毫不意外，却难以避免地感到一些呼吸困难。

对面少女清瘦却挺拔，面容平静，眼神清明通透。

像她年轻的时候，又不像。

她眼里什么都有，却独独没有对母亲的温情和眷恋。

"我完全可以接受，甚至赞成，你把时间和精力完全放在工作上。必须囿于家庭本来就是社会强行对女性附加的枷锁。"

燕啾轻声道，第一次和她说起这个话题。

"但我不能接受，你的儿子躺在血泊里，盖在白布下，等着他十四岁的妹妹，在雨夜里奔波，为他办理死亡证明。"

"而他的母亲，带他来到这个城市，使他举目无亲的人，却不接电话。"她声音放得很轻，很缓，尾音仍有些发颤，"仅仅是因为在和情人春宵一度。"

"够了。"

梁愫脸色苍白，没有半分血色，半合上眼，捂住脸。

"我和燕鸣像是被你们随手分配的财产和商品，白纸黑字地落在合同上。"

燕啾像是没听见似的，轻声道："你们夫妻两个约好互不打扰也好，划分好抚养职责也罢，不应该拿孩子当作代价。

"我们从来没有祈求过做你们爱情的结晶。

"但最起码，我们不是商品。"

梁愫眼里竟然隐有水光。

看起来痛苦不堪。

纸巾放得靠右，甚至就在燕啾手边，但她只是一动不动地坐着，冷眼旁观一个女人的崩溃。

人群与她们渐渐远去。

她们坐在餐厅中央，桌布上的花纹却像楚河汉界，将这对母女隔绝在两端。

燕啾身后空无一人。

蔬菜沙拉逐渐被酱汁浸透，缓慢坍塌，像泄气的皮球。

燕啾最后很平静地开口："我会去的，附中。明天就走。

"没有任何理由能阻止我奔赴想去的未来。谁也不行。"

"你不用担心我不够自私和冷漠。"她嘲讽似的扯了扯嘴角,"毕竟我是你的女儿。"

她从来就不为任何事挂心。

燕啾说完起身,干脆利落,丝毫不拖泥带水。没有释怀,没有原谅,甚至没有过多的情绪波动。

只觉得很累。

她想过她和梁愫以后会变成什么样。最亲近的陌生人,大抵如此。

梁愫最后喊了她一声,她滞了一瞬,还是转过头去。

女人头发有些凌乱,精致装扮掩盖了狼狈,却盖不掉眼里的悲凉。

"燕啾。

"像我一样,你会后悔的。"

燕啾凝神看了她片刻,没有应答。

一步一步,背对着她,逐渐远去。

燕啾靠在出租车后座车窗边,垂眼看城市灯红酒绿,万家灯火,倦怠地想。

后悔吗?

也许吧。

但那是以后的事了。

八月中旬,附中提前开学,高三集训补课正式拉开帷幕。小班化教学,全班只有二十来个人,竟然也有几张熟面孔。

全封闭式寄宿,手机上交,早七晚十一,每周只放星期天下午半天假,课业压力极重。

开学一周后,晚上十一点,晚自习下课。

同寝的两个女生还在教室里上自习。

阮枝南把书包往桌上一扔,蹬掉鞋:"这鬼日子谁受得了。开学一周,劝退了三个人。"

燕啾摁了摁宿舍的灯:"怎么坏了?"

"坏了就坏了吧,反正我是不会再学习了。我真受够了,下课只有五分钟就不说了,凭什么不让我们参加任何活动啊?我在坐牢吗?气氛也太压抑了吧,争分夺秒,拼命做题。"

"把你手机给我用一下。"

燕啾搬了凳子，站上去，借微弱月色，仰头查看灯泡的情况。

阮枝南把偷藏的老年机从枕头下摸出来，抛过去，还在吐槽。

"你看那个姓徐的那样子了吗，优越死了。从他旁边路过，他都恨不得整个人扑在桌子上，把他的教辅资料挡住。"

"什么东西，姐稀罕吗！"

燕啾又试了几次，还是没亮。

"你今天不洗澡吗？"

"洗啊，摸黑也可以洗。"

燕啾闻言从凳子上下来。

阮枝南又捶了几下被子，满腔怒火发泄完了，缓了一会儿，偏头看她："你怎么都不生气的？这次开学之后，我就觉得你很不对。"

情绪平静下来之后的阮枝南异常敏锐，坐在床上眯眼看燕啾。

"话少，不爱笑，不爱吃东西。这些可以用压力大来解释。"

阮枝南偏头看她："可是，你好像觉得这个世界不可爱了。"

"鸟语花香，日出日落，林荫大道。它们全都进不了你的眼睛。"

阮枝南最后一针见血地下结论——

"燕啾，你很不开心。"

"……倒也不算。"燕啾顿了一瞬。黑暗中看不清她的神情，只能听见她转身，可有可无地应付过去。

"保险丝烧了，我去叫阿姨。"

后来同寝的两个女生回来了，不知道阮枝南是大发慈悲放过了燕啾，还是鼓捣她老年机的时候听人说了什么。总之，没有再继续这个话题。

忙碌又紧张的日子过得很快。

繁忙的应试课业让燕啾无暇顾及其他。

她每天五点半起床，站在阳台上花一个小时背文综，然后洗漱，去上早读。

老师系统授课，拔尖提升下，空白的自习时间所剩无多，她几乎全部都留给了数学。

纵然燕啾对这类"时间多等于效率高"的教学理念模式存疑，但还是不得不承认，系统地花时间和精力，静下心来学习，真的有用。

在学习这件事上，一直都是勤能补拙，天道酬勤。

每天固定一张高考卷，一组专题训练，整理错题和笔记，逐渐也稳定在了130分上下。

她几乎把市面上能找到的教辅资料写了个遍，却独独没有再碰桌肚里那本，扉页写着题献的笔记。

日子好像没有什么不同。

不过是换了个学校，起得更早，更无趣了一些。

只是当宋景堂提出跟她做同桌的时候，她顿了好片刻，透过窗户望出去。

夏末傍晚的天是蓝黑色的。

不知道什么时候起，蝉已经不再鸣叫了，陆陆续续死在了路边。

在地下沉寂多年，重见天光不过一个夏季，它们的一生，既漫长，又短暂。

还未完全日落。

太阳沉在西侧，给薄云镶上金边。

最好看的晚霞永远出现在下晚自习第一节课的那个傍晚。

她倏然忆起，少年坐在窗边，埋头写竞赛题，发梢被镀上粉紫色的光，眉眼都浸入温柔的余色。

火烧云沉寂在西岭雪山下，只余苍茫夜色。

宋景堂坐下时，看她眼眶鼻尖都有些发红，怔然愣神，忙问她怎么了。

燕啾把视线从窗外收回来，轻轻闭眼，手掌缓缓搭在眉间，疲倦而孤单。

半晌，宋景堂听见她说：

"我的夏天过去了。"

流年岁月最无情，盛夏一去不复返。

她最终还是没能等到那个，他们说好的完美夏天。

九月底，一中出了件大事。

十班班主任老朱和教导处主任老邓轮番上阵，多次闭门，请人喝茶。

老朱口都说干了，端起茶杯喝了一口，看向旁边那人，叹了口气："真的想好了？"

少年穿着校服，站得挺拔又随意。他微微仰头，修长的脖颈线条上，喉结一滚，低声应——

"想好了。"

老朱看了他良久，最后问："不后悔？"

蒋惊寒最后一次从年级办公室走出来，神情淡然，完全不似被关在里面谈了两个小时。

走廊外，好几个男生在拐角处等他。

杜飞宇揉着蹲麻的腿站起来："终于完了？"

蒋惊寒"嗯"了一声。

喻嘉树倚在栏杆上，没说话，跟他对视三秒，看起来感慨颇多，半晌叹道："可以。"

"你这回真憋了个大的啊，把老邓气得不轻。"杜飞宇感慨地"啧啧"了好几声，"这事都直接传到校外去了。"

闻讯偷偷进来的江旬摇摇头："搞不懂你们这些人。"

蒋惊寒没说话，两指拎着几张纸，单手插兜，懒散地走在前面。

他忽然偏头，没头没脑地来了一句："别说出去。"

江旬拿下嘴里的狗尾巴草："知道，我又不是大嘴巴。"

蒋惊寒上下打量了他几眼，薄唇轻启，长腿迈出去，扔下一句："其实还是挺大的。"

喻嘉树勾起嘴角，杜飞宇直接捧腹大笑，三个人毫不留情地往前走。

只留下江旬大怒，在身后跳脚。

"你再诋毁我，就别想我帮你打听消息了！"

夜晚十一点，下课铃声响起。教室里却几乎没有人动，每个人都坐得端正，仿佛没听到铃声。

约莫半个小时过去，临近熄灯，才有人开始小声抱怨。

"今天作业也太多了……每科三张卷子，在以前都得是一周的量。"

"唉，快联考了嘛。组班以来第一次大考，老师和学校都很重视。"

"只是苦了我们了。开学这一个月，我都瘦了五六斤了。"

"我从来不知道学习这么累人。每天睡不到六个小时，半天用完一根笔芯。"

"我好想回家啊……想以前的同学，想爸爸妈妈。到底为什么要来受这个罪啊。"

燕啾把剩下的三张卷子揣进书包:"走吧。"

弯弯的月亮爬上树梢,小台灯快没电了,灯光渐暗,微微闪着。

燕啾刚好写完最后一道题,看了眼表,凌晨一点半。她把卷子收好,关上小台灯,起身去洗漱。

凌晨两点,阮枝南还打着手电筒补今天的作业。

江旬跟她通着电话,唠唠叨叨说个不停,她分心听着,偶尔应两声。

"没有你烦我,我一点都不开心。"

阮枝南冷哼了一声,大概想骂他,又顾忌有室友入睡,就没出声。

江旬好不容易有个说话不被撑的机会,得寸进尺,声音都大了些。

"我们俩在一个学校,怎么就见不到面呢。"

"上次大课间看到你,好像都瘦了。"

"这下周末也约不出来你了。"

"蒋惊寒也约不出来。烦。"

燕啾躺在床上,看着天花板上的亮光。

大概过了半个小时,阮枝南终于写完了作业。

燕啾听着她小声跟江旬道了晚安,然后轻手轻脚地洗漱,爬上床。

阮枝南躺好的时候,听见寝室里响起一声很轻的叹息。杨雯早已睡熟,齐佳容床帘里亮着灯,应该戴着耳机在背书。

她试探道:"……燕啾?"

燕啾声音很轻:"嗯。"

好像下一秒就要散在空气里。

阮枝南不知道她为什么失眠,直觉她不太开心,顿了半晌:"……你在想什么?"

燕啾把手搭在眼前,轻轻闭眼。

她在想什么呢。

阳台的门没有关紧,依稀可以听见夜风吹动树梢,沙沙作响。

燕啾睫毛颤了颤。

她在想……

蒋惊寒现在在干什么呢。

无数大考小考在纷飞的试卷中过去。

渐渐入冬。

一个学期不到，燕啾瘦了一大圈，厚重的冬季校服裹在她身上松松垮垮，大得不可思议，冷风猖狂地从衣领和尾摆灌入。

吴兴运作为班主任，时不时找她聊天。

"燕啾，你成绩已经很好了。现在稳在市前三就好，不要给自己太大压力了。多吃点饭，看你瘦成什么样了。"

燕啾颔首应好。

回教室后，桌上有一瓶温热牛奶，下面压着一张白色字条，字迹秀气又有力：看你不爱吃饭，喝牛奶会不会好一点？

她轻轻叹了口气，在字条上落下礼貌的道谢，然后放在相邻的桌上，还给宋景堂。

"他又给你送东西啊？"阮枝南抱着两个饭盒进来，看见她动作问道。

燕啾没接话，抽出一张卷子："你今天不吃饭？"

"吃啊。这不是吗？"

"喏，这个给你。"

燕啾运算到一半，草稿纸上递来一个饭盒。

奶白色的，方方正正，简约大方。

阮枝南抱着个一样的，补充："江旬今天出校去了，据说是什么私厨吧，帮忙带的。"

燕啾伸手往外推，都不愿意推太多，堪堪露出卷面上完整的题目便作罢："不想吃。"

阮枝南有点无语。

"你也太懒了点。"她伸手帮忙打开饭盒，"试试嘛，反正你也吃不了很多，不行再扔。"

燕啾笔尖触在纸面上，随意瞥了一眼，却不经意在草稿纸上拉出一道弯曲的线，顿住了。

晶莹饱满的米粒，清淡的家常菜，色泽鲜艳，分量得当，没有葱姜蒜。

私厨菜，能完美做到客人的要求，不奇怪。

可是燕啾垂眸看到那抹显眼的红色，想，哪家饭店做醋熘土豆丝，会放晒干的红色小尖椒呢。

她抬眸，看了阮枝南一眼，后者撇开视线，似乎有些不自在。

窗外喧闹，一位高一的学弟在路上截住一个女生，红着脸递上一个礼物盒："这是我妈妈做的甜点，很好吃，你要不要试试？"

年轻人看热闹不嫌事大，午休时间，高中生三三两两驻足，起哄声越发大起来。

半晌，燕啾移开视线，脑海中却浮现出了另一个画面。

"谁醋熘土豆丝放干海椒？"

那时的她应得理所当然："我啊。因为我是辣妹。"

那人好像被逗笑了，勾着嘴角，看了她片刻，尾音拖长——

"行吧，辣妹。"

好奇怪。

久远的回忆隔着光阴长河，依旧没有半分褪色。

燕啾收起卷子，拿起筷子，轻声道："谢谢啊。"

高三的最后一个寒假，放得很晚，附中尤其。

除夕夜的前三天，吴兴运才宣布放假。只剩十多个人的班级，开始了他们长达一周的寒假。

燕啾看着满桌子佳肴，拿起手机确认了一眼。

"今天不是除夕，怎么这么多菜？"

奶奶从厨房里端上最后一盘酸菜鱼，自家晒的酸菜漂在汤面上，和细嫩的鱼肉一起，色泽鲜美，引得人食指大动。

"不是除夕怎么了？给我乖孙女做好吃的，还要看日子啊？"爷爷给她盛了一碗饭。

"就是。看看你都瘦成什么样了。说了不去不去，都怪你妈。我们啾啾就算考个二本，照样乖得很。"

奶奶给她夹了块排骨，还在感叹："一周回不了一次家，天天在学校里吃大锅饭，遭罪哦。"

燕啾被逗笑："哪有那么糟，时不时有朋友给我带饭带零食呢。"半晌又补充道，"我过得挺开心的。"

也不知道在跟爷爷奶奶说，还是在跟自己说。

"开心就好啦。"

饭后,爷爷坚持不让她洗碗。离开电子产品久了,现在摸着手机,反而有点不知道玩什么,燕啾索性帮他们下去取牛奶。

二十一世纪初,盒装牛奶和手机新闻处处可见,爷爷和奶奶依旧喜欢以年为单位,订上每日一份报纸,和新鲜的瓶装牛奶。

玻璃瓶厚实温润,握在手上沉甸甸的。燕啾记得还可以回收,一块钱一个。

单元楼门口,各家各户的信箱和牛奶箱整齐排列,占满了一整面墙。

燕啾拿着小钥匙打开箱子,从里面摸出两瓶牛奶,瞥到旁边绿色的邮政标志,顺带也把信箱打开来看看,摸出今天的报纸。

她动作稍快,不小心带出一张卡片,在寒风中打着旋儿,轻轻飘落在地。

燕啾捡起来看。

一张明信片。没有邮戳,右上角邮政编码空着。

没有经过邮局,没有途径奔波,跋山涉水。

望着空白的邮戳和邮政编码,燕啾迷迷糊糊地从记忆里捕捉到一些零碎的片段,但一闪而过,抓不住。

她把明信片翻过来看内容,熟悉的字迹映入眼帘的那一刻,如同遭雷击一般。

她心跳一滞,呼吸困难,大脑宕机,灵魂离体。

她的手微微发抖,几乎要拿不住。

边角泛黄,显然已有年岁。

略显稚嫩,却依旧熟悉的字体落在正中央的空白处。

> 我那天不是故意的。
> 我其实很喜欢你。
> 非常非常喜欢你。
> 你能不能回来?

黑色字迹,一笔一画,显而易见的认真。

她好像能看到那人握着笔,踌躇又犹豫,最后坦诚地落下这几个字,似乎倾注了他所有的傲气与张扬,向一个她永远不会打开的信箱低头。

落款是 2014 年 10 月。

她搬家离开后的一个月。

燕啾抖着手,不知道为什么,连同身体也轻微哆嗦着,向寒风哈出一口白气,伸手去摸信箱底部。

一张,两张,三张……整整一沓。

她颤抖着手,从尘封的岁月信箱里,拿出无数封,经年不见天光的信。

如果不是凑巧,她这辈子都不会发现这些未曾寄出的长诗。

从2014年到2018年。

整整四年的光阴,从那人的笔端流过,从泛黄的纸面边角流过,从他们两人未曾表达,却奇迹般一致的心意里流过。

《哈利·波特》读完了,以后不许再叫我麻瓜。
新年快乐,坏小蛇。
——2014.12.30

换了个房间,抬眼看见你的小熊坐在床上。
一个人回家,感觉路很长。
——2015.4.20

据说"绿舌头"要停产了,我囤了一个冰箱的。
不知道等你回来会不会坏。
…………
也不知道你会不会回来。
——2015.8.7

拳皇97打通关的第100次,投信给小菜鸟留念。
——2016.2.19

你知道吗。
今年夏天又四十摄氏度了。
——2016.9.23

城市里的星星好像越来越少了。

新年快乐，燕啾。

——2017.1.1

…………

她一张一张地翻看。

好像有荆棘生长，在她心上不断缠绕攀爬，密集的尖刺，灼得她喘不过气来。

整整四年。明信片从方正发展到异形，少年的字从稚嫩到锋利，她从小女孩长成少女，可他丝毫未变。

他仍然像个绝望的赌徒，向一个小小的信箱，寄着无数封注定不会有回音的信。

那些未能告诉她的只言片语，通通都落到了纸上。字里行间，满是真挚的情意。

燕啾恍然忆起了什么，捏住最后一张明信片，转身飞速跑上楼。

书柜深处，有未来得及拆封的生日礼物，精致礼盒旁边，静静躺着两封信。

是那封粉色的信，从前觉得滑稽又费解的封面图案，竟然在这一眼中，立刻有了答案。

一只黑色的大狗。

是小天狼星的阿尼玛格斯。

燕啾不知道在想什么，缓慢拆开的时候，心情异常平静。

粉色信封里只装着一张明信片，拥有完整的邮戳和邮政编码，同样泛黄的边角昭示着它的年岁。

稚嫩却秀气的字迹落在纸上。

她闭着眼都认得。

那是她的字。

她写：

蒋惊寒。

你以后能不能来找我啊？

2016 年。

来自 S 市。

蒋惊寒近乎执拗的信念，莫名其妙的固执，还有听到她坦白时隐晦的失望和怒意，都在这一刻有了答案。

全是为了她。

他做的一切，那个付出努力要去的地方，是为了她。

他本来就是为了赴她年少那个，连自己都要记不住的约定。

而她都说了什么呢。

——"你不要为我做傻事。"

——"那样太幼稚了，我不想欠你。"

可提不上台阶的行李箱，马路边似是而非的拥抱，痛经时的止痛药，厚重的数学笔记本，夏夜球场的驱蚊水和外套，海边的生日聚会。

…………

她欠他的，何止这一桩？

燕啾脑子里天旋地转，一阵眩晕，几乎要站不住。

信箱里最后一张明信片落在她脚边。

这张明信片很新。落款是 2018 年 12 月，冬至那天。

蒋惊寒的字已经锋利又有力，落笔却拉长，跟他扉页的题献别无二致，都隐含几分缠绵与缱绻。

他写：

北半球看不到天狼星了。

看起来仅仅是，想要告诉她这个消息，像个冷淡的星空预报员。

可燕啾何等聪明。

她伸手举起来，对着光看。

炽热的白光将纸面映透，藏起来的秘密被曝光，白色涂改液遮盖下的四个字，一览无余。

一笔一画，尽显眷恋。

"燕啾，北半球看不到天狼星了。"

——"我很想你。"

街道上忽然传来一声声惊呼,人人探头,甚至跑出门来看。

小小的晶体在空中飘忽,盘旋,落在绿色的信箱上,落在被遗忘的牛奶瓶上,落在长街,落在眼睫,落在她心上。

锦城下雪了。

2018年底,锦城地铁一号线三期开通。

南起科学城,北到韦家碾。

从广州路到麓湖,刚好是一中到附中的距离。

2019年,大年初四。

燕啾坐在地铁上,脚边行李箱卡着边缘,即将开始她高三的最后一个学期。

戴耳机太久,耳朵有些疼。她摘下来休息时,听见身边同样穿着校服的女生三三两两成堆,压低声音,兴奋讨论。

"太帅了吧。"

"那个鼻梁是真的吗,我感觉都可以坐在上面滑滑梯了。"

其中一个女生望着隔壁车厢的人深思,沉吟:"但你们有没有觉得,他气质变了不少?"

"他以前很有少年气,张扬肆意。现在还是帅,但是感觉……沉静了不少,情绪都藏得很好,看不出什么起伏。"

"上学期那件事之后,他一下子就收敛了很多。"

燕啾不感兴趣地抬眼,微微仰头,看屏幕上闪动的到站信息。

垂眼时漫无目的,随意下落,不经意间,顺着她们的目光,落到隔壁车厢那人身上。

滞了三秒。

少年身形清瘦,穿着熟悉的蓝白色校服,松松靠在车门边,耳朵里塞着耳机,随意又挺拔。校服衣领往上,是修长流畅的脖颈线条,起伏明显的喉结。利落的黑色短发,一双漆黑又偏狭长的眼,眉骨和鼻梁高挺。

蒋惊寒偏头,波澜不惊地往这边看了一眼。

他们隔着半节车厢,对视了一眼。

心跳停了一拍。

蒋惊寒有一瞬的错愕,很短,没有任何肢体表现,甚至连顿一下都没有。但燕啾感觉到了。

他们谁也没有动,只是安静地隔着喧闹的人群,沉默地对视着。

刚才那个女生好像说得对。

他眼底深邃得像一池夜潭,让人看不出情绪,又似装下了一整片海洋的汹涌波涛。

他从前也是这样。这么多年的情意,一声不吭,掩在吊儿郎当的皮肉下,让人产生诸多错觉。

燕啾看着他缓慢地站直了身体,不紧不慢,重心从右脚换到中间,然后微微仰头,抬手把耳机摘了下来。下颌线清晰锋利,手指修长,骨节分明,指骨非常明显。

他好像瘦了。

机械女声响起:"广州路到了。上下车的乘客请……"

他到站了。

燕啾率先移开视线,垂下眼,抿着唇,低头滑动根本没有新消息的手机。

飞速行驶的地铁缓慢停下,右侧车门打开。

那人似乎在人潮中停留了片刻,好似在等待着什么。

又好像只是她的错觉。

多久没见了呢。

燕啾缓慢地眨了眨眼。

记不清了,也不想数。

这个数字的后续,应当会与她剩下的人生等长。

她重新把耳机塞进耳朵,音量调大。

她再抬眼时,已经看不到那个熟悉又陌生的身影。

轰鸣的声音盖过了耳机的音乐,地铁一路飞驰,形形色色的人如潮水般上涌,又落下。

她安静地看着终点站到站,人群陆陆续续散开,只剩她一个。这时,她才终于听清耳机里在唱什么。

"并未在一起亦无从离弃,不用沦为伴侣,别寻是惹非。随时能欢喜亦随时嫌弃,这样遗憾或更完美。"

陈奕迅的《失忆蝴蝶》。

多么应景。

那些信箱里没能寄出的信，书柜深处没来得及被看见的故事，留在海螺里的诗句，未曾坦白的心意。

兜兜转转，阴错阳差。

让他们只差半步成诗。

高三下学期，是疯狂的忙碌。通常是凌晨睡去，五点半起床，日复一日地背书、刷题，每天过得像有四十八小时。但不得不承认，在无数知识点的灌输下，形成和重塑三观，有种异样的成就感。

燕啾后来回想这段时期，觉得大抵再难以寻找出这么高强度，充实又饱满的日子了。

纵然灰暗又无趣，但从某种意义上来说，也是熠熠闪光的。

六月五日，高考前两天。气温三十摄氏度往上，烈日暴晒，闷湿燥热。燕啾在黄昏时分出了校门。

吴兴运看着她一阵风就能被吹跑的纤细身体，竟然没有多问，挥挥手就批了病假，只是说，喊个人陪她一起。

于是，她在校门口，沉默地站着，和宋景堂面面相觑。

宋景堂盯着她手里的乐队演出的现场门票："……没关系，我不会告诉吴老师的。"

"……嗯。"

宋景堂似乎被她无言的模样逗笑了，很轻地勾起嘴角："那不知道你同不同意，我跟你一起去？"

燕啾还没来得及说话，又听他无奈道："一个人在外面晃荡，太无聊了。回去太早，怕穿帮。"

的确。他们没有手机，无法联络，回校时间不同步，难以解释。宋景堂还因为她，或被动，或主动地，放弃了高考前的最后一个晚自习。

更何况，一场演出而已。

燕啾最后垂眸，轻声道："好。"

Live house（小型现场演出）外，人头攒动。

六月盛夏，气温本就高，空气沉闷，一眼望去全是穿吊带、短裙的漂亮女生。穿着校服短袖的两个高中生，在人群中格外显眼。

燕啾素着一张脸，高马尾，发梢微微卷曲，蓬起一个朝气的弧度。蓝白色短袖下是细白的手臂。

宋景堂落后半步站在她身后，身材高挑挺拔，气质温润，像守护者一般，帮她挡住拥挤的人群。

"天呢，高中生欸。好青春啊，忽然感觉自己老了是怎么回事？"

"……忽然怀念跟我高中同桌一起坐在操场上，一人戴一边耳机听周杰伦的日子了。"

"现在高中生颜值这么高的吗？我当年班上都是些什么臭鱼烂虾。"

"就是。刚看到个穿一中校服的男生，也很帅啊。"

燕啾像没听到似的，缓慢拨开人群，往前走到检票处。

宋景堂看着她手里明明握着两张票，却仍然现场给他补了一张，把剩下的，原本和她的门票挨在一起的那张，折了三折，妥善地装进了包里。

他没有问。

燕啾也没有解释。

不断变换的灯光从高处打下，蓝紫色光芒闪烁，气氛梦幻迷离。

舞台近在咫尺，鼓手和贝斯手正调试设备，主唱背着吉他站定，引来台下一阵惊呼。

主唱握着话筒，声音很低。

"晚上好。"

轻轻几个字，便引来一阵欢呼尖叫。

他笑了一声，手随意又散漫地一拨，身后架子鼓、贝斯默契地跟上，熟悉的前奏如流水般流畅，倾泻而来。

复古又迷幻的蓝调，慵懒优雅的嗓音，恰到好处的鼓点，极致的词曲浪漫，让人仿佛一瞬间置身夜晚的海边，卷过礁石的海浪，温柔地扑上小腿。

燕啾难得放松，虽然眉目间的沉寂还未完全散开，但指尖叩着栏杆，有一搭没一搭地打着节拍，是少见的生动。

宋景堂望着她眼里细碎的笑意，被绚烂灯光照亮，移开后依然在黑暗中闪着明亮的光芒，有些出神。

几首歌罢，全场的气氛都被调动起来，心情轻快得好像飘在云上。

"相信大家已经知道，这是 Luner 乐队解散前的最后一次巡演。"

"所以，在这首《月神》里，和你旁边喜欢的人，说句悄悄话吧。"
台下甚至有情侣开始拥吻。
主唱低声笑了起来："拥抱也可以。你们开心。"
燕啾身前的情侣抱成一团，女生完全离地，两条腿盘在男生腰上，亲得难舍难分，还发出了声响。
燕啾对这些倒是见怪不怪，只是余光里——
宋景堂微微偏头，看她的目光真挚又专注，仿佛要说出什么话。
傻子也知道在这样暧昧又热烈的氛围里，他要说出什么来。
人与人告白，大概都讲究一个气氛和水到渠成。
这是成年人的共识。
燕啾偏头，在他亮着双眸开口之前，礼貌又周全："我去个洗手间。"
那一瞬间，宋景堂眼里的光倏然熄灭，像盖上盖子的酒精灯，顷刻从云上扯回现实坚硬的水泥地。
可他依旧笑着，说好。
他停在原地，看燕啾单薄的身影，缓慢地走出人群。
主唱安静低头，听着台下众多的哀求挽留，仍慵懒又散漫地勾着笑意，却清晰地唱起歌词，没有丝毫回旋余地。
温柔又坚定。
像她一样。

燕啾在洗手间外站了一会儿，盯着镜子发呆。
失策了。
暧昧光影，浪漫歌曲，欢快气氛，太适合表白。
音响声音够大，人群热浪沸腾，穿透力极强，几堵墙也隔不住。
燕啾安静听着，约莫那首歌已经结束了，才稍稍偏头，把头发散下来，迈开步子，往回走。
"唰！"
踏出门的那一刻，走廊的灯闪动两下，忽然灭了。
她顿了一下，花几秒钟适应黑暗。
人倒霉的时候，连好好的灯都会灭掉。
走廊深窄幽长，靠近后台，边上还堆着些许纸箱包装和宣传物料。燕啾小心翼翼，摸索着往前走。

光线昏暗，道路窄长。

纸箱挡着路，燕啾费力地跨过，手撑在墙壁上，蹭了一手白灰。

她正脑补着有人摔倒的惨案，迈出去的步子被横亘在地面的低矮门槛阻住，踉跄一下。

手臂下意识伸出去，想要稳住身体，却没抓到任何东西，只在虚空中无力地闪了一下——

身体重心骤然失控，猛地前倾，往前面一片伸手不见五指的黑暗里摔。

燕啾下意识紧闭双眼，电光石火间，脑海里闪过无数个念头，还分神嘲笑自己的想法竟然如此不着边际。

完了。

千万别摔到脑子和右手，不然就得复读一年了。

她不想再在附中待一年了。

——一声闷响。

意料中的疼痛却没有到来。

燕啾闷头栽进一个怀抱里。

那人被撞得低低闷哼一声，似乎完全没想到，双手抬起又落下，最后虚虚扶着她的腰，礼貌又克制。

燕啾蒙了一瞬。

她感受着他被力道带得往后，他反应很快，伸出左手扶住墙壁，把她虚虚圈在怀里，免得撞上身后的物料纸箱，脑后还多了些许温热柔软的触感。

光线昏暗的环境里，嗅觉和触觉格外灵敏。

他衣服上还残留着一些洗衣粉的香味。

似乎是青柠味的。

面料熟悉，混杂着阳光的暖意，像刚晒过午后太阳的蓬松棉花。

额头触及的胸膛坚硬，隔着一层布料，依然能感受到炙热的温度。领口的纽扣磕着她额头，有些不舒服，却又将她从怔然发神中拉回来。

燕啾背靠着墙稳住身体，下意识迅速拉开距离，胸口还在微微起伏，冷静致歉。

"不好意思。你没伤到吧？"

那人半晌没动，后脑勺上的温软触感消失，他将手收了回去。

燕啾这才发现，刚才万分情急之下，他竟然还分心为她挡住脑后。

顾长挺拔的身影隐在阴影里，沉默地站着，像富士山的影子。

燕啾迟滞地眨了眨眼，缓慢抬眸，眯着眼，看昏暗环境里那个影影绰绰的轮廓。

主唱的声音从一墙之隔的舞台上传来，依旧随意慵懒，干净清澈，台下无数粉丝跟唱尖叫，音响和脚步带动地面轻颤，似乎能感受到扑面的热浪，热闹又喧嚣。

墙的另一边，灯光昏暗，长廊幽静，呼吸交错，急促失控。少女背靠着墙，长发散在肩头，面前的人微俯身，单手横在她身侧。

剪影晃在墙壁上，像极了一对热恋爱侣。

心脏跳到喉咙口，连喉舌都不听使唤。

燕啾却依旧缓慢又笃定地，伸出手去触碰那个，根本看不清的身影。

"蒋惊寒。"

她喊。

声音很轻，尾音还带着颤，咬字散在风里，沉在黑暗里，消失在喧闹里。

熟悉的青柠清香，昏暗环境下费力打量的眉眼，领口处有两颗纽扣的蓝白色短袖校服。

连扶住她的手都和从前一样，分明想触碰，却又收回。

那人转身离去的动作一滞，半晌，偏过头来。双眸在黑夜里发亮，几乎似月光照耀湖面，闪着粼粼波光。

吉他依旧在弹奏《Lunar》，不能再熟的曲调，可是燕啾却听不清。

她不知道他为什么在这里，又为什么在她要摔倒时，恰好出现在她身前。

这一切都太过理所应当了，好像她稍有不如意的时候，蒋惊寒就一定会出现。

燕啾伸出去的手，快要触及他的脸。蒋惊寒很轻地往后退了一步。

那只手倏然顿在半空中，然后无力地垂下，经过无数次不为人知的自我拉扯与内心挣扎后，她轻轻拽住他的衣角。

蒋惊寒没有再动。

沉默蔓延。

一墙之隔，舞台和走廊，热闹和冷清，欢欣鼓舞和欲言又止。不同的悲欢在这世界的每一处，同时上演。

燕啾忽然不知道该说些什么。

——你的信我看到了，好多好多封。谢谢你愿意给我回应。

——其实我也给你寄了很多明信片，但是山长水远，不知道最后真正到你手里的，有哪一些。

——对不起。盖有邮戳的约定，是我忘了。

要说这些吗？

还是……

她难以自抑地急促喘息，想起山间的沉沉暮霭，星光灿烂，想起海边的暮色水波，悠长渡轮。想起记忆里，从小到大，那么多年的林荫和盛夏。

她知道她想说什么。

巨大的悲怆从她心里升上来，好似心悸般，她缓慢开口。

"蒋惊寒。"

这个再三在她唇舌间辗转的名字，舌尖触及上颚，又缓慢推出。一念出，竟然像触碰到了什么开关——

少年倏然倾身而下，一手撑在她耳后，动作迅速准确，带着点不容拒绝的意味，另一手轻捂住她的嘴唇，温热鼻息扫过她的眼睫，停了两秒。

燕啾呼吸一滞，身体僵硬，一动不敢动。

一阵温热的鼻息落在她额头眉间。

隔着一点微乎其微的距离，悬停在半空中，仿佛温热而柔软的触感近在咫尺。

那呼吸很轻，很轻。

轻到好像他觉得，她是什么馆藏的宝藏，极其珍贵，易碎。

动作的迅猛和停下时的小心翼翼形成巨大的反差，但并不影响它的本质。

呼吸轻扫在额前，带起碎发微动。

一次隐含着惊涛骇浪的，轻柔又酸涩的，柔软的，隔着寂静气流的触碰。

那一瞬间，燕啾忽地想起塞林格笔下的那句——"有人认为爱是性，是婚姻，是清晨六点的吻，是一堆孩子。也许真是这样的，莱斯特小姐。"

但你知道我是怎么想吗？

我觉得爱是想触碰又收回的手。

少年身体滚烫，声音很低，哑着声应：

"……嗯。"

三百零九天，近乎一年的漫长光阴。

高墙倏忽倒塌，光阴顷刻流转。

那些没能喊出口的名字，没能收到回应的念想，仿佛都随着他低声的应答，尘埃落定。

耳边依然是浪漫的英伦摇滚，主唱依旧低声，慵懒又散漫地唱："此时相望不相闻，愿逐月华流照君。"

而燕啾此刻终于懂了氛围的影响。

她微微闭眼，许多想说的话，飞快从脑海中闪过，如大浪淘沙般，最后只剩下两句。

她忍着不知道从何而来的酸涩，在心里无数次重复。

"我喜欢你。

"我从小就喜欢你。"

第十六章
厄里斯魔镜

Live house 散场后,空余满室的燥热和沉闷。

燕啾靠在走廊边,听完了整个后半场。

直到工作人员修好坏掉的灯,白炽灯一颤一颤,最后稳定地亮起,光亮洒满每一个角落,她才看清。

原来这个地方长这样。

纸箱、宣传海报和易拉宝沿着墙根摆放了一路,墙上是各式各样摇滚或说唱风格的涂鸦,坏掉的吉他和贝斯摆在角落,在她脚边。

蒋惊寒刚才就在这里,把她抵在墙上,呼吸声很轻,安静地陪她听完了最后一首歌。

好像是一场梦。

六月七日,高考如期来临。

附中早在前一天就散场,吴兴运开了个小型班会,最后一次叮嘱他们。都是听过无数遍的,零零碎碎的小事,却没有一个人不耐烦。

所有人都知道,这真的是,一生中最后一次。

原本不熟的人,从各个学校来到这里的佼佼者,同窗一年,多少有了点情意。

感性点的女生,例如同寝的杨雯,直接抱着燕啾哭了起来,燕啾哄了半天,转头看见阮枝南跟她开学吐槽了整整两周的姓徐的男生握手。江旬在旁边抓耳挠腮。

她挑一挑眉。

阮枝南勾住她脖子:"姐这叫大人有大量。"

"嗯。"燕啾打掉她的手,"你握的不是手,是你高中三年的青春。"

阮枝南竖起大拇指:"你说得对。"

接收到江旬的挤眉弄眼，阮枝南又状似无意地问了一句："你下午回一中看看吗？"

"不了。"燕啾把最后一沓书收拾好，没什么情绪地拉上书包拉链，"走了。"

六月天，艳阳高照。

燕啾关掉手机，隔绝掉所有认识或不认识的人送来的祝福，在爷爷奶奶比她还紧张的叮嘱里，最后一次检查了准考证和考试用品，然后挥挥手，从容又平静地，奔赴她等待了很久的战场。

她拿着透明的文具袋，对着准考证上的教室号一间一间地找过去，最后停在三楼一间教室前。

她顿在门口好半晌，几乎想要感叹命运的巧合。

是那个，熟悉到闭着眼睛都能走进去，即使分科后，还是会下意识走错的教室。

此刻的十班跟往常很不一样。

教室后的五颜六色的板报擦得干干净净，值日生的名字被掩盖住，往常布置家庭作业的小黑板反扣过来，靠在讲台边。

窗台依旧宽敞干净，阳光透过明净的玻璃，照在绿色的课桌上。

她和宋佳琪一起挂上去的风铃，还悬在教室一角，随风发出清脆的声音。

恍惚间，她好像看见她还坐在那个后排靠窗的位置上。半开的窗户偷偷放进微风，书本飞速翻页。

走廊上人越发地多，监考老师从楼梯上缓步走来。

燕啾站在人海里，一动不动，面容恬静专注，眼里是令人诧异的温柔。

四门考试，两天时间。

说短也短，凝神答题时，时间飞速从笔尖溜走。

说长也长，承载着她高中三年，无数个凌晨五点的阳台和深夜的小台灯。

所有的一切，在最后一门铃声响起的时候，尘埃落定。

燕啾走出学校大门的时候，异常平静，只是看到前面的考生边跑边劈叉，很轻地扯了下嘴角。望着满街家长殷殷期盼的模样，心里没留下半点波澜。

她风轻云淡地扫过校门口无数辆豪车：保时捷、兰博基尼、迈巴赫。

那辆迈巴赫还是酒红色，在阳光下低调奢华，车身泛着闪光。她喷了一声,觉得这颜色挺适合温羡的,偏头再看了一眼。

车窗缓慢降下,一只细白修长的手伸出来,对着她晃了晃。

燕啾缓缓蹙起眉,十分困惑。

爷爷和奶奶坐在后座,笑眯眯地冲她招手。

温羡半张脸探出来,松松扶着方向盘,一边招手让她上车,一边骂:"这宝马什么破车,也敢别老娘?"

顿了两秒,燕啾无言地绕到副驾驶座,拉开车门。

温羡不知道使了什么昏招,请动她爷爷奶奶两尊大佛,混进了她的家庭聚餐。姑姑和姑父直夸她温柔体贴,大小表弟也羞答答地喊她漂亮姐姐。

姑姑伸手给她夹了片肥牛:"啾啾是月底拿成绩吧?毕业旅行想去哪儿呢,小姑都给你报。"

"没想……"

燕啾突然挨了一脚,猝不及防,咬到了舌头,"嘶"了一声。

始作俑者若无其事地给她夹菜,筷子夹着块牛肉,在干海椒粉里滚了三圈,最后落到她碗里,压低声音:"老娘专门飞回来接你高考,你别不识好歹。"

爷爷喝了口豆奶:"少操心啦。羡羡都说了,两个小姑娘约着去法国玩儿呢。"

小表弟咬着筷子:"我也要去,我也要去!"

"法国好啊,欧洲人文风情,可以好好感受一下。"姑父轻轻拍了拍他脑袋,让他噤声,"机票买了没?没有的话姑父现在帮你看看。"

温羡轻柔又礼貌地应:"不用啦,我们自己能搞定。我们会带纪念品回来的。代购也可以。"

姑姑和奶奶立刻凑在一起商量代购清单,时不时问两句。姑父和温羡聊起了法国足球,爷爷突然冒出来两句法语,把全家人逗得哈哈大笑。

一桌人被温羡哄得顺毛,只有咬到舌头的聚会主人公,坐在位置上,眉头皱成八字。

燕啾:"……啊?"

南法的夏天,蔚蓝海岸线。

地中海沿岸,夏日不算燥热,穿着吊带碎花裙,沿着海晃荡一圈。黄昏时分，坐在松软沙滩上，看海浪拍打礁石，灯塔一点一点闪光，还有浪漫得要命的粉紫色日落。

戛纳偏紫色，尼斯则橙色更多。像极了伍迪·艾伦电影里，落在甜茶脸上的橘色日落打光。

燕啾住在靠海的旅社，老板娘金发微卷，小麦色皮肤，大方又热情。

她没什么可操心的，经常花一整个下午在小镇细窄的石板小路上乱晃，两侧全是开满的鲜花和有趣的店铺，本地人穿着清凉随意，墨镜架在头上，善意地冲她喊一句："Belle femme（漂亮的女孩儿）！"

她也时常在楼下咖啡店消磨一天中一半的时间，连老板娘都为她留住了靠北一侧，窗边的位置。

背后是绿色雕花窗，半开着，露出莫奈花园一般，颜色大胆又美丽，郁郁葱葱，几乎沿着窗台爬进来的花卉绿植。

面朝南，阳光从前面毫不吝啬地洒下来，从书本上抬眼，就能望见阳光洒满金色海岸。

除了每个星期给家里人打电话报个平安，手机常年关机。她不上网，不隔着屏幕聊低效率的天，按时吃饭，好好睡觉，认真读书。

半个月下来，燕啾脸色看着好了不少。

"唯一可惜的是，这么好的太阳，你竟然没有晒黑。"温羡抱着电脑坐在她身边。

燕啾背靠着墙，目光下移，翻了一页书："我也想晒黑点，但是就是不行。"

"你知道这话多欠打吗！"温羡笑了一声，喝口咖啡，忽然想起了什么，"哎，今晚出成绩啊。"

燕啾抬眼看墙上老旧的壁挂钟，指针指向下午两点，在心里算了算时差："实际上，应该已经出了。"

温羡已经把网址打开，电脑翻了个面，正对她，推到她面前。

蓝色的考试院页面打开，圆圈转了又转，或许是隔着大陆和海洋，加载很慢。

最后蹦出来的时候，燕啾手里的书正好翻到最后一页。

笔者最后写：The scar had not pained Harry for nineteen years. All is well.

伤疤已经十九年没有疼过了，一切太平。

燕啾在温羡倒抽一口凉气的声音中，抬眼去看成绩。

> 考生姓名：燕啾
> 身份证号：510XXXXXXX
> …………
> 总分：661 分
> 省排名：3

朋友圈早已炸开了锅，班群、年级群，十八岁的少男少女各自讨论自己的成绩，几家欢喜几家愁。

玉汝于成，功不唐捐。

他们终将奔赴自己想要的前程。

录取通知书寄到家的时候，尼斯正是夜晚。

温羡抱膝坐在长椅上，电影缓缓投上幕布，瞥了一眼手机，早起晨练的燕爷爷给她发了条微信。

温羡一转手机屏幕，给旁边人看："喏。"

图片上是一封 EMS 邮件，写着高考录取通知书，收件人是燕啾。

燕啾顿了好半晌，正准备移开视线，屏幕横幅上蹦出来新的消息通知。

不知名小男高：我录取了。

不知名小男高：现在可以告诉我了吗？

燕啾挑了挑眉，把手机给她推回去："可以啊。小男孩你都不放过。"

"什么？"温羡扬起声音，有些迷茫。

"自己看消息。"燕啾起身往后走，"怎么，鱼塘大到分不清谁是谁？"

温羡翻了翻手机，神情顿时很微妙，张了张嘴："……啊，对，就是我的鱼。"

看她上阁楼去，像是要出门，温羡又问："你不看电影啦？"

燕啾下楼，跨出门槛："不看了。"

温羡在后面喊："哎，我喊个国际快递转运过来啊。顶尖高校的录取通知书，也让我摸摸呗？"

燕啾可有可无地应了一声,径直往外走了。

遍布鹅卵石的沙滩上,有鬈发的法国男孩正在办派对。

三三两两围成一团,酒瓶碰撞,发出清脆声响。

燕啾拒绝了一个金发男孩的搭讪,抱着从行李箱深处翻出来的相机和三脚架,独自一人穿过热闹的人群,在海滩边慢慢地走。

鹅卵石凹凸不平,海浪拍打礁石,夜幕低垂,岩石后的老城灯火通明。

燕啾在无人处停下来,寻了块较平坦的石头坐下,费力地把三脚架在石头缝隙中稳住,摩挲着相机被磕碰损伤的边角,一张一张翻看起来。

相机很旧了,是燕鸣初中的生日礼物。

SD卡里最早的一张,是他生日那天,刚拆开礼物,全家人凑在一起,笑得见牙不见眼,拍下了属于这个相机的第一张照片。

接着是初中校庆,燕啾穿着白裙子,侧身坐在台上,手指灵动地弹钢琴。

爷爷在楼下小花园里下象棋,奶奶在不远处跳广场舞。

燕啾举着冰激凌,从校门口飞奔出来,马尾在身后飞扬。

…………

燕鸣相机里,最多的是他的家人,和旅行中捕捉的美好瞬间。

为数不多的他自己,都是燕啾用他相机拍下来的。

卡丁车开得漂亮又稳当的燕鸣,作为年级代表上台发言的燕鸣,戴着袖标在校门口执勤的燕鸣,路过狗咖,伸手去摸萨摩耶脑袋,笑得有几分憨气的燕鸣。

燕啾一张张翻看完,眼睛都舍不得眨。

电池早已老化,燕啾曾经为此跑遍了全市的二手市场,也找不到匹配的电池和充电线,只能将其束之高阁,眼睁睁地看着它的生命一点一点地流逝。

相机倏然跳出电量不足百分之五的警示,红色感叹号闪烁在屏幕上,像一道跨不过去的生死门。

还好,它还是撑到了这一天。

燕啾最后看了一眼眼角含笑的画中人,把相机放在三脚架上,摁下了录像键。

暮色时分,海浪拍打礁石,一下又一下,卷起白色泡沫,打湿了她的裙摆。

海风吹起长发,燕啾微微仰头,缓缓开口。

"今天是2019年，7月17日。"抬眼，一轮明月高悬，她又补了一句，"农历十五。"

"我在尼斯，天使湾。你最喜欢的海滩。"

"录取通知书已经寄到了家里。"

燕啾顿了好半晌，眼里映出波光粼粼的月光，才低声道："是你当初填的那所。"

"我能为你做的事情很少，最多就是帮你去看看，没能得到你的学校，长什么样子。"

沙滩不远处，有人坐在塑料椅上，开始弹吉他。

热闹，喧嚣，圆月高挂，灯火万家。

"哥哥。"

燕啾嘴角勾起一个很轻浅的弧度，看着天边最后一抹深蓝紫色的霞光。

"无论是偷偷带我去玩的你，替我受罚的你，为我出头的你，骑车载我回家的你，还是躺在冰冷墓园的你，灵魂在宇宙中漂泊的你。"

"无论你在哪里，我都希望你圆满又开心。"

她看向镜头，眼角隐有粼粼水光，溢出一滴晶莹的液体，滴在沙滩上，被海浪卷走。

她温柔地笑着，像小时候那样，伸出右手小指，拉钩一样，轻轻地说：

"今晚月色很好。"

"当然，我也一样想念你。"

也许是昨晚在海边吹了太久的风，燕啾有些头晕，凌晨去找老板娘要了些感冒药，一觉昏睡到第二天下午。

她是被热闹的声响吵醒的。

她打开窗户往下看了一眼，遮阳伞下站着两个人，其中一个站在阴影里，看不清，只能依稀从身量判断出是个男人。

另一个金发微卷，小麦色皮肤，说话声音非常熟悉，叽里呱啦的法语连带比画——是老板娘。

她跟温羡刚来的时候，老板娘也这样说话，表明老板娘见到了喜欢的客人。

燕啾换了身吊带碎花裙下楼，在柜台褐色头发小哥的寒暄里点了一份拿铁和舒芙蕾，转身去后院里逗那只阿拉斯加。

阿拉斯加才六个月大，已经很大一只了。脸还是圆的，眼珠子漆黑，坐在地上巴巴望着她。

燕啾喝了口拿铁，蹲下来，跟它坐着差不多高，抬手胡噜了一把它脑袋。

阿拉斯加蹭了她手心两下，忽然敏锐地转头。

燕啾顺着它的目光看过去。不知道从哪儿冒出来一只白色萨摩耶幼崽，跌跌撞撞向她跑过来。很小一团，白白胖胖的，走两步就前腿分开，劈了个叉，摔蒙了。

燕啾"扑哧"笑了一声，勾勾手指逗它。

小萨摩耶看得懂似的，肉肉的爪子撑了好几次，终于站起来，飞快地跑过来，围着她裙角欢快地转，躺在地上撒欢儿。

燕啾摸摸它耳朵，白色的毛发绵密，触手生温。

她挿了好几把，在脑袋里面想了想语法，微微扬声，问柜台小哥："Que lestsonprénom（它的名字是什么）？"

半晌无人应答。

她偏头，眉目深邃的小哥正伸手托着下巴，笑眯眯的，一副看好戏的姿态。

脚步踩在石板路上，发出不算沉闷的声响。

身前不知道什么时候站了个人。

少年身姿颀长挺拔，头发长长了些许。

碎发搭在额前，浓眉薄唇，鼻梁高挺，眉眼低垂，跟她对视了三秒。

呼吸一滞。

然后，燕啾听见他声音干净清冽，轻声回答。

"Sirius（天狼星）。"

心脏好像停跳了一瞬，然后愈加急促地跳动了两下。

燕啾那一瞬间没什么想法。

她甚至眨了三次眼，企图把感冒和熬夜而造成的幻觉从她眼里眨走。

多次尝试无果后，她才后知后觉地开始想他说了什么。

这只小狗叫 Sirius。

不错的名字。

全天最亮的恒星，全宇宙第一颗被发现的白矮星，也是《哈利·波特》

里，她无数次为之流泪的小天狼星。

漫长的沉默过去，拿铁里的沙冰都化成了水，顺着杯壁流下，滴在地上，燕啾才终于开口。

"……哦。"

好在蒋惊寒也没期待她能给出什么精彩的回应，伸手递了一份EMS文件过来，还贴心地找老板娘借了一把美工刀。

"录取通知书。"

老板娘就差把各种工具都捧到燕啾面前来，一脸慈祥，临走前拍了拍她的肩，嘴里还夸着"Beau garcon chinois（英俊的中国男孩）"。

燕啾装作没听见，低头机械地拆开快递，把通知书、新生注意事项等等文件都抽出来，然后把美工刀递回给他："谢谢。"

她此刻终于知道温羨微信里的"不知名小男高"是谁，还有所谓的"国际快递"。怪不得有的人昨晚说公司临时有事，得回巴黎一趟。

跑得比兔子都快。

蒋惊寒没接，挑一挑眉："你再仔细看看？"

燕啾闻言，垂眼打量。宣传图册、新生注意事项、录取通知书……

没错啊？

目光略过紫色包装袋和白色校门，顿了片刻，她迟疑地伸出两个指头，拎出宣传图册，在半空中抖了抖。

上面几个明晃晃的鎏金大字，格外显眼。

…………

怎么是T大？

燕啾微微眯起眼，没什么表情，熬夜后昏睡、因为感冒而略显迟钝的脑子这时候才高速旋转起来。

志愿填错了？被调剂了？

蒋惊寒垂眼，看Sirius扒拉着她的裙摆，脑袋一晃一晃，沉沉吐了口气，声音很轻："你妈跟你一样笨。"

另一个红色的EMS快件被放在白色咖啡桌桌面上，还被阿拉斯加拱了拱。燕啾认出来了，爷爷那天拍的是这个。

"你没滑档。"

蒋惊寒伸出两个指头，从她手里那沓文件中，轻巧地抽出录取通知书，翻开,垂直拎着,送到她眼前。

燕啾凝神去看纸面上的内容。T大一贯的紫色底纸,校门印在下端。少年清秀的证件照印在左侧,左上方明晃晃地写着"蒋惊寒同学"。

燕啾怔然抬眼,少年表情浅淡,掩不住眼里的意气风发,声音散漫随意,尾音轻轻拖长,一如既往。

——"这是我的。"

尼斯的天总是很蓝。

微风吹过裙摆,栅栏上攀爬的不知名白色小花轻轻晃动,阳光毫不吝啬地倾泻下来,洒在蔚蓝海岸线上,洒在脚边两只小狗身上,洒在她和蒋惊寒中间。

天气晴朗,气氛暧昧又缱绻。

等到Sirius都快在太阳晒暖的石板地上睡着了,柜台小哥从后院端出一盘刚烤好的拿破仑蛋糕,烘焙的香气在庭院里蔓延,燕啾才终于斟酌着开口。

"你……"

"啪!"

一阵白色的丝带混合着亮片,从天而降,在空中飘旋,落在两个人头上。还有一根挂在燕啾鼻梁上。

空气寂静两秒。

气氛一下被中断,像快要对准消除俄罗斯方块时,倏然手抖了一下。

燕啾缓慢地眨了眨眼。

她扭头去看,蒋唱晚不知道从哪里冒出来,站在旁边,手里拿着一个更不知道从哪儿冒出来的礼炮,眼睛亮晶晶,很是兴奋:"恭喜你们考上好大学!"

燕啾又迟钝地眨了眨眼。

蒋惊寒伸手,轻轻把她眼睫上挂着的那根细丝带取下来。

燕啾张了张嘴,发现自己忘了要说什么,只好大眼瞪小眼三秒钟,留下一句谢谢,匆匆转头走了。

蒋惊寒顿了半晌,抬眼凉凉地看着蒋唱晚:"微信转我八千四。"

蒋唱晚:"……为什么?不是说好你给我报账的吗?不然我怎么会买

那么多?"

　　蒋惊寒不理她的哀号,望着燕啾匆匆走上阁楼的背影,看她的裙摆消失在转角,蹲下来摸摸 Sirius 的脑袋,低声道:
　　"去,跟着你妈妈。"

　　蒋唱晚摸上阁楼的时候,Sirius 正缩在燕啾怀里吐舌头。
　　"南法的夏天很美。"
　　"嗯。"蒋唱晚倚在门框边,"但我更喜欢东南亚。"
　　燕啾心不在焉,顺着小狗的毛:"那怎么到这儿来了?"
　　"还不是因为我哥……"蒋唱晚说到一半,顿住,想起她免税店购物的小一万块,两三步冲到燕啾面前,面容凄怆,隐含泪光。
　　"啾啾,我哥这一年,过得好苦!"
　　燕啾无暇顾及她的一秒变脸,沉默了半晌:"……怎么说。"
　　蒋惊寒此刻站在楼下,对着庭院里的大镜子,若有所思。
　　其实要问他本人,这一年过得怎么样,他大概会无所谓地耸耸肩,说,就那样。如果心情够好,可能也会吊儿郎当地回一句,挺轻松的,足够臭屁。
　　苦吗?
　　其实是苦的。
　　可是一切使人带有负面情绪的,不是他私自放弃保送资格后,被学校和家庭轮番轰炸约谈;不是把一切努力推翻,从头再来;甚至也不是天赋型选手被迫挑灯夜战,埋头刷题的无数个瞬间。
　　是他坐深夜航班的那一晚,明明飞在云端,却感觉沉在海底,梦魇缠身,骤然惊醒,耳边始终是那句"我不想欠你"。
　　是他偶尔从书本上移开目光,短暂发神时,想到的那万分之一的可能性。万一她没那么喜欢他呢。万一,她根本就不喜欢他呢?
　　是他偶然得知那个没有看成的乐队即将解散,忍着高烧在门口徘徊,却见她和别人并肩。
　　整整一年里,他只能通过别人知晓她的近况,连关心都需要一再包装转手,装作是别人的好。
　　跟上次分别相似,又不同。
　　苦涩的依旧是一个人回家的路,对面阳台永远不会再亮起的灯,空无一人的隔壁座位。

可是怎么比年少时往邮箱里投那些从未期盼过回复的信时，还要难过。

蒋惊寒不知道。

顿悟那天，是暴雨天，他坐在阳台，看她窗沿上的风铃被风吹，被雨打，孤寂又脆弱。

那一刻，他忽然觉得，他无法再甘心忍受对面阳台的灯沉寂多年，无法再允许她在他看得见或看不见的地方孑然一身，孤苦伶仃。

那样漫长又难挨的等待，他不想再要了。

山不就我，我就山。

这样就好了。

对于燕啾，他总是像个一窍不通的考生，永远得不到正确答案，却又企图负隅顽抗，绝不投降。

燕啾冲下楼的时候，蒋惊寒还在对着那面雕花的宫廷式大镜子发呆。

十几个小时的国际航班，昼夜颠倒的时差，让他的眉梢染上些许疲惫。他对着镜子兀自沉默。小萨摩耶奔到他身边，乖巧地蹭他裤脚。

燕啾飞快地奔下来，似有千言万语，开口却只能喊他名字。

"蒋惊寒。"

她要问什么呢。问他为什么要去京北？

为什么在她不分青红皂白，直接划清界限之后，依旧愿意放弃之前的努力，和她一起？

蒋惊寒跟她对视好半晌，那双眼睛依旧漆黑，映着夏日白昼："你觉得呢？"

燕啾顿了好一会儿，脑子里是一团糨糊，不太清晰。

蒋惊寒很轻地呼出一口气，转身去找老板娘要感冒药，接了一杯温水，递到她面前。

但是燕啾不接。

她不声不响地站在原地，跟厦门那夜里的他一样，执拗地等待一个回答。

蒋惊寒看了她片刻，很轻地叹了口气。

"记得我微信名吗？"

"……嗯。"

95。

她没舍得删。

还无数次点进去，妄图从网络上窥知一星半点他的近况。

"用九键吗？"

"嗯。"

"那你看看，九键里这样按，出来的是什么。"

燕啾闻言，缓慢地掏兜，拿出许久不用的手机来看。95，在九键键盘上，是最中间和右下两个键位。

手指触在屏幕上，一个一个按下去。

输入法联想框里出现的，赫然是一个不能再熟悉的词。

她把联想框拉到底，盯着两个键位里的七个字母，翻来覆去，重组了很多遍，也只能想到一个跟他有关的词。

她的名字。

她以为平静的心境再次被轻易地打破。

恍惚间，高墙倏忽倒塌，光阴顷刻流转。

是她。

从奶奶带着他来庆她的满月，到幼儿园毕业照上并排做鬼脸，从初中拿着两根雪糕等她放学，到相隔两地，不同却又相似得惊人的痛苦和想念。

这是第十八年。

整整十八年。

用了很多年的昵称，日复一日往邮箱里投的信，大礼堂众人皆知的盛大告白，海边低声念出的西班牙诗句，阳台上清浅却情重的生日祝福……

他将人造的银河作鹊桥，搭建出一条奔向她的路。

从小到大，那么多年的林荫和盛夏。

他们早已在高朋满座中，将晦涩爱意说到最尽兴。

晨昏线向西流转，缓慢跨过东一区。

太阳西沉，光影缱绻，一天中最壮丽旖旎的时刻，日落来临。

蒋惊寒盯着那面典型的欧式风格落地镜，低声问她："这是什么？"

她张了张嘴，脑袋依旧不是很灵光："……镜子。"

蒋惊寒低低"嗯"了一声。

"The mirror of Erised."

燕啾缓慢地眨了眨眼睛。

厄里斯魔镜，霍格沃茨传闻中，能使人看到自己内心深处最迫切，最强烈的愿望。

蒋惊寒很轻地呼吸，很轻地扶住她的肩膀，往镜子前推了一些，终于开口，说出那句一直未能送达的话——

"燕啾，我喜欢你。"

"这句话，我在从前你不知道的地方，说过无数遍。

"昵称是你，月亮是你。Sirius是送给你的礼物，考去京北也是因为你。燕啾，我很喜欢你。"

落日的金光洒在他身上，一如她年少时做了许多年的梦。

巨大落地镜映出两个人的身影，燕啾怔然望着，少年微微偏头，专注的目光落在真实的她身上，一如那些抵着手肘隐秘欢欣的晚自习，低声开口。

"喜欢你到——

"当我站在厄里斯魔镜前，你出现在我身边。"

光阴流转，梧桐林荫。

橘色的日落铺满每一个角落。海浪不知疲倦地拍打着礁石，吊带碎花裙被风扬起。

明净的落地镜清晰地映出，白色小狗摇头晃脑咬着裙摆，少女眼角晶莹，踮起脚尖，赠予风尘仆仆的旅人一个吻。

满身荆棘的神明，也会有经年不改的信徒。

地中海的七月热烈而浪漫。

这是她的，完美夏天。

正文完

番外一
大学日常

十二月的京北已经足够萧瑟，凛冽的西北风席卷过皇城脚下，冻得大多数初来北方的南方姑娘直哆嗦。

教学楼前的银杏早就光秃秃的，枝丫横生，等待着大雪为它覆上新衣。

下课铃响起，打断了正在进行的授课，讲台上老师挥挥手，调出最后一张PPT。

"后门的那个，回来。话还没说完呢。"

全国闻名的老教授将手背在身后，慢条斯理地镇住大教室里所有蠢蠢欲动的学生，不紧不慢地宣布临近期末月最不受待见的噩耗。

"以《论民事法律行为的成立与生效》为题，写一篇三千字的小论文，附上查重报告，下周一交到助教处。"

一阵哀号响起，老教授充耳不闻，夹起文件和水杯，闲庭信步地走了出去。教室里接着是窸窸窣窣的收东西和说话声。

"有没有搞错，期末要考八门，这个时候还要写作业啊。"圆脸女孩抱怨着，愤愤地把比砖还厚的教材收进书包里。

"还要查重……这不是要我的命，就是要考验我的中译中能力。"声音软糯的女孩随声附和，背着包在过道上等着。

"我天，那帅哥怎么又来了？"她听见旁边同院的女生们窃窃私语。

杨依依转头去看。

明净的窗户外面露出萧条的银杏枝丫，前两天初雪还有些没化，稀稀疏疏地挂在枝头。

上下课的学生们行色匆匆，厚重围巾下裹着因为熬夜复习而蜡黄的脸，唯有一个人半靠着栏杆，一动不动地等人。

少年穿着简单的黑色羽绒服，双手随意地插在兜里，同色毛线帽，额前漆黑的碎发被压住，只留出干净利落的下半张脸。

鼻梁高挺，下颌线锋利，神色漫不经心的。

整个人站在京北的冬天里，挺拔得像一棵雪松。

"到底是哪个院的啊？怎么老是在我们专业课教室外面见到他，好想去要微信，呜呜。"

"别想了，上次新闻系在隔壁教室上课，他们系那个大美女你知道吧？要个联系方式都被拒了。"

"我觉得有可能不是本校的，刚刚跟我男朋友描述了一下长相，他说好像是他们学校的，挺出名一男生，还是物理和金融双学位的。"

"T大的？那怎么随时来我们学校？"

"说到双学位，我们院不也有一开学就报了双学位的吗？哎哎，就第三排很白的那个女生。"

"我知道她！我看过她打辩论，气场巨强，抓点也很准。而且我听辅导员说，她专业课好像是第一名。"

杨依依没再听，转头看那个话语里的"第三排女生"。

她很白，穿着宽松的灰色卫衣，厚外套搭在隔壁座位上，侧脸专注，碎发落在颈侧，坐姿挺拔，让人很难移开眼。

"哎，啾啾。"杨依依戳了戳她胳膊。

燕啾正埋首写最后一个知识点，思维导图框架列到最后一步，大有不写完就在教学楼过夜的架势，闻言轻轻"嗯？"了一声。

两个室友围着她，视线交换，笑得意味深长，小声道："你男朋友又来了。"

燕啾笔一顿，"意思表示"写到一半，黑色墨迹不经意拉出一条长线，视线飞快往窗外瞥了一眼。接着平板屏幕黑了，笔记大业顿时夭折。

"那明天再请你们吃饭。"她飞快地收拾着东西，挎包往背上一甩，快步走了出去。

"啧啧啧。"圆脸女孩摇摇头，"真般配啊！也不知道今天帅气的室友男朋友，会不会给我们带奶茶喝。"

杨依依笑："拉倒吧你！人都请多少回了！哪次不是连着全寝室一起请？！"

说完，她又趴在走廊栏杆上看两个人在银杏大道上并行的背影，哀叹着："学校什么时候给我发男朋友啊？"

传说中的"绝世好男友"正试图用一根围巾将燕啾围住。

"我不要。"燕啾十分嫌弃地后仰避开,"这颜色跟我今天衣服不搭。"

蒋惊寒"啧"了一声,作势收了。

他眼神一错不错地睨着她,手刚垂下,就趁燕啾放松警惕,又飞快地举起,三两下绕过少女裸露在寒风中的白皙脖颈——

甚至还眼疾手快地打了个死结。

"不搭最好。"他懒洋洋地帮她把压进去的头发抽出来,"丑一天,让你长长记性。"

燕啾:"……走开啊。"

这人真的好烦!

她愤愤地踢了一脚楼下小径上的小石子,把旁边一只白色小狗吓了一跳,前腿趴在地上,湿漉漉的眼睛睁大。两秒后又缓过来,蹦着冲过来,绕着燕啾欢快地转圈。

"哎。"燕啾躬身摸了摸小狗脑袋,"外面这么冷,宝贝怎么出来啦。"

Sirius"汪汪"叫了两声。

蒋惊寒一边摁电梯,一边帮它翻译:"它说它想看看丑围巾。"

燕啾懒得理他,牵着小狗进电梯。

蒋少爷人娇气,受不了北方大澡堂子,从小金库里掏钱,在学校两条街外的地方买了套公寓,一开学就向学校递了外宿申请。

他说得很豪气,毕业不想要了再卖掉就行。

结果,浴室用得最多的人是燕啾。

暖气开着,燕啾穿着奶白色长袖睡衣裤从浴室里出来,露出来的雪白皮肤泛着些许热意蒸腾后的粉色。

蒋惊寒懒散地坐在沙发上打游戏,闻声撩了下眼皮,干脆利落地开麦出声:"不打了。"

他长指微动,轻松摘了耳机,把手机往旁边一搁,人站起来,驾轻就熟地从卫生间里扯了块干净毛巾出来。

手机音频没关掉,外放着,队里其他人的声音传出来。

几个嘈杂的男声。

"什么什么就不打了?这才几把啊寒哥?不是说好今天不上段不睡觉

· 298 ·

的吗？"

"谁跟你说好了，你自己想的吧？这里就你最菜，上赶着抱大腿也要看看我们有没有空吧？"

"滚啊。"那人又喊，"寒哥！来呗！我看到你没退出去，是不是舍不得我们啊！"

北方太干，虽说不情愿，燕啾还是老老实实对着镜子拍水乳，垂着眼盖瓶盖的时候，后颈垫上来一块干爽柔软的毛巾，阻隔了湿发下滑的水滴。

"你去吧，"燕啾接过，"我自己可以。"

"他们太菜了，没意思。"蒋惊寒略一仰头，帮她把发尾的水滴擦干。

他转身去拿吹风机，路过沙发时，听见对面还在絮絮叨叨地喊他，吵得不行。

蒋惊寒顺手捞起手机，摁着屏幕上的麦克风，漫不经心地嘲讽："舍不得什么？你送给对面的人头？"

那边骂了两句，又低声下气地哀求："求求你了，我太想上段了，没你不行啊寒哥！大不了明天早八我帮你签到！"

骨节分明的手指在挂断键上滞了一瞬，蒋惊寒微妙地顿了一秒，似乎是在思考，旋即一挑眉："成交。"

"但是得明天晚上。"

吹到一半的口哨声停了，那边欢呼声被中断，很是疑惑："为啥啊？今晚不行吗？"

"不好意思啊。"

蒋惊寒语气闲闲的，吊儿郎当，颇不正经地出声："忘记了，你们没有女朋友的，不知道女孩儿能有多黏人。"

线上通话沉默一秒，接着咒骂声此起彼伏。

"还是人吗你。有女朋友了不起啊！"

"不就是漂亮大方美丽独立的女朋友吗？谁没有一样……好吧，我确实没有。"

"确实了不起。呜呜呜……"

蒋惊寒弯了弯嘴角，干脆利落地退出了，回头，看见被迫"黏人"的女朋友颇为无语地看着他。

他半点没因为睁眼说瞎话被抓包而不好意思的样子，略一挑眉，长臂

· 299 ·

一展,揽着腰把人带过来。

沙发松软,燕啾盘腿坐着,摁下遥控器,接着轻微一声"咔哒"响动,电视机亮起。

吹风机打开,轰隆隆的热气在后脑飘浮,距离恰到好处,不会太烫。

虽说可以自己吹,但是总归没有别人吹来得舒服,在家务方面,蒋少爷已经是个很合格的管家了。

燕啾一面抱着 Sirius 蹂躏,一面漫无目的地调着电视节目,看了十分钟综艺,被热气哄得昏昏欲睡。

直到身后那人倾身,在她耳边低道:"我明天早上没课。"

"……什么?"

燕啾一顿,几乎立刻就醒了,睁开眼睛,眨了两下,不知道为什么,耳朵略微红起来,脸上却还很镇定:"……你有课。"

出于一些不可言说的目的,她特地去看过蒋惊寒的课表,尤其注重早上八点有课的时候,甚至还记住了课程名和老师。

明天早上是《国际经济理论与政策》。

"没了。"蒋惊寒站在她身后,垂着眼,长指从发尾抚到发根,五指张开,在后脑挠了挠,确认头发干透了。

"小组讨论,签个名就行。"燕啾听见他倾身在耳边说。

呼吸随着吐字的动作扑在耳侧,炙热滚烫,连带着耳根迅速烧红。

骨节分明的手指很轻地在后脑摩挲,沿着柔顺长发缓慢下滑。

燕啾呼吸一滞,耳根都红透了,面上还是不动声色,尽量镇定自若道:"……吹完了吗?我要进去涂身体乳了。"

接着,她飞速起身,快步往房间里走,反手"砰"一声关上了门。

动作之迅速,连 Sirius 都没反应过来,吐着舌头蒙在原地。

蒋惊寒看着她近乎逃离的背影,半晌,勾起嘴角,很轻地"啧"了一声。

他慢悠悠地收好吹风机,慢条斯理地把 Sirius 明天的粮放好,去卫生间洗了个手,然后站在房间门口,垂眼看着一无所知的小狗。

"小朋友不能进来,知道吗?"

番外二
求婚

可能因为燕啾从小到大都比较受人关注，红利没尝到多少，可因此受到的麻烦倒还不少，所以后来她就不太喜欢在公共场合展示亲密关系，袒露情绪。

蒋惊寒也不喜欢。

他觉得情绪是一件非常私人的事情，始终不能理解那种宿舍下摆爱心蜡烛表白，或者是当众求婚的戏码。

大少爷觉得那样其实会给当事人增加心理负担，往严重点说，无非哗众取宠，或者道德绑架。

但他害怕燕啾喜欢，于是毕业前两天旁敲侧击地问了两句。

"如果我在毕业典礼上跟你求婚会怎么样？"

似乎是觉得这样指向性太明显了，他又找了个视频给她看。

偶像剧里，男主角头发顶到天上，开着敞篷跑车拉风地在校门口停下，引起一阵女生欢呼。

男主不以为然，捧着一束正常人根本抱不住的花，神情自若地下车。管家在一旁汇报，说少爷，一切都准备好了。

背景音乐响起，男主目视前方，眼神都不分给旁人一个，神情倨傲且冷淡，邪魅地一笑——

看到这儿，燕啾显然就受不了了，抬手就给掐了。

"你明明可以有别的报复我的方式的。"

她顿了两秒，闭了闭眼，坦白道："不就是昨天 Sirius 在客厅里拉粑粑之后，我用你的裤子擦的吗？给你道歉还不行吗？"

蒋惊寒："……嗯？"

脑门儿上缓缓浮现出一个问号，他额角青筋跳了两下。

偏偏还不能问是哪条裤子！一问就证明他并不是为了报复她，燕啾这么聪明的人,都不用联想,稍微一眯眼就知道他要干什么!

空气一时惊人般死寂。

沉默了半晌,蒋惊寒只能面无表情地冷哼两声,装作勉强地原谅了她。

"下不为例。"他说。

然后,他一转身就戴上了痛苦面具,去衣架上翻找了。

后来他的求婚极其简单,但燕啾却很喜欢。

毕业旅行在冰岛。

拿着几乎满绩的成绩单和远远多出学校要求的推荐信,燕啾去读了英硕。

蒋惊寒一向是可有可无的,有书读就行,并不在意在哪儿,于是两人又在同一个城市,只是依旧不同校。

——一个在剑桥,一个在牛津,他们开学前一个月就提前让人把行李带到了公寓,然后去冰岛待了半个月。

燕啾原意是不想带 Sirius 的,看过太多宠物托运的事故,虽说概率小,但在风险有可能会落到自己头上时,又实在害怕。

更何况英硕只有一年,忍忍也能过去。虽然她知道她肯定会哭。

但蒋惊寒坚持要带。

甚至为此提前三个月就开始做功课,比较各家机构,实地调查,统计客户口碑。有一天,燕啾实习下班回来,还听见他在阳台上跟客户通电话,问他们家阿拉斯加对飞行的体验如何。

总之,在他的努力下,一切都还算顺利。

Sirius 成功打败了全国 99% 的狗狗,成为二次环游欧洲的贵族萨摩耶,在地中海边上撒丫子狂奔的时候,格外憨气。

八月是冰岛盛夏的最后一个月。

气温不算低,尚未积雪结冰,道路顺畅,他们租了辆越野,可以应付大多数路况。

行程不算满,甚至很悠闲,每天睡到自然醒,然后抽签决定去哪里。白天外出看冰河湖,划着船到湖中央看冰川,看伪火山口和北欧特有的高地。

最后两天在雷克雅未克,他们不抱希望地等待不确定的极光。

八月其实并未进入极光季,概率小之又小。

"你觉得我们走之前能看见吗?"蒋惊寒站在阳台上问她。

燕啾正在研究街边新买的酒，木塞子打开，往繁复精致的玻璃杯里倒，闻言撩起眼皮看了一眼。

此刻是夜晚九点，却刚刚日落。太阳低垂，托宁湖泛起粉紫色的柔和梦幻光泽，远处大教堂的轮廓漂亮得不像话。

站在栏杆前的人身姿颀长，高而挺拔，身量已经褪去了少年时的青涩，有了成年男人的感觉，背脊在一件薄薄的长袖下鼓动，肩宽腰窄且腿长。

好像这些年的长进全由她见证，各方面的。

这样已经足够圆满了。

燕啾坐在摇椅上，轻轻晃着："看不看得到，都无所谓。"

蒋惊寒低眉，漫不经心地哼笑一声，没说话。

眉眼沐浴在柔和的光影下，俊得不像样，抬眼勾勾手指，就引得人起身去跟他牵手。

第二天凌晨。

燕啾被 Sirius 拱醒。

她迷迷糊糊摸出手机一看，凌晨一点半。

中大型犬的精力好像总是无穷无尽，许是时差还没倒过来，每天三更半夜都在床边蹦来蹦去，找人去遛它。

燕啾还半梦半醒，探手往身旁一摸——

空的。

没人在。

缓了两秒，她揉揉眼睛，坐起来。

她神志还迷迷糊糊地沉着，大脑都还很迟钝，甫一抬眼，却顿在原地。

海景房，床正对的就是一扇巨大明净的落地窗，此刻天幕漆黑，中心绵延到天边，泛出奇异的光彩。

绿色的光带横亘过整个天空，大片大片的光彩悬在头顶，悬在眼前，梦境一般轻缓地舞动着。

奇妙，绚烂，不可思议。

冰岛八月的极光。

美到令人窒息。

燕啾连呼吸都屏住，出神似的看了许久。

Sirius 还在脚边蹭，一颗脑袋毛茸茸且温顺。

燕啾垂眼，这才发现它眼睛亮晶晶的，嘴里还咬着个小袋子。

她顿了两秒，伸手从它嘴里接过来。

牛皮纸袋，为了方便它咬着，有人还很贴心地做了个提绳黏在上面。

怪不得带来的一盒头绳怎么都不见了，燕啾有些无语。

没开灯，就着极光舞动的绚烂光影，她拆开了包裹。

先是一封信。

字迹非常非常熟悉，花体英文写得潇洒而有力，落笔尽显锋芒。再简单不过的几个单词，却让人猛然呼吸一滞——

"Merry me（嫁给我）。"

心跳倏然漏了一拍。

一切好像毫无预兆，却又好像顺理成章。

没有老到掉牙的桥段，没有过度夸张的表白，没有遮遮掩掩的神秘。

只是他们已经共度和即将共度的，无数个日子里的，其中一个。

平常又普通，却有异常浪漫的天气因素加持。

太阳风、地球磁场、高层大气，诸多条件巧合又偶然地叠加在了一起，成就了这一次独一无二的告白。

燕啾顿了好片刻，动作停在原地。

纸面上的字迹在光影下显得格外浪漫而不真实，像电影画面中滤镜和构图经典到令人称颂的一帧，几乎像是一场幻梦。

蒋惊寒不知道什么时候倚在门口看她，带着点漫不经心的笑意，语气依然浑不在意："怎么，感动傻了啊？"

他一手举着相机，镜头对准她，表明正在录制的红灯一下又一下地闪烁着。

画面里，一只特别会寻找镜头的小狗趴在左下角，倚在画面正中的人腿边。

女孩儿穿着白色睡衣，脸小素净，五官精致，长发柔顺地披在肩上，抬眼看来。

燕啾上下打量他，看他收拾得整整齐齐，没忍住用手捂住脸，手指微微分开，从指缝里看他，小声骂道："你故意的吧。

"你倒是帅了，剩我一个人刚睡醒，妆没化，衣服也没换。"

蒋惊寒笑得不行,连胸腔都在颤,回身把相机放到三脚架上。

"我的问题。"他确认了一下构图,缓步走到床边,很轻地握着她的手,缓慢往下拉,认真道,"但你这样也很好看。"

"废话。"燕啾很不客气,"但是我原本可以更好看的。"

她鼻尖微红,说话带着点鼻音,话是凶的,但听起来跟撒娇一样。

蒋惊寒又想笑,下巴一敛,指腹轻柔地擦去她眼角闪烁的水光,道:"第一次,没经验。"

"下辈子求婚的时候一定,行吗?"

燕啾抿唇,睫毛颤了颤,半晌道:"……勉强吧。"

说完,两个人对视片刻,都没忍住笑。

Sirius 在旁边摇头晃脑,应该也没睡醒,身子一低,前肢趴在地上,却还咧嘴笑,眼睛又黑又亮,尽责地充当唯一的观众。

蒋惊寒垂眼,长指微动,从牛皮纸袋里拿出一个小盒子。

方方正正,丝绒面料,精致又大气,昂贵的 logo(商标)低调地印在底部。

"我就不问什么你愿不愿意的话了。"他垂眼打开盒子,露出里面精心定制的钻戒,"反正你不愿意也得愿意。"

好不容易积攒起来的浪漫氛围,被他散了个干净。燕啾顿了两秒,没忍住,低骂一句:"……你是不是有病。"

蒋惊寒也勾起嘴角,看着很轻松,似乎仍是一副游刃有余的模样,眉眼却极其庄重,甚至在戒指要触碰到她纤细的无名指尖时,还略有些不易察觉地颤抖。

他很轻地托住她的手。

冰凉的指环到了指尖,再小心翼翼地,一寸一寸,缓缓推到无名指根。

郑重到仿佛是他人生中最重要的事情。

燕啾细白的手指不受控制地动了一下,单颗钻石连带着指环一圈的碎钻在极光下闪烁,发出最耀眼的光泽。

严丝合缝,无比契合。

蒋惊寒垂着眼,看不清神情,只是盯着她的手,顿了好半晌。

"你知道吗?"

他抬起眼,声音略哑,低声道。

"我觉得我等这一刻,好像等了很多年。"

极光依旧在天际舞动闪烁,连银河与宇宙似乎都在为这一刻动容。
纤细的手指微动,直到十指紧紧相扣。
燕啾垂眼看着他,弯起眼角,轻声道:
"我也是。"

番外三
燕鸣视角

都说人死的时候，生前的一切会走马观花一般在眼前放映。

燕鸣觉得自己好像没有看到。

当时他在想什么呢？

手上提着提前两个星期订做的蛋糕，心里想着今年还要给她送什么礼物。

其实每年都送很多礼物。

不止生日。

看到好看的玩偶会顺手给她买一个，看到漂亮的裙子也会让导购留一条，某一个时间段内学校里女生们很喜欢的东西，他也会留个心眼，想着燕啾会不会喜欢。

他就这么一个妹妹。

看着她一点点长大，从步履蹒跚、牙牙学语，到出落成亭亭玉立的小姑娘。

每一步每一步，他都很珍惜。

其实也不是完全没有闹过矛盾的。

七八岁的时候，男孩子都调皮，燕啾又小他三岁，车啊机器人啊什么的，她一般都不感兴趣。

有时候爷爷出去打麻将，奶奶跳舞，燕重北和梁愫都不在家，就会短暂地让他看着妹妹。

小朋友浮躁，燕鸣也不例外，觉得光看着燕啾也无聊，索性就让楼下的小孩儿到家里玩儿。

一群男孩儿吵吵嚷嚷，燕啾就在旁边看着，睁大眼睛眨巴眨巴。

闹腾得太过，电视声音都要听不到了，燕啾一个人也无聊，想回房间看绘本，路过走廊的时候不知道被哪个横冲直撞的男生撞了一下，脑袋磕在凸起的装饰物棱角上，额角立刻就起了个大包。

疼。

是真疼。

她嘴巴立刻一撇，眉毛一皱，水雾就在眼里蓄起来了。

燕鸣傻了，挥手让他们全都走开，让那个男孩留下来道歉。

"讨厌你。"燕啾没理那人，一边对燕鸣说，一边抽抽搭搭回房间去了。

也没有大哭，她不是喜欢大哭大闹的人，就是自己关着门疼得掉眼泪。

燕鸣蒙了，寻思这也不是我撞的啊，怎么敲门她也不开。

"到底怎么回事？"燕鸣提着药箱站在门口，"出来，擦药。"

里面没人应。

"小心你明天去上学肿成猪头，幼儿园所有人都会笑你。"

还是没人应。

他继续道："对面那小孩儿也会笑你。"

对面住着蒋奶奶的孙子。

两秒后，门开了。

燕啾顶着个肿脑袋，先是红着眼睛咬牙，愤愤给了他一拳："都怪你！"

燕鸣沉默两秒，无言以对。

他只能受着，忍气吞声，把人拉过来坐着，找了管药膏，挤到棉签上："为什么怪我？"

"你不带我玩就算了，还叫人来玩，吵死了。"

燕啾说，皱着眉往床上又捶了一下："这些人长得好丑！"

燕鸣闭嘴不说话了，轻手轻脚把她的大包涂上药，拿了个纱布贴着："那我给你找个长得好看的，你别跟爷爷奶奶告状，就说是你自己摔的。"

燕啾想了一会儿，说："看你表现。"

十分钟后。

燕鸣领着隔壁家那小孩儿回来了。

好嘛，这个确实挺帅的。

燕啾躲在房门后面探脑袋，小心翼翼地往外瞅，正准备高高兴兴出去的时候，转头看见镜子。

胶带在脑袋上缠了一圈，横七竖八地横在纱布上，整个人像长了犄角的丑八怪！

燕鸣包的什么鬼东西啊！

燕啾气得发抖，"砰"一声响，房门合上，把两个人关在门外。

她还悲愤异常地扔下一句："我恨你们！"

燕鸣和蒋惊寒站在门外，对视一眼，脑门儿上都缓缓浮现出一个问号。

所有鲜活又可爱的画面，好像都是很久远很久远的事情了。

到后来，梁愫和燕重北的矛盾越发明显，小男孩长大，成了别人口中品学兼优的好学生，成了那个"别人家的孩子"，也开始变得温柔平和，肩膀上也担起了爱护妹妹的责任。

虽然最后他觉得自己没有做到。

燕鸣从前跟燕啾一起看过一部动画电影，里面说，人死后，灵魂会飘在人们看不见的地方，直到被人遗忘，才会真的离开这个世界。

如果燕鸣的灵魂真的还在这里漂浮，他大概会看着燕啾一点一点长大，一点一点沉寂，一点一点褪掉稚气和青涩，变得清醒和冷静，却再也不会因为受伤而乱发脾气。

甚至她连脾气都不会发了，只是摆摆手说没事，然后自己回家。

独立，清醒，完美主义，自我折磨。

整夜整夜的失眠，厌食，想吐，看到生日礼物手会发抖，诸多种种。

直到后来重新有人将她点亮。

燕啾婚礼那天，只是很吝啬地给予了燕重北一个观众的座位，并没有让他拥有扶着她走过鲜花草地的资格。

因为在她无数次的想象中，那应该是燕鸣要做的事情。

没有人看得见的虚影站在穿婚纱的女孩儿旁边，陪着她走过花团锦簇、人声鼎沸的绿道，陪着她穿过锦城家属院里林荫斑驳的小巷，陪着她走过从小到大，漫长到珍贵的少年岁月——

然后无比珍重地，将她交到另一个人手里。

尽管这些都没有人看见。

但他的确做了。

很认真，像他无数次想象中的那样。

虚空与现实在某种意义上重叠，也算达成了圆满。

燕啾怀孕是婚后第三年。

生产那天，他和蒋惊寒一样焦急地等在产房门外，手心里全是汗，紧张到无以复加。

直到不知道持续了多长时间的手术结束，婴孩啼哭声和医生护士的叮嘱声陆续响起，人影纷杂，给予新生儿生命的人被人群簇拥着，转到普通病房。

燕啾躺在病床上，还挂着水，身影纤细，脸色苍白，眼睛却亮晶晶的。

"龙凤胎。"燕鸣听见她说。

蒋惊寒没说话，垂着眼去抱她，长臂环住她单薄的肩膀，头埋在她颈窝处，另一只手一根一根地分开她的手指，直至十指相扣。

很紧，用力到骨节与手背上筋骨分明。

"好啦。"

燕啾弯起眼角，偏头在他侧脸上亲了一下，轻轻晃了晃牵住的那只手，轻声哄他："没事儿。

"我很厉害的，这点小事儿，难不倒我。"

顿了片刻，蒋惊寒才低低哼笑一声："嗯。

"我老婆最厉害。"

爷爷、奶奶、孟晓青和蒋扬都在，确认燕啾没事之后，抱着孩子逗个不停。

蒋唱晚还在边上用新买的相机录视频，看着白白嫩嫩的小朋友感叹："好神奇。我就当上姑姑了。"

"这是你嫂子生的。"孟晓青转身瞪她一眼，"想要自己生去。"

蒋唱晚不满地"哎"了一声，顿了两秒，愤愤转身，不跟她讲话了。

蒋惊寒带着点笑意，看了两眼之后，没再去跟老一辈们凑这个热闹。

他一边用棉签沾了点水，小心翼翼又仔细地往燕啾唇上涂，一边甚至可以称得上是有些无措地小声感慨。

"他们好小一个。"

"手和脚都好小一个。"

燕啾想笑，一不留神呛了两口空气，略微咳了一下，引起病房内一阵惊呼，连忙摆手示意自己没事。

蒋惊寒起身帮她轻缓地顺着气。

单人病房里乌泱泱挤了一大片人，其乐融融的模样。

燕鸣无数次以旁观者的视角看燕啾，看她在午夜泪流满面地惊醒，看她沉默不语地发呆，看她为想要去京北而无底线地努力，甚至失眠焦虑。

有好多次，没有人看得见的虚影都想努力告诉她。

你不要这么累。

哥哥没有那么想去那个地方。

一点也不想了。

哥哥现在只想要你开心。

如果说他是靠一抹遗憾留在这个世上，那他最最放不下的人，就是十六七岁的燕啾。

固执，倔强，一条路走到底，绝不回头的啾啾。

现在终于一切都圆满。

她有了自己的爱人，有了自己的家庭，事业有成，生活顺遂。

他好像也就不再有留在这个世界上的理由。

燕鸣眼角眉梢都挂着点温柔的笑意，最后看了一眼。

爷爷和奶奶在问她还难不难受，梁愫和燕重北站在病房外，没有进来，蒋惊寒坐在病床边，垂着眼，一直紧握着她的手。

好像确实没有再留下来的理由。

她有很多人爱。

倏然，燕啾抬眼，往窗外看了一眼。

目光似乎穿越虚空和岁月，跟他对视。

好半晌，燕鸣看见她嘴角弯起，笑容极其温柔，轻轻附耳到蒋惊寒耳边。男人略微躬身凑近，偏头折颈，安静地听她讲话。

燕鸣听见她低声说——

"哥哥的名字里，有个'鸣'字好不好？"

男人抬手，长指在她脸颊上抚了抚，没有任何犹豫，低声应道："好啊。"

"你说什么都好。"

类似心脏重重一跳的感觉。

他们都不约而同地想起燕啾初次阅读《哈利·波特》的那个午后，光落在阳台上，树荫斑驳摇晃。

十一二岁的女孩儿抱着最后一部敲开他的房门，仰头问，为什么哈利的孩子要以阿不思、西弗勒斯、小天狼星命名。

燕鸣看着她，笑着说，因为他们想要纪念，想要留下这些世界上最最美好、善良、正直，而又勇敢的人。

当时燕啾思考了一会儿，点头说"噢"。

长发在阳光下飞扬，闪烁着斑驳的金光，连浮动的尘埃都清晰可见。

那好像也只是一个普通的午后。

后记

敲下番外最后一个字的时候，还是觉得很不真实。

不知道那个十七岁在晚自习上往草稿本上写人设的我会不会想到，未来会有这么一天，脑子里倏然产生的人，和他们的故事，会变成铅字印在纸面上，会拥有他们自己的归宿。

非常奇妙。

其实这个故事在我手上的时间跨度很长，开始于高二语文课本上的《滕王阁序》，读到"渔舟唱晚，响穷彭蠡之滨；雁阵惊寒，声断衡阳之浦"这句时。

最初甚至是手写版本，各个片段被我记录在草稿本上，一点一点往外延展。在无数个出神的瞬间，我都在想象，燕啾应该是什么样的人，蒋惊寒又是什么样的人？

中间因为各种各样的事件搁置，零碎地写，直到三年后才彻底落下正文的最后一个字。

从一个好故事的评判标准来看，它实在算不上。平平淡淡的高中校园日常文，前半部分和后半部分由于时间跨度过大，存在着修稿都不知所措，无法下笔的矛盾，这也导致我基本没有对文章做比较大的改动。

但我还是很喜欢这个故事。

喜欢家属院里一起长大的两个小孩儿，喜欢放学后背着书包在巷子里买冰棍的悠闲时光，喜欢燕大小姐的说一不二、死磕到底，喜欢蒋少爷的清晰准确与游刃有余。

燕啾是一个什么样的人呢？

骄傲到连一点缺点都不允许自己展现，要做的事一定要做到最好，为自己设立的目标一定要达到。她具有非常强烈的斯莱特林特质，野心与从不认输，甚至为此可以付出自己的任何东西。

但偏偏有这么一个人，拉她回来，让她回到充满爱和温暖的世界。

蒋惊寒呢？

大少爷脾性，从小到大没吃过什么苦，时常吊儿郎当又不着调，但其实心思比谁都细腻。他永远尊重并理解燕啾的决定，从不将自己的意志或想法施加到别人身上。

从前看到一句话，说"人这一辈子，遇到性，遇到爱，都不稀奇，最难的是遇到理解"。

在这一方面上，燕啾很幸运。

最重要的一点，大概是：

在千千万万个选择里，蒋惊寒永远永远都只会选择燕啾。

大概是一种青梅竹马的宿命感。

由衷感谢愿意花时间阅读这个故事的人。

谢谢你们花时间共享了，燕啾和蒋惊寒的完美夏天。

栖遥
于夏日成都